Diesmal, so glauben Kommissar Jennerwein und sein Team, haben sie es mit einem einfachen Fall zu tun. Ein Jogger ist bei seinem Waldlauf über die Leiche eines im Kurort wohlbekannten Industriellen gestolpert. Bei all den Fußabdrücken, Reifenspuren und abgeknickten Tannenzweigen im Gehölz, die der Täter großzügig hinterlassen hat, kann ihn das Team rasch hinter Schloss und Riegel bringen. Und keiner denkt sich etwas dabei, als Jennerwein die Polizeiwache verlässt, um sich die Beine zu vertreten. Als das Team zu einem neuen Mordfall ins Hotel »Barbarossa« gerufen wird, ist »der Chef«, wie ihn alle nennen, nicht erreichbar. Und dann behauptet ein Zeuge, er habe den Kommissar zur Tatzeit im Hotel gesehen … Mit Schrecken erkennt Jennerwein, dass er ganz auf sich allein gestellt ist. In schier ausweglosen Lage muss er alles einsetzen, was er in seiner Laufbahn an Ermittlermethoden gelernt hat – womöglich sogar kriminelle Tricks?

Bestseller-Autor **Jörg Maurer** stammt aus Garmisch-Partenkirchen. Er studierte Germanistik, Anglistik, Theaterwissenschaften und Philosophie und wurde als Autor und Kabarettist mehrfach ausgezeichnet, u.a. mit dem Kabarettpreis der Stadt München, dem Agatha-Christie-Krimipreis, dem Ernst-Hoferichter-Preis, dem Publikumskrimipreis MIMI und dem Radio-Bremen-Krimipreis.

Weitere Titel von Jörg Maurer:
›Föhnlage‹, ›Hochsaison‹, ›Niedertracht‹, ›Oberwasser‹, ›Unterholz‹, ›Felsenfest‹, ›Der Tod greift nicht daneben‹, ›Schwindelfrei ist nur der Tod‹, ›Im Grab schaust du nach oben‹, ›Stille Nacht allerseits‹, ›Am Abgrund lässt man gern den Vortritt‹, ›Im Schnee wird nur dem Tod nicht kalt‹, ›Am Tatort bleibt man ungern liegen‹, ›Den letzten Gang serviert der Tod‹, sowie ›Bayern für die Hosentasche: Was Reiseführer verschweigen‹

Die Webseite des Autors: *www.joergmaurer.de*
*Weitere Informationen finden Sie auf www.fischerverlage.de*

Jörg Maurer

# Bei Föhn brummt selbst dem Tod der Schädel

ALPENKRIMI

FISCHER Taschenbuch

Aus Verantwortung für die Umwelt hat sich der S. Fischer Verlag zu einer nachhaltigen Buchproduktion verpflichtet. Der bewusste Umgang mit unseren Ressourcen, der Schutz unseres Klimas und der Natur gehören zu unseren obersten Unternehmenszielen.

Gemeinsam mit unseren Partnern und Lieferanten setzen wir uns für eine klimaneutrale Buchproduktion ein, die den Erwerb von Klimazertifikaten zur Kompensation des $CO_2$-Ausstoßes einschließt.

Weitere Informationen finden Sie unter: www.klimaneutralerverlag.de

Erschienen bei FISCHER Taschenbuch
Frankfurt am Main, Juni 2022

© 2021 S. Fischer Verlag GmbH, Hedderichstr. 114,
D-60596 Frankfurt am Main

Satz: Dörlemann Satz, Lemförde
Druck und Bindung: CPI books GmbH, Leck
Printed in Germany
ISBN 978-3-596-70541-2

## *Leitlinie*

Es ist ein alter literarischer Brauch (eigentlich eher ein gewöhnlicher erzählerischer Bauerntrick), eine verzwickte und verfahrene Handlung in einem Roman dadurch aufzulösen, dass der Autor den Leser damit zum Narren hält, dass bisher alles nur ein Traum gewesen sei. »Und er erwachte schweißgebadet«, heißt es dann oft am Schluss solcher Romane. Also vierhundertzehn Seiten durchgeschmökert, und alles war nur geträumt?! Der Autor der vorliegenden vierhundertzehn Seiten schwört, dass so etwas bei ihm nie vorkommen wird. Großes Erzählerehrenwort.

# 1

> Die 12 klassischen Aufgaben des altgriechischen Halbgottes Herakles (auf gut altrömisch: Herkules) sind hinlänglich bekannt: die Rinderställe des Augias ausmisten, den kretischen Stier einfangen, menschenfressende Rosse zähmen usw. Wir haben nun Personen der Zeitgeschichte befragt, welche weiteren Aufgaben sie sich für den altgriechischen Halbgott und Muskelprotz vorstellen könnten. Ihre Antworten sollen die Kapitel dieses Buches einleiten.

»Wenn nur alle unsere Fälle so schnell und leicht zu lösen wären!«, seufzte Polizeiobermeister Franz Hölleisen.

Demonstrativ klappte er eine Mappe zu, auf der in Großbuchstaben FALL DRITTENBASS zu lesen war. Alle, die um den Besprechungstisch saßen, murmelten zustimmend. Solch ein unkomplizierter Kriminalfall, der innerhalb weniger Tage so gut wie aufgeklärt werden konnte, war in der Tat noch keinem von ihnen vorgekommen. Zum endgültigen Abschluss fehlten nur noch ein paar Protokolle, Unterschriften, B-Proben und Zweitgutachten. Die Spurenlage war üppig gewesen, das Motiv hatte von Anfang an in eine bestimmte Richtung gewiesen, fast zu einfach, zu gradlinig, zu simpel für das vielgerühmte Team. Allein mit der gusseisernen Indizienkette im Fall Drittenbass hätte man Prometheus am Kaukasus festschmieden können. Überdies war der Verdächtige ein blutiger Anfänger gewesen, er hatte ihnen den Gefallen getan, so viele brauchbare Spuren am Tatort zu hinterlassen, dass er einem schon fast wieder leidtun konnte.

Es war Nachmittag, das Team saß um den ovalen Besprechungstisch und jeder war darin vertieft, Papiere in die richtige Reihenfolge zu bringen oder seine Finger flink über die Notebooktasten huschen zu lassen, worin sich besonders Nicole Schwattke und Hansjochen Becker hervortaten. Der einzige Schönheitsfehler am Fall Drittenbass war das verschwundene Geld, das der Täter höchstwahrscheinlich in dunkle Kanäle geleitet hatte. Er saß schon in Untersuchungshaft und schwieg dazu beharrlich, aber es war wohl lediglich eine Frage der Zeit, bis sie herausgefunden hatten, wo die stattliche Summe abgeblieben war.

»Ich geh mal ein paar Schritte«, sagte Kriminalhauptkommissar Hubertus Jennerwein, stand auf und warf sich sein altbekanntes hellbraunes Tweed-Sakko über. »Lassen Sie mich ein wenig alleine darüber nachdenken.«

Man hörte ihn noch den Korridor entlangschreiten, dann fiel die schwere Eingangstür des Polizeireviers ins Schloss, und weg war er. Maria Schmalfuß, die Polizeipsychologin, starrte gedankenverloren auf Jennerweins Sitzstuhl, den er beim Aufstehen nur flüchtig zurückgestoßen und anschließend nicht wieder an den Tisch gerückt hatte. Das war ein kleines bisschen untypisch für Hubertus, dachte Maria und schüttete drei Päckchen Zucker in ihren Kaffee. Alle aus dem Team wandten sich wieder ihren Unterlagen zu. Hölleisen, der wackere Polizeiobermeister, Kommissarin Nicole Schwattke, Maria Schmalfuß, schließlich noch die Gerichtsmedizinerin Verena Vitzthum und der Spurensicherer Hansjochen Becker.

Nicole warf einen Blick auf die Wanduhr.

»Wollte nicht der Jogger zum Unterschreiben seiner Zeugenaussage vorbeikommen?«

Urs Leber, der die Leiche des Opfers gefunden hatte, hatte den Termin schon zweimal kurzfristig und ohne triftigen Grund abgesagt. Jennerwein hatte die Erstbefragung mit ihm durchgeführt, Hölleisen die Audioaufzeichnung abgetippt. Es fehlte nur noch eine Joggerunterschrift.

»Er wollte schon vor einer halben Stunde da sein«, sagte Nicole leicht verärgert. »Wenn er uns wieder versetzt, dann kann er was erleben. Dann werd ich ungemütlich.« Über ihr Gesicht huschte ein stahlharter Zug, der gar nicht so recht zu ihren sympathischen Lachfältchen passen wollte. Doch sofort hellte sich ihre Miene wieder auf. »Na, egal, der wird bestimmt noch auftauchen.«

»Sonst fahre ich halt auf dem Nachhauseweg bei ihm vorbei«, schlug Hölleisen vor. »Er wohnt nicht weit von mir entfernt.«

»So weit kommts noch«, brauste Nicole erneut auf. »Dass wir unseren Zeugen nachlaufen.«

Sie tippte etwas in ihr Notebook. Wenn Nicole schrieb, dann sah es immer so aus, als ob sie das Gerät massierte, wie um ihm die letzten Geheimnisse zu entlocken, die es sonst niemandem verriet. Ohne aufzublicken, fuhr sie fort:

»Ich habe mich mal über Bitcoin, Ripple und andere Kryptowährungen kundig gemacht und einiges dabei herausgefunden. Wenn das Geld auf ein solches Konto überwiesen wurde –«

»Sollten wir damit nicht warten, bis Hubertus wieder zurück ist?«, unterbrach Maria.

Die Tür sprang auf. Polizeioberrat Dr. Rosenberger steckte seinen massigen Kopf zur Tür herein, wie immer ohne anzuklopfen. Doch niemand nahm ihm das übel.

»Ist Jennerwein da?«

»Nein, momentan nicht. Er ist nur kurz was erledigen.«

»Wenn er wiederkommt, richten Sie ihm bitte aus, dass er sich bei mir melden soll. Dringend. Heute noch.«

Dr. Rosenberger wandte sich um, was bei ihm immer so aussah, als würde ein Baukran über ein mittelgroßes Grundstück schwenken. Dabei stieß er fast mit dem Jogger zusammen, der mit einigem Schwung den Gang heruntergelaufen sein musste und nun an dem Oberrat klebte wie eine Fliege am Glas.

»Pardon, ich habe Sie gar nicht gesehen«, sagte er zu Dr. Rosenberger. »Ich bin spät dran, die Kölblstraße war gesperrt, ich musste einen Umweg laufen.«

Der Jogger wollte sich leicht tänzelnd an Dr. Rosenberger vorbeidrängen, doch der hielt ihn mit einem Finger an der Brust auf und musterte ihn verwundert.

»Aber sagen Sie mal: Wir kennen uns doch!«

Der Jogger lief weiter auf der Stelle, Nicole verdrehte die Augen.

»Ja, ich bin Zeuge in dem Mordfall Drittenbass«, sagte er zum Oberrat.

»Und was für ein Zeuge!«, warf Hölleisen halblaut ein, was ihm einen vorwurfsvollen Blick von Maria eintrug.

»Ich habe Herrn Drittenbass gefunden«, fuhr Urs Leber fort. »Leider zu spät.«

»Nein, ich meine: Wir kennen uns von früher«, fuhr Dr. Rosenberger fort. »Vor ein paar Jahren waren Sie doch schon mal Zeuge, in einem Fall von mir.«

»Oh ja – stimmt. Sie waren damals der leitende Ermittler.«

»Und Sie sind doch damals auch schon beim Joggen über eine Leiche gestolpert, wenn ich mich recht erinnere.«

»Das ist wahr. Sehen Sie, so lang jogge ich schon. Wenn Sie mich nicht hätten, was würden Sie da machen!«

Dr. Rosenberger trat einen Schritt zurück und wies auf Urs Lebers Beine.

»Sagen Sie, könnten Sie mal mit dem Getrampel aufhören?«

Der Jogger war die ganze Zeit auf der Stelle gelaufen, er glich einem tänzelnden Boxer, der auf eine Gelegenheit wartete, an dem massigen Körper von Dr. Rosenberger vorbeizukommen. Hatte der Oberrat nicht Angst, plötzlich eine linke Gerade abzubekommen? Nein, denn eine rechte Gegengerade von ihm hätte den Jogger atomisiert.

»Ich würde lieber weiterlaufen, wenns recht ist«, sagte der Jogger. »Sonst verliere ich meinen physiologisch wichtigen Steady State. Das ist der Gleichgewichtszustand im Körper, bei dem die Sauerstoffaufnahme gleich dem Sauerstoffbedarf ist.«

»Sie sind also einer dieser Ampeltrampler, die man an jeder Straßenecke sieht«, warf Hansjochen Becker, der Spurensicherer, ein.

Der Jogger wandte sich zu ihm.

»An den Ampeln mache ich Kniebeugen. Langsam in die Hocke – die Knie dürfen dabei nicht über die Fußspitzen ragen.« Er führte es vor, redete dabei unablässig weiter. »Oder den Knee Tuck Jump: Hände vor dem Körper verschränken. Ellenbogen zeigen nach außen. Mit Schwung so hoch wie möglich springen. Die Knie dabei anziehen, so dass sie die Arme berühren. Zehn Mal, dann wirds meistens grün.«

»Hören Sie auf!«, sagte Nicole. »Wir glauben es Ihnen ja!«

Doch der Jogger hüpfte unbeirrt weiter. Und hoch. Und hoch. Und nochmals hoch. Ohne die geringste Spur von Atemlosigkeit erläuterte er:

»Ich kann nicht damit aufhören. Wenn ich damit angefangen

habe, muss ich ein Dutzend Mal springen. Sonst übersäuere ich. Steady State, verstehen Sie!«

»Reden Sie keinen Unsinn«, sagte die Gerichtsmedizinerin in scharfem Ton. »Von wegen übersäuern. Sie wollen uns wohl für dumm verkaufen?«

Murrend stellte der Jogger seine Trainingseinheit ein.

»Wollen Sie einen Schluck Wasser?«, fragte Maria.

»Habe ich selbst dabei«, antwortete er beleidigt.

Lässig griff er hinter sich und holte zielsicher eine Flasche aus dem Rucksack. Es sah aus, als ob Robin Hood einen Pfeil aus dem Köcher zog.

»Und jetzt bitten wir Sie, das Protokoll des Gesprächs mit Kommissar Jennerwein durchzulesen und es anschließend zu unterschreiben«, sagte Nicole Schwattke. »Das ist eine Sache von zwei Minuten. Wir haben keine Zeit für so ein Theater.«

»Klar. Verstehe ich.«

Alle betrachteten Urs Leber, der das ausgedruckte Protokoll in die Hand nahm, an seinem Energy-Drink nuckelte und es halblaut murmelnd und kopfschüttelnd las: *Ich bin durch den Wald gelaufen, und plötzlich lag etwas auf dem Weg, was ich zunächst für ein totes Tier hielt.* Seine Züge waren kantig, sportlich, durchtrainiert, er war Lehrer, wie sie wussten, und bei seinen Schülern wahrscheinlich sehr beliebt, noch beliebter bei den Eltern, die zu ihm in die Sprechstunde kamen, nur weil die Kids gesagt hatten: Den Typen musst du dir mal ansehen. Aber denk dir nichts: Der läuft die ganze Sprechstunde über auf der Stelle! Leber las weiter im Protokoll, die Beamten sahen ihm ungeduldig zu.

»Eines würde ich gern ändern«, sagte der Jogger und blickte auf.

»Ja, was?«

»Hier heißt es, dass der Hund winselte und knurrte. Der Hund hat eigentlich nicht gewinselt *und* geknurrt, sondern nur gewinselt, so ein kläffendes, trauriges Jaulen.«

»Jaulen? Ich dachte, er hat gewinselt. Jetzt hat er auf einmal gejault!«

»Winseln und jaulen ist doch dasselbe. Aber geknurrt hat er jedenfalls nicht.«

»Ja, kein Problem, dann ändern wir das«, sagte Hölleisen.

»Es ist ja wahrscheinlich nicht so wichtig. Oder doch? Ich stelle mir gerade den Richter bei der Verhandlung vor, wenn er fragt: Hat der Hund nun geknurrt oder gewinselt? Nicht, dass meine Zeugenaussage insgesamt dann nichts wert ist wegen der kleinen Ungenauigkeit.«

Alle im Team sahen ihn entgeistert an. Sie waren kurz vorm Platzen. Oder vorm Winseln.

»Ja, ich muss dann weiter«, sagte Dr. Rosenberger und verließ mit einem Augenrollen den Raum.

»Also, ich unterschreibe dann hier, oder wie?«, fragte Leber.

Er unterzeichnete endlich, wobei er sich auf dem Besprechungstisch aufstützte und mit den Beinen schon wieder strampelnde Laufbewegungen machte. Er konnte sie einfach nicht stillhalten. Ein hyperaktiver ADHS-Jogger. Dann verabschiedete er sich und verschwand.

»Steady State«, sagte die Gerichtsmedizinerin, Verena Vitzthum. »Man lernt nie aus.«

Becker blickte auf die Uhr.

»Wo der Chef nur bleibt! Hat er nicht gesagt, dass er nur kurz über etwas nachdenken will?«

Der leere Platz mit dem leicht zurückgeschobenen Stuhl drückte die Nicht-Präsenz Jennerweins überdeutlich aus. Alle blickten unwillkürlich hin. Jennerwein hatte an dem ovalen Tisch, der im Besprechungszimmer stand, keinen besonderen Stammplatz, niemand hatte einen. Jeder setzte sich, wo gerade frei war.

»Komisch ist das schon«, sagte Nicole. »Ich rufe ihn mal auf seinem Handy an.« Sie drückte die Kurzwahltaste und ließ es tuten. Niemand hob ab.

»Ja, dann wird ihm schon etwas Wichtiges dazwischengekommen sein.«

»Das glaube ich auch.«

»Ich würde sagen, wir machen für heute Schluss«, sagte Nicole bestimmt. »Für die Protokolle brauchen wir den Chef, und mein Vortrag über Kryptowährungen kann warten. Ich schlage vor, wir treffen uns morgen früh wieder hier.«

Hölleisen hatte sich entschlossen, nicht gleich nach Hause zu gehen, sondern der Wäscherei Kratzmayr noch einen Besuch abzustatten. Er war sich nicht ganz hundertprozentig sicher, aber er glaubte gesehen zu haben, dass der Chef, kurz bevor er den Besprechungsraum verlassen hatte, einen Abholzettel für die Reinigung aus der Hosentasche gezogen und einen kurzen Blick darauf geworfen hatte, so als wollte er sich bloß vergewissern, dass der Zettel noch da war. Es gab nur zwei Wäschereien im Kurort, Kratzmayr und Böhse. Hölleisen hatte ihn einmal bei der Wäscherei Kratzmayr abgesetzt, aus deren Fenstern es den ganzen Tag dampfte wie bei einer Hongkonger Garküche. Deshalb fuhr er jetzt dorthin. Er betrat den Laden.

»Ja, bitte?«, fragte die junge Frau an der Theke.

»Mein Name ist Polizeiobermeister Hölleisen. Ist dieser Mann heute bei Ihnen gewesen?«

Hölleisen hatte draußen schon ein Foto von Jennerwein hochgeladen, das hielt er ihr vor die Nase.

»Moment, ich muss mal eben meine Brille holen.«

Die junge Frau musterte das Foto mit einer extravaganten italienischen Brille.

»Der sieht ja aus wie Hugh Grant! Was hat er denn angestellt? Ist er es wirklich?«

Hölleisen musste lächeln.

»Nichts hat er angestellt. Und es ist auch nicht Hugh Grant. Wir suchen nur nach ihm.«

Ein verschwörerischer Schatten huschte über ihr Gesicht.

»Ich verstehe, ich verstehe. Das dürfen Sie mir wahrscheinlich gar nicht sagen, was er angestellt hat. Schauderhaft, dass so ein Verbrecher bei uns im Laden gewesen sein soll.«

Sie vergrößerte den Bildausschnitt mit zwei Fingern und studierte Jennerweins Gesicht genauer. Hölleisen glaubte ein wohliges Schaudern bei ihr auszumachen.

»Zuerst hat er mir gar nicht wie ein richtiger Verbrecher ausgesehen«, fuhr sie fort. »Aber jetzt, wo ich ihn mir genauer anschaue –«

»Er ist ja auch kein Verbrecher.«

»Klar, Sie bleiben bei Ihrer Version, Sie ziehen das durch. Wie dem auch sei, und wer der auch ist, er war heute nicht da.«

»Das wollte ich bloß wissen. Kennen Sie den Mann?«

»Was soll das denn wieder heißen? Natürlich kenne ich ihn nicht. Ich verkehre ganz bestimmt nicht in kriminellen Kreisen!«

»Das wollte ich ja nicht damit sagen.«

»Ich arbeite erst seit ein paar Tagen hier bei Kratzmayr, wissen Sie. Und dann gleich Schwierigkeiten mit zwielichtigen Typen.«

»Na, dann frage ich mal anders herum, Frau –« Kurzer Blick auf das Namensschild – »Müller. Haben Sie Kleidungsstücke in Ihrem Lager auf den Namen Hubertus Jennerwein? Können Sie einmal nachschauen? Hat ein Herr Jennerwein etwas gebracht oder abgeholt? Oder eben nicht abgeholt?«

»Ich glaube, das darf ich Ihnen nicht sagen. Datenschutz, Sie wissen schon.«

»Ich bin Polizist, mir dürfen Sie das schon sagen.«

»Brauchen Sie dafür nicht einen – Durchsuchungsbefehl?«

Hölleisen verlor langsam die Geduld, aber er wollte kein großes Trara aus der Sache machen. So zog er einfach streng-väterlich eine Augenbraue hoch. Bei Kindern wirkte das komischerweise. Vielleicht auch bei dieser Brillenschlange? Tatsächlich. Seufzend tippelte Frau Müller nach hinten.

»Jennerwein … Jennerwein …«, hörte er sie aus dem anderen Raum. »Moment, ich habs gleich. Ja, eine Hose und zwei Jacken sind fertig. Wollen Sie die mitnehmen?«

»Nein, danke, es genügt mir schon, das zu wissen.« Hölleisen griff in die Tasche. »Hier ist übrigens mein Dienstausweis. Sie sollten jemanden, der behauptet, ein Polizist zu sein, immer nach seinem Ausweis fragen.«

»Ja, das hätte ich tun sollen. Sie sehen nämlich gar nicht aus wie ein Polizist.«

»Wie dann?«

Frau Müller überlegte. Dann lächelte sie. Hölleisen war sich sicher, dass ihr etwas eingefallen war, das sie ihm aber nicht sagen wollte.

»Keine Ahnung. Anders eben.«

Hölleisen lächelte zurück, bedankte sich und verließ die Wäscherei Kratzmayr. Wie sah er denn dann aus?

Nachdem Maria Schmalfuß das Polizeirevier verlassen hatte, streifte auch sie noch ein wenig durch den Ort, eher unentschlossen, vielleicht insgeheim hoffend, dass ihr Hubertus zufällig über den Weg lief. Sie schaute beim ›Café Schlussstrich‹ vorbei, in dem sie öfter zusammengesessen hatten, auch bei der Bäckerei Krusti und einigen anderen Läden. Als sie vor dem Schaufenster eines der vielen Sportbekleidungsgeschäfte stand, bemerkte sie im Spiegelbild, dass sich eine kleine graue Wolke am blitzblauen Himmel gebildet hatte, ein winziger Schmutzfleck als Vorahnung einer herannahenden Katastrophe. Aber diese Ahnung hatte Maria Schmalfuß, die studierte Psychologin, eigentlich immer und überall. Maria riss sich vom Anblick der unheilverkündenden Wolke los und führte sich nochmals den Stuhl vor Augen, den Hubertus nicht ordentlich zurechtgerückt hatte. Alles deutete darauf hin, dass er vorgehabt hatte, innerhalb von Minuten wiederzukommen. Hätte er für heute Schluss gemacht, hätte er sich erstens anständig verabschiedet, zweitens die Sitzung offiziell geschlossen und Aufgaben verteilt, drittens hätte er auf jeden Fall den Stuhl ordentlich an den Tisch gerückt. Das machte er immer so. Maria seufzte. Er hatte nun schon seit drei Stunden nichts von sich hören lassen, obwohl er doch nur kurz über etwas nachdenken wollte. Das war gar nicht die Art von Hubertus.

»Nein, der war nicht da«, sagte die Kallingerin von der Metzgerei Kallinger zu Franz Hölleisen.

Hölleisen wusste, dass sich Jennerwein hier öfter mal eine Leberkäsesemmel kaufte, bevor er nach Hause fuhr.

»Ganz bestimmt nicht?«

»Jetzt hör einmal zu, Hölli: Ich bin die ganze Zeit hier im

Laden gestanden. Dein Jennerwein ist nicht da gewesen, den hätt ich doch bemerkt.«

»Ja, ich glaubs dir schon. Aber manchmal gehts halt so zu in deinem Laden, vielleicht hast du ihn einfach übersehen.«

Hölleisen spielte auf die Unauffälligkeit seines Chefs an. Jennerwein war der unauffälligste Mensch, den er kannte. Manchmal hatte Jennerwein das schon genutzt. Es war nicht so, dass er ein verhuschtes Äußeres gehabt hätte, aber er hatte eine Art, ins Zimmer zu treten, dass man es manchmal gar nicht mitbekam. Man hätte nicht sagen können, wann er hereingekommen war. Diese Jacke, die er immer trug, passte auch dazu. Ein hellbraunes Tweed-Sakko. Es war schon fast so eine Art Tarnkappe, mit der er den Eindruck der Unsichtbarkeit noch verstärkte.

»Vielleicht war ja dein Laden gestopft voll, er ist hereingekommen, hat gesehen, dass der Leberkäse aus ist, und ist wieder gegangen.«

»Leberkäse ist doch bei uns nie aus«, schnaubte die Kallingerin. »Jetzt hör einmal, Hölli! Da kann passieren, was will, Leberkäse haben wir immer. Und wenn ein Komet auf die Erde zurasen würde, wir hätten bis zum Einschlag immer noch genug Leberkäsesemmeln für alle!«

»Und wahrscheinlich auch darüber hinaus.«

Auf dem Gesicht der Metzgerin erschien so etwas wie eine kleine Wut. Gerade ausreichend, um einen Plastikteller auf den Boden zu werfen, mehr nicht. Hölleisen verabschiedete sich. Komisch war das schon mit dem Chef. Sich gar nicht zu rühren. Er schaute auch noch bei den anderen vier Traditionsmetzgereien vorbei, die amtlich gute Leberkäsesemmeln anboten: Kernsdorf, Boberdinger, Moll und Bröckl. Ohne Ergebnis. Hölleisen beschloss, es für heute gut sein zu lassen. Mehr konnte er nicht tun. Aber komisch wars trotzdem.

Exakt zu dem Zeitpunkt, als Hölleisen zu Hause den Fernseher zur Tagesschau einschaltete und die Tüte mit den Leberkäsesemmeln aufriss, die ihm die Kallingerin ›aufgedrängt‹ hatte, blickte der Großinvestor Lukas Lohkamp in die Mündung einer Glock 22 mit Schalldämpfer.

»Was soll das? ... Bist du verrückt geworden?! ... Warum bedrohst du mich?«, fragte er noch entgeistert, da drückte der vierschrötige Mann, den sie Goody nannten, auch schon ab und traf ihn mit tödlicher Präzision mitten ins Herz. Lohkamp sank hinter dem Schreibtisch zusammen. Spielerisch und der Situation vollkommen unangemessen warf der Attentäter die Pistole von einer Hand in die andere, dann legte er sie sorgsam auf den Schreibtisch, hinter dem Lohkamp verschwunden war. Goody öffnete die Minibar, nahm eine Flasche Bier heraus, schlug sie an dem Metallrahmen des Fernsehers auf, so dass ein tiefer Riss im Bildschirm klaffte, und trank einen Schluck. Er warf die Flasche auf das unbenutzte Bett, dort entleerte sie sich langsam und ungut gluckernd, währenddessen trat er auf den Balkon und atmete tief durch. Wieder im Zimmer, hängte er noch ein Bild gerade, dann steckte er die Glock ein und verließ das Hotelzimmer. Auf dem Gang kamen ihm ein Mann und eine Frau entgegen, die durch ihre altertümlichen Uniformen als Hotelangestellte erkennbar waren. Er grüßte beide freundlich, blieb stehen, machte ihnen Platz. Dann ging er hinunter in die Lobby des Hotels Barbarossa. An der Rezeption stand eine junge Dame in knappem Dirndl und unbequemen Schuhen. Man sah, dass die bayrische Aufmachung nicht so ganz ihrs war. Selbst die sorgsam geflochtene Zopfkronenfrisur schien ihr höllisch unbequem zu sein.

»Schon fertig?«, sagte sie und zupfte am weißblauen Kropfband. Das Kropfband schrie nach Weggelassenwerden. »Kann ich noch etwas für Sie tun?«

Der Mann, den sie Goody nannten, überlegte kurz, ob er die junge Frau nicht ebenfalls erschießen sollte. Weit und breit war niemand zu sehen. Stattdessen sagte er:

»Herr Lohkamp von Zimmer 36 lässt ausrichten, dass er nicht gestört werden will. Auch morgen früh nicht. Nicht vor zehn. Können Sie das aufschreiben?«

Die Dirndlträgerin nickte.

»Nicht vor zehn, habe ich notiert«, sagte sie rezeptionell eifrig. »Kommt er denn zum Mittagessen?«

»Warten Sie nicht auf ihn.«

»Morgen gibt es Rehgulasch mit Gin, Walnussspätzle und Spitzkohl-Birnen-Gemüse. Das sollte sich Herr Lohkamp nicht entgehen lassen.«

Die Quasselstrippe doch erschießen?, fragte sich Goody. In der Innentasche seines Jacketts steckte die Glock. Der Lauf war noch warm vom Schuss. Es juckte ihn in den Fingern. Aber er durfte es nicht übertreiben, er musste sich streng an seinen Auftrag halten. Der Holländer hatte es so bestimmt. Ausschließlich Lohkamp sollte das Ziel sein.

»Geht das in Ordnung? Auf keinen Fall vor zehn?«

Die Dirndlfrau nickte diensteifrig.

Wenn du wüsstest, dachte Goody, als er das Hotel verließ und in das bereitstehende Taxi stieg.

»Wo solls denn hingehen?«, fragte der Taxifahrer.

»Zum Parkplatz am Bahnhof. Und schalten Sie die Musik aus. Die ist ja grässlich.«

»Das ist Volksmusik«, sagte der Taxifahrer achselzuckend. »Aber es ist natürlich nicht jedermanns Geschmack.«

Als Hölleisen ins Bett ging, ließ er nochmals die Szene Revue passieren: Jennerwein steht auf, zieht einen Wäschezettel aus der Tasche, schaut ihn kurz an und steckt ihn wieder ein. Aber vielleicht war es gar kein Wäschezettel. Wie blöd war er eigentlich! Warum hatte er sich bei der Wäscherei Kratzmayr von der Brillenschlange nicht so einen Wäschezettel zeigen lassen! Morgen, morgen würde er das nachholen. Darüber schlief Hölleisen ein. Was er träumte, wissen wir nicht. Er erwachte auch nicht schweißgebadet, sondern er schlug die Augen auf, als der Wecker klingelte. Sein erster Gedanke galt der Wäscherei Kratzmayr. Dort wollte er vor Dienstbeginn nochmals vorbeischauen.

## 2

DER VORSTANDSVORSITZENDE
DER DEUTSCHEN POST AG:
*Herakles sollte bei uns in der Abteilung ›Unzustellbare Briefe‹ arbeiten. Ställe des Augias ausmisten, schön und gut, aber die Sauklauen mancher Kunden entziffern – das wäre mal eine wirklich nützliche Arbeit.*

Kommissar Jennerwein reckte sich. Er spürte, dass er unbequem lag, deshalb drehte er sich leicht zur Seite und versuchte eine komfortablere Position einzunehmen. Vergeblich. Das Bett war verdammt hart. Hart wie ein Holzbrett. Es musste gegen fünf Uhr morgens sein, das schloss Jennerwein aus dem Zwitscherkonzert der ersten Buchfinken, sie saßen wahrscheinlich schon unverschämt fröhlich auf der tautropfenden Goldligusterhecke, die vor seinem Schlafzimmerfenster wucherte. Jennerwein versuchte wieder in den wattigen Zustand eines verlorengegangenen Traums einzutauchen, aber irgendetwas hielt ihn davon ab. Ein leichter Kälteschauer kroch durch seinen Körper, seufzend versuchte er die Decke über die Beine zu ziehen. Doch er bekam sie nicht zu fassen, sie musste vom Bett gefallen sein. Egal, er war viel zu schläfrig, um sich weiter damit abzumühen. Die Sommernacht war ohnehin lau und warm, durch das Fenster, das er nachts immer geöffnet hielt, spürte er den milden Wind, der seine Wangen streifte. Wenn er sich jetzt dazu durchrang, die Augen zu öffnen, konnte er den üppig besternten Himmel durch das Fenster sehen. Vor ein paar Tagen war dort oben ein Wölkchen in Form eines verschmitzten Popeye-Gesichts vorbeigezogen, selbst die Seemannspfeife hatte nicht gefehlt. Doch momentan wollte er einfach nur weiterschlafen. Mit Behagen hörte er auf seinen Atem, der langsam und gleichmäßig dahinströmte. Alles gut. Alles in bester Ordnung. Vermutlich hatte ihn bloß ein Albtraum geplagt, aus dem er aufgeschreckt war, gleich würde er sich wieder angenehmen und flockig leichten Phantasien zuwenden. Doch daraus wurde nichts. Jennerwein sollte heute keine Ruhe finden. Denn jetzt spürte er einen leisen Anflug von Kopfschmerz und Unwohlsein, es fühlte sich an wie ein Kater nach einem zu kräftig ausgefallenen Umtrunk. Jennerwein konnte sich jedoch nicht daran erinnern, gestern Abend gefeiert zu haben, außerdem trank er so gut wie nie Alkohol. Er reckte sich mehrmals ungeduldig, fand jedoch keine bequemere Position und verfiel wieder in einen erwartungsvollen Halbdämmerzustand. Wenigstens waren die Kopfschmerzen ein wenig abgeklungen. Also jetzt, Jennerwein: einschlafen. Loslassen. Alles wird gut.

Doch heute war wohl nicht der Morgen für einfache Lösungen. Ein blechernes Knarren ganz in seiner Nähe ließ ihn aufschrecken. Nach ein paar Sekunden wiederholte sich das Geräusch. Jennerwein fluchte lautlos. Und noch ein drittes Mal: Roiiiiig-rojjiiiing. Erst beim vierten Mal begriff er, dass es sich um den albernen Klingelton eines Smartphones handelte, das sich ganz in seiner Nähe befinden musste. Reflexartig streckte er die Hand zum Nachtkästchen aus, auf dem er sein Mobiltelefon normalerweise ablegte. Doch aus dieser Richtung kam das Geräusch nicht. Genervt zog er die Hand wieder zurück. Es war auch nicht der gewohnte Weckton, es war ein fremder Klingelton von einem fremden Handy aus einer ungewohnten Richtung. Und nochmals: Roiiiiig-rojjiiiing. Lag er in einem fremden Bett? Oder lag gar jemand Fremdes in seinem Bett? Trotzig presste er die Augen zusammen, als wollte er sich nicht vorschreiben lassen, wie und mit wem er den Tag zu beginnen hatte. Das lästige Ding schwieg endlich. Wieder überkam ihn eine Welle von Müdigkeit, die bleischwer an ihm zerrte und ihn davon abhielt, genauer nachzuprüfen, warum ganz in seiner Nähe ein fremdes Handy klingelte. Herrgott, es musste doch möglich sein, noch ein paar Minuten weiterzuschlafen! Abermals versuchte er, sich auf die eigene Atmung zu konzentrieren. Nach wenigen Zügen beruhigte er sich wieder. Weiterschlafen, sich treiben lassen, nicht auf solche Albernheiten achten. Sollte das Gerät nur noch ein einziges Mal klingeln, würde er abheben und der Nervensäge gehörig die Meinung sagen. Als ob der frühmorgendliche Anrufer die grimmigen Gedanken von Jennerwein gelesen hätte, blieb das Handy stumm. Na prima, aufgelegt. Falsch verbunden. Stille. Schlafen, vielleicht auch träumen, da liegt der Hund begraben … Nur das Geräusch der Nachtluft und das ferne Gezeter der Buchfinken. Und seine eigene Atmung. Und ein winziges Fizzelchen aus Hamlets Monolog. Welcher Wahnsinnsbraten rief überhaupt um diese Nachtzeit an? Jennerwein hob die Hand, um das Kopfkissen heranzuziehen, das ebenfalls verrutscht sein musste. Kein Kopfkissen. Keine Bettdecke. Er betastete den Untergrund, auf dem er lag, und der war steinhart. Seine Hand tastete weiter. Das war nicht sein Bett. Es war überhaupt kein Bett. Erschrocken schlug er die Augen auf und fuhr blitzartig hoch.

Er saß auf keiner Bettkante. Er saß auf einer grob gezimmerten Holzbank – und die Bank stand auf einer Wiese mitten in freier Natur! Über ihm spannte sich der Nachthimmel, in der Ferne waren die bleichen Gerippe einiger Berge zu sehen. Was um

Gottes willen hatte das zu bedeuten!? Er war die ganze Zeit auf einer Parkbank gelegen? Das durfte doch nicht wahr sein! Jennerwein blickte sich um, versuchte sich zu orientieren, hielt nach Anhaltspunkten Ausschau. In der Nähe stocherten einige Bäume im frühmorgendlichen Dunkel herum, am Horizont konnte er die ersten Anzeichen der aufgehenden Sonne erkennen, die noch lautlos hinter dem Gebirge tobte wie ein eingesperrtes Raubtier. Freie Natur, vereinzelt zwitschernde Vögel, beileibe nicht die Buchfinken vor seinem Fenster, sondern Dutzende von miteinander konkurrierenden Vogelstimmen. In den schwarzen Kaffee der Nacht war schon ein kleiner Klacks Dämmerung eingerührt. Jennerwein stieß einen erschrockenen Laut aus. Er war auf einer Aussichtsbank inmitten freier Natur eingeschlafen. Wie um alles in der Welt war er denn hierher geraten?

Einen Augenblick saß er starr da, dann sprang er aus einem plötzlichen panischen Impuls heraus auf, die Hände unwillkürlich zu abwehrbereiten Fäusten geballt – und ließ sich sofort wieder nieder. Ein tückisches Streichquartett von Kopf-, Kreuz-, Glieder- und Nackenschmerzen war durch seinen Körper gefahren, kein Wunder nach einer Nacht auf einer unebenen, groben Holzbank. Ein migräneähnliches, tobendes Pochen durchzog seinen Schädel. Er versuchte seinen Oberkörper zu recken und zu dehnen, aber auch dabei spürte er jeden Knochen einzeln im Leib. Zu allem Überfluss überkam ihn jetzt auch noch ein hartnäckiger Hustenanfall. Als sich seine Bronchien einigermaßen beruhigt hatten, machte er einen zweiten, vorsichtigeren Versuch aufzustehen, diesmal gelang es besser. Soweit er in der Dunkelheit erkennen konnte, befand sich niemand sonst in seiner Nähe. Was war da gestern los gewesen?

Er trank weder viel Alkohol noch nahm er irgendeine Art von Drogen. Ein Pfeifchen mit achtzehn, das wars eigentlich auch schon gewesen. Vielleicht hatte er aber gestern Abend doch einmal einen über den Durst getrunken, war in ungewohnt angeheitertem Zustand Richtung Pension Edelweiß gegangen, in der er immer übernachtete, und auf dem Weg dorthin einfach auf der Aussichtsbank eingeschlafen. Er konnte sich allerdings nicht erinnern, jemals auf dem Heimweg an einer solchen Stelle vorbeigekommen zu sein. Was war gestern nur geschehen? Tagsüber hatte er an der Besprechung im Polizeirevier teilgenommen. Der Tote im Wald – wie hieß der nochmals? Jennerwein fiel der Name des Opfers auch nach angestrengtem Nachdenken nicht ein. Was war denn das für ein Scherz, Herrgott nochmal? Der Fall hatte ihn die ganze letzte Woche täglich beschäftigt, und ihm war der Name des Opfers entfallen! Egal. Ein Toter im Wald, ein Jogger hatte ihn gefunden. Auch an dessen Namen konnte er sich nicht erinnern, es wurde immer merkwürdiger. Der Jogger hatte den Vorfall gemeldet, die Gerichtsmedizinerin hatte am Tatort sofort auf einen Herzanfall getippt, der Tote war Raucher, alt, Kaffeetrinker, und seine Lieblingsspeise waren fetttropfende Hamburger gewesen – alles sah nach einer quasi natürlichen Todesursache aus. Jennerwein aber war der Meinung gewesen, dass hier etwas nicht zusammenpasste. Verena Vitzthum hatte den Kopf gehoben.

»Sie denken an Fremdeinwirkung, Chef?«

»Achten Sie auf die Spuren, Verena: Schleifspuren, die zum Körper hinführen, auf der anderen Seite Reifenspuren, die von ihm wegführen.«

Jennerwein sah die Stelle in dem kleinen Waldstück vor sich, an der sie die Leiche gefunden hatten. Die Kleidung des Opfers war an mehreren Stellen eingerissen, als ob ein Kampf stattgefunden hätte. Der mutmaßliche Täter war inzwischen schon gefasst, er saß in der JVA, der Fall war eigentlich so gut wie abgeschlossen. Hatten sie deswegen gefeiert? Und hatte er selbst ausnahmsweise einmal etwas getrunken? Ja, das wäre eine logische Erklärung für die Kopfschmerzen. Aber die Parkbank? Er konnte sich gerade noch daran erinnern, das Revier am Nachmittag verlassen zu haben, doch zwischen dem Zeitpunkt, als er aus der schweren Eingangstür des Reviers getreten war, und seiner jetzigen Lage klaffte ein großes, schwarzes Loch. Aber so musste es gewesen sein: Nach einer ausgelassenen Feier am Abend war er nach Hause gegangen, aus irgendeinem Grund hatte er einen Umweg durch die Felder genommen und war auf der Bank eingeschlafen. Und jetzt hatte er einen Filmriss. Vielleicht hatte er zusätzlich noch einen seiner Akinetopsie-Anfälle gehabt. Aber diese lästige Krankheit hatte er doch inzwischen leidlich im Griff! Jennerwein bemühte sich, ein paar zittrige Schritte zu gehen. Auch weil es immer noch dunkel war, setzte er vorsichtig einen Fuß vor den anderen. Seine Hände kneteten die Nachtluft. Er verließ den Schotter, der die Bank umgab, und kam auf eine leicht ansteigende, abgemähte Wiese. Sein Gang fühlte sich eckig und ungelenk an, jede kleine Bewegung tat ihm weh, als ob er durchgeprügelt worden wäre. Was um Gottes willen war mit ihm los? Was war geschehen? War er in eine Schlägerei geraten? Wieder reckte er sich und versuchte, Lockerungsübungen zu machen. Aber das brachte keine Linderung, seine Gliedmaßen fühlten sich fremd und kalt an. Er probierte es mit Kniebeugen, doch Jennerwein, der davon sonst locker fünfzig und mehr schaffte, kam über sieben nicht hinaus. Völlig außer Atem schleppte er sich wieder zurück zur Bank. Bevor er sich setzte, zog er seine Jacke aus. Seine Jacke? Von wegen. Schon beim Anfassen fiel ihm auf, dass es nicht sein heißgeliebtes hellbraunes Tweed-Sakko war, das er schier Tag und Nacht trug. Als er über den Stoff strich, bemerkte er, dass es eine völlig fremde Jacke war. Jennerwein griff prüfend an sein Hemd und seine Hose. Ein angewiderter Schauer durchfuhr ihn. Er steckte in der Kleidung eines fremden Menschen! Sogar die Schuhe waren nicht die seinen. In solch modische Halbschuhe mit leicht erhöhten Absätzen hätte er niemals einen Fuß gesetzt. Was war denn hier los! Das wurde ja immer verrückter! Jennerwein drehte sich erneut einmal um die eigene Achse. Es war noch zu dunkel, um festzustellen, wo genau er sich befand. War jemand in der Nähe? Beobachtete ihn eine versteckte Kamera? Oder brachen dort hinter den Silhouettenbäumen gleich Horden von Polizeikollegen heraus, die ihm johlend zu irgendetwas gratulierten? Jennerwein verharrte einige Zeit in seiner Pose und lauschte angestrengt. Langsam führte er eine Hand an die Stirn und begann die Schläfen mit Daumen und Mittelfinger zu massieren. Das tat er immer, wenn er nachdachte, dabei kamen ihm normalerweise die besten Ideen. Aber jetzt herrschte völlige Leere in seinem Kopf. Was in drei Teufels Namen war gestern geschehen? Seine Stirn fühlte sich rau und fremd an. War die Haut dort angeschwollen? Er fuhr sich durchs Haar. Mit Schrecken stellte er fest, dass es millimeterkurz geschoren war. War er denn gestern auch noch beim Friseur gewesen? Oder hatte ihm jemand über Nacht die Haare abrasiert? Ein Gefühl des absoluten Ausgeliefertseins ergriff ihn und nahm ihm fast den Atem. Er musste unbedingt mit jemandem sprechen, er brauchte dringend Hilfe. Beim Betasten seiner Kleidung hatte er vorhin bemerkt, dass ein Smartphone in der Innentasche des Jacketts steckte. Daher war auch das alberne Roiiiiigrojjiiiing gekommen. Jemand hatte ihn angerufen. Nein, nicht ihn, sondern den Besitzer dieser Jacke. Rasch zog Jennerwein das Smartphone heraus. Doch es war gesichert. Er tippte die beiden häufigsten PIN-Codes dieses Universums ein, nämlich 1111 und 0000 – ohne Erfolg. Einen dritten Fehlschlag wollte er nicht riskieren, damit würde er das Handy sperren. Er ließ es sinken, es war momentan vollkommen nutzlos. Und wen hätte er eigentlich angerufen? Maria? Ein Familienmitglied? Oder gleich die psychiatrische Abteilung der Klinik? Seine Hand fühlte sich so unbeweglich und eigenartig an. Er streckte sie aus, hielt sie schließlich dicht vor die Augen. Ein seltsamer, ungewohnter Geruch entströmte ihr. Es war der moosige, erdige Geruch einer stark parfümierten Handcreme, die er nie benutzt hätte. Jennerwein schnüffelte erneut. Das durfte doch nicht wahr sein: Jemand hatte ihn nicht nur in neue Kleidung gesteckt, sondern ihn auch noch mit übelriechendem Parfüm begossen! Er hob das Smartphone wieder hoch. Die Displaybeleuchtung verbreitete ein schwaches, funzeliges Licht in der absoluten Dunkelheit. Er richtete das Gerät auf seine Hand. Die Fingerkuppen, die Knöchel, die Form der Fingernägel – alles an seiner Hand erschien ihm fremd. Auch die andere Hand war angeschwollen, er konnte sich nicht an derartige Fettpölsterchen um die Handgelenke herum erinnern. Aber vielleicht täuschte ihn das Zwielicht. Er bewegte die Hand. Wie um ihr Eigenleben zu beweisen, schlängelte sie sich jetzt wie ein fremdes Tier, sie streckte die Finger aus, und es waren nicht seine Finger – und es war auch nicht seine Hand. Jennerwein fuhr ein heißer Schauer durch den ganzen Körper. Das Smartphone fiel zu Boden. Wie um alles in der Welt war es möglich, dass sich seine Hände so verändert hatten! Eine böse Ahnung stieg in ihm auf. Eine Ahnung von etwas, das unvorstellbar und eigentlich völlig unmöglich war.

Jennerwein atmete schwer. Dann fuhr er sich über Stirn, Nase und Wangen. Schließlich spürte er den dünnen Oberlippenbart. Jennerwein rieb vorsichtig daran. Kein Zweifel, der Bart war echt. Du hast noch nie in deinem Leben einen Bart getragen, dachte er, nicht einmal in deiner Jugendzeit. Dass dir jemand während deines Blackouts die Haare geschoren hat, das wäre ja noch einigermaßen erklärbar, aber dass dir in wenigen Stunden ein Bart gewachsen ist, das liegt überhaupt nicht im Bereich des Möglichen. War doch mehr Zeit vergangen, als er vermutet hatte? Jennerwein betastete sein Gesicht weiter. Die These vom Kollegenscherz war endgültig vom Tisch. Diese ungewohnt massigen Wangenknochen, die völlig andere Form der Ohren, die dicke, fleischige Nase, das vorspringende Kinn – alles war ihm erschreckend fremd und unheimlich.

Seine Gedanken rasten. Das war nicht sein Gesicht. Das waren nicht seine Hände.

Das war auch nicht sein Körper.

# 3

DER RATSVORSITZENDE DER EVANGELISCHEN KIRCHE:
*Herakles soll die Werke von James Joyce, Charles Bukowski und Michel Houellebecq in einfache, gerechte und achtsame Sprache übersetzen.*

Die Fichten am Waldrand sahen aus wie eine mittelalterliche Geheimgesellschaft von Gottesleugnern und Ketzern, so verschworen und scharf zischend tuschelten sie miteinander. Die kleine Siedlung war ein gutes Stück entfernt vom Kurort, sie hieß aus unerfindlichen Gründen ›Der Knick‹. Das Gelände gehörte dem Freistaat, hier wohnten hauptsächlich Staatsanwälte, Richter und andere Staatsdiener, und eben auch einige Polizisten. Pensionierte Polizisten, aktive Polizisten, Polizisten aus allen Fachbereichen. Nicht viele wussten, dass Jennerwein und auch Becker ebenfalls dort residierten. Der Kurort lag eine Dreiviertelstunde Bahnfahrt vom Knick entfernt, bei Ermittlungen mietete sich Jennerwein deshalb oft in der dortigen Pension Edelweiß ein.

Nicole Schwattke war mit dem Auto unterwegs zum Knick. Sie war früh aufgestanden, sehr früh, was gar nicht ihre Art war, sie war vom Wesen her eine Volleule. Die Geschichte mit Jennerwein hatte ihr jedoch keine Ruhe gelassen. Das war überhaupt nicht sein Stil, einfach so abzuhauen. Mitten im Dienst. Sie rief ihn nochmals unter beiden Nummern an: Anrufbeantworter. In der Pension Edelweiß war er ebenfalls nicht zu erreichen. Gemailt hatte sie ihm auch schon mehrmals. Es musste etwas passiert sein. Nicole hatte einen Schlüssel zu seinem Haus, den hatte ihr der Chef vor langer Zeit gegeben.

»Wenn mal was ist«, hatte er gesagt.

Und jetzt war was, so viel stand fest. Sie parkte hundert Meter von seinem Haus entfernt. Die Dunkelheit hatte etwas von ihrer Kraft verloren, aber das Haus selbst lag zappenduster da. Sie umkreiste es zunächst langsam und umsichtig, das gebot ihr der Instinkt. Sie wollte in keine Falle tappen. Dann aber schloss sie die Hintertür auf und betrat Jennerweins Reich. Dumpfe Beklommenheit stieg in ihr auf, sie musste sich zusammenreißen, um nicht auf der Stelle umzukehren. Sie war das erste Mal hier und kannte auch sonst niemanden, der je in Jennerweins Wohnung gewesen war. Sie rief mit lauter Stimme, überprüfte jedes Zimmer, immer peinlich auf Selbstschutz bedacht. Doch das Haus war leer. Keine Kampfspuren, keine Fluchtspuren, überhaupt keine Spuren von außergewöhnlichen Vorgängen. Sie stieg in den Speicher, der komplett mit Pappkisten vollgestellt war, sie durchsuchte den Keller, in dem ebensolche Unordnung herrschte.

»Entschuldigung, Chef«, sagte sie halblaut, als sie zögerlich Jennerweins Schlafzimmer betrat. Ein Griff aufs Bett. Ein Griff aufs Sofa. Hier hatte er jedenfalls nicht übernachtet. Je weiter sie bei ihrer Hausdurchsuchung vorankam, je weniger sie Grund hatte, beunruhigt zu sein, desto mehr hatte Nicole das Gefühl, sich zu sehr eingemischt zu haben. Sie war sich sicher, dass der Chef heute Nacht nicht hier gewesen war. Sie verließ das Haus, schloss wieder ab, überprüfte noch einmal Garten, Garage und Geräteschuppen, machte sich dann auf den Weg ins Revier. Nicole glaubte ein paar intime Dinge gesehen zu haben, die sie nichts angingen. Zum Beispiel im Wohnzimmer auf dem Sofa einen völlig zerknuddelten Teddybären. Der eine kleine Polizeimütze auf dem Kopf trug. Das sah nach einem sehr persönlichen Geschenk aus. Einem Geschenk von einer Verehrerin. Nicole konnte Maria Schmalfuß nicht ganz ausschließen.

Franz Hölleisen stand wie jeden Tag um sechs Uhr auf. Bei seinen Freiübungen und Rumpfbeugen auf der Terrasse (seine Frau sprach von den ›Turnvater-Jahn-Gedächtnis-Minuten‹) war ihm der Jogger wieder eingefallen. Kommissar Jennerwein hatte Urs Leber befragt und die Vernehmung per Audio aufgenommen, er selbst hatte die Aussage dann abgetippt. Hölleisen setzte sich an seinen Computer und nahm sich die Zeugenaussage noch einmal vor, die der Ampeltrampler gestern unterschrieben hatte. Vielleicht fand er da ja irgendetwas, was mit dem Verschwinden des Chefs zu tun hatte.

»Guten Tag, Herr Leber.«
»Hallo, Herr Kommissar.«
»Warum laufen Sie auf der Stelle? Hören Sie bitte auf damit.«
»Entschuldigung«, sagte Leber kleinlaut.
Die Schrittgeräusche verstummten schlagartig. Der Chef hatte Leber wohl auf eine Weise angesehen, dass der auf jede Widerrede verzichtete. Es lag nicht am Dienstgrad, Jennerwein hatte eben diesen gewissen Blick. Den lernte man nicht auf der Polizeischule. Der war angeboren.
»Herr Leber, bitte erzählen Sie mir, wie Sie die Leiche aufgefunden haben.«
»Ich bin durch den Wald gelaufen, und plötzlich lag etwas auf dem Weg, was ich zunächst für ein totes Tier hielt. Zunächst.«

»Sie sind aus nordöstlicher Richtung gekommen? Von der Lichtung?«

»Ja, genau von da. Ich wollte zu dem kleinen Forstweg, auf dem ich dann später das Auto habe wegfahren hören.«

»Sie sind also über das vermeintlich tote Tier drübergesprungen und weitergelaufen?«

»Ja, aber nur ein paar Schritte. Ein totes Tier mit Pullover?, dachte ich. Da stimmt doch was nicht. Also bin ich noch mal zurück. Ich habe gleich auf den ersten Blick gesehen, dass es Drittenbass war.«

»Sie haben sein Gesicht erkennen können?«

»Ja. Und da wusste ich gleich, dass er das Land nach oben verlassen hat.«

»Woher kennen Sie Herrn Drittenbass?«

Leber machte hier eine kleine Pause. Er kratzte mit dem Stuhl, murmelte etwas, räusperte sich.

»Keine Ahnung. Den kennt man halt. Ein Aktienguru. Sein Bild war ja öfter in der Zeitung. Ich habe sofort Erste Hilfe geleistet, aber ich habe schon befürchtet, dass es zu spät ist. Dann war da plötzlich ein Winseln und Knurren. Und ich habe aufgeblickt. Ein kleiner Hund ist aus dem Gebüsch gesprungen. Hat an der Leiche geschnüffelt. Dann habe ich Sie angerufen. Den Rest kennen Sie ja selbst.«

»Haben Sie die Leiche bewegt?«

»Nein.«

»Haben Sie die Leiche berührt?«

»Die mutmaßliche Leiche. Ich habe zu dem Zeitpunkt ja noch nicht gewusst, dass Drittenbass tot ist.«

»Aber jetzt wissen Sie es doch.«

»Also die damals mutmaßliche Leiche.«

»Haben Sie die Leiche also berührt?«

»Bei den Erste-Hilfe-Griffen habe ich sie natürlich schon berührt.«

»Darüber hinaus nicht?«

»Nein, warum sollte ich!«

»Was waren das genau für Erste-Hilfe-Griffe?«

»Puls fühlen, nach Verletzungen suchen. Dann Herzdruckmassage.«

»Auf die Seite gedreht haben Sie die Leiche nicht? Vielleicht in eine stabile Seitenlage?«

»Nein. Wozu? Er war tot.«

Jetzt machte Jennerwein eine Pause. Hölleisen hörte Blätterraschen, Stühlerücken und Verkehrslärm von draußen. Die Tür wurde geöffnet, jemand kam herein und legte etwas auf den Tisch. Das war er selbst gewesen.

»Sie wirken mir gar nicht besonders schockiert«, fuhr Jennerwein schließlich fort.

»Ich bin nicht leicht zu schockieren. Und außerdem ist das ja nicht die erste Leiche im Laufe meiner langen Joggerkarriere. Ich kenne mich mit Leichen aus.«

»Ich auch, das können Sie mir glauben«, sagte Jennerwein halblaut. Blättergeraschel, Stühlescharren, schließlich fuhr er fort: »Und dann haben Sie ein Auto wegfahren hören?«

»Ja, von Ferne. Ob es allerdings weggefahren ist oder hergefahren, habe ich nicht ausmachen können.«

»War es eher ein Pkw oder ein Lastwagen?«

»Es war ein Audi allroad quattro, Baujahr 2012, Diesel, mit Allradantrieb und Luftfederung. Seriennummer 5646 …«

Hölleisen musste lächeln. Maria hatte gesagt, Ansagen dieser Art wären nichts Ungewöhnliches. Vor allem, wenn die Zeugen sehr nervös waren. Es war die Flucht ins Lächerliche.

»Witzbolde sind immer unsichere Kandidaten«, hatte Maria

gesagt. »Einen Joke kann man stets als gesichertes kompensatorisches Zeichen eines Minderwertigkeitskomplexes sehen.«

»Wollen Sie mich ärgern?«, sagte Jennerwein ruhig.

»Nein, ich kann mich natürlich nicht an die Motorengeräusche erinnern, geschweige denn sie deuten! Ich bin begeisterter Jogger und kein Autofreak.«

»Warum sind Sie überhaupt an dieser Stelle vorbeigekommen? Das ist keine übliche –«

»Der Kaffee ist fertig!«, schrien Hölleisens Frau und alle vier Kinder unisono von der Küche aus nach oben.

»Ja, ich komme ja schon«, rief Hölleisen gutmütig aus dem Arbeitszimmer zurück. Ein komischer Kauz, dieser Jogger. Ob der etwas mit dem Verschwinden von Jennerwein zu tun hatte?

Maria Schmalfuß ging die Szene nicht mehr aus dem Kopf. Hubertus hatte den Stuhl nicht wie sonst sorgfältig an den Tisch gerückt, sondern einfach stehen lassen. Grübelnd tauchte sie den Löffel in den heißen Kaffee. Wie bezeichnete man nur diesen Effekt, wenn jemand eine kleine, aber eingefleischte Gewohnheit plötzlich aufgibt, ohne dass ein zwingender Grund dafür vorliegt? Maria stand auf und eilte im Nachthemd (wallendes Haar, barfuß, Schlaffäustlinge) in ihre kleine Bibliothek, die berstend vollgepfropft mit psychologischer Fachliteratur war. Man hätte wohl auch nichts anderes erwartet. Ehrfurchtsvoll senkte sie im Vorbeigehen ihren Kopf vor einer Lithographie Sigmund Freuds, die an der Wand hing. Dann zog sie das Universallexikon psychologischer Fachausdrücke aus dem Jahr 1929 heraus. Schnell fand sie die Stelle, nach der sie gesucht hatte:

»Der plötzliche Ausbruch aus der Regelrationalität deutet auf den Wunsch hin, den bisher eingeschlagenen Lebensweg zu verlassen, sein Leben radikal zu ändern, auszuwandern, mit allen Freunden zu brechen ...«

Nachdenklich klappte sie das Buch zu. Dann setzte sie sich wieder an den Frühstückstisch und rührte unendlich lange in ihrer Kaffeetasse.

Auch Urs Leber war früh aufgestanden, um wie jeden Tag vor dem Unterricht seine Runden zu drehen. Er lief den listig glitzernden Fluss entlang, dann bog er in dichten Wald ein. Er war im Lauf seiner Joggerkarriere tatsächlich schon vier Mal auf Leichen gestoßen. Er hatte selbstverständlich alle gemeldet und auch jedes Mal einiges zum Erfolg der Ermittlungen beigetragen. Gedankt hatte es ihm niemand. Und dann war ihm diese Sache mit der lebendigen Leiche passiert. Wenn es wenigstens Schüler gewesen wären, die sich den Scherz erlaubt hatten, ihm eine Fake-Leiche in den Weg zu legen! Nein, der Kollege Nierlmayer (Sport, Latein, Altgriechisch) war damals mitten in seiner Herzdruckmassage aufgesprungen, hatte sich das künstliche Blut aus dem Gesicht gewischt und das halbe Kollegium aus dem Wald herausgerufen! Pädagogen wollten das sein, Vorbilder für die Jugend! Leber lief grimmig weiter. Dann dachte er wieder an Drittenbass. Bleich war der Herr Drittenbass gewesen, sehr bleich. Die Augen nach oben gedreht, er hatte sie ihm geschlossen. Das hätte er vielleicht sagen sollen, das war ja schließlich auch eine Berührung. Urs Leber lief wieder zurück in den Kurort. An der Ampel blieb er brav stehen.

»Na, heute gar kein Knee Tuck Jump?«, fragte einer der Wartenden. »Von wegen Steady State?«

Wie mans macht, ists falsch, dachte Urs Leber.

# 4

EIN LEBENSMITTELARCHÄOLOGE:
*Edler Herakles, Sohn des Zeus und der unübertrefflichen Alkmene! Großprankiger Schlangenwürger, Zwillingsbruder des Iphikles, erster Gatte der Megara, zweiter Gatte der Omphale ... Du hast, so hört man, in deinem 11. Abenteuer die Äpfel der Hesperiden aus dem Garten dieser Nymphen geraubt. Ich als Pomologe interessiere mich brennend dafür, was das denn für Äpfel waren. Alte Sorten? Rückzüchtungen? Vielleicht sogar solche von Evas Apfel? Kannst du mir eine Kiste zwecks genauerer Spezifikation schicken?*

Es musste ein Traum sein. Es gab gar keine andere Erklärung dafür. Aber war ein derart präziser Traum überhaupt möglich? Jennerwein schüttelte sich. Die Vögel verstärkten ihren Lärm. Einer flog knapp an ihm vorbei. Die Dämmerung startete jetzt einen Reiterangriff aus allen Richtungen, die wilde Schar kam über die Berge, sie prasselte ins Tal, sie schoss mit Lichtkanonen und schuf eine unwirkliche, kalte Atmosphäre. Eine Atmosphäre der Zwischen- und Schattenwelt. Es konnte nicht anders sein. Er träumte und war sich gleichzeitig bewusst, dass es ein Traum war. Wie hatte Maria diese Art von Träumen noch gleich bezeichnet? Ja, daran erinnerte er sich genau. Sie hatte von einem luziden Traum oder einem Klartraum gesprochen. Man träumt und weiß, dass man träumt. Aber wie konnte man umgekehrt feststellen, dass das, was man gerade erlebte, eben *kein* Traum war? Du musst dich konzentrieren, Jennerwein. Du bist Ermittler, du hältst dir zugute, allen möglichen Nebel aufzuklären, also bring jetzt Licht in dein eigenes Dunkel. Denk nach. Erinnere dich, was Maria damals erklärt hatte.

»Mit einem sogenannten Reality-Check kann man durchaus Herrschaft über einen Traum erlangen.«

Jennerwein sah sie vor sich, die schlaksige und mädchenhafte Erscheinung, in der rauchlosen Rauchpause draußen auf der Terrasse des Reviers stehend und Hölleisen antwortend, der davon erzählt hatte, dass er vom Klettern im Hochgebirge geträumt hatte. Hölleisen träumte immer vom Klettern. Jeden zweiten Tag hatte er einen Klettertraum, in dem er irgendwo hinaufkraxelte und abstürzte.

»Man macht tagsüber einen sogenannten Reality-Check, den man nachts im Traum wiederholen kann.«

»Wie soll das gehen?«, hatte Becker gefragt.

»Man hält sich tagsüber die Nase zu, schließt den Mund und versucht zu atmen. Tagsüber funktioniert das natürlich nicht, aber im Traum wird man weiteratmen können und auf diese Weise erkennen, dass man träumt. Oder man zählt am Tag mehrmals die Finger an der Hand, im Traum sind es meist mehr als fünf.«

Aber nützte ihm das jetzt etwas? Er, der traumlose Kopfmensch, hatte solche Reality-Checks nie durchgeführt, jedenfalls nicht ernsthaft. Trotzdem entschloss er sich dazu, den Versuch zu wagen. Er hielt sich die Nase zu und schloss den Mund. Nach wenigen Sekunden bekam er den altbekannten Lufthunger. Er zählte seine Finger. Es waren fünf an jeder Hand. Aber wirklich zufriedenstellend war das nicht, das alleine konnte doch unmöglich der Beweis sein, dass er *nicht* träumte. Er hatte einmal gelesen, dass elektrische Geräte im Traum nicht funktionierten. Er hob das Smartphone an und kippte es. Die Displaybeleuchtung sprang an.

Jennerwein sah sich um. Kein Mensch weit und breit. Es war eine eindrucksvolle Bühne, aber es gab keinerlei Zuschauer. Auf den Kurort bezogen war es ein Riesenzirkus und die Ränge waren ausnahmsweise einmal leer. Also los. Einen Versuch war es wert. Er lief ein paar Schritte und breitete dabei die Arme zu Flügeln aus. Er machte kindliche Flatterbewegungen, lief Halbkreise, sprang ab und zu in die Höhe, bekam immer mehr eine vage Vorahnung davon, wie es wäre, jetzt abzuheben, über die Wiesen zu fliegen, hin zu den Fichten am Waldrand. Auf dem höchsten Wipfel könnte er sich niederlassen und von Ferne gerade noch die Aussichtsbank erkennen, auf der er geschlafen hatte. Vielleicht würde er sich selbst dort liegen sehen, zusammengekrümmt, embryonal, und er würde sich kaputtlachen über seinen Versuch, die nicht vorhandene Bettdecke wieder hochzuziehen oder vergeblich nach dem Wecker zu tasten. Dann würde er sich wieder von seinem Ast abstoßen, abheben und zusammen mit einigen Wildgänsen weiterziehen ... »Da gewann der Knabe Ikarus plötzlich Spaß am kühnen Flug und stieg zu hoch in seinem Drang nach dem Himmel ...« Hatten sie das in der Schule nicht einmal aus dem Lateinischen übersetzen müssen? Cum puer audaci coepit gaudere volatu ... In diesem erinnerungsvollen Augenblick stolperte Jennerwein beim Flattern, er war wieder Sklave der Schwerkraft und knallte völlig außer Atem auf die taugeträkte Wiese, er rutschte noch ein gutes Stück weiter, bis er endlich liegen blieb, um zu verschnaufen. War das der Beweis, dass es kein Traum war? Deutliche Sinneseindrücke? Das Gras war klatschnass, es roch würzig und frisch, der Humus dampfte in

Erwartung des Tages. Jennerwein stand auf und versuchte sich den Tau und das Gras von der Hose zu wischen. Er fluchte leise. Sein Schädel brummte. Er betastete seine Arme und seine Beine. Eines war sicher: Er steckte in einem anderen Körper. Schreckensstarr stand Jennerwein auf der Wiese, als er ein Geräusch wahrnahm.

Kam jetzt Hilfe? Oder wenigstens eine Erklärung? Noch ziemlich weit entfernt stapften zwei Gestalten langsam den Weg herunter, der in zehn Metern Abstand an der Aussichtsbank vorbeiführte. Sie schienen es nicht eilig zu haben, blieben in kürzeren Abständen stehen, unterhielten sich wohl auch angeregt. Den Umrissen nach waren es Jäger: beide mit breitkrempigen, nach oben spitz zulaufenden Hüten und weiten Umhängen. Zudem hechelten zwei große, aufgeregte Hunde um sie herum. Einer der Jäger trug eine große Flinte in der Hand. Vielleicht war das der Herr Oberforstrat, der seinen unbewaffneten Azubi in die Geheimnisse des Blattschusses einführte. Aber für Jägersleute bummelte das Paar allzu entspannt. Beim Näherkommen konnte Jennerwein erkennen, dass es zwei ältere Herrschaften waren, das, was er für eine Flinte gehalten hatte, entpuppte sich als harmloser Spazierstock. Die Frühaufsteher waren vermutlich ein Rentnerpärchen beim Morgenspaziergang, der von der Apotheken Umschau empfohlen wurde. Jennerwein verließ sein Areal, betrat den ansteigenden Kiesweg und ging ihnen kurz entschlossen entgegen. Aber wie sollte er sich ihnen gegenüber erklären?

»Hallo, guten Morgen, mein Name ist Kommissar Jennerwein und ich stecke im falschen Körper.«

»Ach so, ja klar, das ist ja wirklich eine blöde Situation. Wie können wir Ihnen denn helfen?«

Nein, das war keine gute Idee. Völlig daneben. Überhaupt war es ein dummer Gedanke gewesen, einfach zu den erstbesten Leuten Kontakt aufzunehmen. Er verlangsamte die Schritte, verwandelte sich in den nachdenklichen Wanderer, blickte bald hinauf in die Hochwälder, bald zu Boden, verschränkte dabei die Arme hinter dem Rücken. Als die beiden Alten auf seiner Höhe waren, bemerkte er, dass sie Hörgeräte trugen. Statt etwas zu sagen, nickte er ihnen den Gruß freundlich zu, sie nickten ebenso freundlich zurück. Die beiden Hunde musterten ihn misstrauisch. Er trat einen Schritt zur Seite und ließ das merkwürdige Quartett an sich vorbei. Er musste seine Aktionen besser planen, Spontaneität war momentan weniger gefragt. Die beiden Alten trotteten den Weg hinunter, ohne sich umzublicken. Jennerwein wartete noch eine Weile, bis sie so klein waren, dass er sie nicht mehr erkennen konnte, dann trat er den Rückweg an.

Inzwischen war es eine Spur heller geworden, Jennerwein konnte Einzelheiten erkennen. Aber wollte er überhaupt Einzelheiten erkennen? Abermals warf er einen Blick auf seine Hände. Sie waren massiger, aderndurchzogener, wurstfingriger, als er es gewohnt war. Die Fingernägel waren breiter. Der Teint schien ihm dunkler, aber das konnte auch an den Lichtverhältnissen liegen. Er betrachtete den Ringfinger seiner rechten Hand genauer. Der wies bei ihm normalerweise einen kleinen Winkel auf, vor langer Zeit hatte sich Jennerwein einmal das Fingerendgelenk gebrochen, die Schiene war pfuschig angelegt worden, der Bruch war nicht gut zusammengewachsen. Die Verletzung stammte ausnahmsweise einmal nicht aus dem Dienst, sondern vom Sport. Er hatte beim Volleyball geblockt, ein gegnerischer Angreifer hatte ihm dabei auf die Hand geschlagen. Eiiiins, zweiiiiii und – Bruch des rechten Ringfingers. Dass der Finger nicht mehr ganz funktionsfähig war, spielte eigentlich keine Rolle, Jennerweins Beruf fundierte ja auf der Beweglichkeit der Hirnzellen, nicht auf der der Finger. Konzertpianist konnte er nicht mehr werden, aber das hatte er sowieso nie vorgehabt. Allerdings hatte er Schwierigkeiten, die Dienstpistole zu bedienen, sicherheitshalber hatte er bei den Schießübungen mit der linken Hand trainiert. Jennerwein, der Rechtshänder, schoss immer mit links, mit inzwischen der gleichen Treffsicherheit – keinem war das je aufgefallen. Er betrachtete den Finger genau. Dieses spezielle Überbleibsel einer Sportverletzung fehlte, er konnte den rechten Ringfinger kerzengerade ausstrecken. Es war so, als hätte er nie eine Verletzung gehabt. Wieder kroch ein unheilvolles Frösteln durch den Körper. Lebte er in einer Parallelwelt? In einer Welt, in der ihm am 21. Februar des Jahres 1994 der baumlange und sprunggewaltige Emanuel Schleißheimer beim Volleyballblock *nicht* auf die Pfoten geschlagen hatte? Unmöglich. Völlig ausgeschlossen.

Inzwischen war er wieder am Ausgangspunkt angekommen, der kleinen hölzernen Bank. Routinemäßig bückte er sich und warf einen Blick darunter. Nichts. Dann suchte er mit der schwachen Displayfunzel des Smartphones zusätzlich den Boden im Umkreis von ein paar Metern ab: ebenfalls ohne Befund. Keinerlei Hinweise auf die Geschehnisse. Er drehte das Smartphone um und tippte den dritthäufigsten PIN-Code des Universums ein: 0815. Auch dieser Versuch führte zu nichts, außer dass das Handy jetzt gesperrt war. Schade, denn er hätte gerne sein Gesicht mit der auf sich selbst gerichteten Kamera betrachtet. Er brauchte dringend einen Spiegel. Aber warum war er insgeheim so froh darüber, dass er gerade keinen Spiegel zur Hand hatte? Hatte er Angst vor dem, was er dort sehen würde? Reiß dich am Riemen, zieh das durch, sieh zu, dass du etwas anderes auftreibst, was du als Spiegel benutzen kannst. Jennerwein lehnte sich an die unbequeme Rückenlehne der Bank und atmete durch. Ein Mountainbiker fuhr in rasender Fahrt den Schotterweg hinunter.

Es war jetzt so hell geworden, dass Jennerwein sich daranmachen konnte, die Umgegend genauer zu erforschen, um festzustellen, wo er sich befand. Die Aussichtsbank stand auf dem Rundplateau, das den Talkessel umgab und das mit vielen sich verästelnden Wanderwegen durchzogen war. Den Kurort konnte er von dieser Position aus nicht sehen, aber auf der anderen Seite des Kessels türmten sich wuchtig und plusterfrech die höchsten Gipfel des altbekannten Wettersteinmassivs auf, die sich jetzt scharf und schnittig vom dünnblauen Morgenhimmel abhoben. Ganz rechts machte sich ein morgenschläfriger Mond aus dem Staub. Klar, wenns Probleme gibt, ist der immer als Erster weg. Von der ungemütlichen Bank aus hatte man einen klischeehaft guten Blick auf die wunderbare Landschaft, der Platz für die Bank musste dem Kurdirektor persönlich eingefallen sein. Jennerwein drehte sich um. Der kleine Schotterweg teilte weit oben einen dichten, abweisend wirkenden Fichtenwald, er schlängelte sich in einigen Metern Entfernung an der Aussichtsbank vorbei und führte etwas weiter unten an einem bewaldeten und gepflegten Grundstück entlang, auf dem man die Türme eines Gebäudes erkennen konnte, das nach Villa, Denkmalpflege und Gärtner in Seidenschürzen aussah. Jennerwein kam dieses Panorama bekannt vor, sehr bekannt sogar, doch er konnte sich beim besten Willen nicht daran erinnern, schon einmal hier gewesen zu sein. Aber klar, es war wahrscheinlich einer der millionenfach abgelichteten Aussichtspunkte, der Milliarden von Postkarten und Billionen von RTL-Sendungen zum Thema Schönes Landleben zierte. Oder war das ein Ort von besonderer Instagramability, wie Nicole solche überlaufenen Plätze immer bezeichnete?

Direkt vor Jennerwein breitete sich eine saftig grüne, huckelige Wiese aus, leicht abfallend und wieder ansteigend, mit kleinen Latschen und Krüppelkiefern durchsetzt, die an der Fichtengruppe am Waldrand auslief. Das Bergmassiv auf der gegenüberliegenden Seite des Tals erstrahlte jetzt in voller Pracht, wie Silberpapier dröhnten und raschelten die Felswände. Gleich einer riesigen Grimasse blitzten die Felszacken höhnisch zu ihm herüber: Siehste, Jennerwein, jetzt bist du mit deinem Latein am Ende! Jennerwein konnte einige der Berge identifizieren, aber die Perspektive war ihm so fremd, dass er nicht alle zusammenbrachte. Eines war klar: Hier war er noch nie im Leben gewesen. Bis gestern jedenfalls nicht. Zitternd und gegen die Schmerzen des ungewohnten Körpers ankämpfend, stand er auf und überquerte die Buckelpistenwiese Richtung Tal, wich dabei immer wieder den knochentrockenen Latschenstummeln aus. Er ahnte, dass man in einer Entfernung von fünfzig Metern einen noch denkwürdigeren Ausblick haben würde, nämlich auf den Talkessel, in dem der Kurort lag. Bald kam er am Rand der Klippe an, die Grasnarbe brach steil ab, es war nicht ratsam, dort hinunterzusteigen, so locker war der Kies. Aus dieser Perspektive hatte er den Kurort noch nie betrachtet, er befand sich hier weder in der Nähe seiner Pension Edelweiß, in der er immer wohnte, wenn er im Kurort zu tun hatte, noch in der Nähe des Polizeireviers. Vielleicht hatte er gestern

Abend oder nachts noch einen Einsatz gehabt, vielleicht war er jemandem gefolgt und war dann niedergeschlagen worden. Den Schmerzen zufolge mussten sie ihn ziemlich durchgeprügelt haben. War es möglich, dass er dadurch völlig die Orientierung verloren hatte und sich selbst nicht mehr erkannte? Er betastete unwillkürlich seinen Kopf. Lag eine Kopfverletzung und eine damit verbundene Bewusstseinstrübung vor? Wie auch immer. Er musste jetzt die Sache anpacken, vor der er sich am allermeisten fürchtete. Er musste sein Gesicht im Spiegel betrachten. Bestimmt klärte sich dadurch alles auf. Vielleicht war aber auch alles noch viel schlimmer. Mit der Kamera des Smartphones funktionierte es nicht. Eine Pfütze hatte er weit und breit nirgends entdeckt. Aber der Weg, der in einiger Entfernung an dem Villengelände vorbeiführte, mündete sicher in einer Straße. Auf der Autos parkten. Die wiederum Seitenspiegel hatten. In denen man sein Spiegelbild erkannte. Oder auch nicht. Am ganzen Körper zitternd, schlug er den Weg ein, der hinunter zu der Villa führte. Die Schuhe, die er trug, waren dafür überhaupt nicht geeignet. Wenn er es sich recht überlegte, konnte er mit ihnen unmöglich durch den ganzen Ort marschiert sein.

Abgesehen von den unbequemen Schuhen musste er auch gegen den ungewohnten, unrunden Gang ankämpfen, den ihm der fremde Körper aufzwang. Jeder Schritt auf dem rutschigen Kies war ein Martyrium. Jennerwein erreichte schließlich den hohen, kunstvoll geschmiedeten Zaun, der die Villa umgab, er konnte einen Blick auf das Grundstück erhaschen. Etwas zurückgesetzt erhob sich das altmodische Landhaus mit vielen Erkerchen und Türmchen, er hätte sich kaum gewundert, wenn jetzt auch noch ein versteckter Chor »Over at the Frankenstein place …« gesungen hätte. Es war die Richard-Strauss-Villa, er hatte sie aus dieser Perspektive noch nie gesehen. Kein Wunder, hier war ja auch noch kein Mord passiert. Es war jedenfalls keiner gemeldet worden. Zumindest konnte sich Jennerwein jetzt orientieren. Etwas weiter unten, in der Richtung, in der die beiden Wanderer verschwunden waren, verlief eine größere Straße. Kaum war er zweihundert Meter weitergelaufen, als er einen alten Lieferwagen entdeckte, der neben einem Gartenzaun parkte. Die letzten Schritte rannte Jennerwein. Er ahnte eigentlich schon, was ihm jetzt blühte, doch das, was er in dem kleinen, schmutzigen Seitenspiegel sah, ließ ihm einen eiskalten Schrecken in die Glieder fahren. Er wandte sich unwillkürlich ab, als hätte er ein furchtbares Monster gesehen. Aber es war kein Monster, es war ein ganz normales, durchschnittliches Gesicht. Das ihn einen kurzen Moment entsetzt angestarrt hatte. Und sich sofort wieder abgewandt hatte. Jennerwein lehnte sich mit dem Rücken an den Lieferwagen, schwer atmend und mit zusammengekniffenen Augen. Er musste sich zwingen, wieder in den Spiegel zu sehen. Er riss die Augen auf und blickte hinein. Der Anblick des fremden Gesichts jagte eine Angstwelle nach der anderen durch seinen Körper. Und der andere im Spiegel blickte genauso verwirrt, wie er sich momentan fühlte. Es gab keinen Zweifel mehr. Jennerwein hatte jetzt die schreckliche Gewissheit, dass er sich in jemand anderen verwandelt hatte, in jemand vollkommen anderen. Die Nase war viel wulstiger und grobporiger als die seine, der Teint war wesentlich dunkler und sonnengebräunter. Aber das konnte natürlich auch an dem matten, fast blinden Spiegel liegen. Den feinen, dandyhaften Oberlippenbart, über den Jennerwein schon bei seinen Tastversuchen erschrocken war, empfand er als lächerlich. Die runden, tatendurstig wirkenden Augen seines Gegenübers strahlten ihn schwarz und unergründlich an, und das Haar war tatsächlich so kurz geschnitten, wie es jetzt bei jungen Leuten Mode war. Die andere Augenfarbe, die ungewohnte Gesichtsform, das vorspringende Kinn, die tiefliegenden Augen, der vollkommen fremde, fast herausfordernde Blick – alle diese einzelnen kleinen Veränderungen nahm Jennerwein mit wachsendem Entsetzen wahr. Er rieb mit dem Jackenärmel an dem zerkratzten Spiegel, als ob doch noch eine kleine Hoffnung bestünde, dass dadurch wieder sein wahres, altes, vertrautes Gesicht zum Vorschein käme. Vergeblich. Das Gesicht im Spiegel öffnete erschrocken den Mund, die Augen weiteten sich entsetzt, der Kopf neigte sich nach hinten und stieß einen verblüfften, ungläubigen Schrei aus. Fassungsloses Grauen machte sich in Jennerweins sonst so nüchterner Welt breit. Sollte er sich weiter quälen und das fremde Gesicht betrachten, ein Gesicht, in dem nichts, aber auch gar nichts so war, wie er es gewohnt war? Er wandte sich ab.

Dann trat er zurück und atmete tief durch. Das erste Mal in seinem Leben war Kriminalhauptkommissar Hubertus Jennerwein vollkommen ratlos und verwirrt. Die kleine Hoffnung, dass alles nur eine Täuschung war, Firlefanz und Schabernack, hatte sich zerschlagen. Er steckte im Körper eines ihm vollkommen fremden Menschen. Ungläubig wagte er abermals einen Blick in den Spiegel, er starrte sich an und fühlte sich seltsam beobachtet von dem anderen Wesen. Inzwischen waren bestimmt zwei Stunden vergangen, und er hatte immer noch nicht die geringste Ahnung, wie es zu dieser Verwandlung gekommen war. Doch jetzt beschloss er, nicht von einer Unerklärlichkeit zur anderen zu taumeln, sondern systematisch vorzugehen. Wenn er den dramatischen Zustand schon nicht verändern konnte, musste er zumindest herausfinden, was passiert war. Jennerwein gab sich den Auftrag, in eigener Sache zu ermitteln.

Er ballte die Fäuste und warf seinem Spiegelbild einen spöttischen Blick zu. Dass der andere noch spöttischer zurückgrinste, beantwortete er mit einem trotzigen Kopfschütteln.
»Können wir Ihnen vielleicht helfen?«
Blitzartig drehte er sich um. Hinter ihm standen die beiden Alten, die Spaziergänger mit den Lodenumhängen und Jägerhüten. Die beiden Hunde streng bei Fuß.

Ein bohrender, angstvoller Schauer überkam ihn. Er wusste, er musste etwas sagen. Und er hatte keine Ahnung, wie seine Stimme klingen würde. Die Alten starrten ihn misstrauisch an.

# 5

ALFONS SCHUHBECK:
*Herakles soll mir zeigen, wie man eine Sauce béarnaise aufschlägt, die niemals gerinnt. Schön wäre es auch, wenn er bei mir als Saucier arbeiten könnte. Vielleicht halbtags. Weil er doch ein Halbgott ist, oder nicht?*

»Können wir Ihnen vielleicht helfen?«, wiederholte die Frau, sprach dabei auch etwas langsamer und deutlicher, wie für einen Ausländer, Schwerhörigen, Alien oder sonstwen, zu dem die Worte in normaler Geschwindigkeit nicht so recht durchdringen wollten.

Jennerwein hatte schon eine höfliche Replik auf den Lippen, zögerte aber mit einer Antwort, weil er nicht sicher war, was für furchtbare Kakophonien dabei herauskamen, wenn er sprach. Er stand zwei Schritt von den beiden hilfsbereiten Zeitgenossen entfernt, und jetzt fragte die Frau mit dem Jägerhütchen erneut, diesmal mit noch größerer Deutlichkeit:

»Können wir Ihnen vielleicht helfen?«

Jennerwein schüttelte einfach nur den Kopf und versuchte dabei freundlich auszusehen. Doch er wusste, dass die Freundlichkeit von seinem Gehirn nicht bis zu seinem Gesicht durchgedrungen war. Es fühlte sich so an, wie wenn man das erste Mal ein fremdes Auto fährt. Dann aber gab er sich einen Ruck und antwortete:

»Nein, nein, es geht mir gut.«

Weil die beiden Alten nicht gleich schreiend davonliefen, fügte er hinzu:

»Ganz lieb von Ihnen, danke der Nachfrage, ich habe nur – ich habe eben in den Spiegel hier gesehen – weil ich mich zu Hause beim Rasieren geschnitten habe –«

Seine neue Stimme klang zwar hölzern und abgehackt, sie unterschied sich grundlegend von seiner alten, aber schon nach den ersten paar Worten schienen sich die Silben ein wenig flüssiger aneinanderzureihen. Jennerwein schnaufte durch und fuhr fort.

»Es ist nämlich so, wir hatten gestern eine kleine Feier, so unter Kollegen, wenn Sie wissen, was ich meine. Es wurde spät, der Chef gab eine Runde aus, da kann man ja nicht nein sagen –«

Je mehr er sprach, desto mehr machte er sich diese fremde Stimme zu eigen. Sie war etwas kehliger als die seine, auch wesentlich tiefer und breiter. Er war bisher immer einen wendigen Pkw gefahren, jetzt steuerte er einen Bus. Die beiden Alten hörten ihm mitleidsvoll lächelnd zu, schließlich musterten sie ihn von oben bis unten, und Jennerwein folgte ihrem Blick. Er befand sich tatsächlich in einem derangierten Zustand. Die Nacht auf der Bank hatte seine Kleidung zerknittert, zudem klebten vereinzelt Grashalme und kleine Zweige an seiner Jacke, allesamt Reste des misslungenen Dädalus-und-Ikarus-Flugversuchs. Die Hose war an den Knien vollkommen durchnässt. Er musste ein schreckliches Bild abgeben.

»Ja, wenn Sie meinen«, sagte die Frau mit der beißenden Ironie des Alters, hinter der lebenslange Übung steckt. »Dann noch einen schönen Tag.«

»Danke ...«

Dieses eine kleine abgenutzte Wort misslang Jennerwein auf ganzer Linie. Es drang nur ein Kratzen aus seiner Kehle. Er merkte schon: Je längere Sätze er bildete, desto flüssiger klang es. Er musste vorerst die kurzen Ansagen vermeiden.

»Danke ... ich wünsche Ihnen ebenfalls einen wunderbaren Tag. Heute soll es ja die ganze Zeit so schön bleiben. Am Abend erst ein Gewitter, so um zehn Uhr herum. Sie sind aber wirklich früh unterwegs. Aber Morgenstund' und der frühe Vogel –«

Jennerwein war es nicht gewohnt, derartige Nichtigkeiten von sich zu geben, er hasste Smalltalk wie die Pest, aber je mehr er sprach, desto mehr gewöhnte er sich an die fremde Stimme. Die beiden Alten hörten ihm kopfschüttelnd zu. Sie ahnten wohl, dass hier etwas nicht mit rechten Dingen zuging.

»Ja, dann wollen wir mal wieder«, sagte der Mann und ergriff den Arm der Frau.

Sie verbeugten sich synchron, dann wandten sie sich zum Gehen. Jennerwein sah ihnen nach, bis sie um die Ecke verschwunden waren. Sie hatten ihn anscheinend vorhin den Schotterweg herunterkommen sehen, hatten sich Sorgen gemacht und waren eigens noch einmal zurückgekommen. Freundliche Mitmenschen. Liebenswürdige Alte. Harmlose Bettflüchtlinge. Trotzdem musste er aufpassen. Solange er nicht genau wusste, was mit ihm los war, durfte er sich nicht so auffällig verhalten. Er sah sich um. Niemand beobachtete ihn. Der Lieferwagen war am Straßenrand geparkt, er hatte vorhin in den linken Seitenspiegel geschaut, der der Straße zugewandt war, jetzt zwängte er sich in den schmalen Streifen zwischen Gartenzaun und Wagenseite zum anderen Seitenspiegel. Der Zaun grenzte an ein leeres Grundstück, in die Mitte war ein Schild mit der verheißungsvollen Inschrift HIER ENTSTEHT DEMNÄCHST gerammt. Was nun dort demnächst entstehen sollte, verdeckte eine große, abgeratzelte Bauplane. Jennerwein blickte sich mehrmals um, unauffällig, wie er meinte. Niemand kann dich hier sehen, Jennerwein. Die Straße selbst ist menschenleer, und vom verlassenen Baugrundstück aus wird sich kaum jemand die Mühe machen, einen zerknitterten Typen wie dich zu beobachten. Reiß dich zusammen, Jennerwein. Check deine Umgebung und suche nach Auffälligkeiten. Mach genau das, was du sonst auch immer machst. Such das abweichende Muster in einem regelmäßigen Bild.

Jennerwein hatte schon vorhin beim Heruntergehen die Geldbörse des fremden Mannes in der Innenseite des Jacketts gespürt, jetzt zog er sie heraus und durchsuchte sie. Ein paar kleine Scheine, Münzen, ein abgegriffener Personalausweis samt Führerschein und schließlich die EC-Karte. Laut der Papiere hieß der Mann, dessen Kleidung Jennerwein trug und in dessen Körper er offensichtlich steckte, Leonhard Pelikan. Er war in etwa so alt wie Jennerwein und hatte die gleiche Körpergröße. Merkwürdig war das schon. Hunderte von Malen hatte Jennerwein in seiner Dienstlaufbahn Ausweise kontrolliert. Nie hätte er gedacht, dass er die ›Identitätsfeststellung zur Abwehr einer drohenden Gefahr für ein bedeutendes Rechtsgut‹ einmal bei sich selbst durchführen würde. Und jetzt umspielte ein Lächeln Jennerweins Lippen. Es war ein winzig kleines Lächeln. Er hielt den Gesichtsausdruck fest und schaute abermals in den Spiegel, kam sich dabei vor wie ein Teenager, der vor dem Rave nochmals die coole Visage überprüft. Das Lächeln, das er im Spiegel sah, war falsch wie das Weltbild des Ptolemäus. Jennerwein riss seinen Blick los und durchkämmte weiter die Brieftasche. Hinweise auf den Beruf des anderen gab es nicht, aber seine Adresse stand natürlich im Personalausweis. Pelikan wohnte in einer Siedlung am Rande des Kurorts. Kein ganz schlechtes Viertel, aber auch nicht das allerbeste. In einem Seitenfach des Portemonnaies steckte ein Schlüssel mit dem Anhänger ›Wohnung‹. Das war doch schon mal ein kleiner Fahndungserfolg. Er hoffte, dass der Schlüssel passte.

Jennerwein lehnte sich seufzend an die Seitenwand des Lieferwagens. Immer häufiger fuhren Autos vorbei, bald musste der Berufsverkehr beginnen. Was sollte er jetzt tun? Wem konnte er sich anvertrauen? Sein Blick ging wieder hin zu dem Schild auf dem leeren Grundstück HIER ENTSTEHT DEMNÄCHST. Weg mit diesen Nebensächlichkeiten! Sie helfen dir jetzt nichts, Jennerwein. Du musst einmal über Drogen, Halluzinogene und komatöse Phantasien nachdenken. Vielleicht liegst du im Krankenhaus, bist bei einer Verfolgungsjagd schwer verletzt worden. Liegst bewegungslos und spintisierst dir etwas zusammen. Und wenn nicht, musst du das ausschließen!

Solche komatösen Phantasien hatte Maria Schmalfuß im letzten Jahr durchlebt. Als sie aus der Klinik entlassen wurde, hatte sie ihm von der erschreckend präzisen Detailgenauigkeit ihrer medikamentenbeeinflussten Trugbilder erzählt. Sie war wegen einer Kopfverletzung ins künstliche Koma versetzt worden und hatte sich dabei das Wien des Jahres 1921 zusammengereimt, ausgesprochen realistisch, inklusive Prater, Stephansdom und Schloss Schönbrunn, und sie hatte sich bei dieser Gelegenheit angeregt mit Dr. Sigmund Freud unterhalten. Das Ganze wäre so plastisch und wirklichkeitsgetreu wie im richtigen Leben gewesen. Jennerwein blickte nochmals in den Spiegel. Sein Gegenüber sah äußerst skeptisch drein. Und schüttelte dazu ablehnend den Kopf. Die Ereignisse hier waren doch viel zu lang andauernd und zu beständig, um sich lediglich in einer komatösen Phantasie abzuspielen! Wie um den Gedanken zu bebildern, hörte Jennerwein die unverkennbaren Motorengeräusche eines schweren Brummers, und tatsächlich näherte sich in der ansonsten menschenleeren Straße ein Lastwagen. Jennerwein lugte hinter seinem Versteck hervor. Es war einer der gemeindeeigenen Müllwagen, der die giftgelben Säcke, in denen Plastik gesammelt wurde, auflas. Jennerwein duckte sich wieder hinter seinem Lieferwagen, bis der Müllwagen vorbeigefahren war.

Dann machte er sich daran, die Kleidung, die er trug, genauer zu untersuchen. Sowohl in das Jackett wie in die Hose waren Etiketten des gleichen Modelabels eingenäht. Soweit Jennerwein das beurteilen konnte, handelte es sich um eine bestimmt nicht ganz billige, aber doch in gewisser Weise biedere Kombination, mit modischen Farben und seinem Geschmack nach viel zu affigen Mustern. Jennerwein war in seiner Kleidungsauswahl pragmatisch, so etwas Buntgeschecktes hätte er nie getragen. Auch die Schuhe schienen dem neuesten Modetrend zu entsprechen, er konnte sich nicht vorstellen, mit diesen schreiend senfgelben Galoschen im Besprechungszimmer des Reviers zu sitzen. Maria hätte sofort eine Bemerkung darüber gemacht:
»Aber Hubertus, Sie sehen ja aus wie ein Vorabendserienmafioso!«
Jennerwein strich mit der Hand über den Stoff, er fand ein paar eingerissene Stellen und fehlende Knöpfe, die alle von einem Sturz herrühren konnten. Von dem Sturz vorhin auf der Wiese? Er zog die Jacke aus und betrachtete den linken Ärmel. An der Nahtstelle zum Rückenteil war ein tiefer Riss

zu sehen, an dem lose Fäden herausquollen. Er musste also an der Schulter gepackt und nach hinten gezogen worden sein, nur so waren die Beschädigungen erklärbar, gewöhnliche Abnutzungserscheinungen waren es jedenfalls nicht. Jennerwein stellte sich aufrecht hin, hielt die Jacke hoch und versuchte sich vorzustellen, wie ihn jemand leicht schräg von hinten an der Jacke gepackt hatte. Die Rissstelle war ziemlich hoch, das deutete darauf hin, dass der Angreifer ihm von oben an die Schulter gegriffen hatte, er musste also wesentlich größer sein als er selbst – beziehungsweise Pelikan. Jennerwein drehte die Jacke auf die evangelische Seite, dabei bemerkte er, dass zwei Zierknöpfe am Kragen abgesprungen und auch das Innenfutter eingerissen war. Hier hatte der Angreifer wahrscheinlich ein zweites Mal zugepackt. Jennerwein streifte den Hemdsärmel hoch. Am Oberarm waren zwei dunkelblaue Hämatome zu sehen, die von einer kräftigen Hand stammen konnten. Doch das waren alles nur Vermutungen. Für eine exakte Rekonstruktion des Geschehens bräuchte er Beckers Instrumente, wenigstens aber eine starke Lupe. Er betastete die äußere Brusttasche, in der bei alten Herren oft das Einstecktüchlein prangte. Er fand Pelikans Lesebrille. Damit war klar, warum er beim Studieren des Ausweises so verschwommen gesehen hatte. Jennerwein fluchte leise. Ohne die präzisen Messinstrumente der Spurensicherung kam er einfach nicht weiter. Er brauchte Becker und seine Geräte. Er brauchte Nicole und ihre unkonventionellen bis abwegigen Ideen. Er brauchte Hölleisen und seine bodenständige Schläue. Und er brauchte Maria. Herrgott nochmal! Noch nie hatte er das Team nötiger gebraucht als jetzt. Konnte er sich wirklich keinem von ihnen anvertrauen? Nach über zehn Jahren Zusammenarbeit musste das doch möglich sein. Er ging die Teammitglieder durch und stellte sich vor, auf welche Weise jeder Einzelne auf eine derartige Kontaktaufnahme reagieren würde ...

»Frau Kommissarin Schwattke, darf ich Sie kurz alleine sprechen?«
»Ja, klar. Worum gehts?«
»Können wir dazu in ein separates Zimmer gehen? Es ist eine heikle Angelegenheit.«
»Sie müssen mir schon sagen, um was es geht. Wer sind Sie?«
»Das ist ja das Problem.«
»Weisen Sie sich bitte aus.«
»Hier sind meine Papiere, aber –«
»Herr Pelikan, Herr Leonhard Pelikan?«
»Nein, der bin ich eben nicht.«
»Warum zeigen Sie mir dann einen fremden Ausweis?«
»Nicole, wir hatten vor drei Jahren zusammen einen Einsatz im Greininger Hölzl. Wir haben uns von oben abgeseilt, wir waren ganz allein in der Wand –«
»Jetzt reichts aber! Bitte sagen Sie mir, wer Sie sind, ein drittes Mal frage ich nicht.«
»Wir sind zusammen klettern gewesen, vor vier Jahren, in der Dreherwand. Da haben wir eine Leiche geborgen.«
(Nicole dreht sich um und ruft ins Nebenzimmer:)
»Kommen Sie bitte rüber! Ich brauche Unterstützung! Schnell!«
(Zwei Polizeibeamte mit gezückten Waffen stürmen herbei.)
Nächster Versuch.

»Polizeiobermeister Hölleisen?«
»Ja?«
»Das, was ich Ihnen jetzt sage, wird Sie schockieren.«

»Dann raus mit der Sprache.«

»Ich bin Beamter der Bayrischen Polizei.«

»Na, so schockierend ist das jetzt auch wieder nicht. Ich habe mich an den Zustand schon längst gewöhnt. Wie ist denn Ihr Name?«

»Der tut jetzt nichts zur Sache.«

»Meinen Sie?«

»Fragen Sie mich bitte etwas, was nur ein Polizist wissen kann.«

»Also gut. Äh – nennen Sie mir die Einsatzchiffre für Bombendrohung.«

»017.«

»Und die für Banküberfall?«

»021.«

»Zechprellerei?«

»025.«

»Verfolgung, Totschlag, Schwertransport?«

»035, 039, 049.«

»Und was steckt hinter den Nummern 088, 094, 112, 118 und 091?«

»Gasgeruch, Grober Unfug, Notlandung, Ruhestörung, Geisteskranker.«

(Hölleisen ist verblüfft, fasst sich aber schnell wieder.)

»Das sagt gar nichts. Das steht auch im Internet, das haben Sie auswendig gelernt.«

»Fragen Sie mich was anderes.«

»Hören Sie, das ist ein Polizeirevier und keine Quizshow. Gehen Sie bitte. Und stehlen Sie mir nicht die Zeit.«

So funktionierte das nicht. Er musste, wenn schon, feinfühliger und sachkundiger vorgehen.

»Frau Dr. Schmalfuß, haben Sie eine Minute Zeit?«
»Ja, bitte kommen Sie herein.«
»Danke. Ich darf mich setzen?«
»Natürlich, wo Sie wollen.«
»Schöne Bilder haben Sie hier an den Wänden.«
»Das freut mich, dass sie Ihnen gefallen. Pilze haben doch etwas äußerst Beruhigendes, finden Sie nicht auch?«
»Maria – Frau Dr. Schmalfuß, ich bin nicht der, den Sie vor sich sehen.«
»Interessant.«
»Sie haben einmal erzählt – ich habe einmal von dem Begriff Depersonalisation gehört. Ich befürchte, mein Bruder leidet daran.«
»Wenn das so ist, dann leidet Ihr Bruder an einer schweren Psychose, an einer psychotischen Wahrnehmungsstörung. Die Betroffenen erleben sich dabei als fremd und unwirklich.«
»So ist es eigentlich bei meinem Bruder nicht. Er erlebt sich ganz real, aber eben als ein anderer.«
»Empfinden Sie Teile des eigenen Körpers als nicht zu Ihnen gehörig? Dann handelt es sich um eine sogenannte Xenomelie –«
»Es sind nicht nur Teile meines Körpers. Es ist der ganze Körper. Also, der von meinem Bruder.«
»Und als wen empfinden Sie sich momentan?«
»Als Kommissar Jennerwein.«
»Mhm. Wissen Sie was, gleich kommen Kollegen, die Sie ärztlich betreuen. Sie sind schon unterwegs, sie dürften jeden Augenblick hereinkommen. Ich empfehle Ihnen, keinerlei Widerstand zu leisten –«

Jennerwein schüttelte die Gedankenspiele ab. Die führten zu nichts. Was er auch für einen Weg wählte, sich jemandem anzuvertrauen, er konnte sich tatsächlich keinen einzigen Kollegen aus dem Team vorstellen, der ihm diese Geschichte glaubte. Jeder würde sofort nach dem psychologischen Dienst rufen oder ihn rauswerfen, er selbst würde es auch nicht anders machen. Sosehr er auch in seinem Gedächtnis grub, alte Fälle abklopfte, nach gemeinsamen Erlebnissen mit Kollegen suchte, er kam zu keinem Ergebnis. Ihm fiel keine einzige Episode ein, von der sonst niemand wissen konnte. Langsam dämmerte Jennerwein, dass er nie und nimmer beweisen konnte, dass er Jennerwein war. Er entsann sich keiner einzigen Information, die nur ihm selbst bekannt war und die nicht irgendwo protokolliert oder ableitbar war. Wilde Angst erfasste ihn. Er erinnerte sich an drastische Fälle von Menschen, die für immer in der Psychiatrie verschwunden waren, weil sie auf einer bestimmten Einzelheit beharrt hatten, die nicht im Einklang mit den Naturgesetzen stand. Oder die sich ihren Eltern oder Ehepartnern anvertraut hatten, weil sie dachten, da könne gar nichts passieren. Oder lag er mit seinem wirklichen Körper irgendwo in einem Wassertank, und das hier war sein Second Life, das er mit seinem Avatar durchspielte? Würden am unteren Bildrand gleich die unerbittlichen Schriftzeichen GAME OVER eingeblendet? Musste er eine Münze nachwerfen, um weiterzuexistieren? Jennerwein streifte sich das zerrissene Jackett wieder über. Er durfte sich nicht in Gedankenspielen verlieren, er musste handeln. Und versuchen, mehr über Pelikan herauszubekommen. Er beschloss, seine eigene Privatwohnung im Knick aufzusuchen und dort in Ruhe darüber nachzudenken, was zu tun war. Vielleicht konnte er in seinem Computer etwas über den Mann erfahren, in dessen Körper er steckte. Jennerwein säuberte

Hose und Jacke, so gut es ging, und machte sich auf den Weg zum Bahnhof.

Nach ein paar Schritten hielt er inne und lief den Weg wieder zurück. Ihm war etwas eingefallen. Der Müllwagen von vorhin hatte ihn auf eine Idee gebracht. Vielleicht war es nützlich, sich die Aussichtsbank und deren Umgebung nochmals bei Helligkeit anzusehen. Vielleicht fand er Fuß-, Schleif- oder Reifenspuren, die etwas darüber verrieten, auf welche Weise er dort hingebracht worden war. Denn dass er freiwillig auf der Aussichtsbank übernachtet hatte, schloss er aus. Schon von weitem konnte er ausmachen, dass auf der Bank jemand saß. Es war ein junger Mann, der sein Mountainbike auf den Boden geworfen hatte und sich ausruhte. Jennerwein schritt den Wanderweg weiter hinauf, spielte den müßigen Morgenspaziergänger, der über das Leben nachsinnt und dabei zerstreut auf den Boden blickt. Eine genauere Untersuchung der Bank war wegen des jungen Mannes allerdings nicht möglich, denn der machte keine Anstalten aufzustehen. Jennerwein schätzte die Breite des Schotterwegs auf gut zwei Meter, er schien regelmäßig gepflegt und neu bekiest zu werden, eigentlich ein Paradies für Spurensicherer. Jennerwein kam jetzt in die Nähe der Bank, der Mann musterte ihn nachlässig und mäßig interessiert. Kurz bevor der Weg einige Meter an der Bank vorbeiführte, bückte sich Jennerwein und tat so, als würde er sich die Schnürsenkel binden. Im Splitt waren lediglich Schuh- und Fahrradspuren zu sehen, er war sich sicher, dass hier in den letzten Stunden kein Auto gefahren war; dessen Reifenspuren wären auf jeden Fall sichtbar gewesen. Er machte sich wieder auf den Weg zum Bahnhof. Vor dem Villengelände ging der Schotterweg in einen unasphaltierten, doppelt so breiten, befahrbaren Lehmweg über, und genau am Übergang, an der Stelle, an der die beiden Wege sich trafen, fand er, was er schon vermutet hatte. Breite Reifenspuren eines großen und schweren Fahrzeugs führten von unten her bis zum Schotterweg, dann in einem spitzen Winkel wieder zurück, etwas schlängelnd und die erste Spur mehrmals überkreuzend. Hier war ein Lastwagen oder ein Bus hochgefahren, hatte auf dem Kies gestoppt, war dann, nicht mehr ganz so kerzengerade und die Richtung mehrmals korrigierend, die gleiche Strecke wieder zurückgerollt. Er versuchte Schleifspuren zu finden, die nach oben führten, doch dazu war der Kiesweg schon zu sehr zertrampelt. Es musste ein äußerst schwerer Laster gewesen sein, auf dem Lehmweg war deutlich die Zwillingsbereifung zu erkennen. Und in regelmäßigen Abständen von etwa eineinhalb Metern war in einer Spur immer derselbe Abdruck zu finden, wahrscheinlich steckte ein Steinchen im Profil des rechten Außenreifens. Jennerwein hätte gerne noch weiter recherchiert, doch immer mehr frühe Wandervögel und Spaziergänger mit Hunden kamen jetzt den Weg herauf. Unauffällig weiterzuforschen war nicht mehr möglich.

»Sag mal, der Typ war doch nicht ganz dicht, oder?«
»Wen meinst du? Den eben?«
»Ja, klar, sonst haben wir ja keinen getroffen.«
»Was?«
»Sonst haben wir ja keinen getroffen!«
Die beiden Alten wackelten die Straße entlang, wie jeden Morgen. Sie gingen immer dieselbe Tour, sie führten ihre verspielten Höllenhunde vom Friedhof aus den Kramerplateauweg entlang, an der Kriegergedächtniskapelle vorbei, den Kreuzweg hinunter zu der Villa, die einst der große Sohn des

Kurorts bewohnt hatte, dann wieder zurück zum Friedhof. Sie wohnten in der Friedhofstraße.

»Glaubst du, dass er gefährlich ist? So richtig allgemeingefährlich?«

»Ein normaler Kater nach einem Besäufnis sieht anders aus. Die irren Augen, als er in den Seitenspiegel geschaut hat! Das verschreckte Verhalten! Das Stottern. Und der schlingernde Gang. Der platzte doch vor krimineller Energie! Der hatte was vor. Was Übles. Ich als pensionierter Polizist sehe so was sofort.«

»Ich weiß nicht so recht. Bloß, weil jemand in einen Autospiegel schaut, braucht er doch nicht gleich was im Schilde zu führen.«

»Aber er hat irgendwie verbissen und fanatisch ausgesehen! Findest du nicht?«

»Du hast schon recht. Er ist ja schon oben auf dem Plateau an der Klippe gestanden, als ob er gleich springen würde. Ich tippe eher auf einen Rauschgiftsüchtigen. Der hat sich eingebildet, er wäre ein Vogel, und wollte den Abhang hinunterspringen. Das ist doch typisch!«

»Wir sollten die Polizei anrufen.«

»Vielleicht anonym. Mit verstellter Stimme.«

»Was?«

»Vielleicht anonym. Mit verstellter Stimme.«

»Wieso mit verstellter Stimme?«

»Was?«

»Wieso mit verstellter Stimme?«

»Ja, wieso eigentlich mit verstellter Stimme?«

# 6

DONALD TRUMP:
*Herakles? Nie gehört! Ein Typ, der alles kann? Ein Genie, das seit jeher die schwierigsten Aufgaben gelöst hat? Aber das bin doch ich!*

»Ja bitte?«, keuchte Franz Hölleisen ins Telefon.

Er hatte gerade die Tür des Reviers aufgestoßen, hatte seine Privatklamotten noch gar nicht aus- und seine blaue Polizeiobermeisteruniform nicht angezogen, hatte seine Brotzeitbox noch gar nicht aus der Tasche genommen und in den Kühlschrank gestellt, da hatte schon das Telefon geklingelt.

»Ja, bitte? Ich bin gerade reingekommen, ich habe meine Dienstkleidung noch gar nicht angezogen, ich habe ehrlich gesagt meine Brotzeitbox noch gar nicht ausgepackt, der Fleischsalat muss unbedingt in den Kühlschrank, Herr Frick … Ein Irrer, sagen Sie? Ein komischer Typ? … Aber sagen Sie, Herr Frick: Was war an dem Typen komisch? … Moment, ich notiere mir das … Hat er denn jemanden angegriffen? … Und wo haben Sie ihn gesehen? In der Märklinstraße? In der Nähe der Richard-Strauss-Villa, soso. Beschreiben Sie ihn einmal. … Ja freilich, hab ich, ein sonnengebräunter Hallodri, wahrscheinlich betrunken. Und hat er Sie angesprochen? … Ach so, *Sie* haben ihn angesprochen! Warum das denn? Er ist geflattert wie eine Henne … Ja, ich sehe mich da draußen einmal um. Danke für Ihren Anruf, Herr Frick.«

Hölleisen schnaubte. Das Ehepaar Frick. Er ein pensionierter Polizist. Sie war auch nicht viel besser. Beide über achtzig.

Schwerhörig. Aber wachsam wie die Murmeltiere. Alle paar Wochen riefen die an. Und immer glaubten sie etwas gesehen zu haben, was auf ein Verbrechen hindeutete. Franz Hölleisen schrieb noch einen Zettel für die Kollegen, »Komme gleich wieder!«, und schon saß er im Dienstwagen, Richtung Märklinstraße.

Langsam trafen die anderen Teammitglieder ein und versammelten sich um den Besprechungstisch. Einzig Nicole blieb am Fenster stehen und blickte sinnend hinaus.

»Hat jemand etwas vom Chef gehört?«

Allgemeines Kopfschütteln. Abgesehen von den Versuchen, ihn telefonisch oder per Mail zu erreichen, hatte man seinen Vater Dirschbiegel kontaktiert, seine Mutter sowie ein paar Bekannte von ihm und einige Kollegen aus verschiedenen Abteilungen. Sogar seinen amerikanischen Freund, Detective Mike W. Bortenlanger, hatte man in Chicago aus dem Bett geklingelt. Alles ohne Ergebnis. Auch die Wirtin der Pension Edelweiß konnte ihnen nicht weiterhelfen.

»Was machen wir jetzt?«, fragte Maria.

»Ich war heute Morgen in seiner Wohnung im Knick«, sagte Nicole. »Ich habe sie gründlich durchsucht, doch ich habe keine Auffälligkeiten entdeckt.« Sie blickte jeden Einzelnen an, ihr Pferdeschwanz wippte aufgeregt. »Aber ganz wohl war mir nicht, da rumzustöbern, das kann ich Ihnen sagen. Wir sollten sicherheitshalber ein Observationsteam hinschicken, solange wir nicht wissen, was hinter Jennerweins Verschwinden steckt. Vielleicht bitten wir ein paar Kollegen aus dem benachbarten Landkreis um Amtshilfe.«

»Ich finde es noch zu früh, einen offiziellen Fall daraus zu machen«, wandte Becker ein. »Wir könnten stattdessen sofort einen Firmensicherheitsdienst beauftragen.«

Nicole nickte. Ihr Blick blieb an dem Stuhl hängen, der immer noch so wie gestern stand, niemand war auf die Idee gekommen, ihn zurechtzurücken.

»Wir warten noch eine Stunde oder zwei, dann handeln wir.«

»Dann geben wir eine Fahndung raus?«, fragte Becker.

»Ja. Was bleibt uns anderes übrig. Es ist ein Kollege, der sich nicht mehr meldet. Da gibt es Vorschriften. Gestern Nachmittag wars merkwürdig. Am Abend wurde es eigenartig. Jetzt wirds langsam beunruhigend.«

Die Gerichtsmedizinerin, Dr. Verena Vitzthum, befand sich in einem Dilemma. Als sie gestern am Büro von Oberrat Dr. Rosenberger mit ihrem Rollstuhl vorbeigefahren war, hatte sie unfreiwillig ein Telefonat mitbekommen.

»Ich rufe Sie in der gewissen Sache an«, hatte Rosi ins Telefon gesprochen, und es war ihr so vorgekommen, als hätte er verschwörerisch geflüstert. »Es dauert ein oder zwei Tage, und ich bitte Sie um absolute Diskretion. Nichts darf davon nach außen dringen …«

Hatte Rosi das Telefonat nicht hastig unterbrochen, als er sie erblickte? Als er sie hereingebeten hatte, war er dann nicht ein wenig fahrig zum Fall Drittenbass übergegangen? Hatte er mit Jennerwein telefoniert? War es eine Sache in Richtung Verfassungsschutz, militärischer Abschirmdienst oder wie die Ämter alle hießen? Hatte der Chef vielleicht einen Auftrag bekommen, von dem das Team zu seiner eigenen Sicherheit nichts wissen durfte? Das war alles ziemlich spekulativ und bei näherem Hinsehen auch recht unwahrscheinlich, aber es war eine mögliche Erklärung. Das Dilemma bestand darin, dass Verena

Vitzthum unschlüssig war, ob sie diese Episode und ihre Vermutungen den anderen mitteilen sollte. Am besten, sie weihte Becker ein und fragte ihn, was er davon hielt.

Nicole drehte sich vom Nachdenk- und Konzentrationsfenster weg und setzte sich zu den anderen an den Tisch. Zunächst sagte niemand etwas. Maria grübelte erneut über einen Gedanken nach, der sich einfach nicht verscheuchen ließ. Personen verschwinden manchmal. Und sie verschwinden nie spektakulär, sondern dann, wenn es scheinbar überhaupt keinen Grund gibt, einfach so, aus dem Handgelenk heraus. Hatte es Hubertus einfach nur gereicht? Zehn, elf, zwölf Jahre, und immer wieder dieselben Gesichter! Gerade die Zuverlässigsten brachen oft aus dem Trott aus und hinterließen Chaos. Weil ihnen das ewige Zuverlässigsein zum Hals heraushing. Aber war das bei Hubertus möglich? Sie starrte auf den leeren Stuhl, der immer noch so dastand, wie ihn Jennerwein zurückgelassen hatte, etwas schräg zum Tisch und wie in Bewegung. Auf dem Tisch lag ein Schreibblock, auf den Jennerwein die unbenutzte Kaffeetasse gestellt hatte, daneben ein Kugelschreiber mit dem Aufdruck *Ich bin Rocker, ich bin Rocker, doch ich steh' nich' auf Gewalt* – Udo Lindenberg.

»Hat jemand was dagegen, wenn ich mir mal ansehe, was der Chef da auf seinen Block geschrieben hat?«, fragte Hansjochen Becker, der Chef der Spurensicherung.

Während er sich das Gekritzel prüfend von allen Seiten besah und auch ein Foto davon machte, richtete sich Maria Schmalfuß ruckartig auf. Ihr war eine Idee gekommen. Hatte Hubertus einen Akinetopsie-Anfall gehabt? Er zog sich dann doch immer unter einem Vorwand zurück, um zu warten, bis die Symptome abgeklungen waren. Dass ihr das nicht gleich eingefallen war! Es wäre doch möglich, dass Hubertus gestern Nachmittag den Raum deswegen kommentarlos verlassen hatte. Da Maria annahm, dass sie immer noch die Einzige im Team war, die von seiner temporären Bewegungsblindheit wusste, sprach sie ihre Vermutung nicht aus. Doch wohin hatte er sich zurückgezogen? War er vielleicht in einem der Kellerräume hier im Polizeirevier? Aber es war doch ziemlich unwahrscheinlich, dass er die Nacht über dort geblieben war. Oder befand er sich ganz in der Nähe des Gebäudes in einer hilflosen Lage? Nein, das war unmöglich, das wäre sicher jemandem aufgefallen. Hastig stand sie auf und blickte Becker über die Schulter, um das Gekritzel zu entziffern. Aber sie konnte keinen versteckten Hinweis auf ein eventuelles Vorhaben von Hubertus erkennen. Es war einfach nur bedeutungsloses Gekritzel, das entsteht, wenn man nachprüfen will, ob der Stift funktioniert. Trotzdem schoss auch sie ein Foto davon. Um sie herum blitzte es mehrmals auf. Auch Nicole und Verena Vitzthum hatten es ihr gleichgetan. Maria ahnte es. Alle im Team wussten von Hubertus' Akinetopsie.

Hölleisen war im polizeilichen Zivilfahrzeug unterwegs. Ein Profi (und auch jeder kleine Mafiaganove) hätte es trotzdem als solches erkannt. Hölleisen kurvte im Schneckentempo durch die engen Gassen rund um die Märklinstraße, immer auf der Suche nach dem Mann, den ihm die beiden Fricks beschrieben hatten. Dunkler Teint, verknittertes Erscheinungsbild, verwirrtes Verhalten. Stark vorspringendes Kinn, tiefliegende Augen. Herumflatternd wie eine Henne. Die Kleidung derangiert, aber modisch gemustert. Auffällig wären die knallgelben Schuhe gewesen. Nach solch einem Fleck in der Landschaft hielt Hölleisen nun Ausschau, wurde aber nicht fündig. Das hatte er sich schon gedacht. Trotzdem. Er parkte vor dem schmiedeeisernen Tor der Richard-Strauss-Villa, stieg aus und lief einmal um das umzäunte Anwesen herum. Es war von dichten Haselnussbüschen umgeben, nachts trieben sich hier manchmal Trunkenbolde und Partygänger herum. Doch um diese Zeit war niemand dergleichen zu finden. Auch kein braungebrannter Hallodri mit gelben Schuhen. Fehlalarm. Wie so oft bei den Fricks. Wie eigentlich jedes Mal bei den Fricks. Hölleisen machte sich wieder auf den Weg zum Auto, um zum Revier zurückzufahren. Und nein, er kam nicht zufällig an der Aussichtsbank vorbei und fand dort einen eingeklemmten Zettel, auf dem ein Hilferuf von Jennerwein stand. So etwas kommt in der Wirklichkeit nicht vor. Die Wirklichkeit ist härter. Er winkte einigen Menschen auf der Straße zu. Ihn kannte hier fast jeder. Ein Fremder, dachte er, ein Fremder würde mir sofort auffallen.

# 7

HEIDI KLUM:
*Heraklesbaby, die Challenge lautet für dich: die neunköpfige Hydra nicht töten, sondern zu mir mitbringen. Neun Köpfe, und alle mit einer anderen Frisur: the nine hairstyles. Aber nur ein style kann Germanys next Top-Kopf werden!*

Kommissar Jennerwein war sich nicht ganz sicher, ob es nicht doch Hölleisen gewesen war, der das langsam dahinschleichende Zivilfahrzeug der Polizei gesteuert hatte. Er war vorsichtshalber hinter einem Mauervorsprung abgetaucht – aber warum eigentlich? Nach Pelikan suchte ja wohl niemand. Seine Gedanken fuhren Karussell. Er brauchte dringend einen ruhigen Ort, um sich zu sammeln und von da aus weiter zu planen. Zunächst einmal musste er von hier weg. Jennerwein beschloss, in den Zug zu steigen und sich auf dem schnellsten Weg zu seiner Wohnung zu begeben. Dort wollte er versuchen, mehr über Pelikan herauszubekommen. Um zum Bahnhof zu gelangen, blieb ihm nichts anderes übrig, als den ganzen Ort zu durchqueren, das würde eine gute halbe Stunde dauern. Dabei wollte er von möglichst wenig Leuten gesehen werden. Nur sicherheitshalber. Also wählte er Nebenstraßen, Kieswege und enge Gebäudedurchgänge. Als er sich so selbstverständlich wie möglich an der Absperrung eines Kaufhausparkplatzes vorbeizwängte, nur um eine mäßig belebte Kreuzung zu vermeiden, fiel ihm der Spruch des Spurensicherers Becker wieder ein. Zu viel an Unauffälligkeit fällt oft mehr auf als eine kleine Auffälligkeit im Unauffälligen. Jennerwein wählte weiter Nebenstraßen. Er achtete nicht darauf, dass heute ein herrlicher Sommertag war, dass sich nur zwei winzige Witzwölkchen am blitzblauen Himmel verirrt hatten. Mit einer Kamerafahrt nach oben hätte man einen Hollywoodfilm über das Paradies beginnen können. Er kam sich ein wenig lächerlich vor, vorhin ernsthaft angenommen zu haben, alles wäre nur ein Traum gewesen. Solch gründlich ausgestattete Träume gab es nicht. Nie und nimmer. Als Jennerwein an seine albernen Flatterbewegungen auf der Wiese dachte, umspielte ein kleines Lächeln seine Mundwinkel. Er beschleunigte seine Schritte. Immer wenn ihm Fußgänger entgegenkamen, blickte er unauffällig zur Seite oder zu Boden. Doch die Spaziergänger und Einkaufsbummler zeigten ohnehin kein Interesse an ihm, dazu war der Tag einfach zu schön. Keine schrillen Schreie und keine Finger, die auf ihn deuteten: Igitt, ein Alien! Trotzdem achtete Jennerwein darauf, ob ihn jemand länger musterte oder gar verfolgte. Nichts. Niemand stieg ihm nach, niemand sprach eine Nachricht ins Schultermikrophon: Zentrale, wir haben ihn! Setzen Sie das 73. Jagdgeschwader in Bewegung, wir brauchen dringend Luftunterstützung! Jennerwein beruhigte sich, sein Puls pendelte sich wieder auf das normale Tempo eines durchtrainierten Endvierzigers ein. Jetzt musste er die Hauptschlagader des Kurorts, die Fußgängerzone, überqueren. Doch trotz des quirligen Gemenschels gab es keinerlei Zusammenstöße mit Personen, die Pelikan kannten. War Pelikan gar kein Einheimischer? Eigentlich war es der Kommissar überhaupt nicht gewohnt, hier im Kurort derart unbeachtet und ungestört durch die Menge zu laufen. Unter normalen Umständen hätte man ihn auf Schritt und Tritt erkannt. Geschäftsleute hätten ihn aus ihren Läden heraus gegrüßt. Passanten hätten ihn in Gespräche verwickelt. Ja, der letzte Mord: schlimm, gell! Gerade kam er am Feinkostgeschäft Bullhaupt vorbei, die kleine Tochter spielte wie immer vor dem Laden Gummitwist. Vor ein paar Wochen hatte sie ihn unter dem Gelächter der Umstehenden gefragt:

»Haben Sie eigentlich schon mal jemand erschossen?«

Heute konnte er sich vollkommen anonym durch die Menge bewegen. Wie wenn er in einem Außenbezirk von Neu-Delhi spazierenging. Doch jetzt nickte ihm eine Frau mittleren Alters freundlich zu. Zudem hob sie lässig die Hand zum Gruß, winkte zutraulich, lächelte verschwörerisch, tat irgendwie intim. So kam es Jennerwein wenigstens vor. Sie kannte ihn natürlich als Leonhard Pelikan. Er nickte freundlich zurück, doch sie beharrte weiter auf Andocken.

»Beim nächsten Mal kostet es was«, sagte sie und warf ein kleines, perlendes Kichern in die Sommerluft. Sie hatte bunte Strähnchen im Haar. Und sah ihn erwartungsvoll an. Beim nächsten Mal kostet es was? Was sollte das denn bedeuten? Er hatte keine Ahnung, was sie damit sagen wollte.

»Wie viel wird es aber kosten?«, fragte er ins Blaue hinein.

»Ich meine: beim nächsten Mal.«

»Ich glaube, Sie kennen die Redewendung nicht.«

Jennerwein war erleichtert. Sie siezte ihn. Wenigstens war es keine ganz enge Bekannte. Keine frühere Freundin, Ehefrau, Arbeitskollegin oder Ähnliches.

»Scheinbar nicht«, sagte Jennerwein, und er kam sich dabei ziemlich unbeholfen vor. Die Strähnchenfrau schüttelte freundlich den Kopf.

»Verstehen Sie nicht? Wenn man sich oft zufällig über den Weg läuft, sagt man das so. Dass es beim nächsten Mal etwas kostet. Oder können Sie sich nicht mehr erinnern? Gestern zweimal, und jetzt schon wieder.«

Jennerwein tat so, als ob er auf einmal verstünde. Er hob die Hände entschuldigend, verabschiedete sich höflich und riss sich schließlich los. Er wusste, dass ihm die Frau verwundert nachsah.

Jennerwein verspürte das dringende Bedürfnis, die Kleidung zu wechseln und seine eigenen Klamotten anzuziehen. Noch wichtiger war, dass er jetzt einen Ort aufsuchte, wo er sich ungestört auf die fatale und immer noch vollkommen unerklärliche Situation konzentrieren konnte. Endlich war er am Bahnhof angelangt. Mit der Regionalbahn brauchte er zu sich nach Hause eine knappe Dreiviertelstunde. Als er auf dem Bahnsteig stand, vergewisserte er sich wieder unauffällig, ob ihn jemand beobachtete. Normalerweise gab es immer wieder einmal ein gegenseitiges Anstoßen: Schau, da ist doch dieser Kommissar, wie heißt er noch gleich? Wie der Wildschütz. Es war ein Schütz' in seinen besten Jahren. Kaum zu glauben, dass der soooo unauffällig ist. Jennerwein hätte sich momentan gewünscht, dass jemand diese dämliche Wilderer-Anspielung machen würde. Dann hätte er gewusst, er wäre wieder der Alte und es wäre ein ganz normaler Tag. Er ballte die Faust. Vielleicht war er in die Hölle geraten, aber dann wollte er wenigstens wissen, in welche Hölle. Der Zug fuhr ein. Viel Geld hatte Pelikan nicht im Portemonnaie, aber für eine Fahrkarte hatte es zum Glück gereicht. Jennerwein setzte sich, auch im Zuginneren beachtete ihn niemand. Seine Gedanken schweiften nur einmal kurz ab, als er einen Blick aus dem Fenster warf. Die Landschaft wurde immer flacher, weil sich damals, seinerzeit, so um 15 000 v. Chr. herum, ein Gletscher durchgeschoben hatte, von den Alpen aus immer nordwärts, immer weiter, immer weiter ... Und dann, auf halber Strecke, meldete sich wieder das Handy mit seinem albernen Klingelton: Roiiiiig-rojjiiiing. Die Mitreisenden drehten ihre Köpfe vorwurfsvoll in seine Richtung.

»Gehen Sie doch ran!«, sagte eine Frau.

Als er nicht sofort darauf reagierte, wiederholte sie es nochmals, diesmal besonders deutlich:

»R a n g e h e n !  D u !  A b h e b e n !«

Jetzt erst begriff er, dass es an seinem dunklen Teint lag, dass die Frau ihn für einen Ausländer hielt. Jennerwein machte ein betretenes Gesicht. Genauer gesagt glaubte er ein betretenes Gesicht zu machen. Er fühlte sich betreten, aber er wusste nicht, ob sich das auch so in seiner Mimik äußerte.

»Entschuldigen Sie, das ist mir äußerst peinlich –«

Er stand auf und entfernte sich ein paar Schritte. Doch als er alleine war, war das Telefon schon wieder verstummt.

Als Jennerwein schließlich im Knick ankam und sich seinem Haus näherte, bemerkte er schon von weitem, dass auf der anderen Seite der Straße ein ihm unbekanntes Auto stand. Zwei Personen saßen darin. Er hielt sich in gehöriger Entfernung, wollte sehen, ob es Polizeikollegen waren oder ein Sicherheitsdienst. Plötzlich schoss ihm ein unangenehmer Gedanke durch den Kopf. Polizei, Security – aber es gab noch eine dritte Möglichkeit, die er bisher gar nicht bedacht hatte. Womöglich hatte die kriminelle Szene mit seiner Verwandlung zu tun! In diesem Fall wurde er von Gangstern gejagt, und da drinnen saßen zwei verwegene Mafiosi, bis an die Zähne bewaffnet und mit einem ambulanten Gartenhäcksler im Kofferraum. Unwillkürlich sah er sich um. War er in eine Falle gelaufen? Nein, die beiden Aufpasser hatten ihn noch nicht entdeckt. Und sie waren höchstwahrscheinlich auch keine

Gangster. Wenigstens keine organisierten. Mitglieder der Familie verhielten sich wesentlich unauffälliger. Jennerwein entschloss sich zur Flucht nach vorn. Er schritt auf den Wagen zu. Der junge Mann auf dem Fahrersitz blickte auf, als er ihn näher kommen sah – und schaute gelangweilt wieder weg. Sie kannten ihn nicht, sie waren nicht hinter ihm her. Wenigstens nicht hinter Pelikan. Er blieb auf der Fahrerseite stehen. Einfach in sein Haus zu gehen schien ihm nicht ratsam, er klopfte zaghaft an die Scheibe. Jetzt wusste er, dass das keine Polizistenkollegen waren, sondern schlecht ausgebildete, mies bezahlte und unmotivierte Angestellte eines Sicherheitsdienstes. Als sie mit dem Job anfingen, hatten sie alle ›Sherlock‹ und ›Fargo‹ im Kopf gehabt, jetzt saßen sie fünf Stunden im Auto, um ein leeres Haus zu beobachten. Ein junger Mann und eine junge Frau. Mit viel zu auffälligem Verhalten. Er hatte einen Fotoapparat mit monströsem Teleobjektiv umgehängt, sie ein aufgeklapptes Notebook auf den Schoß gestellt. Auch das Auto war nicht gut geparkt. Genau gegenüber der Wohnung. Der Mann auf der Fahrerseite kurbelte die Scheibe herunter.

»Entschuldigen Sie, kennen Sie sich in der Gegend aus?«, fragte Jennerwein.

»Um was geht es denn?«

»Ich suche einen Herrn –« Jennerwein nannte den Namen eines Staatsanwaltes, der in der Straße wohnte. Dann zeigte er auf sein eigenes Haus. »Das ist nicht etwa das Haus, in dem der Herr Staatsanwalt wohnt?«

Kurzes Stutzen. Dann so etwas wie Erleichterung.

»Nein, das ist das Haus von Kommissar Jennerwein. Haben Sie zufällig etwas mit ihm zu tun?«

»Überhaupt nicht. Ich kenne ihn nur aus der Zeitung. Da ist

ja sein Bild öfter zu sehen. – Was ist mit ihm? Gibt es wieder einen neuen Mordfall?«

»Dazu können wir Ihnen aus ermittlungstaktischen Gründen keine Auskunft geben.«

»Ja, klar, das verstehe ich. Dann einen schönen Tag noch.«

Absolute Anfänger, und auch noch im falschen Beruf. Nicht einmal nach seinem Namen hatten sie ihn gefragt. Aber warum wurde sein Haus bewacht? Klar, er, Jennerwein, der richtige, der leibhaftige Jennerwein war verschwunden. Hatte er sich etwas zuschulden kommen lassen? Und wusste es wegen seines Blackouts nicht? Wurde er gesucht? Oder war er in Gefahr? Wieder drehte sich alles in Jennerweins Kopf, er konnte keine Ordnung hineinbringen. Allerdings sprach der Einsatz dieser beiden Nachwuchsdetektive dafür, dass nichts Schlimmeres passiert war. Sie sollten wahrscheinlich bloß jeden melden, der in das Haus wollte. Dieser Weg war ihm also versperrt. Frustriert trat Jennerwein den Rückweg an. Es blieb ihm jetzt gar nichts anderes übrig, als Pelikans Wohnung aufzusuchen.

»Langsam wird es eigenartig«, sagte Nicole Schwattke im Revier. »Ich habe ein ganz schlechtes Gefühl.«

Alle hatten insgeheim gehofft, dass sich der Chef einfach melden würde. Aber jetzt war es schon Mittag, und nichts war geschehen.

»Ich kann mich überhaupt nicht auf die Suche nach dem Drittenbass-Geld konzentrieren, wenn ich nicht weiß, was mit dem Chef los ist«, sagte Hölleisen.

Hansjochen Becker erhob sich ruckartig. Ohne weitere Erklärung verließ er den Raum, ging den breiten Gang entlang und betrat schließlich das Zimmer von Dr. Rosenberger. Der winkte ihn auf einen Stuhl vor seinem Schreibtisch.

»Herr Oberrat, haben Sie mir was zu sagen?«, begann Becker unvermittelt.

Dr. Rosenberger schnitt ein so verdutztes Gesicht, dass Becker den forschen Ton bedauerte.

»Sie müssen schon deutlicher werden, Becker.«

Der Spurensicherer stand auf, um die Tür zu schließen. Das gab der Situation etwas Verschwörerisches.

»Kommissar Jennerwein ist verschwunden. Seit gestern Nachmittag um 15.00 Uhr ist er nicht mehr aufgetaucht. Das sind bald vierundzwanzig Stunden. Wir machen uns Sorgen um ihn. Und jetzt fragen wir uns, ob Sie ihm einen Spezialauftrag gegeben haben. Oder vielleicht von einem solchen wissen. Ich will eine ehrliche Antwort von Ihnen, Herr Oberrat, ansonsten bleibt uns nichts übrig, als mit offiziellen Schritten zu beginnen.«

Dr. Rosenberger schüttelte erschrocken den Kopf.

»Nein, glauben Sie mir, von meiner Seite aus hat er keinen Auftrag bekommen. Und ich weiß auch von keinem. Ich warte übrigens selbst auf ihn.«

»Könnte es aber sein, dass er einen Auftrag bekommen hat, von dem auch Sie nichts wissen und wissen dürfen? Etwas Staatsschutzmäßiges? Etwas Europaweites, Internationales?«

Wieder schüttelte Dr. Rosenberger den Kopf. Diesmal fast entrüstet.

»Nein, auch ein solcher Auftrag würde über meinen Schreibtisch gehen. Und ich würde Sie selbstverständlich auf der Stelle zusammenrufen und Ihnen mitteilen, dass Jennerwein abgezogen worden ist und dass Sie keinerlei Maßnahmen ergreifen dürfen, ihn zu suchen.«

Becker ließ nicht locker.

»Wenn es aber aus polizeitaktischen Erwägungen geboten

scheint, eine großangelegte Suche nach Jennerwein durchzuführen, allein um die Gegenseite zu täuschen? Würden Sie uns dann auch informieren?«

»Ja«, erwiderte Dr. Rosenberger knapp und ohne zu zögern.

Er sah dabei Becker offen ins Gesicht. Becker konnte mikroskopisch kleine Fussel auf abgetretenen Teppichen bestimmen, nanogroße Kratzer in verwaschenen Felswänden deuten, steinharte Kuhfladen in sumpfigen Wiesen interpretieren, aber ein Gesicht war für ihn nichts weiter als ein Gesicht. Deshalb wusste er auch nichts mit der finsteren Mimik von Dr. Rosenberger anzufangen. Punkt, Punkt, Komma, Strich – fertig ist das Mondgesicht. Unzufrieden verließ Becker das Büro des Oberrats. Dr. Rosenberger griff zum Telefon.

»Becker, Sie übernehmen die Bergwacht und die Bundespolizei«, sagte Nicole. »Verena, Sie rufen die Krankenhäuser an. Maria und Hölleisen klappern die umliegenden Geschäfte ab. Ich selbst werde versuchen, Kontakt mit einigen unserer Informanten aufzunehmen.«

Im Besprechungsraum herrschte gespannte Betriebsamkeit. Alle aus Jennerweins Team kannten die Routine, die bei einem Vermisstenfall in Gang gesetzt wurde. Aber sie hätten nie gedacht, dass sie diese Schritte einmal in eigener Sache durchführen mussten.

# 8

VORSITZENDER DES VEREINS
›FREUNDE DER ZAHL PI‹:
Mit der Eselsbrücke »May I have a large container of coffee right now?« kann man sich anhand der Buchstabenanzahl der Wörter die ersten zehn Ziffern der Kreiszahl Pi merken: 3,141592653. Herakles, bitte verfertige eine Heldensage, mit Hilfe derer man die ersten 70 000 Stellen der göttlichen Zahl Pi ableiten kann.

»Hallo, Herr Pelikan, wie gehts?«

Jennerwein versuchte zu lächeln. Der Mann, der ihm im Treppenhaus gegenüberstand, war ein schlanker Hüne im Strickpullover. Er trug ein lächerliches Feierabendkäppi, eine Art Fes mit Quaste. Jennerwein hatte den Schlüssel gerade ins Schloss von Pelikans Wohnungstür gesteckt, als der Nachbar plötzlich wie aus dem Nichts aufgetaucht war.

»Sehr gut«, antwortete Jennerwein freundlich.

Er deutete mit einer Geste in Richtung Tür an, dass er es eilig hatte.

»Dann wünsche ich Ihnen noch einen schönen Tag«, sagte der Hüne lächelnd.

Jennerwein nickte und wandte sich ab.

»Wie gehts denn so mit Irene?«, fasste der Nachbar nach, und ein anzüglicher Ton schwang in der Frage mit.

Jennerwein suchte nach einer belanglosen Antwort.

»Irene? Ach so, ja, die! Ganz gut. Es macht sich. Die Sache läuft.«

Mehr Plattheiten hatte Jennerwein nicht auf Lager. Der hünische Feskopf schnitt ein verwundertes Gesicht, aber er hatte wohl begriffen, dass seinem Nachbarn nicht nach einem kleinen Ratsch zumute war.

Als Jennerwein endlich allein in Pelikans Diele stand, stieß er einen Seufzer der Erleichterung aus. Endlich allein, endlich unbeobachtet! Zuallererst ging er ins Bad, um sich die Kleidung abzustreifen und zu duschen. Er stand eine Viertelstunde unter der Brause, es war die erste wirkliche Wohltat des heutigen Tages. Dann betrachtete er seine sonnengebräunte Gestalt in dem großen Badspiegel, und das ohne jede Eitelkeit. Ihm fiel auf, dass Pelikan nicht ganz so durchtrainiert war wie er selbst, aber man konnte ihn auch nicht als unsportlich bezeichnen. Sie hatten in etwa dieselbe Statur und die gleiche Größe. Jennerweins Blick blieb abermals an dem Oberlippenbart hängen. Er verspürte große Lust, ihn auf der Stelle abzurasieren, der Nassrasierer lag schon am Waschbecken bereit. Aber er ließ es tunlichst bleiben. Stattdessen besah er sich noch einmal die Hämatome am linken Oberarm. Er war sicher, dass ihn eine kräftige Hand an dieser Stelle gepackt und umhergezerrt hatte. Und zwar innerhalb der letzten vierundzwanzig Stunden. Die Gerichtsmedizinerin hätte mit ihren Möglichkeiten natürlich noch mehr über den Täter, die genauere Uhrzeit und die Art und Weise des Angriffs festgestellt. Und Ludwig Stengele, der Mozart des Fährtenlesens, hätte von den Druckstellen auf den Beruf und den Wohnort der Großeltern des Täters geschlossen. Und auf ihre Lieblingsspeise. Aber all das ging eben momentan nicht. Jennerwein suchte systematisch nach den Spuren von früheren Verletzungen, die er sich im Dienst zugezogen hatte. Da war der inzwischen gut verheilte Steckschuss im Oberschenkel, bei dem die Kugel einen kleinen Krater hinterlassen hatte. Da war die Narbe am Rücken, die von einem Messerstich herrührte. Und die mehrfach gebrochene Schulter, die immer noch etwas schmerzte, wenn er Dehnübungen machte. Keine Spur von all diesen Blessuren! Auch die Volleyballverletzung, die zu dem gekrümmten rechten Ringfinger geführt hatte, war nicht mehr zu sehen. Er konnte den Finger vollständig durchstrecken. Die eigentlich positive Tatsache, dass sich alle seine Deformationen plötzlich in Luft aufgelöst hatten, hatte in dieser Situation sonderbarerweise etwas zutiefst Beunruhigendes. Aber konnte er vielleicht über diesen Umweg beweisen, dass er Jennerwein war? Nur er wusste schließlich von den vielen ›Ehrenzeichen‹ seines Kampfes gegen das Böse. Wirklich nur er? Was war mit dem Amtsarzt, der alles säuberlich dokumentiert hatte? Was dokumentiert war, konnte gelesen und in Erfahrung gebracht werden. Jennerwein seufzte. Dann trat er näher an den Spiegel. Sorgfältig und Zentimeter für Zentimeter betastete er die Kopfhaut auf der Suche nach einer eventuellen Operationsnarbe. Doch er fand nichts, was auf einen Eingriff hindeutete. Eine Welle der Erleichterung durchfuhr ihn. Die vage Frankenstein-Vermutung war damit zumindest vom Tisch. Aber war das wirklich beruhigend?

Er kleidete sich wieder an, nahm dazu ein sauber gebügeltes, allerdings ungewohnt stark duftendes Hemd aus dem Schrank. Für seine eigene Kleidung hätte er jetzt viel gegeben, aber er hatte keine andere Wahl. Flüchtig sah er sich in der Wohnung um, später würde er sie sich genauer und nach den Regeln der polizeilichen Schnüffelkunst vornehmen. Auf den ersten Blick war es eine helle 2-Zimmer-Wohnung mit kleiner Küche und Balkon, hübsch, aber ein wenig spießig eingerichtet. Pelikan hielt auf Ordnung, nichts lag unaufgeräumt herum, eine einzige Zimmerpflanze zierte das Fensterbrett. Wenn Pelikan Single war, dann konnte die Wohnung durchaus als geräumig gelten. Und Pelikan war Single, das sah Jennerwein sofort. Er suchte nach einem Computer. Schnell fiel ihm das Tablet ins Auge, das auf dem kleinen Schreibtisch lag. Er versuchte sich einzuloggen, schwer hoffend, dass Pelikan sein Tablet nicht ebenfalls mit einem Kennwort gesichert hatte. Doch, er hatte. Es wurde ein Zugangscode verlangt. Er sollte das Passwort eintippen oder den Fingerprint-Sensor bedienen. Aber er hatte natürlich auch nicht die Fingerabdrücke von Pelikan – – – Jennerwein sprang vom Schreibtisch auf und musste lauthals auflachen. Natürlich hatte er die Fingerabdrücke von Pelikan!

Und schon war er Herr über Pelikans Daten. Vielleicht konnte er das Smartphone auch auf diese Weise knacken, aber darum würde er sich später kümmern. Er setzte Pelikans Lesebrille auf und beugte sich über das Tablet. Es gab inzwischen einige Foren und Portale für Menschen, die wie er an der Wahrnehmungsstörung der Akinetopsie litten. Er glaubte diese Behinderung, eine temporär auftretende Bewegungsblindheit, vollständig im Griff zu haben, aber vielleicht hatte er ja einen Rückfall. Er erfuhr, dass eine mögliche Nebenwirkung auch eine langanhaltende psychotische Wahrnehmungsstörung sein konnte. Je mehr er las, desto unbehaglicher wurde ihm. Die Beschreibungen passten ziemlich genau auf seine Situation. Allerdings empfand er die angebotenen Behandlungsmöglichkeiten als dürftig bis lächerlich. Das Netz lieferte ihm das übliche Blabla von pseudopsychologischer Hilfe à la ›Zellenlichtcoaching‹, ›chinesischer Baumharzmassage‹ und ›Kaputtlachtherapie nach Guru Gaga‹. Er schlug unter dem Stichwort Psychosen nach. Wie Maria gesagt hatte, gab es die Depersonalisation und die Xenomelie, aber auch die Körperintegritätsidentitätsstörung, also die Ablehnung des eigenen Körperbildes. Nachdenklich betrachtete er seine Hand. Das Erstaunliche war, dass sie ihm gar nicht mehr so fremd vorkam. Er schüttelte die Hand unwillig und trotzig aus. Eine Psychose war schon deswegen auszuschließen, weil er sonst ja kaum den Schlüssel zu Pelikans Wohnung gehabt hätte. Wenn es sich aber nicht um eine Psychose handelte, was war es dann? Rasch deaktivierte er das WLAN. Möglicherweise war es gefährlich, eine derartige Menge an Spuren im Browserverlauf zu hinterlassen. Besonders Spuren, die die Suche nach psychologischer Hilfe hinterließen. Becker hatte einmal angedeutet, dass in solchen Fällen schon Personendaten registriert und an die Ämter weitergeleitet worden waren: eine gutgemeinte Aktion des Gesundheitsministeriums. Jennerwein war auf jeden Fall misstrauisch. Angeblich wurden die Daten ja gelöscht. Aber Jennerwein wusste auch, dass so gut wie nichts gelöscht wurde im Netz.

Er hatte kurz überlegt, ob er sich über Intranet in die Datenbank der Polizei einloggen sollte. Doch das konnte erst recht zurückverfolgt werden. Stattdessen öffnete er offline einen Ordner Pelikans mit dem Dateinamen ›Bank‹. Fein säuberlich war hier der Kontostand und die vierstellige EC-PIN vermerkt. Besonders vorsichtig war Pelikan wohl nicht. Ein gedeckter Tisch für jeden Einbrecher.

Jennerwein sah sich gründlicher und detektivischer in der Wohnung um. Er öffnete Schubladen und Schranktüren, blätterte in Büchern und Notizzetteln – er wunderte sich selbst darüber, dass er bereits nach zwei Stunden so wenig Skrupel zeigte, in die Sphäre eines Fremden einzudringen. Er ging jetzt systematisch vor, wie er es bei einer Hausdurchsuchung gemacht hätte. Alles in allem schien Pelikan ein zur Ordnung neigender Durchschnittsbürger zu sein, der einem gewöhnlichen Beruf nachging. Die Fotos an der Wand, die ihn mit Arbeitskollegen abbildeten, verrieten, dass er bei der Post angestellt war. Er war Briefträger. Das kleine Bücherregal war hauptsächlich mit Bildbänden gefüllt. Das deutete darauf hin, dass er durchaus kulturinteressiert war. In einer Ecke standen Lexika und Reiseführer für alle möglichen Länder, eine Vorliebe war nicht zu erkennen. Jennerwein hielt inne. Pelikan war maßgeblich mit seiner eigenen Situation verknüpft, es war durchaus möglich, dass die Wohnung überwacht wurde. Deshalb machte sich Jennerwein daran, nach Wanzen, Videokameras und anderer Spyware zu suchen. Er schraubte sämtliche Glühbirnen aus den Fassungen und wieder ein, er entfernte die Schutzkappen der Lichtschalter, Steckdosen und elektrischen Leitungen. Nichts. Rein gar nichts. Oder äußerst professionell verlegt. Die kleine Einbauküche war spartanisch eingerichtet, kaum Besteck, kaum Geschirr, der Kühlschrank war fast leer. Die leiblichen Genüsse gehörten wohl nicht gerade zu Pelikans Prioritäten. Als Jennerwein die Kühlschranktür wieder zudrückte, wurde ihm bewusst, dass er einen Bärenhunger hatte. Er hatte das Gefühl, schon tagelang nichts mehr gegessen zu haben. Auf dem Weg hatte er ein kleines Lebensmittelgeschäft gesehen, das nicht weit entfernt lag. Für ein belegtes Brötchen dürfte das Geld in Pelikans Geldbörse noch reichen. Im Treppenhaus sah er mehrmals aus den Fenstern, zuerst in den Innenhof mit dem geräumigen Parkplatz, dann auf die Balkone der gegenüberliegenden Wohnungen. Nichts. Keine Scharfschützen auf den Dächern. Das Haus schien nicht bewacht zu werden. Unsicher betrat er das kleine Ladengeschäft, ein Relikt aus den Zeiten, als es noch kaum Supermärkte gab. Eine blaubekittelte Verkäuferin eilte an den Ladentisch. Er zeigte auf einen Berg von reich belegten Semmeln in der Wursttheke.

»Vier Stück bitte. Eine zum gleich essen.«

»Ach! Nanu? Sie, Herr Pelikan, wollen Wurstsemmeln?« Große Verwunderung schwang in ihrer Stimme mit. »Essen Sie jetzt Fleisch? Sind Sie denn kein Vegetarier mehr?«

Jennerwein zuckte zusammen, als ob er gerade einem Florettstoß ausgewichen wäre. Dann versuchte er sich an einem unverbindlichen Lachen, um Zeit zu gewinnen.

»Nein, nein, das ist nicht für mich, ich habe heute – Besuch. Einige Freunde, wissen Sie.«

»Ach so, Freunde, ja dann!«, sagte sie listig und immer noch ungläubig. »Und was möchten Sie Ihrem Besuch denn anbieten?«

»Drei Leberkäsesemmeln – und eine mit Käse.« Jennerwein war stolz auf sich. »Die mit Käse ist dann für mich«, fügte er überflüssigerweise hinzu.

»Drei Leberkäsesemmeln und eine Käsesemmel ohne Leber«, lachte die Blaukittelige und beugte sich neugierig vor, so dass er ein Tattoo an ihrem Schlüsselbein sehen konnte, ein Männchen, das einen Blitz in der Hand hielt. Zeus? »Vielleicht gibts ja heute einen urigen Schafkopfabend im Hause Pelikan.« Zwinkernd beugte sie sich noch ein Stück vor und hieb pantomimisch Karten auf die Ladentheke. »Salatbärbel is Trumpf! Drei und Schneider – und schon gehts weida!«

»Ja, so etwas Ähnliches!«, murmelte Jennerwein zerstreut.

Ein Schafkopfabend! Er massierte seine Stirn mit Daumen und Mittelfinger. Kartenspiel! Die Verkäuferin hatte ihn auf eine Idee gebracht.

»Sagen Sie dem Wanninger einen schönen Gruß von mir!«

Jennerwein erschrak wieder. Wer war Wanninger? Der Nachbar mit dem Feierabendkäppi? Oder war das wieder so eine Redewendung: ›dem Wanninger einen schönen Gruß sagen‹ (landsch. für ›einsam und alleine in der Wohnung herumsitzen‹).

»Natürlich, mach ich.«
»Ist der nicht noch im Urlaub?«
»Nein, anscheinend – ist der schon wieder zurück.«

Also: Pelikan, der kontaktscheue, aber reiselustige Briefträger; Pelikan, der meist aushäusig essende Vegetarier; schließlich Pelikan, der einen Bekannten namens Wanninger hatte, der wahrscheinlich gerade im Urlaub war. Schon wieder ein paar Puzzlesteine zum Pelikan-Mosaik. Aber warum steckte er um Gottes willen in dessen Körper? Was konnte dieser biedere Typ für ein schreckliches Geheimnis haben? Und wo war die Verbindung zu ihm selbst?

»Noch was? Vielleicht einen Fleischsalat?«

Schnell verabschiedete er sich von der Verkäuferin. Er hatte das Gefühl, dass sie ihm nachsah, bis er um die Ecke verschwunden war. Kurz entschlossen und mit grimmigem Verlangen trat er in einen Hausdurchgang. Sein Heißhunger war enorm, er verzehrte zwei der Leberkäsesemmeln. Auch Helden heißhungern. Vor allem wenn sie im falschen Körper stecken. Er hoffte, dass die Verkäuferin nicht gleich um die Ecke geschossen kam und ihn endgültig als lügnerischen Karnivoren enttarnte. Jennerwein überlegte. Wenn er die größere Straße dort drüben entlangging und die Kreuzung überquerte, kam er nach ein paar hundert Metern zu einem Bankautomaten. In solchen Geldnöten war Kriminalhauptkommissar Hubertus Jennerwein noch nie gewesen. Bisher hatte er den Großteil seines

Gehalts der Besoldungsgruppe A 13 auf die hohe Kante gelegt, und besonders luxuriöse Hobbys betrieb er auch nicht. An seine eigenen Ersparnisse kam er natürlich jetzt nicht ran, also blieb ihm nichts anderes übrig, als von Pelikans Konto etwas abzuheben. Als er jedoch am Bankautomaten ankam, musste er feststellen, dass der wegen Wartungsarbeiten außer Betrieb war. Jennerwein fluchte leise, immerhin wies ein Schild auf die nächste Abhebemöglichkeit ein paar Straßen weiter hin. Dieser Automat spuckte zwei Tausender aus, mehr war nicht möglich. Es war nicht genug Geld für das, was er im Endeffekt vorhatte, aber fürs Erste musste es reichen. Nachdem er die Scheine im Portemonnaie verstaut hatte, zögerte er. Sollte er? Oder besser nicht? Von hier aus waren es zu Fuß nur zehn Minuten zum Polizeirevier. Jennerwein hatte keinen bestimmten Plan, doch er hoffte, dass er dort irgendeinen festen Bezugspunkt in seiner labilen Situation finden würde. Aber was würde er dort sehen? Musste er nicht zwangsläufig ganz im Gegenteil auf etwas Beunruhigendes stoßen? Jennerwein massierte seine raue und breite Stirn mit Daumen und Mittelfinger. Dann machte er sich auf den Weg.

Als er auf der gegenüberliegenden Straßenseite vor der Polizeiinspektion stand, stieg ein Gefühl der Verlassenheit in ihm auf. Seine Kollegen und Freunde waren so nah, doch er konnte ihre Hilfe nicht in Anspruch nehmen. Tief durchatmend wandte er sich ab. Er hatte nicht vor, das Polizeigebäude zu betreten. Auf gar keinen Fall. Er hatte wirklich keine Lust, in eine psychiatrische Einrichtung eingeliefert zu werden. Noch dazu mit dem Klassiker, im Körper eines anderen Menschen zu stecken. Jennerwein lachte bitter auf. Wie vielen Leuten mochte es schon so gegangen sein wie ihm? Waren die Anstalten vielleicht sogar voll mit Schicksalen wie dem seinen? Er musste bei seinem Plan bleiben, sich erst dann jemandem anzuvertrauen, wenn er selbst mehr Klarheit in diesem Fall gewonnen hatte und mit harten Fakten aufwarten konnte. Auch sah er momentan eigentlich keine Gefahr für Leib und Leben. Noch bedrohte ihn niemand, und er war, soweit er das beurteilen konnte, auch keine Bedrohung für jemand anderen.

Unschlüssig warf er noch mal einen Blick auf den Eingang des Polizeireviers. Eine schauderhafte Angst packte ihn plötzlich an der Gurgel und schleuderte ihn hin und her, eine Angst, wie er sie noch nie im Leben verspürt hatte. Was, wenn dort drüben die Tür aufging und er selbst herauskam?

# 9

ARNOLD SCHWARZENEGGER:
*Mich würde only interessieren, how much hours dieser Bursch' am Tag trainiert. Und ob er die muscles mit ohne chemische Zusätz' up-builded.*

Boah, welche Wohltat! Genau diesen Zeitpunkt hatte die Rezeptionistin vom Hotel Barbarossa den ganzen Tag über herbeigesehnt. Bei Dienstschluss war sie in die Umkleidekammer geschossen und hatte sich schleunigst aus ihrer lästigen Arbeitskluft geschält. Das verhasste Dirndl lag nun vor ihr auf dem Boden wie der abgestreifte Panzer einer Languste, wie ein Stück ungeliebter und unwirklicher Zwangsheimat. Aber offensichtlich war das in der Hotellerie ja gang und gäbe. Vielleicht musste man sich in einem Sylter Hotel als Hein Blöd verkleiden und in einem Hotel in Barcelona mit der klappernden Kastagnette an der Rezeption stehen. Schnell war sie in ihre bequeme Kleidung geschlüpft, hatte den geflochtenen Zopfkronendutt gelöst und das weißblaue Kropfband abgenommen, sie war gar nicht mehr als Mitarbeiterin zu erkennen. Ihr fiel ein, dass sich Lukas Lohkamp immer noch nicht gemeldet hatte. Meistens kam er untertags zu einem Kaffee herunter, um sich dann wieder in sein Zimmer zu verziehen. Sein gestriger Besucher, ein sonderbarer, linkischer Typ, hatte ausrichten lassen, dass Lohkamp keinesfalls vor zehn Uhr gestört werden wollte. Bitte keine Anrufe durchstellen, keine Minibar-Auffüllungen und Tagesdecken-Neuauflagen, kein sonstiger Serviceterror. Aber inzwischen war es schon früher Abend. Soweit sie es überblickte, war Lohkamp weder zum Frühstück noch zum Mittagessen erschienen. Sollte sie vielleicht doch mal anrufen? Aber wenn er partout nicht gestört werden wollte! Was tun? Er war ein guter Kunde, stieg regelmäßig hier im Hotel ab, gab reichlich Trinkgeld. Er gehörte zu den bekannten Köpfen einer Fernsehshow, bei der junge Gründer mit guten Produktideen auf alte Investoren mit viel Geld trafen. Er war einer der alten Investoren. Aber er ließ seinen Wohlstand nicht raushängen. Einmal hatte sie ihn um ein Autogramm gebeten. Sollte sie ihrem Chef Bescheid geben?

Aber eigentlich ging sie das gar nichts an. Sie hatte sich gerade in eine unaufgeplusterte junge Frau verwandelt und wollte sich stracks auf den Heimweg machen. Doch dann kehrte sie nochmals um, schrieb einen Zettel und schob ihn Lukas Lohkamp unter der Hotelzimmertür durch: Lieber LL! Kommen Sie zum Abendessen? Keine Lust auf Hirschkalbsfilet mit Wirsing und Preiselbeeren? Sehr zu empfehlen. Miriam.

Im Polizeirevier griff Nicole Schwattke zum Telefon. Die Teilnehmerin am anderen Ende der Leitung meldete sich sofort.

»Hallo? Was gibts denn so Dringendes? Wir sind gerade sehr beschäftigt.«

»Hier spricht Kommissarin Schwattke. Es wird Sie sicherlich überraschen, dass ich Sie anrufe.«

»Ja, so was! Das ist ja ein Ding. Da muss ich mich glatt erst einmal hinsetzen. Moment, ich schalte nur noch die Temperatur etwas zurück. Ich bin am Kochen.«

»Das dachte ich mir.«

»Sie fragen gar nicht, was es bei uns heute gibt.«

»Nein, mein Anruf hat einen ernsten Hintergrund.«

»Jetzt machen Sie mich aber neugierig.«

»Kommissar Jennerwein ist verschwunden. Er hat sich seit vierundzwanzig Stunden nicht mehr gemeldet. Wissen Sie zufällig, wo er ist?«

»Also, bei uns jedenfalls nicht, wenn Sie das meinen.«

»Können Sie mir Bescheid geben, wenn Sie was hören? Oder wenn er sich bei Ihnen meldet?«

»Sie erfahren es als Erste, versprochen.« Kleine Pause in der Leitung. »Es würde mir helfen, wenn Sie mir sagen, welchen Fall er gerade bearbeitet.«

»Den Drittenbass-Fall.«

»Ah, von dem habe ich gehört. Wenn Jennerweins Verschwinden damit zu tun hat, brauche ich Details.«

Nicole seufzte.

»Ja, in Ordnung, kommen Sie vorbei und sehen Sie sich die Unterlagen an. Sie müssen verstehen, dass ich keine Polizeiprotokolle aus der Hand geben kann.«

»Ich bin sofort da.«

»Und Ihr Essen?«

»Kann warten. Eine Stunde mehr oder weniger schadet bei Ochsenbackerl nicht.«

Ursel Grasegger legte auf. Nachdenklich starrte sie auf die blubbernde Soße. Die platzenden Blasen sahen richtig gefährlich aus, sie glichen gierigen Augen, die aus der kochend heißen Tiefe aufgestiegen waren und nun die eiskalte Welt lüstern betrachteten. Das hatte ja mal kommen müssen, dachte Ursel. Dass der Kommissar in eine Situation gerät, aus der er alleine nicht mehr rauskommt. Sie stellte eine Liste der Personen zusammen, von denen sie annahm, dass sie etwas wissen könnten. Die wollte sie später anrufen. Ursel schaltete den Herd aus. Schlagartig verschwanden die lüsternen Augen, als hätten sie sich wieder in die unergründlichen Tiefen des Topfes zurückgezogen.

»Was ist los?«, fragte Ignaz Grasegger vom Tisch aus. »Warum schaltest du aus?«

»Das ist Interval-cooking«, antwortete Ursel. »Die Sauce muss dazwischen immer wieder abkühlen.«

»Öha«, antwortete Ignaz. »Interval-cooking, noch nie gehört.«

»Ich muss noch schnell aus dem Haus. Ich erklärs dir später.«

Gespannt machte sie sich auf den Weg ins Polizeirevier.

Das Kernteam saß schweigend um den Besprechungstisch. Auch Polizeioberrat Dr. Rosenberger nahm an der Runde teil, was bei Ermittlungskonferenzen selten genug vorkam. Abgesehen von Jennerweins Verschwinden war heute wenig bis gar nichts los gewesen. Im Fall Drittenbass war die Aufklärungsarbeit nicht vorangekommen. Der Täter bekam die Zähne weiterhin nicht auseinander. Nicoles Kryptowährungsrecherchen waren ins Stocken geraten. Aber auch sonst: kein Verkehrsdelikt, keine Ruhestörung, keine sonstigen Gesetzesübertretungen. Es schien fast, als würden sich die Nichtsnutze und Halbschattengewächse des Kurorts ohne die Anwesenheit Jennerweins viel weniger Mühe geben, halbzuschatten und nichtszunutzen. Mussten sie sich hier im Revier langsam an den Gedanken gewöhnen, dass sie den Chef so schnell nicht mehr zu Gesicht bekamen? Seit genau sechsundzwanzig Stunden war er nun schon abgängig. Alle kannten sie die polizeilichen Statistiken. Die meisten Vermissungen klärten sich innerhalb von vier Stunden von selbst auf. Bei den Personen, die länger als vier Stunden bei der Polizei als vermisst gemeldet waren, klärten sich 50 % innerhalb einer Woche auf, 80 % binnen eines Monats, 97 % innerhalb eines Jahres. Die Personenfahndung wurde nach 30 Jahren eingestellt, dann galt der Gesuchte nicht mehr als vermisst, sondern als ›verschollen‹. Dazu gab es, als herrlich-schaurige juristische Wortschöpfung, das sogenannte ›Verschollenheitsgesetz‹ (VerschG). Als verschollen gilt ein Vermisster dann, wenn ab der Bekanntgabe der Vermissung nicht weniger als 30 Jahre verstrichen sind und wenn der Vermisste zum Zeitpunkt der ersten Vermissungsbekanntgabe nicht jünger als 15 Jahre war. War der Vermisste zum Zeitpunkt der Vermissung älter als 80 Jahre, gilt der Vermisste nach dem Verstreichen der Vermissungsfrist nicht als verschollen, sondern als tot.

»Mitten in einer laufenden Ermittlung verschwindet der!«, sagte Dr. Rosenberger kopfschüttelnd. »Das ist für mich das Erstaunlichste. Ich nehme doch an, dass es irgendetwas mit dem aktuellen Fall, also mit diesem Industriellen Drittenbass zu tun hat.«

»Ja, diese Vermutung liegt schon nahe«, sagte Maria Schmalfuß, verzog dabei aber skeptisch das Gesicht. »Ich habe alle Zeugen des Falls angerufen. Die Frau von Drittenbass, seine beiden Kinder, den Geschäftspartner. Einige aus der Belegschaft. Natürlich auch unseren Steady-State-Jogger Urs Leber.«

Maria lehnte sich mit einem bekümmerten Seufzer zurück. Dann nahm sie den kleinen Löffel und rührte energisch in ihrer Kaffeetasse.

»Selbstredend habe ich niemandem gegenüber auch nur angedeutet, dass wir Hubertus suchen.«

»Auf der dunklen Seite des Mondes weiß man auch nichts von ihm«, sagte Nicole. »Ich habe Kontakt zu ein paar unserer Informanten aufgenommen, alle haben versprochen, sich umzuhören. Sogar Ursel Grasegger habe ich angerufen. Sie hat sich bereit erklärt, heute noch ins Revier zu kommen.«

Der Oberrat blickte sie erstaunt an.

»Aber –«

»Ich habe ihr Einblick in die Akte Drittenbass versprochen«, unterbrach ihn Nicole in entschiedenem Ton. »Das nehme ich auf meine Kappe.«

Niemand zog die Augenbrauen hoch, niemand kommentierte das, alle waren voll der Zustimmung, auch Rosi, wie er inzwischen durchaus respektvoll angesprochen wurde. Nicole war wie selbstverständlich und ohne große Worte zur Leiterin des Falles Jennerwein aufgerückt.

»Ich bitte nun jeden von Ihnen um seine persönliche, ganz subjektive Meinung zu Jennerweins Verschwinden.« Nicole machte eine kleine Pause, dann fügte sie hinzu: »Auch wenn es abwegig erscheint.«

»Abwegig?«, wiederholte Verena Vitzthum, die Gerichtsmedizinerin. »Die ganze Situation ist abwegig.«

Hubertus Jennerwein, der Jennerwein in Pelikans Körper, hatte heute Vormittag ebenfalls eine Liste mit den möglichen Gründen für seine Verwandlung aufgestellt: Traum, komatöse Phantasie, Parallelwelt in einem alternativen Universum, unerklärlicher Hollywood-Bodyswitch durch Mondeinwirkung (mit Jamie Lee Curtis in der Hauptrolle), psychotische Wahrnehmungsstörung (im Volksmund ›Aussetzer‹ genannt), Second Life mit Avatar auf Level 48, misslungene Frankenstein-Operation ... Alle Möglichkeiten hatte er mehr oder weniger ausgeschlossen, abgehakt und zerknüllt in den Papierkorb geworfen, jede einzelne war für sich gesehen ganz und gar abwegig. Jennerwein ahnte zu dem Zeitpunkt noch nicht, dass eine der aufgezählten Möglichkeiten der düsteren und nüchternen Wahrheit schon ziemlich nahekam.

»Extrem abwegig«, wiederholte Verena Vitzthum im Revier.
Hansjochen Becker ergriff das Wort.
»Jennerwein ist gestern von hier weggegangen und seitdem wie vom Erdboden verschwunden. Niemand in der näheren Umgebung hat etwas gesehen. Er hat sich quasi in Luft aufgelöst. Wenn Sie mich fragen, klingt das nach einer Entführung. Die Seitentür eines Transporters öffnet sich, zwei Mann springen raus, greifen sich das Opfer und stoßen es rein. Man ist nicht darauf vorbereitet, man hat keine Chance. Und es ist eine Sache von zwei, drei Sekunden.«

Becker rieb sich einen seiner auffällig abstehenden Lauscher. Trotz der ernsten Situation musste Maria fast losprusten, als sie das beobachtete. Schnell drehte sie sich weg.

»Wenn es sich aber um eine Entführung handelt, dann muss es auch einen Grund dafür geben«, fuhr Becker fort. »Die Kidnapper wollen etwas von Jennerwein. Informationen beispielsweise. Oder seine Fähigkeiten. Also ist die Chance groß, dass er noch lebt. Meine Theorie: Er wurde ins Ausland gebracht, von einer Organisation, die Jennerweins Fähigkeiten nutzen will.«

Nicole Schwattke machte sich eine Notiz.

»Und sind Sie auch meiner Meinung, dass die Entführung mit dem Fall Drittenbass zusammenhängt?«, fragte Dr. Rosenberger (wie *wir* ihn immer noch respektvoll nennen wollen).

»Schwer zu sagen«, antwortete Becker. »Ich bezweifle das eher. Was soll das für einen Sinn haben für den Täter, der den Tod von Drittenbass zu verantworten hat? Und der seine Kohle auf einem sicheren Kryptowährungskonto weiß.«

»Ich glaube, die These von einem anderweitigen, streng geheimen Auftrag können wir ebenfalls ausschließen«, sagte Maria. »In so einem Fall hätte uns Hubertus eine Nachricht zukommen lassen, davon bin ich fest überzeugt.«

»Vielleicht hat er das ja gemacht«, sagte Nicole. »Und wir haben sie bloß noch nicht entdeckt. Sie ist da, aber wir können sie nicht lesen.«

Die Gerichtsmedizinerin drehte ihren Rollstuhl herum.

»Maria, was halten Sie von der Annahme, dass es dem Chef einfach nur gereicht hat, dass er aus dem immer gleichen Trott ausbrechen wollte? Ich meine: So etwas hat es schon öfter gegeben, und zwar gerade bei den zuverlässigsten und eifrigsten Zeitgenossen.«

Maria wiegte den Kopf.

»Sie meinen, Zigaretten holen und dann nach Australien auswandern? Ich war noch niemals in New York, wie bei Udo Jürgens?«

Obwohl Maria äußerst skeptisch dreinblickte, hatte sie selbst auch schon in diese Richtung spekuliert. Vielleicht war Hubertus von der Polizeiarbeit oder vom Team (vielleicht sogar von ihr?) so genervt gewesen, dass er eine Art radikaler Auszeit gebraucht hatte.

»Die Australien-Vermutung ist bei einem plötzlichen Verschwinden nie ganz auszuschließen«, fuhr sie fort. »Aber wir sind uns doch alle einig, dass er uns nicht in einem derartig ratlosen Zustand zurücklassen würde! Ich nehme an, dass er uns – oder wenigstens einem von uns – in so einem Fall eine Nachricht zukommen lassen würde.«

»Oder einem der Informanten«, fügte Polizeiobermeister Hölleisen hinzu.

Bedrücktes Schweigen breitete sich aus. Niemand warf einen Blick aus dem Fenster in den prächtigen Garten, der von herrlichstem Sonnenschein durchflutet war. Bienen summten, dicke Hummeln ließen sich auf den üppig blühenden Löwenmäulchen nieder, und Tausende von Vögeln zwitscherten um die Wette.

»Ich für meinen Teil habe schon sehr oft daran gedacht, einfach alles stehen und liegen zu lassen und ohne eine Nachricht zu verschwinden«, sagte eines der Teammitglieder, von dem man solch ein Geständnis am allerwenigsten erwartet hätte. Große Verwunderung stand in aller Augen. »Sicher ist auch jedem von Ihnen diese Idee schon einmal durch den Kopf geschossen. Nach einem beruflichen Tiefschlag. Nach einer privaten Krise. Nach einem Todesfall. Oder aufgrund eines depressiven Schubes. Mich überkommt dieser Gedanke jedenfalls aus heiterem Himmel, bei hellem Sonnenschein. Und das ziemlich oft. Ja, ich gebe es zu. Es ist mein Tic. Ich stehe immer kurz vor dem Absprung. Und ich denke, dass ich es irgendwann tun werde. Wenn ich also nicht mehr zum Dienst erscheine, dann wissen Sie hiermit Bescheid. – Aber Jennerwein? Der Chef? Einfach verschwinden? Nie und nimmer!«

Draußen schob sich eine dünne Lage Wolkenwatte vor die Sonne, so dass sie plötzlich aussah wie ein gigantisches Stück orangerotes Fruchtgummi. Die fernen Wälder beugten sich kurz unter einem raschen Windstoß. Man hörte leises, idyllisch säuselndes Kuhglockengeläute. Und direkt vor dem Fenster spielten ein paar Zitronenfalter Fangen und Haschen. Niemand konnte sich dazu entschließen, auf das überraschende Geständnis des Teammitglieds einzugehen. Es entstand eine lange, gedankenschwere Pause. Schließlich ergriff Dr. Rosenberger das Wort.

»Vielleicht hat sich mit Jennerwein etwas abgespielt, was wir uns in unseren kühnsten Gedanken nicht vorstellen können«, sagte er sinnend.

Seine massige Gestalt schien leicht zu erzittern.

Hölleisen stand auf und verließ den Raum, um nach einem klingelnden Telefon im Nebenzimmer zu sehen, das dort niemand abnahm. Personalmangel allerorten. Während er den Gang entlangschritt, stellte er sich vor, dass Jennerwein am Apparat war.

»Hallo Hölleisen!«

»Wo sind Sie Chef? Mensch, geht es Ihnen gut?«

»Warum soll es mir nicht gut gehen! Ich habe mich etwas hingelegt und bin eingeschlafen.«

Hölleisen betrat den leeren Nebenraum. Mit der Präzision einer gut geprobten Slapstick-Szene hörte das Klingeln in dem Moment auf, als er zum Hörer griff. Gedankenverloren ging er zur Haupteingangstür und öffnete sie. Es herrschte wenig Verkehr auf der Straße, bei diesem herrlichen Wetter waren sicher alle schon dort, wo sie sein wollten. Im Freibad. Im Garten. Auf den Bergen. In Australien. Oder eben in stickigen Polizeirevieren. Auf der gegenüberliegenden Seite der Straße stand ein Mann. Er schien unschlüssig zu sein, ob er die Fahrbahn überqueren sollte. Hölleisen glaubte ihn zu kennen. Er trug zwar keine Dienstuniform wie sonst, aber war das nicht Pelikan, der Postbote? Ja, jetzt war er sich ganz sicher. Jedes Jahr zu Weihnachten hatte er von ihm und seiner Frau Britta ein fettes Trinkgeld bekommen.

»Das darf ich nicht annehmen«, hatte Pelikan gesagt.

»Jetzt kommen Sie, es ist doch Weihnachten«, hatte Hölleisen erwidert.

Ein kleiner, absurder Gedanke schoss Hölleisen durch den Kopf. Wollte ihm der Postbote das festliche Trinkgeld ein halbes Jahr später zurückgeben?

Jennerwein musste sich beherrschen, nicht hinüberzugehen und Hölleisen anzusprechen. Es war ein Fehler gewesen, hierherzukommen. Er musste es diskreter anstellen. Sollte er sich vielleicht bei der Postdienststelle so einteilen lassen, dass er Briefe im Polizeirevier abzugeben hatte? Aber was für einen Grund könnte er dafür vorbringen?

Wieder klingelte drinnen im Polizeirevier das Telefon, Hölleisen riss sich von dem Anblick des unschlüssigen Postboten los.

»Ja, was ist denn?«, raunzte er in die Muschel des archaischen Festnetztelefons. »Was ist los?«

Maria hatte gerade angefangen, weiterzuspekulieren, ob denn an der Australien-These etwas dran sein könnte, als sie sich erstaunt umwandte. Diesmal war es Hölleisen, der ohne anzuklopfen ins Besprechungszimmer stürmte.

»Anruf vom Hotel Barbarossa. Einer der Gäste ist tot in seinem Zimmer aufgefunden worden. Offensichtlich Fremdeinwirkung. Wir müssen hin. Sofort.«

»Gibt es weitere Informationen?«

»Nein, keine sonst.«

»Wie lange brauchen wir dorthin?«

»Eine halbe Stunde.«

Alle lösten sich aus ihrer Erstarrung und nahmen die Routine eines Einsatzes auf. Becker hing sofort am Handy und trommelte sein Spurensicherungsteam zusammen. Nicole koordinierte, wer wo mitfuhr. Das Team glich einer gut geölten Maschine. Und jeder war insgeheim froh, endlich anpacken zu können. Und nicht im Dunkeln herumstochern zu müssen.

# 10

EIN ADVENTURE-GAMER:
*Ich spiele gerade das Format* Greek Myths & Other Violences, *fliege aber bei Level 48 immer wieder raus. Ich habe die menschenfressenden Rosse des Diomedes gezähmt und alle Fragen der Sphinx locker gelöst, jetzt stellen sich mir aber Zeus & Co. in den Weg, ich komme an den Typen weder mit Phaserpistole, Zauberkräften noch mit Tarnkappe vorbei. Herakles, du hast doch diese Myth-Adventure-Genre-Welt hautnah miterlebt – hast du einen Tipp für mich?*

Die ehemalige (und inzwischen wieder aktive) Bestattungsunternehmersgattin Ursel Grasegger parkte ihr Auto in gespannter Erwartung vor dem Polizeirevier. Der Kommissar hatte sich in Luft aufgelöst. Einfach so. Je mehr sie darüber nachdachte, desto unwirklicher kam ihr die Situation vor. Aber auch bedrohlicher. Deshalb hatte sie sich zu dem ungewöhnlichen Schritt entschlossen, hierherzukommen und die Akte Drittenbass zu studieren. Vielleicht hatte das Verschwinden des Kommissars mit seinem aktuellen Fall zu tun. Sie kannte den Großindustriellen nicht persönlich, sie wusste nur, dass er zurückgezogen lebte und den Löwenanteil seines Vermögens in Aktien investiert hatte. Das war allgemein bekannt, gab er doch manchmal Börsentipps in einschlägigen Fachzeitschriften und Onlineratgebern. Er galt als gewinnbringender Vortänzer.

»Pass auf, dass sie dich nicht gleich dabehalten«, hatte Ignaz ihr hinterhergerufen, als sie sich auf den Weg gemacht hatte.

»Wie: dabehalten? Warum sollten die mich denn einsperren?«
»Nein, ich meine: als Ermittlerin. Vielleicht sogar als Nachfolgerin von Jennerwein. Wundern tät mich bei dir gar nichts mehr.«

Als Ursel das Polizeirevier des Kurorts betrat, saß eine junge Frau am Empfang, die Ursel unbekannt war. Ihr fehlender Stern an der Schulterklappe der Uniformjacke deutete auf eine Polizeimeisteranwärterin hin: keine Waffe, keine Dienstbefugnisse, elfhundert Mäuse im Monat. Die Auszubildende im Kampf gegen das Böse blickte Ursel erwartungsvoll an. Ursel verspürte das prickelnde Verlangen, wortlos und wie selbstverständlich an ihr vorbeizugehen. Normalerweise kam man mit einem solchen amtlichen Blick erstaunlich leicht rein in eine Behörde. Das war Ursel schon im Münchner Polizeipräsidium in der Ettstraße aufgefallen. Sie musste damals für Jennerwein etwas abgeben, und sie brauchte nur das spezielle wichtige Beamtengesicht aufzusetzen, um lässig durchgewinkt zu werden. Nachdem Ursel jetzt ein paar Meter gegangen war, hörte sie aber doch Schritte hinter sich. Sie versuchte zu raten, welche Worte die junge Anwärterin jetzt wählen würde. Halt, stehen bleiben! Wo wollen Sie hin, hier haben Sie keinen Zutritt! Darf ich fragen, wer Sie sind? Legen Sie sich flach auf den Boden, die Hände ausgestreckt! Noch einen Mucks, und Sie sind tot. Die Anwärterin sagte jedoch nichts von alledem. Sie fragte vielmehr schüchtern:

»Sind Sie – äh – Frau Grasegger?«

Ursel drehte sich lächelnd um und nickte großmütig. Die Anwärterin hielt ihr einen prall gefüllten Ordner entgegen, auf dem in Großbuchstaben der Name DRITTENBASS zu lesen war.

»Dann ist das für Sie.«

Ursel bedankte sich, die junge Frau begleitete sie in ein Zimmer am Ende des Gangs.

»Die Kommissarin Schwattke sagte mir, dass Sie vorbeikommen werden. Sie sind doch Frau Grasegger, oder?«

Ursel war es nicht gewohnt, diese Frage gestellt zu bekommen. Zumindest in dieser Ecke der Welt kannte sie wirklich jeder. Das junge Küken musste von ganz, ganz weit hergeflogen sein.

»Ja freilich bin ich Frau Grasegger«, sagte Ursel lächelnd. »Ist Frau Schwattke nicht im Haus?«

»Nein, die ist gerade weg, auch sonst ist niemand da, die mussten alle zu einem Einsatz. Stellen Sie sich vor: schon wieder ein Mord! Dass das nie aufhört.«

Ursel bedankte sich nochmals und schloss die Tür hinter der redseligen jungen Frau. Wenn sie weiter Karriere bei der Polizei machen wollte, musste sie noch lernen zu schweigen. Das war eine essenzielle Fähigkeit, die mit steigendem Dienstgrad immer wichtiger wurde.

Ursel legte den Ordner mit den gesammelten Drittenbass-Informationen auf den leeren Tisch und sah sich um. Das war also das Zimmer, in dem die Verhöre, Vernehmungen und Befragungen stattfanden. Die Wände waren flächendeckend mit holzgerahmten und verglasten Landschaftsbildern gepflastert. Das sollte wohl einen harmonischen und lässig-privaten Eindruck machen. Bei näherer Betrachtung waren auf jedem der Kunstdrucke Pilze zu bewundern, die Landschaften waren eher Nebensache. Wer hatte sich denn hier ausgetobt? Warum nur Pilzbilder? Vielleicht sollten die knolligen Ensembles ja beruhigend oder auch wahrheitsfördernd wirken. Ursel fand die versammelten Waldfrüchte eher unpassend für einen hochnotpeinlichen Verhörraum. Da hatte jemand bewiesen, dass er überhaupt keinen Geschmack und keinerlei psychologisches Einfühlungsvermögen besaß.

Sie betrachtete Decke und Wände genauer. Nur interessehalber. Weil sie schon mal da war. Drittenbass lief ihr nicht weg. Sie suchte nach Wanzen und Überwachungskameras. Dazu hob sie auch die Bilder an und stocherte mit dem Taschenfeitel in den Abdeckleisten herum. Fehlanzeige. Nur Staub und Schmutz kam zum Vorschein. Schade eigentlich, sie hätte hier schon ein paar von diesen neuen, daumennagelgroßen Überwachungskameras erwartet, die es jetzt auf dem Markt gab. Aber vielleicht war es auch so, dass die Polizei solche Tools gar nicht mehr einsetzen durfte, aus Gründen des Datenschutzes, Persönlichkeitsschutzes und Weißgottnochwasschutzes. Arme, sternlose und unbewaffnete Polizeimeisteranwärterin, dachte Ursel, in was für einen Club von zahnlosen Tigern bist du hier geraten!

Dann aber machte sie sich endlich an die Akte Drittenbass. Mit Vergnügen las sie das Protokoll des Joggers Urs Leber. Ob der Hund jetzt gewinselt oder geknurrt hatte – köstlich! Sie musste laut auflachen. Mit was sich Jennerwein und die Seinen alles herumschlagen mussten, das war schon unglaublich. Aber wer der Eigentümer des Hundes war, ob er einem Zeugen zugeordnet werden konnte oder ob er Drittenbass selbst gehörte, ob er vielleicht sogar eine Erfindung des Joggers war, diese Information konnte Ursel nirgends finden. Die Ermittlungen waren noch nicht abgeschlossen. Hatte Jennerwein eine Spur verfolgt und war dabei an den oder die Falschen geraten? Hatte er in ein Wespennest gestochen und war deshalb gekidnappt worden?

Der Täter hieß Kroboth, er war schnell gefasst worden, allzu viele Spuren hatten zu ihm geführt. Kroboth hatte Drittenbass mitten im Wald beim Spazierengehen abgepasst und ihn mit vorgehaltener Knarre gezwungen, Geld zu überweisen. Vermutlich hatte er den Computer gleich mitgebracht und nur das Passwort von Drittenbass verlangt. Todesursache war ein Herzinfarkt. Wahrscheinlich war der Industrielle angesichts der Höhe der Summe umgekippt. So etwas gab es. Dann musste es verschlungene Transaktionen gegeben haben, die im Aktiendepot von Drittenbass begannen und im Nichts des Darknet endeten. Das Geld hing ganz sicher in einem versteckten Kryptowährungskanal, und das Team hatte noch nicht recht herausbekommen, wie so etwas funktionierte. Aber das war doch brezeneinfach! Ursel war alles andere als eine Spezialistin für solche erpresserischen Finanztransaktionen (zu viele Mitwisser, zu viele Schmarotzer, zu viele unberechenbare Helfer) – aber hier lag die Lösung auf der Hand! Sie musste Nicole Schwattke einen Tipp geben. Da brauchte man doch bloß noch –

Es klopfte an der Tür. Die Polizeimeisteranwärterin trat ein.
»Kommen Sie mit den Akten zurecht, Frau Grasegger? Darf ich Ihnen einen Kaffee bringen?«
»Nein, danke, ich habe schon gesehen, was ich sehen wollte.« Sie klappte den Ordner zu. »Ist denn Frau Schwattke inzwischen schon wieder im Haus? Ich hätte einige Fragen an die Kommissarin. Und vor allem Informationen.«
Ursel machte ein so geheimnisvolles Gesicht, dass die An-

wärterin sogar ein klein wenig zurückzuckte. Doch dann hob sie bedauernd die Arme.

»Tut mir leid, aber es hieß, der Einsatz könne noch länger dauern. Sie können ja mir sagen, auf was Sie gestoßen sind. Ich werde es dann ausrichten.«

»Nein, das ist nett von Ihnen, aber sie soll mich bei Gelegenheit anrufen.«

Die sternlose Polizistin schien enttäuscht darüber, dass sie offenbar nicht wichtig genug war, die Information selbst in Empfang zu nehmen.

»Darf ich noch Ihr Örtchen benützen?«, fragte Ursel und wies den Gang hinunter.

Natürlich durfte sie das. Aber Ursel wollte sich nur ein wenig umsehen, wenn sie schon da war. Bei der Tür zum Besprechungsraum blieb sie stehen. Dahinter fanden also die legendären Sitzungen des Teams statt. Mit Jennerwein, der konzentriert aus dem Fenster blickte. Mit Maria Schmalfuß, die unendlich lange in ihrer Tasse herumrührte. Mit Nicole Schwattkes heftig wippendem Pferdeschwanz, wenn sie der Lösung des Falls nahe war. Ursel ging den Flur weiter. Eine zerbrochene und mehrfach geklebte Tür führte nach draußen. Sie war unverschlossen. Die Abendsonne beschien die gepflegte Terrasse der Polizeistation. Freilich hätten die Rosen etwas mehr Pflege vertragen. Und woher kamen die Zigarettenkippen am Boden, wenn doch niemand im Team rauchte? Ursel schirmte die Augen mit der Hand ab und blinzelte durch das große Fenster ins Innere des Besprechungsraums. Die Stühle waren alle sauber unter den Tisch geschoben. Alle, bis auf einen. Sie hatten den Stuhl, auf dem ihr Chef gesessen hatte, genauso belassen. Auch ein Notizblock lag auf dem leeren Platz.

Es hätte sie brennend interessiert, was da draufstand. Aber sie wollte es nicht übertreiben. Das würden die Spurensicherer wohl alles schon untersucht haben. Ursel verließ die Terrasse wieder und machte sich auf den Rückweg. Kurz vor einer Kellertreppe war ein winzig kleines Schild angebracht:

ARCHIV →

Ursel hatte nicht gewusst, dass die Polizeistation ein eigenes Archiv besaß. Sie konnte nicht anders. Die Neugier zog sie magisch die Treppe hinab. Weit und breit war niemand zu sehen, der sie davon abhielt. Immer stärker durchströmten sie die heißen Wellen eines Glücksgefühls, das sie immer verspürte, wenn sie etwas Verbotenes tat. Unten im Keller sprang eine zittrige Funzel an und verbreitete müdes, depressives Licht. Hinter einer der Türen lag die Asservatenkammer, eine andere führte zum Waffenlagerraum, und am Ende des Gangs fand sie das Archiv. Eher spaßeshalber drückte sie die Klinke. Wie zu erwarten, war diese letzte Tür verschlossen. Ursel wollte schon wieder umkehren, als sie im Inneren des Archivraums Schritte hörte, die sich schnell näherten. Eine Klappe, ähnlich einer Essensklappe im Gefängnis, wurde geöffnet. Sie konnte das Gesicht des Mannes im Gegenlicht nicht erkennen.

»Schon Zeit fürs Abendbrot?«, fragte der Mann.

Über seine Schultern hinweg konnte sie einen Schreibtisch erspähen, der bedeckt war mit Karteikästen, Papierstapeln und einem altmodischen Computerbildschirm. Das Ganze ähnelte eher einer mittelalterlichen Gefängniszelle als einem Polizeiarchiv.

»Frau Grasegger!«, rief die Gestalt plötzlich überrascht auf. »Welch eine Ehre, Ihnen einmal persönlich zu begegnen!«

# 11

DANIEL, 7 JAHRE:
*Lieber Herackles!*
*In der Schule haben wir dich durchgenomen und*
*deine Musskeln. Mein älterer Pruder is so plöt.*
*Kannst du den nicht mal anstendig ferhauen?*

Als Jennerwein wieder vor Pelikans Wohnungstür stand, war es halb sieben Uhr abends. Sein Blick fiel auf den Fußabtreter, auf dem ein furchtbar abgegriffener Spruch stand. So etwas wie Hax'n abkratzen, bloß noch abgetretener. Wahrscheinlich ein Geschenk. Pelikans Hausschuhe standen säuberlich daneben. Schnell öffnete Jennerwein die Tür und trat ein.

Mit den abgehobenen zweitausend Euro würde er auf die Dauer nicht weit kommen. Vielleicht war in der Wohnung etwas Schmu-Geld zu finden. War Pelikan der Typ, eine größere Summe in der Wohnung zu bunkern? Die Kollegen vom Dezernat Eigentumsdelikte hatten in einem Seminar einmal verraten, wo sich die häufigsten Geldverstecke in Wohnungen befanden. Es gab dumme, weniger dumme und eigentlich gar nicht so dumme Orte. Jennerwein arbeitete sich abermals durch die Wohnung. Er fing bei den naheliegenden Versteckmöglichkeiten an, stieß dabei zwar auf kleine Überraschungen (Pelikan war glühender Yvonne-Catterfeld-Fan, der alle Filme und CDs von ihr besaß, manche sogar signiert), doch das, was er suchte, fand er nicht. Dann ging er zu den raffinierteren Verstecken über, ebenfalls ohne Ergebnis. Schließlich sah sich Jennerwein nach einer Kühltruhe um. Das war eines der besten Verstecke, die es gab. Sein Vater hatte es ihm verraten. Ein Beutelchen mit Geld oder Geschmeide wurde dabei in trübe Flüssigkeit gelegt, die Kühlbox mit NUDELSUPPE beschriftet und eingefroren. Selbst Profieinbrecher machten sich selten die Mühe, alle Kunststoffboxen, die sie in der Truhe vorfanden, aufzutauen. Dazu hatten sie in der Regel auch keine Zeit. Jennerwein bemerkte, dass Pelikan ohnehin nur ein kleines Gefrierfach im Kühlschrank besaß. Er erwärmte die gefrorenen Quader, die er aus den unbeschrifteten Boxen drückte, leider nur mit dem Ergebnis von fünf undefinierbaren Flüssigkeiten. Suppen? Er roch daran. Eine Soupe au pistou à ma façon war das jedenfalls nicht.

Jennerwein hatte immer weniger Skrupel, in Pelikans Habseligkeiten herumzuschnüffeln. Pelikan hatte ihm schließlich seinen Körper genommen, da hatte er doch das Recht darauf, seine Wohnung zu filzen. Schließlich fand er ein paar Zwanziger in einem Buch, schön in den Falz gesteckt, so dass sie beim flüchtigen Durchblättern nicht herausfielen. Auch kein schlechtes Versteck. Aber die Summe war zu klein. Er brauchte Bargeld, um Verkehrsmittel benutzen zu können und um diskret an Informationen zu gelangen. Alte Bahnhofsviertelweisheit: je diskreter, desto teurer. Die fünftausend Euro auf Pelikans Konto waren nicht eben wenig, aber es reichte nicht für das, was er vorhatte. Und er konnte ja am Automaten pro Tag bloß zwei Tausender abheben. Persönlich in der Bank zu erscheinen schien ihm zu riskant. Kommissar Jennerwein kannte naturgemäß eine Menge Leute aus der Unter- und Halbwelt, an die wollte er sich wenden. Und die kosteten. Das erste Mal in seinem Leben dachte Jennerwein darüber nach, den legalen Weg vollständig zu verlassen und etwas zu klauen. Bei dem

Gedanken daran kam er sich gar nicht einmal so schäbig vor. Er wusste von den Goldvorräten, die Ignaz und Ursel Grasegger in Gebirgshöhlen vergraben hatten. Er kannte einige der Schwarzgeldverstecke seines kleptomanischen Vaters Dirschbiegel. Und er wusste, wo der brave Polizeiobermeister Hölleisen einen Teil seiner Ersparnisse verstaut hatte, nämlich im Gartenhäuschen. Jennerwein verspürte jetzt am eigenen Leib (am *eigenen* Leib?!), was es hieß, in großer Not zu sein und sich ein paar Kröten von jemandem auszuleihen, der das verschmerzen konnte. Da redeten die Staatsanwälte und Polizeipsychologen von krimineller Energie und ›chronischer Abweichung vom gängigen Sozialverhalten‹, aber etwas Illegales zu tun war oft auch der schlichten Tatsache geschuldet, dass der Täter einfach keine Kohle mehr hatte. Nur das trieb ihn dazu, den rechten Weg zu verlassen. Von wegen heldenhaftes Beharren auf moralischen Werten. Man bleibe mir vom Leib mit diesem Kleister! Der Regelkanon der Zivilisation wurde ganz schnell über den Haufen geworfen, wenn man keine andere Möglichkeit mehr sah zu überleben. In Jennerwein reifte schon eine Idee, wie er Geld auftreiben könnte. Und das dazu auch noch – ja, nicht gerade legal, aber doch so, dass es nicht die ganz Falschen traf. Die Graseggers, seinen Vater und Franz Hölleisen wollte er nicht bestehlen. Aber die Lebensmittelhändlerin vorhin hatte ihn durch ihre Frage, ob er denn vorhatte, einen Schafkopfabend zu Hause zu veranstalten, auf eine Idee gebracht. Zwar war Jennerwein jegliche Art von Glücksspiel verhasst. Schon als Schüler fand er Mau-Mau sterbenslangweilig. Verschwendete Lebenszeit. Aber er dachte weniger an die Taschenspielertricks, die ihm sein betrügerischer Vater beigebracht hatte, sondern daran, dass er seine seltene und ansonsten so lästige Krankheit, die Akinetopsie, ausnützen konnte. Er hatte einen Plan, aber für diesen Plan brauchte er etwas Startkapital. Ganz typisch: Um an Geld zu kommen, brauchte man zuerst einmal – Geld. Nachdenklich schob er eine CD mit Musik von Yvonne Catterfeld ein. Das Lied zitterte sich ölig aus den wuchtigen Bodenboxen. Der Titel passte fatal zu seiner momentanen Situation: ›Komm zurück zu mir‹. Er verzog das Gesicht und drückte die Stopptaste.

Draußen wurde es langsam dunkel. Nach den vielen Durchsuchungen von Pelikans Wohnung gewann dessen Persönlichkeitsbild für Jennerwein an Schärfe. Pelikan war ein fast zwanghaft ordentlicher Typ, darauf wiesen nicht nur die sauber ausgekämmten Teppichfransen hin. Die offensichtlich selbstgezimmerten Regale und Holzhocker verrieten handwerkliches Geschick. Aber er war kein Perfektionist. Er verlor schnell die Geduld, das zeigten abgebrochene Bohr- und Installationsversuche. Der Kleiderschrank war gut ausgestattet, Pelikan hatte dreimal so viel Klamotten wie Jennerwein, er legte sehr viel Wert auf das äußere Erscheinungsbild. Im Bad stand ein oft benutzter Herren-Kajalstift in einem Glas. Aus den Briefen, die an Pelikan gerichtet waren, erfuhr Jennerwein weitere Einzelheiten über den Wohnungsinhaber. Fleißig, aber nicht eben ehrgeizig. Reiselustig, aber nicht gezielt kulturinteressiert. Wenn man die von Maria Schmalfuß so geliebte Vier-Temperamente-Lehre anwandte, war er ein typischer Phlegmatiker. Die Eltern hießen Elene und Jeff und wohnten im Sauerland, Pelikan war verwöhntes Einzelkind. Ein altes, abgegriffenes und mit Anmerkungen versehenes Mathematikbuch verriet, dass Pelikan zumindest früher Interesse an analytischem Denken hatte, vielleicht war er aber auch bloß in die Mathematiklehrerin verliebt gewesen. Nach dem Big-

Five-Modell, das Profiler oft anwendeten, konnten bei Pelikan die fünf Persönlichkeitsmerkmale Gewissenhaftigkeit, Aufgeschlossenheit, Geselligkeit, Verträglichkeit und Verletzlichkeit auf einer Skala von 1 bis 10 mit 7, 4, 3, 6 und 2 bewertet werden. Aber brachte ihn diese Analyse auf einen grünen Zweig?

Jennerwein durchsuchte den Keller und die fast leere Garage. Nichts. Keine Auffälligkeiten. Allerdings zuckte er immer wieder ein bisschen zusammen, wenn er bemerkte, dass er nicht wie bei amtlichen Durchsuchungen Plastikhandschuhe trug. Aber es war natürlich unbedenklich, in Pelikans Wohnung Pelikans Fingerabdrücke zu hinterlassen. Das hieß im Umkehrschluss aber auch, dass die Person, die in seinem Körper steckte, ebenso unbedenklich Spuren hinterlassen konnte. Wenn es die Person überhaupt gab. Jennerwein erschrak bei dem Gedanken, dass seine eigene Identität vielleicht einfach ausgelöscht worden sein könnte. Dass gar kein unauffälliger Kommissar Jennerwein mehr existierte. Dass Hugh Grant nun der Einzige war, der wie Hugh Grant aussah. Schnell setzte er sich wieder ans Tablet, digitale Spuren hinterlassen hin oder her. Und Fingerprint. Und WLAN aktivieren. Und Suchmaschine starten. Ein Blick in die Onlineausgaben einiger Zeitungen verschaffte ihm große Erleichterung, denn dort wurde über die Kriminalfälle berichtet, die er als Hauptkommissar Hubertus Jennerwein, Leiter der Mordkommission IV, gelöst hatte. Über den ›Höllental-Klamm-Fall‹ war ein besonders ausführlicher Artikel zu finden. Danach schlug er seinen eigenen Wikipedia-Eintrag auf, der erstaunlich ungenau und an manchen Stellen sogar falsch war. Nicole Schwattke hatte ihn vorgewarnt und ihm geraten, den Eintrag auf keinen Fall zu lesen. Er würde sich bloß ärgern bei dieser Art von Egosurfing.

»Don't google yourself, Chef«, hatte sie zu ihm gesagt.

Der Wiki-Artikel verriet, dass auch schon mehrere Bücher über ihn und seine Kriminalfälle herausgekommen waren. Einige sogar in Romanform. Doch über seine Aktivitäten in der jüngeren Vergangenheit erfuhr er nichts. Er tippte ›Drittenbass‹ ein. Wenigstens war ihm der Name des aktuellen Opfers wieder eingefallen. Der Industrielle Jakob Drittenbass war in einem Waldstück tot aufgefunden worden. Er hinterließ eine Frau und zwei erwachsene Kinder. Das Geschäft leitete sein bisheriger Teilhaber. Mehr stand da nicht. Keine Angabe zur Todesursache. Auch kein ›Kommissar Jennerwein ermittelt‹. Jennerwein schaltete das Tablet wieder aus. Hatte dieser Fall mit seiner momentanen Verwandlung zu tun? Sosehr sich Jennerwein auch zu erinnern versuchte, die Zeit von seinem Weggang aus dem Revier bis zum heutigen Morgen war nach wie vor vollkommen ausgelöscht. Er musste darüber mehr in Erfahrung bringen.

Gerade als er die Augen schloss, um sich zu konzentrieren und doch etwas Licht in dieses Schwarze Loch des Vergessens zu bringen, klingelte es an der Haustür. Jennerwein hielt den Atem an. Es klingelte ein zweites Mal. Schon mehrmals im Lauf des Tages hatte er sich die bange Frage gestellt, was mit seinem bisherigen Körper geschehen war. War er einfach verschwunden? Oder hatte er ihn mit einem anderen Mann getauscht, so wie es in den Bodyswitch-Komödien immer gezeigt wurde? Jennerwein stellte sich schaudernd vor, dass nun Pelikan, der in seinem Körper steckte, vor der Tür stand. Du musst dich zusammenreißen, Jennerwein. Du kannst dich hier nicht verstecken. Du bist, wenigstens vorläufig, zu Pelikan geworden, du bist in seiner Wohnung, niemanden wird das erschrecken. Sei keine Memme, Jennerwein, steh auf und öffne. Sonst wirst du nicht weiterkommen. Wenn du dich hier vor Angst bibbernd verkriechst, wirst du nie erfahren, was mit dir geschehen ist. Jennerwein riss die Tür auf. Zu seiner großen Erleichterung war es nur der Nachbar. Lächelnd hielt er einen Kreuzschlitzschraubenzieher hoch.

»Ach, ja. Schön, dass Sie mir den zurückbringen!«, sagte Jennerwein zu dem baumlangen Nachbarn.

Er musste später am Klingelschild unbedingt dessen Namen in Erfahrung bringen.

»Alles in Ordnung?«, fragte der Nachbar und musterte ihn misstrauisch.

Jennerwein wusste, dass man ihm seine Anstrengungen ansah. Dass er ziemlich fertig wirkte.

»Ja, klar, alles in Ordnung, ich habe mich nur ein bisschen hingelegt.«

»Oh, Entschuldigung, da will ich nicht weiter stören.«

Der Nachbar wandte sich zum Gehen. Jennerwein wunderte sich darüber, dass ihn die Vorstellung, sich selbst gegenüberzustehen, wesentlich mehr geängstigt hatte als die Tatsache, im Körper eines anderen zu stecken. Der Namenlose drehte sich noch einmal um. Ein schlüpfriges Lächeln umspielte sein Gesicht. Ein Lächeln von der Art, wie Jennerwein es überhaupt nicht mochte.

»Wie gehts denn nun mit Irene?«

Das schon wieder! Der Nachbar schaffte es, selbst die Pause zum nächsten Satz anzüglich wirken zu lassen.

»Ist es diesmal was Ernstes?«

Jennerwein zuckte wortlos die Schultern und versuchte ein vielsagendes Gesicht zu schneiden. Er hatte keine Ahnung, ob ihm das gelungen war.

Als die Tür hinter ihm ins Schloss fiel und er wieder allein war, beschloss Jennerwein, in der Wohnung Pelikans zu übernachten. Was heißt: beschloss. Es blieb ihm gar nichts anderes übrig. Zum Thema Irene hatte er keinerlei Hinweise gefunden, auch nicht zu sonstigen Liebschaften oder Freundinnen. Alles drehte sich allein um Pelikan. Der Briefträger hatte Urlaub auf Kreta gemacht. Er strich sich Sendungen in der Fernsehzeitung mit Kugelschreiber an. Er war Mitglied in der Postgewerkschaft. Und die Oberpostdirektion hatte ihm laut der Urkunde, die an der Wand hing, zum zwanzigsten Dienstjubiläum gratuliert. Jennerwein sah sich um. Es musste doch irgendetwas geben, was nicht ins Muster des durchschnittlichen Biedermanns passte. Doch ihm fiel nichts auf. Aber verdammt nochmal, es musste doch etwas an diesem Mann geben, das ihn zum Opfer dieses Körpertausches machte! Oder war Pelikan gar kein Opfer? War er im Gegenteil der Täter?

Jennerwein legte sich aufs Sofa und versuchte zu schlafen. Keine Chance. Er grübelte. Er hatte Pelikans überschaubare Bibliothek nur daraufhin durchgesehen, ob Geldscheine in den Büchern steckten. Jedes Buch hatte er herausgenommen und durchgeblättert, ohne Ergebnis, wenn man von den paar Zwanzigern absah. Nach den Kollegen vom Einbruchsdezernat handelte es sich hier um ein ›nicht so dummes Versteck‹, sofern man viele Bücher hatte. Man faltete Geldscheine längs und steckte sie in den Bundsteg des Buches. Beim schnellen Blättern oder auch Schütteln lösten sie sich nicht. Jennerwein hatte vorher langsam geblättert und sich nicht um die Inhalte gekümmert. Das tat er jetzt. Viele Reisebücher und Stadtführer, ein paar offensichtlich ungelesene Taschenbücher, die Dienstvorschriften der Deutschen Post, das alte Mathematikbuch –

aber natürlich nicht das psychologische Kompendium für Körperidentitätsstörung I und II mit einem Einmerkerl beim Kapitel ›Überraschender Körpertausch‹. Er wollte sich nicht weiter im Internet bewegen, er hatte vermutlich schon genug digitale Fingerabdrücke hinterlassen, die auf einen Verrückten hinwiesen, der nach Akinetopsie und Körperidentitätsstörung suchte. Kurz dachte Jennerwein daran, in Marias Wohnung einzubrechen, um an einschlägige psychologische Fachliteratur zu gelangen. Oder einen Berufseinbrecher zu beauftragen. Vielleicht sogar den Meisterdieb Dirschbiegel, seinen Vater? Wenn die Kohle stimmte, tat der alles, selbst in seinem gereiften Alter. Doch dann wurde Jennerwein klar, dass er das einfacher haben konnte. Die öffentliche Bibliothek! Das war der ideale Ort für ratsuchende Kommissare mit unklarer Identität. Analog, unauffällig und garantiert nicht im Blick von Sicherheitsbeamten oder Beschattern. Morgen, in der Mittagspause. Doch zunächst wollte er im Postamt seinen Dienst versehen. Der Dienstplan klebte am Kühlschrank, der Wecker an seinem Nachttisch stand auf Viertel vor sechs.

Jennerwein legte sich wieder aufs Sofa und versuchte, ein bisschen zu schlafen. Doch abermals meldete sich das Smartphone mit dem lästigen Roiiiiig-rojjiiiing. Wieder ein unbekannter Anrufer. Jennerwein entfernte die SIM-Karte, um nicht geortet werden zu können.

»Ich fange langsam an, mich wie ein Krimineller zu verhalten«, murmelte er halblaut.

Er dachte daran, dass es heutzutage kaum mehr einen Fernsehkrimi gab, bei dem nicht jemand eine SIM-Karte entfernte. Ein Krimi ohne SIM-Karte-Entfernen war wie Sisyphos ohne Berg.

Schließlich legte sich Jennerwein ins Bett von Pelikan. An der Wand hing ein Fernseher mit einem gigantisch großen Bildschirm. Er zappte noch ein wenig herum (bei sich zu Hause macht er das nie, da lag das klassische Buch auf dem Nachttisch bereit), darüber schlief er ein. Nur eine Stunde später erwachte er schweißgebadet. Wie: Er erwachte schweißgebadet? War nicht versprochen worden, dass das keinesfalls geschieht? Nein, es war anders. Er hatte davon geträumt, wieder der alte Jennerwein zu sein, der unauffällige, blasse Kommissar, der im Polizeirevier mit Hölleisen und Maria saß, die Schläfen mit Daumen und Mittelfinger massierte und der Lösung des Falls Schritt für Schritt näher kam. Von diesem Traum erwachte er mit leichten Schweißperlen auf der Stirn. Von ›schweißgebadet‹ konnte also gar keine Rede sein. Hastig stand er auf, ging ins Bad und besah sich im Spiegel. Er erblickte die wulstigen Lippen und den lächerlichen Oberlippenbart. Nein, er hatte sich nicht zurückverwandelt, er war immer noch in der misslichen Lage, im Körper von Leonhard Pelikan zu stecken.

## 12

DER STELLVERTRETENDE LEITER DES
MARBURGER ZENTRUMS FÜR KONFLIKT-
FORSCHUNG:
*Eine schöne Aufgabe für Herakles wäre es, alle hochrangigen griechischen Götter zu einem Hochzeitsmahl einzuladen, ohne dass gleich wieder mit Obst geworfen wird und deswegen ein trojanischer Krieg ausbricht.*

Der vierschrötige Mann, den alle nur Goody nannten und der den Fernseh-Großinvestor Lukas Lohkamp erschossen hatte, öffnete die Seitenscheibe seines schnittigen Sportwagens und warf die Glock 22 mitsamt dem Schalldämpfer aus dem fahrenden Auto hinaus in das wogende Blütenfeld. Dann schaltete er das Radio ein. Es gab noch keine Meldung von seinem geglückten Coup. Doch er hatte volles Vertrauen in die Polizei, die würden schon noch auf Lohkamps Leiche stoßen und die Sache pressemäßig an die große Glocke hängen. Goody sang lauthals einen Schlager mit, der aus dem Autoradio dröhnte. Irgendwer, der bleibt, irgendwer, der zeigt, dass er scheinbar weiß, wer wir wirklich sind. Goody war auf dem Weg zu dem Holländer, der ihm den Mord in Auftrag gegeben hatte. Einen hochgefährlichen Job hatte er da angenommen. Aber jetzt hatte er das Gröbste hinter sich. Und die Kohle stimmte auch. Er nahm den Hintereingang des großen Gebäudes, schließlich betrat er das Büro von Hodewijk van Kuijpers. Auf dem Türschild stand natürlich ein anderer Name. Der Holländer führte gerade ein Telefonat.

»Ja ... aha ... aha, aha ...«

Er wies mit der Hand auf den freien Stuhl, der vor seinem Tisch stand. Goody setzte sich und wartete. Der Holländer raunzte laut und unfreundlich ins Telefon.

»Aha … aha … aha … Hmhm … aha, hm … aha, aha, aha … aha … aha … Ja, ja, aha, aha … Hm, ja, aha … Aha … Ja? … ah, aha, aha, aha, ja, aha, aha … goedheid jij! … aha …«

Goody betrachtete geduldig seine Schuhspitzen, bis der Holländer endlich aufgelegt hatte.

»Entschuldige, Goody, aber das war wichtig.«
»Ein neuer Auftrag?«
»Nein, meine Frau. Ich soll aus dem Supermarkt ein paar Sachen mitbringen.«
»Ich weiß, das ist oft schwierig zu erklären.«
»Hat bei deinem Job alles geklappt?«
»Alles wie geplant.«
»Ich habe noch gar nichts im Radio gehört.«
»Kommt noch, glaube mir.«
»Hast du genügend falsche Spuren hinterlassen?«
»Genügender und falscher gehts nicht.«
»Und LL ist sicher tot?«
»Mitten ins Herz, mein Markenzeichen.«
»Dann hör zu. Du gehst jetzt wie vereinbart in unser Basislager und lässt dich wieder in einen normalen Menschen verwandeln.«
»Was ist mit meiner restlichen Kohle?«
»Die bekommst du dort.«
»Ich dachte, ich bekomme sie von dir!«
»Geh zum Basislager.«

Goody bedauerte, die Glock weggeworfen zu haben. Er hätte sie jetzt gut brauchen können. Der Holländer gefiel ihm nicht. Trotzdem blieb ihm nichts anderes übrig, als das Feld zu räumen. Noch lange hörte er draußen auf dem Gang Hodewijk van Kuijpers Stimme:

»Aha ... aha ... aha ... Hmhm ... aha, hm ... aha, aha, aha ... aha ... aha ... Ja, ja, aha, aha ... Hm, ja, aha ... Aha ... Ja? ... ah, aha, aha, aha, ja, aha, aha ... goedheid jij! ... aha ... aha ... aha ... Ja, ja, aha, aha ... Hm, ja, aha ... Aha ... Ja? ... ah, aha, aha, aha, ja, aha, aha ... aha ... aha ... Ja, ja, aha, aha ... Hm, ja, aha ... Aha ... Ja? ... ah, aha, aha, aha, ja, aha, aha ... aha ... aha ...... goedheid jij! ... Ja, ja, aha, aha ... Hm, ja, aha ... Aha ... Ja? ... ah, aha, aha, aha, ja, aha, aha ... Aha ... aha ... aha ... Hmhm ... aha, hm ... aha, aha, aha ... aha ... aha ... Ja, ja, aha, aha ... Hm, ja, aha ... Aha ... Ja? ... ah, aha, aha, aha, ja, aha, aha ... goedheid jij! ... aha ... aha ... aha ... Ja, ja, aha, aha ... Hm, ja, aha ... Aha ... Ja? ... ah, aha, aha, aha, ja, aha, aha ... aha ... aha ... Ja, ja, aha, aha ... Hm, ja, aha ... Aha ... Ja? ... ah, aha, aha, aha, ja, aha, aha ... aha ... aha ...... goedheid jij! ... Ja, ja, aha, aha ... Hm, ja, aha ... Aha ... Ja? ... ah, aha, aha, aha, ja, aha, aha ... Aha ... aha ... aha ... Hmhm ... aha, hm ... aha, aha, aha ... aha ... aha ... Ja, ja, aha, aha ... Hm, ja, aha ... Aha ... Ja? ... ah, aha, aha, aha, ja, aha, aha ... goedheid jij! ... aha ... aha ... aha ... Ja, ja, aha, aha ... Hm, ja, aha ... Aha ... Ja? ... ah, aha, aha, aha, ja, aha, aha ... aha ... aha ... Ja, ja, aha, aha ... Hm, ja, aha ... Ja, ja, aha, aha ...«[*]

---

[*] Auf den ersten Blick sieht das nach übler Zeilenschinderei aus. Aber abgesehen davon, dass der Autor dieser Zeilen ein glühender Verehrer der großen Realisten wie Balzac, Mann, Dostojewski und Dickens ist, denen keine noch so kleine menschliche Äußerung unwichtig war, wäre diese Seite ohnehin leer geblieben. Was spricht also dagegen, sie mit ein wenig Realismus zu füllen?

# 13

OStR GEORG »SCHORSCH« NIERLMAYER,
(SPORT, LATEIN, ALTGRIECHISCH):
*Herakles soll zu mir in eine Unterrichtsstunde kommen und einer 10. Klasse erzählen, wie es wirklich zugegangen ist bei den alten Griechen. Aber ich sags gleich: Meine 10b ist renitent, stinkfaul, frech und uninteressiert.*

Das Hotel Barbarossa war umgeben von stillen Wäldern und weitläufigen Wiesen, es lag auf einem Hochplateau, von dem aus man einen herrlichen Blick auf den Kurort hatte. Es war auch mit einer Berggondel zu erreichen, die vier Personen Platz bot und eine reißende Klamm in schwindelnder Höhe überquerte. Nicole Schwattke und die Gerichtsmedizinerin Verena Vitzthum fuhren gerade damit hinauf.

»Für Maria Schmalfuß wäre das nichts«, sagte die Frau im Rollstuhl. »Hundert Meter gehts da schon runter.«

Als sich schließlich alle Teammitglieder vor dem Hotelgebäude versammelt hatten, lief ein Mitarbeiter aufgeregt auf sie zu. Er trug eine Phantasieuniform, die altfränkisch und bodenständig wirken sollte, so im Stil eines barocken oder mittelalterlichen Landsknechts, auf historische Detailgenauigkeit kam es im Barbarossa wohl nicht an. Die dunkelgrüne Kniebundhose zierten doppelte Seitenstreifen in grellem Signalrot, nur der Spitzhut mit Auerhahnfeder fehlte noch zur Karikatur. Aber nein, er hielt ihn in der Hand und wedelte jetzt damit in der Luft herum.

»Glück! Mein Name ist Glück. Ich bin der Hotelmanager. Zimmer 36! In Zimmer 36 ist es passiert. Und das mitten in der Hochsaison! Und ausgerechnet mit einem unserer besten Gäste!«

»Wer hat den Toten entdeckt?«, unterbrach Nicole.

»Einer vom Housekeeping.«

»Ich möchte ihn sprechen. Können Sie das organisieren?«

Die Tür zu Zimmer 36 stand sperrangelweit auf. Eine Traube von Neugierigen stand davor. Einer hielt den anderen davor zurück, hineinzutrampeln. Nicole Schwattke kannte das schon. Unter dem Vorwand, den Tatort vor Spurenvernichtern zu bewahren, vernichteten sie selbst Spuren und nützten nebenbei die Gelegenheit, einen Blick auf die ewig anziehende Faszination der Katastrophe und des Todes zu werfen.

»Aber man sieht ja gar nichts«, sagte eine Frau gerade enttäuscht.

Die Beamten hielten ihre Dienstmarken hoch und bahnten sich den Weg durch die Rotte. Hölleisen begann, die Personalien der Leute aufzunehmen. Sie ließen es sich gefallen, nahmen es als Teil der Show. Eine andere Frau, die sich nach vorne gekämpft hatte, zückte ihr Handy und fotografierte.

»Jetzt machen Sie aber mal nen Punkt«, sagte Nicole.

Sie musste sich sehr beherrschen, nicht laut zu werden oder die Frau mit einem Judogriff auf die andere Seite des Gangs zu hebeln. Die Frau machte große, unschuldig entrüstete Augen.

»Aber das mache ich doch für Sie, die Polizei. Ich stelle Ihnen die Fotos selbstverständlich zur Verfügung.«

»Nennen Sie meinem Kollegen, der dort hinten steht, Ihre Personalien.«

Und dann verschwinden Sie von hier. Sagte sie selbstverständlich nicht, aber ihre Miene sprach eine deutliche Sprache.

Nicole Schwattke trug den schwarzen Judogürtel in den Augen. Die geifernden Voyeure bildeten eine widerwillige Gasse, Becker und sein Spurensichererteam schleppten das Fasern/Haare/Boden-Equipment ins Zimmer. Nicole warf einen Blick hinein, ohne den Raum zu betreten. Von ihrer Position aus war die Leiche nicht zu sehen, nicht einmal der Schreibtisch, hinter dem der Körper des Toten lag. Nicole wandte sich um. Am hinteren Ende des Flurs wartete schon der Hotelmanager, die Seitenstreifen seiner Hose leuchteten aus dem Halbdunkel heraus.

»Der Kollege, der den Toten gefunden hat, kommt gleich«, rief er durch den Gang, dann kam er eilig näher.

»Entschuldigen Sie meine Aufregung! Aber dieser Skandal! Ich kann es immer noch nicht fassen!«

»Herr Glück, können wir irgendwo ungestört sprechen?«

Der Hotelmanager deutete auf eine unscheinbare Tür.

»Ja, gehen wir hier rein. Moment, ich sperre mal eben auf.«

Eine Besenkammer. Na, besser als nichts, dachte Nicole. Sie setzten sich auf zwei umgestülpte Putzeimer. In der Ecke lauerten dürre Wischmobs auf ihren Einsatz.

»Welcher Gast wohnte auf Nummer 36?«

»Das war Herr Lohkamp, Lukas Lohkamp. Sie kennen ihn sicher vom Fernsehen.«

»Ich schaue selten.«

Der Hotelmanager sah sie verwundert an.

»Er ist Finanzinvestor, vielleicht besser bekannt als Teilnehmer einer beliebten Fernsehsendung. Vielleicht haben Sie die Sendung schon mal gesehen.«

»Ich schaue wie gesagt selten.«

»Da treten Investoren auf und Firmengründer. Die Gründer sind jung und haben interessante Geschäftsideen, die Investoren sind alt und haben das Geld dafür. Sie werden aufeinander losgelassen.«

»Und der Tote war einer der Investoren?«

»Ja, Lohkamp. Lukas Lohkamp ist der Investor schlechthin. Wo der investiert, brummt der Laden. Er kannte Gott und die Welt. Er hatte Beziehungen. Er hatte eine eigene Fernsehsendung. Er hat es geschafft, Hunderte von Firmen zu gründen. Und dann so etwas.«

Es klopfte an der Tür. Ein weiterer Hotelangestellter lugte herein. Er war einen Kopf kleiner als Glück.

»Ach, das trifft sich gut«, sagte Herr Glück. »Das ist der Kollege, der die Leiche gefunden hat. Ich lasse Sie beide am besten mal alleine.«

Der Mann gehörte zum Housekeeping, seine Arbeitskluft war nicht gar so pseudohistorisch aufgemotzt. Er trug lediglich einen Kittel, aber ganz ohne mittelalterlichen Schnickschnack gings auch da nicht. Auf dem Rücken war ein mehrfach verschlungenes Wappen zu sehen, mit einem pausbäckigen Trompeter und zwei züngelnden Schlangen. Der Housekeeper schien gefasst, vielleicht hatte er auch schon Schlimmeres in den Zimmern gesehen.

»Bitte, setzen Sie sich«, sagte Nicole. »Und dann schildern Sie mir bitte, wie Sie Herrn Lohkamp aufgefunden haben.«

»Eigentlich erst zum Schluss.«

»Wie: eigentlich erst zum Schluss?«

»Ich sollte das Zimmer frisch machen. Habe gerufen, geklopft. Niemand da, dachte ich. Bin rein, Zimmer leer. Eingang schmutzig, habe ich gesaugt. Im Bad Saustall, habe ich aufgeräumt. Bett ganz nass, Flasche ausgelaufen, Bettzeug gewechselt. Auf dem Schreibtisch alles umgefallen, habe ich wieder schön hingestellt. Dann erst habe ich den Herrn Lohkamp bemerkt. Ist hinter dem Schreibtisch gelegen. Hat man beim Reinkommen nicht gesehen. Habe gedacht, der ist schon wieder besoffen.«

»Ist das öfter vorgekommen?«

»Schon öfter, ja. Habe ihn angesprochen, er hat nix gesagt. Habe zu Ende sauber gemacht, Klinken abgewischt, Telefonhörer abgewischt, Fernbedienung abgewischt, wie vorgeschrieben, und dann erst gesehen, dass Blut rinnt ihm aus Brust und Herr Lohkamp nicht mehr ganz gesund. Habe ich was falsch gemacht?«

Nicole schüttelte langsam den Kopf.

»Nein, Sie haben nichts falsch gemacht,«, seufzte sie schicksalsergeben.

Irgendwo im Hotel dudelte ein winzig kleines Radio, das jemand vergessen hatte auszuschalten. Gerade lief die Nachtausgabe der Sendung ›Das Gesundheitsgespräch‹ mit Dr. Marianne Koch und ihren Gästen. Das war eine beliebte und viel gehörte Sendung des Bayerischen Rundfunks, und das Thema des heutigen Tages war kein anderes als ›Körperidentitätsstörungen und ähnliche Psychosen‹. Die beruhigende, warme Stimme von Frau Dr. Koch erklärte kurz die Symptome, sie fügte wie immer hinzu, dass mehr Menschen an der Störung litten als gemeinhin angenommen. Und schon wurde der erste Anrufer durchgestellt.

»Wie ist denn Ihr Name bitte?«

»Mein Name ist Heiko Maas, und als derzeitiger Außenminister Deutschlands –«

»Aha, soso, als derzeitiger Außenminister, ja freilich. Dann begrüße ich Sie ganz herzlich, Herr Maas, oder soll ich sagen: Herr Minister? Was ist Ihnen lieber?«

»Das ist mir egal.«

»Ich finde es toll, dass jemand wie Sie anruft, denn Sie scheinen mir ein wunderbares Beispiel für eine komplette Depersonalisation zu sein. Seit wann leiden Sie an der Vorstellung, Heiko Maas zu sein?«

»Ich leide überhaupt nicht. Ich fühle mich sehr wohl als Außenminister. Ich wollte das immer sein. Schon als kleiner Junge.«

»Schon so früh! Interessant.«

»Ich habe damals Genscher im Fernsehen gesehen, da dachte ich: Genscher, das will ich auch einmal werden.«

»Was hatten Sie als kleiner Junge noch für Träume?«

»Spielt das eine Rolle? Ich rufe an, weil ich etwas zum derzeitigen Nahost-Konflikt sagen will. Das Verhältnis zu den arabischen Staaten ist ja ziemlich –«

»Darf ich Sie kurz unterbrechen, Herr Maas. Hier bei mir im Studio sitzt –«

»Helmut Zauner, Psychotherapeut. Guten Tag, Frau Dr. Koch. Bei dem Anrufer, der glaubt, Heiko Maas zu sein, haben wir es mit einem zwanghaften Vervollständigungs-Tic zu tun. Der Patient sammelt immer mehr und immer genauere Details, um seine Wahnvorstellung auszubauen und vor seiner Umwelt plausibel zu machen.«

»Was reden Sie da? Ich bin Heiko Maas! Sie können das nachprüfen. Rufen Sie im Auswärtigen Amt an!«

»Oh! Im Auswärtigen Amt! Sehen Sie, Frau Dr. Koch, schon haben wir den Beweis.«

»Nein, lassen Sie ihn nur mal ausreden. Liefern Sie noch mehr Details, Herr Maas. Wie heißt der Regierungschef der Cookinseln?«

»Henry Puna. Aber was hat das mit –«

»Und sein Stellvertreter?«

»Harald McGovern, ein guter Freund von mir. Wollen Sie mich jetzt –«

»Ja, Herr Zauner, Sie haben recht, solch eine Detailtreue, das habe ich noch nie erlebt, das ist ganz typisch für eine Depersonalisation. Ein gesunder Mensch würde nie so viel Energie aufbringen! Ich sehe, unsere Sendezeit ist zu Ende. Ich darf mich von Ihnen verabschieden, Herr Zauner –«

»Und wenn es doch der echte Heiko Maas ist?«

»Ja, natürlich bin ich der echte Heiko Maas. Aber warum ist die Sendezeit schon zu Ende? Sie haben doch gerade erst angefangen!«

»Ja, das wundert mich jetzt auch ein wenig. Wo wollen Sie denn auf einmal hin, Frau Dr. Koch? Warum gehen Sie raus? – Und wer sind *Sie* bitte?«

»Ich bin Marianne Koch. Ich habe mich ein wenig verspätet. Aber ich sehe, dass Sie schon ohne mich angefangen haben. Was ist denn das Thema heute?«

# 14

EIN BUCHHÄNDLER:
*Herakles! In den Sagen des klassischen Altertums heißt es, dass du in deinem neunten Abenteuer gegen die streitbaren Amazonen Krieg geführt und sie schließlich vernichtend geschlagen hast. Kannst du auch die heutigen Liefer-Amazonen bekämpfen?*

Mitten in der Nacht schreckte Jennerwein abermals aus dem Schlaf hoch. Die Frage ließ ihn nicht los, ob es nicht doch eine Möglichkeit gäbe, dem Team eine Nachricht zukommen zu lassen. War es zum Beispiel zielführend, einen handschriftlichen Brief zu verfassen, in dem er mitteilte, dass er lebte und dass es ihm gut ging? Jennerwein stand auf, griff sich ein Blatt Papier und suchte nach einer passenden Formulierung. Doch er ließ den Stift wieder sinken. Seine Handschrift war eigentlich auch kein zuverlässiger Beweis für seine Identität. Graphologische Analysen waren unzuverlässig und Schriften nachweislich fälschbar. Das brachte ihn nicht weiter. Dann suchte er in einem Ordner mit der Aufschrift ›Dokumente‹ nach Pelikans Unterschrift. Die zu fälschen fiel Jennerwein nicht weiter schwer, die Technik dazu hatte er von dem Polizeizeichner Michl Wolzmüller und einigen Kollegen vom Betrugsdezernat gelernt. Die Unterschrift hatte er in zehn Minuten drauf. Einer genaueren Nachprüfung hielt die Fälschung zwar nicht stand, aber für einen flüchtigen Betrachter würde es genügen. Er hatte das Gefühl, dass er die Unterschrift noch dringend brauchen würde. Er zerriss das Blatt und steckte die Schnipsel in die Tasche der Schlafanzughose. Die Schnipsel wollte er später entsorgen. Jennerwein versuchte wieder ein wenig zu schlafen.

Auch Maria Schmalfuß lag noch wach. Sie glaubte nicht an eine Entführung, wie Becker sie skizziert hatte. Kombi hält am Straßenrand, zwei Mann springen raus, ziehen Opfer rein, Kombi braust davon. Sie glaubte, dass Hubertus den Kurort zwar fluchtartig, aber doch aus eigenem Willen verlassen hatte. Am Ende wegen ihr? Wegen ihr! Natürlich wegen ihr. Die These senkte sich auf sie herab wie ein feines Fischernetz, das am Anfang harmlos erscheint, in dessen Maschen man sich am Ende jedoch heillos verheddert. Nicht die Arbeit, nicht der Beruf, nicht das Team, nicht der ewige Trott der Polizeiroutine hatten ihn zu der Verzweiflungstat getrieben. Sondern die unerfüllte Liebe zu ihr, eine Liebe, die seit Jahren auf kleiner, unhörbar leise zischender Flamme flackerte. Hubertus hatte das nicht mehr ausgehalten. Es war ihm nichts mehr anderes übriggeblieben als die Flucht, weit weg von ihr und allem, was ihn an sie erinnerte. Womöglich gab es ja einen konkreten Anlass dazu, einen winzigen Auslöser. Hatte sie ihm etwas geschenkt, das ihm einfach zu persönlich war? Am Ende war es der Teddybär mit der Polizeimütze auf dem Kopf, der das Fass zum Überlaufen gebracht hatte. Sie goss sich noch ein Schlückchen grünen Absinth ein, das Getränk der Impressionisten und Seelenforscher.

»Ich fürchte, dass sich mein Chef in einer schrecklichen Lage befindet«, sagte Polizeiobermeister Hölleisen zu Hause zu seiner Frau.

Sie saßen in der Küche und genehmigten sich einen Schlummertrunk.

»Meinst du wirklich?«

Normalerweise sprach Franz Hölleisen zu Hause nie über dienstliche Angelegenheiten. Britta Hölleisen betrachtete ihren Mann sorgenvoll.

»Und was soll mit dem Jennerwein sein?«

»Ich habe da so ein Gefühl. Den halten sie irgendwo gefangen und quetschen ihn nach allen Regeln der Kunst aus. Vielleicht wird er sogar gefoltert.«

»Hat es mit dem Fall zu tun, den ihr gerade bearbeitet?«

»Ja, kann sein. Aber es gibt darüber hinaus so viele Leute, die mit dem Chef noch eine Rechnung zu begleichen haben. Ich fürchte, der steckt in einem Schlamassel, aus dem er sich selbst nicht befreien kann. Sonst hätte er das schon längst getan.«

»Jetzt mach dir nicht so viele Gedanken. Der taucht schon wieder auf.«

Hölleisen war nicht religiös und gleich zweimal nicht katholisch, aber nun überkam ihn das starke Bedürfnis, sich an jenseitige Kräfte zu wenden. Sollte er beten? Das hatte er das letzte Mal vor dreißig Jahren bei seiner Kommunion gemacht. Und da auch nicht besonders ernsthaft. Nein, gleich morgen früh würde er zu der kleinen Kapelle gehen, die ohnehin auf dem Weg lag.

»Haben wir noch Kerzen?«, fragte er seine Frau.

»Es müssten noch welche vom Kindergeburtstag da sein.«

Auch Ursel Grasegger machte sich große Sorgen. Momentan starrte sie in die Sichtscheibe des Backofens, in dem die Zwetschgen für das morgige Wildschweinragout dörrten. Wenn etwas bruzzelte, blubberte, gärte oder zischte, konnte sie am besten nachdenken. Sie hatte sich heute am frühen Abend die Akte Drittenbass angesehen. Sie war sich der Ehre bewusst, die Nicole ihr zuteilwerden ließ. Auf den ersten Blick hatte sie nichts entdeckt, was ihr sonderbar vorgekommen wäre. Ein toter Aktienspekulant und eine größere Summe, die von seinem Konto abgehoben worden war. Normal. Das kam alle Naslang vor. Sie wunderte sich, wieso sich die Polizei so schwertat, das verschwundene Geld aufzuspüren. Ihr waren allein beim Heimweg noch etliche Möglichkeiten eingefallen. Südafrikanische Online-Glücksspielkonten … Geldverschiebungen über bestechliche philippinische Bankmanager … Warum aber sollte jemand deshalb den leitenden Ermittler entführen? Hinter Jennerweins Verschwinden musste etwas anderes stecken. Etwas Schwerwiegenderes. Der war nicht so leicht zu kidnappen. Der hatte alle Tricks drauf, die man brauchte, um mit solchen Situationen fertig zu werden, das hatte sie hautnah erlebt. Ursel spürte, dass da eine wesentlich schwärzere Energie am Werk war. Ihrer Meinung nach ging es nicht um schnell abgreifbares Geld. Da ging es um ein Projekt, das mehr als lohnend sein musste. Jeder in der kriminellen Szene dürfte wissen, mit wem er es bei Kommissar Jennerwein zu tun hatte, nämlich mit einem der ausgefuchstesten Ermittler, den die Galaxie zu bieten hatte. Jennerwein war der Houdini der Kriminalistik. Er hatte sich bisher aus allen möglichen Zwangslagen befreit.

»Wir sollten eine Belohnung aussetzen«, sagte sie zu Ignaz, der am Tisch saß und an einem Kasten herumbastelte, der wie ein altmodischer Radioapparat aussah.

Ursel wusste, dass es ein Ortungsgerät war. Ignaz blickte auf.

»Für Jennerwein? Meinst du, da meldet sich jemand?«

»Pfeifer und Plauderer gibts immer und überall«, antwortete Ursel, ohne den Blick von den aufplatzenden Zwetschgen zu wenden. »Wenn du nichts dagegen hast, würde ich ganz gerne eine größere Geldsumme zur Verfügung stellen und das in der Szene publik machen. Der Vorteil wäre: Wenn der Kommissar davon erfährt und in keiner Zwangslage steckt, also nicht festgehalten wird, dann denke ich, er lässt uns auf jeden Fall eine Nachricht zukommen, dass er wohlauf ist. Und wenn nicht, wird vielleicht einer der Helfershelfer schwach.«

»Du immer mit deinem Jennerwein. An dem hast du einen Narren gefressen, oder?«

Ursel nickte stumm. Ganz nah waren sie sich einmal gewesen, sie und der Kommissar. Wenn Ignaz damals nicht dazwischen gekommen wäre, wer weiß, wie die Sache gelaufen wäre.

»Übrigens habe ich im Keller vom Polizeirevier ein ganz sonderbares Zusammentreffen gehabt«, fuhr Ursel nach einiger Zeit fort. »Hast du gewusst, dass die ein Archiv haben, mit einem richtigen Archivar?«

»Nein, hab ich nicht. Aber was ist da so besonders dran?«

»Ich hab mich kurz mit dem Typen unterhalten. Ein merkwürdiger Mensch, das sag ich dir. Ich hab sein Gesicht gar nicht richtig erkennen können, so duster wars da unten. Richtig unheimlich. Er hat erzählt, dass er den Job schon dreizehn Jahre macht und seitdem akribisch alles über Jennerwein und sein Team sammelt.«

Ignaz blickte von seiner Bastelei auf.

»Dann hat er auch einen Haufen Material über uns?«

»So sieht es aus.«

»Dann kann man nur hoffen, dass er nicht alles weiß.«

»Ja, das habe ich mir auch gedacht. Wenn der Kommissar wieder da ist, muss ich ihn einmal nach dem Zimmer am Ende des Kellergangs fragen. Der Archivar hat fast wie ein Gefangener ausgesehen, den man da unten vergessen hat.«

»Vielleicht war es ein Gefangener. Jedes Polizeirevier hat doch auch eine Zelle.«

»Und stell dir vor, er hat mich um ein Autogramm gebeten. Wenn er mich schon einmal persönlich trifft, hat er gesagt. Ich bin mir ganz schön wichtig vorgekommen.«

Ignaz warf Ursel einen liebevollen Blick zu.

»Du bist doch auch wichtig, Ursel. Für mich. Ganz ohne Archivar.«

Mit diesem Satz war die Geisterstunde zu Ende gegangen. Über dem Wettersteingebirge thronte ein pockennarbiger Mond. Er hatte den Klassenkampf gegen die blasiert dahintreibenden Federwolken gewonnen und strahlte in unverhüllt proletarischer Pracht.

Als schließlich die Morgendämmerung aufzog, war Urs Leber, der Jogger, schon wieder auf den Beinen. Er lief das Härbelhölzl entlang, das alte Übungsgelände der US-Garnison. Eisern hielt er seinen Steady State.

## 15

FIRMA FIT FOR FUN:
*Sehr verehrter Herr Herakles,*
*unsere international aufgestellte Sportgerätefirma*
*hat einen sogenannten GRIPPER im Angebot,*
*bei dem man seine Griffkraft mit der Hand in der*
*Tasche trainieren kann. Er ist stufenlos einstellbar,*
*rostfrei und für Rechts- wie Linkshänder gleicher-*
*maßen geeignet. Unsere Marketingabteilung*
*findet, dass Sie der geeignete Werbepartner für*
*dieses Produkt wären.*

Jennerwein hatte nur wenige Stunden geschlafen, er war noch hundemüde, als der Wecker klingelte. Schlaftrunken tappte er zum Kleiderschrank und suchte nach seiner Dienstkleidung, die bei der Post seit einem halben Jahrtausend gelb war. Er fand nichts Entsprechendes, wahrscheinlich besaß er einen Spind vor Ort. Ohne einen Hauch von Frühstück machte er sich auf den Weg zu Pelikans Arbeitsstelle. Er hatte sich entschlossen, zumindest einen Tag Dienst zu schieben, er erhoffte sich dort weitere Erkenntnisse über seine Situation, aus irgendeinem vagen Grund vielleicht sogar die Auflösung derselben. Das alte, historische Postgebäude lag nicht weit entfernt. Er betrat es durch den Personaleingang und wurde drinnen von ein paar Arbeitskollegen freundlich, aber eher zurückhaltend empfangen.

»Hallo Peli«, sagte einer.

Jennerwein versuchte sich so zu verhalten, wie er glaubte, dass sich Pelikan verhalten würde. Big-Five-Modell-mäßig. Gewissenhaftigkeit (ausgeprägt), Aufgeschlossenheit (gering), Geselligkeit (gering), Verträglichkeit (schwankend) und Verletzlichkeit (stark). Die Postkollegen, die er antraf, schienen die Veränderung nicht zu bemerken. Lediglich sein Vorgesetzter musterte ihn einen Augenblick zu lange, das fiel Jennerwein sofort auf.

»Ist alles in Ordnung bei Ihnen, Pelikan?«, fragte er besorgt.

Vielleicht wäre es gar keine schlechte Idee gewesen, das Bärtchen abzurasieren. Solch eine kleine, aber sofort ins Auge fallende Veränderung hätte von der weit einschneidenderen Veränderung ablenken können. Der Chef war aber tatsächlich der Einzige, der etwas irritiert wirkte. Allerdings bewölkte sich jetzt die gutmütige Miene des Vorgesetzten.

»Ich hätte ehrlich gesagt schon eine Entschuldigung von Ihnen erwartet. Bedanken Sie sich wenigstens bei Ihrem Kollegen, der gestern für Sie eingesprungen ist. Und eines verspreche ich Ihnen: Beim nächsten Mal gibts eine Abmahnung.«

Jennerwein stammelte etwas von leichter Sommergrippe, Föhnfühligkeit, Nachwirkungen einer Wochenendbergtour, Sodbrennen – der Chef winkte zerstreut ab und wandte sich zum Gehen.

»Sie hätten zumindest anrufen können.«

Drei Mitarbeiterinnen drängten sich an ihnen vorbei. Jennerwein versuchte einen Blick auf ihre Namensschilder zu erhaschen. Nein, eine Irene war nicht dabei gewesen. Vorhin hatte er gesehen, dass der Betriebsrat eine Unterschriftenliste für eine Abstimmung ausgelegt hatte. Die las er jetzt durch. Auch hier keine Irene.

Glücklicherweise waren die Spinde beschriftet, und er fand auch den passenden Schlüssel an seinem Schlüsselbund. Sicherheitshalber hatte er das Büchlein ›Aktuelle Postgebühren‹ aus Pelikans Wohnung mitgenommen, sich auch ein paar Eckdaten gemerkt, um nicht ganz blank dazustehen, wenn ein Kunde etwas fragte. Aber wie er gehofft hatte, wurde er nicht im Schalterdienst eingesetzt, er hatte die klassische Fahrradtour als Briefträger zu bewerkstelligen. Jennerwein kannte sich naturgemäß gut aus im Kurort, die Aufgabe sollte ihm keine größeren Schwierigkeiten bereiten, und er hatte Zeit, weiter nachzuforschen. Und über Strategien nachzudenken.

Jennerwein bog mit dem Fahrrad in die Hanftstraße ein. Einige der Menschen, die hier wohnten, kannte er flüchtig, sie hatten indirekt mit seinen Kriminalfällen zu tun gehabt, meist als Zeugen. Der Bewohner des Hauses Nr. 7, Erdgeschoss, begrüßte ihn freundlich und nahm die Handvoll Briefe persönlich in Empfang. Ein anderer bot ihm nach Erhalt eines kleinen Päckchens Trinkgeld an. Musste er das nicht ablehnen? Bei der Polizei war auch die Annahme von Kleinstbeträgen absolut tabu. Der Bewohner hielt ihm die Münze jedenfalls so hin, als ob sie Pelikan schon öfter angenommen hatte. Jennerwein wollte nicht auffallen und steckte sie ein. Bei den nächsten Bewohnern der Hanftstraße warf er die Sendungen lediglich in die Briefkästen. War es ein Fehler gewesen, den Postdienst anzutreten? Oder vielleicht nur verlorene Zeit? Ihm kam der Gedanke, dass er beim Beruf des Briefträgers Glück im Unglück gehabt hatte. Was wäre gewesen, wenn er im Körper eines Schiffskapitäns aufgewacht wäre? Als Opernsänger? Oder als Frau? Als Kleinkind? In einem fremden Land, dessen Sprache er nicht verstand? Als Goldfisch?

Jennerwein zog seine Austragetour durch, als ob er die letzten Jahre nichts anderes gemacht hätte. Die meisten Leute, die er antraf, begrüßten ihn freundlich. Mit der Mehrheit hatte er jedoch gar keinen Kontakt. Für Nummer 48 gab es ein Einschreiben. Jennerwein klingelte. Er konnte einen Blick in die Wohnung erhaschen. Ob Briefträger sich aufgrund dieses Blicks in den Korridor ein Bild der Bewohner machten? Ob sie die Postkunden scannten und profilten und sich von jedem ein Big-Five-Schema zurechtlegten? Ob sie, viel mehr noch als Pfarrer oder auch Polizisten, die intimsten Geheimnisse der Bewohner kannten? Diese Wohnung, in die er gerade blickte, war die unaufgeräumteste Wohnung, die er je erlebt hatte. Die Bewohner mussten schier hüfttief durch den Sumpf an Spielsachen waten. Aus einem der hinteren Zimmer kroch auch schon das kleine Monster heran, das für all den Spielzeugverhau verantwortlich war. Es hob ein kleines Ärmchen und zeigte auf Jennerwein. Dann lachte und quiekte es.

In zwei Stunden hatte Jennerwein mehrere Straßen abgearbeitet. In einem etwas abgelegenen ruhigen Viertel klingelte er an der Tür von Familie Dandoulakis. Für ein kleines Päckchen brauchte er eine Empfangsbestätigung. Die Tür öffnete sich, und ein unverkennbarer Grieche öffnete.

»Hallo Peli, alter Haudegen«, begrüßte ihn der Mann, der wohl der Hausherr war. »Komm rein!«

Der Mann hatte ihn so herzlich und selbstverständlich eingeladen, dass Jennerwein nichts anderes übrigblieb. Der Hausherr blickte auffordernd nach unten, Jennerwein begriff, dass in dieser Wohnung die Schuhe auszuziehen waren. Der Mann, vermutlich Herr Dandoulakis, bat ihn ins Wohnzimmer. Für die griechische Familie schien Pelikan mehr als nur der Briefträger zu sein, vielleicht ein Freund. Jennerwein nahm sich jedenfalls vor, eine eventuelle Ouzo-Offensive abzulehnen: leichter Anflug von Sommergrippe, Föhnfühligkeit, Nachwirkungen einer Wochenendbergtour, Sodbrennen – nein, Sodbrennen war nicht gut, dagegen half ja der Ouzo gerade. Bauchspeicheldrüse! Reizung der Bauchspeicheldrüse, und der Arzt habe gesagt, er dürfe die nächsten Wochen keinen Tropfen Alkohol trinken. Herr Dandoulakis unterschrieb auf dem Pad und legte das kleine Päckchen beiseite. Das Wohnzimmer war gemütlich eingerichtet, Fotos an der Wand zeigten immer dieselbe griechische Insel. Ein riesiges Sofa stand in der Mitte, im Hintergrund saß ein alter Mann in einem Rollstuhl und schlief.

»Wir müssen leise sein«, sagte Dandoulakis. »Sonst wacht das Baby auf.«

Jennerwein setzte sich. Keinerlei Ouzo. Er schämte sich ein wenig für seine Klischeevorstellungen von den Griechen, die Tag und Nacht Ouzo anboten. Herr Dandoulakis war etwa in seinem Alter, ein prächtiger, tiefschwarzer Schnurrbart zierte sein Gesicht, kein solches Witzbärtchen, wie er es selbst trug.

»Das Baby schläft im Nebenzimmer«, flüsterte er und legte den Finger an den Mund.

»Ja, ich muss dann wieder«, sagte Jennerwein und machte Anstalten, sich zu erheben.

»Die Jungs machen durch dich große Fortschritte in der Schule«, sagte der Hausherr, dessen Vornamen Jennerwein immer noch nicht kannte.

Herr Dandoulakis erzählte von den Kindern und wie dankbar er ihm für seine Hilfe war. Die Jungs waren dreizehn und sechzehn Jahre alt, kürzlich war noch ein Neugeborenes dazugekommen. Jennerwein schloss aus dem Gesagten, dass er ihnen regelmäßig Nachhilfe in mehreren Fächern gab. Den Eltern half er wohl auch bei der Korrespondenz, besonders bei der behördlichen.

»Mit den deutschen Ämtern tun wir uns immer noch ein bisschen schwer«, sagte Herr Dandoulakis. »Das ist oft kein Deutsch, wie die schreiben.«

Jennerwein musste ihm recht geben, und er plauderte ein wenig mit dem Griechen über die deutsche Amtssprache. Was ›aufhältig‹ bedeutete. Und was es für einen beträchtlichen Unterschied machte, ob sich jemand irgendwo aufhielt oder ob er irgendwo aufhältig war. Und dass es im Endeffekt doch keinen Unterschied machte. Jennerwein wunderte sich über diese neue Seite Pelikans. So sozial und hilfsbereit hätte er ihn gar nicht eingeschätzt.

»Kommst du heute Abend?«, fragte der Hausherr.

»Ja, freilich kommst du«, sagte die Frau, die mit zwei großen Einkaufstüten ins Zimmer getreten war. »Ich habe Essen für sechs geplant.«

Das musste die Ehefrau von Dandoulakis sein, eine schwarzhaarige, kleine, sehr energisch wirkende Person.

»Wann haben wir nochmals ausgemacht?«, fragte Jennerwein.

»Wie immer um sieben. Sei pünktlich und iss nicht wieder vorher. Heute gibt es deine Lieblingsspeise. Vegetarisches Souvlaki.«

Ganz normales Souvlaki wäre Jennerwein allerdings lieber gewesen.

Sie plauderten noch über dies und jenes. Dass der Älteste wohl eine Schreinerlehre machen würde. Dass es dem Opa (Frau Dandoulakis zeigte mit dem Daumen über ihre Schulter auf den Rollstuhlfahrer) immer schlechter ginge. Dass sie erwogen, sich einen Kanarienvogel zuzulegen.

»Kannst du mir noch bei einem Brief helfen?«, fragte der Ehemann Jennerwein.

Jennerwein gab ihm einige Tipps bei der Abfassung eines amtlichen Schreibens, Antrag auf eine Baugenehmigung im Garten, Ausbau eines Gartenhäuschens.

Die Atmosphäre war oberflächlich betrachtet herzlich, Jennerwein entging allerdings nicht, dass Spannungen in der Luft lagen. Kleine Blicke, die zwischen dem Ehepaar hin und her flogen. Ein Grund für diese Spannungen war nicht auszumachen. Etwas störte jedenfalls in dieser griechischen Idylle. Jennerwein gewann auch immer mehr den Eindruck, dass dieses Ehrenamt des Nachhilfe- und Deutschlehrers überhaupt nicht zu Pelikan passte. Dass diese geselligen Leute nicht zu Pelikan passten. Er hatte Pelikan für einen kontaktscheuen Einzelgänger ohne großen Ehrgeiz gehalten. Das hatte er aus dessen Wohnungseinrichtung abgeleitet. Dort war schon lange niemand mehr eingeladen worden. Dort wurden keine Partys gefeiert. Und erst recht kein Schafkopfabend veranstaltet. Oder trog ihn sein berühmter ›Blick‹? Hatte er die Fähigkeit, aus dem Chaos das Wesentliche herauszufiltern, durch die Verwandlung verloren? Jennerweins Markenzeichen war es doch, in einem vorgegebenen Muster das Element zu erkennen, das eben nicht zum Muster passte. Seine Ermittlungserfolge gründeten sich darauf, dass er die Stecknadel noch vor dem Heuhaufen sah. Nein, er war sich sicher: Pelikan musste aus einem anderen Grund als zu helfen hierhergekommen sein.

Der älteste Junge kam hereingeschlurft, pubertierend und seine Eltern mit genervt hochgezogenen Augenbrauen begrüßend. Jennerwein bot ihm ein High Five an. Kriminalhauptkommissar Jennerwein konnte gut mit Kindern und Jugendlichen umgehen, diese Situation war nicht eben schwer für ihn. Doch der Junge sah ihn jetzt verwundert an und erwiderte das High Five nur zögernd. Klar, dachte Jennerwein, der biedere Postbote hätte ihn sicher nicht auf diese Art begrüßt. Da war er ja gerade richtig aus der Pelikan-Rolle gefallen …

»So, ich muss jetzt aber wirklich«, sagte Jennerwein und machte Anstalten, sich zu erheben.

»Irene begleitet dich noch«, sagte Dandoulakis vergnügt.

Jennerwein war so baff, dass er sich wieder auf das Sofa fallen ließ. Das also war Irene! Das durfte doch nicht wahr sein. Und es konnte nur eines bedeuten. Pelikan hatte ein Verhältnis mit der Frau des freundlichen Griechen! Deshalb also kam er hierher. In was für eine Lage hatte ihn dieser unselige Leonhard Pelikan gebracht.

Aber andererseits: Es konnte natürlich auch Zufall sein. Irene war bestimmt ein häufiger griechischer Name. War es nicht sogar der häufigste Frauenvorname in Griechenland? Irini, die Friedliche. Ja, so musste es sein. Diese temperamentvolle, attraktive Frau und der langweilige, spießbürgerliche Leonhard passten doch überhaupt nicht zusammen. Schon sein Musikgeschmack: Yvonne Catterfeld. Völlig ausgeschlossen. Jennerwein entspannte sich. Jetzt hätte er doch einen Ouzo vertragen. Oder zwei.

»Ich bringe mal den Müll raus«, sagte Herr Dandoulakis und stand auf.

Der ältere Sohn hatte sich schon längst in sein Zimmer verdrückt. Jennerwein saß allein mit Irene Dandoulakis im Wohnzimmer.

»Warum bist du eigentlich gestern den ganzen Tag nicht ans Telefon gegangen?«, zischte Irene gereizt, als die Haustür ins Schloss fiel. »Ich habe dich zigmal angerufen.«

Ihre Augen verengten sich zu schmalen Schlitzen:

(- _ -)

# 16

DENIS SCHECK, LITERATURKRITIKER:
*Lieber Herakles, wie du vielleicht weißt, erscheinen allein im deutschsprachigen Raum pro Jahr über 90 000 Bücher. Etwa ein Drittel davon bekomme ich zugeschickt, das sind jeden Tag etwa 80 Stück. Ich bräuchte nun dringend jemand, der sie querliest und eine gewisse Vorselektion vornimmt. Deine Aufgabe: all die Romane aussondern, bei denen jemand am Schluss schweißgebadet erwacht.*

Die Ermittler hatten sich im abgesperrten Korridor des Hotels Barbarossa zusammengefunden, an den Wänden hingen Hellebarden, Jagdhörner, Felle und Kerzenleuchter aus Messing. Ein paar Meter entfernt lag das Zimmer Lohkamps, in dem einige Mitarbeiter aus Beckers Team verbissen spachtelten und fotografierten. Aber genauso wie die Spuren im Fall Drittenbass allzu eindeutig schienen, waren die im Fall Lohkamp allzu dürftig. Sie mussten befürchten, dass nach dem Großreinemachen des gewissenhaften Mitarbeiters vom Housekeeping kaum mehr verwertbare Fingerabdrücke übrig geblieben waren.

»Nichts gegen saubere Hotelzimmer, aber der unglückliche Putzteufel hat alle glatten Flächen in Nummer 36 bilderbuchmäßig poliert und auf Hochglanz gebracht«, raunzte Becker. »Doch wir werden versuchen, zu retten, was zu retten ist. Dass gar keine Spuren zu finden sind, das gibt es eigentlich nicht. Denn auch hier gilt der alte Spruch: Gar keine Spur führt auch irgendwo hin.«

Hölleisen meldete sich diensteifrig zu Wort.

»Ich habe die Bewohner der anderen Zimmer auf diesem Gang befragt. Auch die von der Etage drunter. Und von der Etage drüber. Niemand hat etwas gehört oder gesehen, keinen Streit, keine Auseinandersetzung, nichts.«

»Den Schuss auch nicht?«, fragte Nicole.

»Nein, vor allem den nicht, wenn ich das so sagen darf. Aber ich tippe ja sowieso auf einen Schalldämpfer. Wer gibt denn schon in einem Hotelzimmer einen lauten Schuss ab? Eigentlich nur ein Depp. Oder einer, der eine spontane Tat begeht.«

»Also ein Depp.«

»Vielleicht hat sich ja so ein junger Gründer, ein Start-upper gerächt, weil sich Lohkamp bei seiner Firma nicht beteiligen wollte!«

»Da liegt eine Bibel offen da!«, rief einer von Beckers Spurensichererteam aus Nummer 36. »In der Nachttischschublade. Soll ich die auch untersuchen?«

»Natürlich, was sonst!«, fauchte Becker. »Und notieren Sie die Stelle, wo sie aufgeschlagen war. Es wäre nicht das erste Mal, dass gerade das etwas zu bedeuten hat.«

»*Aus dem Meer wird ein Drache aufsteigen*«, deklamierte der Spurensicherer von drinnen, und es schallte grausig durch den mittelalterlich-duster geschmückten Korridor, bei dem einige Hellebarden und Posaunen aus den Wänden stachen und das Gesagte zu bestätigen schienen. »*Die Sonne wird schwarz werden und der Himmel wird fallen in ein Meer von Blut* – Aus der Johannes-Apokalypse!«

»So weit bin ich in meiner Bibellektüre nie gekommen«, sagte Becker.

Nicole mahnte mit einer ungeduldigen Geste zur Eile. Sie erteilte der Gerichtsmedizinerin das Wort.

»Zum Opfer nur so viel«, sagte Verena Vitzthum. »Der

Schuss traf direkt ins Herz. Na ja, direkt ist vielleicht der falsche Ausdruck. ›Direkt ins Herz‹ impliziert ja immer ›mitten ins Herz‹. Das Projektil hat jedoch nur knapp die linke Herzkammer durchschlagen. Trotzdem führte der Schuss zum sofortigen Tod. Wie heißt es doch so schön: Knapp ins Herz ist auch letal. Ferner muss der Schütze etwas größer als das Opfer gewesen sein. Und dann ist da noch was.« Ein listiger Schatten huschte über ihr Gesicht. »Der Täter ist Linkshänder. Mit neunzigprozentiger Wahrscheinlichkeit.«

Alle blickten sie erwartungsvoll an. Ihre Gesichter sprachen eine deutliche Sprache. War das jetzt endlich einmal ein Fall, in dem es eine Rolle spielte, ob der Täter Rechts- oder Linkshänder war?

> DENIS SCHECK, LITERATURKRITIKER:
> *Und vielleicht noch eins, Herakles: Sondere auch alle Kriminalromane aus, bei denen es eine Rolle spielt, ob der Täter Rechts- oder Linkshänder ist.*

»Das ist der erste brauchbare Hinweis in diesem Fall«, sagte Nicole. »Wie haben Sie das denn herausgefunden?«

Die Gerichtsmedizinerin schnalzte genüsslich mit der Zunge.

»Lohkamp ist aus einer Entfernung von ziemlich genau 3 Meter 60 erschossen worden.«

»Mit einer Glock 22«, fügte Becker hinzu.

»*Und ein Wehklagen wird sein und ein Geheul über den Wassern der blutgetränkten Meere –*«, deklamierte der Assistent Beckers weiter.

Die Gerichtsmedizinerin fuhr unbeirrt fort: »Die Auffindesituation lässt darauf schließen, dass Lohkamp vor dem

Sturz direkt hinter dem Schreibtisch gestanden hat. Jetzt stechen wir in Gedanken mit der Zirkelspitze am Standpunkt Lohkamp ein und schlagen einen Kreis von 3 Meter 60. Dann kann die Pistole eigentlich nur im Vorraum des Zimmers abgefeuert worden sein, und zwar aus der Nische zwischen Garderobe und den geschnitzten Zierbalken, die ins Zimmer ragen.«

Becker bat den Assistenten mitsamt der Bibel aus dem Zimmer, sie traten ein und verschafften sich einen Überblick. Die Leiche war gestern schon abtransportiert worden, Kreidestriche markierten ihre Lage. Becker hielt eine gedachte Waffe an die Stelle, die die Gerichtsmedizinerin berechnet hatte.

»Wenn aber die Pistole hier abgefeuert wurde«, fuhr Verena Vitzthum fort, »dann würde ein Mann von dieser Größe durch die Zierbalken behindert werden. In dieser Position kann er nur mit der linken Hand geschossen haben.«

»Kann man daraus wirklich schließen, dass er Linkshänder ist?«, fragte Nicole.

»Ich denke schon. Er hat ja immerhin ins Herz getroffen. Andererseits ist das aus dieser Entfernung keine große Kunst.«

Nicole stieß einen überraschten Pfiff aus.

»Ich sehe das also richtig: Der Täter klingelt oder klopft, Lohkamp öffnet, erkennt den Mann oder die Frau, bittet herein, geht hinter den Schreibtisch, um etwas am Computer fertig zu schreiben –«

»Eher um die aktuelle Seite zu schließen«, unterbrach Becker. »Wir haben anhand des Browserverlaufs gesehen, dass er seine Kontenbestände durchforstet hat, die wollte er den Besucher bestimmt nicht sehen lassen.« Becker hielt inne und lächelte. »Und Lohkamps Kontenbestände sind beträchtlich, das kann ich Ihnen sagen. Ich habe auch schon etwas abgezweigt und auf eines meiner Konten überwiesen. Es wird gar nicht auffallen.«

Nicole sandte ihm einen zum Ernst mahnenden Blick zu. Eindringlich fuhr sie fort:

»Der Täter schraubt den Schalldämpfer auf die Pistole, zielt mit der linken Hand auf Lohkamp und drückt ab. Wenn Sie zu neunzig Prozent sicher sind, dass er Linkshänder ist.«

»Eigentlich zu neunundneunzig Prozent«, warf Becker ein. »Wir haben auch noch eine leere Bierflasche untersucht. Der Putzer hat gesagt, dass sie ausgegossen auf dem Bett lag. Leider sind die Fingerabdrücke vollkommen zerstört und nicht gerichtsverwertbar, wir wissen nur, dass es eine Hand ist, die die Flasche umschlossen hat. Eine linke Hand. Das macht einen Linkshänder noch wahrscheinlicher. Denn Lohkamp war Rechtshänder. Und der Servicemitarbeiter auch.«

Nicole schüttelte den Kopf.

»Nein, das heißt gar nichts. Ich nehme meine Bierflasche auch in die linke Hand. Deswegen bin ich aber noch lange keine Linkshänderin.«

»Wie sieht es mit DNA aus?«, fragte Maria, um den kleinen Zwist zu beenden.

»Das dauert bis morgen«, antwortete Verena Vitzthum. »Wir müssen sie im Labor untersuchen lassen. Aber wir sind dran und tun unser Möglichstes.«

»Hat unser Putzer die DNA nicht auch mit weggeschrubbt?«, fragte Hölleisen.

»DNA lässt sich nicht so einfach wegschrubben. Was meinen Sie, was sich in einem Hotelzimmer für DNA findet, selbst in einem frisch sauber gemachten. DNA hält sich länger, als man denkt. Stellen Sie sich das so vor: Würden Sie heute in Rom das Teatro di Pompeo untersuchen, wäre immer noch etwas DNA von Julius Cäsar vorhanden. Obwohl der Tatort über zweitausend Jahre alt ist.«

»Könnte man aus dieser Cäsar-DNA denn, wie in Jurassic Park –«, fragte Hölleisen.

»Nein«, antwortete Verena Vitzthum in abschließendem, scharfem Ton.

Maria Schmalfuß sah von ihrem Notizblock auf.

»Ich habe übrigens ebenfalls eine Spur gefunden, wenn auch eine kleine. Der Hoteldirektor hat die Frau an der Rezeption endlich erreicht, an der der Täter vorbeigekommen sein muss. Sie hat angeblich sogar mit ihm gesprochen.«

»Wie bitte? Mit dem Mörder? Gesprochen?«

»Ja, gesprochen. Sie heißt Miriam Waigel und ist schon unterwegs hierher, um die Zeugenaussage persönlich zu machen. Nur so viel gleich vorweg: Kurz nach der Tatzeit ist ein Mann, der mutmaßliche Mörder, zu ihr an die Rezeption gekommen und hat ihr von Lohkamp ausrichten lassen, dass der auf keinen Fall gestört werden will. Der Mann ist der Rezeptionistin schon da äußerst suspekt vorgekommen.«

»Ist es möglich, dass sich der Verdächtige noch im Hotel befindet?«

»Nein, sie hat angegeben, dass er mit einem der Taxis weggefahren ist, die in der Auffahrt stehen.«

»Kann es sein, dass es sich bei dem Täter um einen der Hotelgäste handelt?«

»Möglich ist alles. Hier ist die ausgedruckte Gästeliste.«

Sie war riesig. Unwillig sahen sich die Teammitglieder an.

»Lohkamp hat eine Investorengala hier im Hotel veranstaltet«, fuhr Maria fort. »Die Veranstaltung war vorgestern, er selbst wollte noch vier Tage länger bleiben. Das macht er nach Auskunft des Hotelmanagers öfter. Seinen beiden Leibwächtern hat er freigegeben. Er muss sich vollkommen sicher gefühlt haben.«

»Es kann also auch einer von den Kongressteilnehmern gewesen sein«, sagte Hölleisen. »Das gibts doch nicht, oder? Jetzt haben wir schon wieder so viele Verdächtige. Hotelgäste. Hotelpersonal. Jede Menge enttäuschte Start-upper. Das ist ja noch schlimmer als letztes Jahr beim Rico-Hubschmidt-Fall!«

Nicoles Augen funkelten entschlossen.

»Wir werden uns aufteilen«, bestimmte sie in energischem Ton. »Wir haben drei Fälle zu bearbeiten. Dabei haben wir nicht einmal für einen einzigen genug Personal.«

»Vielleicht sind es nur zwei Fälle«, murmelte Maria. »Ich werde den Gedanken nicht los, dass das Verschwinden von Jennerwein doch etwas mit dem Mord an Drittenbass zu tun hat.«

Nicole blickte sie skeptisch an.

»Möglich, ja. Aber ich glaube immer weniger daran. Wir teilen die Aufgaben folgendermaßen auf. Becker und Verena, Sie werden ja den Nachmittag noch zur weiteren Spurensicherung benötigen. Benachrichtigen Sie mich, wenn Sie etwas Zielführendes in der Sache Lohkamp gefunden haben. Hölleisen, Sie übernehmen die Befragung der Rezeptionistin, wenn sie eintrifft. Organisieren Sie bitte inzwischen einen Polizeizeichner.«

»Ist schon geschehen«, sagte Hölleisen lächelnd.

»Bei Miriam Waigel dauert es noch«, fügte Maria hinzu. »Sie ist schon im Zug gesessen und war unterwegs ins Ausland.«

»Maria, dann stellen Sie doch inzwischen gemeinsam mit Hölleisen alle Informationen zusammen, die wir bisher zum Verschwinden Jennerweins gesammelt haben. Kontaktieren Sie bitte auch Ludwig Stengele, unseren Exit-Spezialisten. Ich weiß, Sie beide mögen sich nicht so besonders, aber in diesem speziellen Fall –«

Maria hob beschwichtigend die Hände.

»Natürlich, ich werde mich beherrschen.«

»Sehr gut. Fragen Sie auch bei Ursel und Ignaz Grasegger nach, ob denen inzwischen etwas eingefallen ist. Machen Sie es dringlich. Ich versuche, die Akte Drittenbass endlich abzuschließen. Kroboth redet ja nicht, also will ich mich selbst um das verschwundene Geld kümmern.«

»Sollen wir dazu einen unserer Computerspezialisten anfordern?«, fragte Becker.

»Nein, lassen Sie mal«, antwortete Nicole. »Das geht mir alles viel zu langsam. Ich habe eine andere Idee. Also, auf gehts. Wir informieren uns gegenseitig über wichtige Zwischenergebnisse und treffen uns heute Abend zu einer Besprechung hier im Hotel.«

Alle wussten, dass sie vorhatte, den guten alten Dienstweg zu verlassen. Auch Hansjochen Becker liebäugelte mit diesem Gedanken. Wenn es um Jennerwein ging, wollte er alle Möglichkeiten ausschöpfen. Er machte sich wieder an die Arbeit. Während er pinselte und vermaß, Proben nahm und fotografierte, musste er daran denken, dass erst kürzlich Computersoftware auf den Markt gekommen war, darauf ausgerichtet, nach Personen zu suchen, die im Zusammenhang mit dem organisierten Verbrechen verschwunden waren. In vielen Bahnhöfen mitteleuropäischer Großstädte war ein neues Gesichtserkennungsprogramm installiert worden. Er hatte vor, sich dort einzuklinken.

*»Und aus dem Meer werden weitere sieben Drachen aufsteigen –«*

»Jetzt ist aber Schluss!«

Becker tütete eine winzig kleine Faser ein und beschriftete das Päckchen mit penibel ausgeführten Schriftzeichen. Sein Gesicht schien hochkonzentriert:

òó

Zur gleichen Zeit strich sich die Dame auf dem geblümten Sofa das Kleid glatt. Es gibt Frauen, deren Kleider so elektrisierend rascheln und funkensprühend knistern, als könnten sie eine Kleinstadt eine Woche lang mit Strom versorgen. Dann gibt es Frauen mit melodiös fließenden Glamourkleidern, die edlen Stoffe britzeln quasi *glissando* und *con brio*, in klassischen Konzerten müssen sie den Atem anhalten und absolut still sitzen, um nicht Teil des langsamen Satzes einer Beethoven-Sonate zu werden. Dann gibt es Frauen mit harten, panzerartigen Popeline-Kleidern, die beim Aufstehen und Hinsetzen nur kurz und knapp ratsch! und fssst! machen, wie um ein Ausrufezeichen hinter das Gesagte zu setzen, das keinen Widerspruch duldet.

Das Sommerkleid von Suse Drittenbass knirschte, als ob sich ein großer Trauerzug über einen kieselbestreuten Friedhofsweg quälen würde, Leichenwagen inklusive. Mühsam stand die Witwe des verblichenen Herrn Drittenbass auf und holte sich einen Drink. Nachdem sie mehrmals wie ein unentschlossenes Vögelchen genippt hatte, betrachtete sie nachdenklich das kleine Päckchen, das Gilbert immer bei sich gehabt hatte. Es enthielt ganz normalen handelsüblichen Traubenzucker. Doch fünfzehn Gramm schlucken oder fünfzehn Gramm nicht schlucken bildete in manchen Fällen den schmalen Grat zwischen Leben und Tod.

## 17

INDISCHER WEISER, MEDITATIONSCOACH, AUTOR VON TEEBEUTEL-SCHILDCHEN-TEXTEN:

1. Lass dir eine Aufgabe stellen und führe sie nicht durch.
2. Führe eine Aufgabe durch, die dir niemand aufgetragen hat.
3. Ganz schwer! Für Fortgeschrittene! Suche dir eine Aufgabe aus, die dir niemand gestellt hat und führe sie auch nicht durch.

Die Sonne knallte unerbittlich auf das heiße Blechdach des historischen Postgebäudes, die vielen Walmdächelchen und Ziererkerchen reckten sich stolz in die Lüfte. Die Aktie der Deutsche Post AG verzeichnete momentan ein Minus von 0,25 Punkten auf den Vortagesstand – und im Inneren der Hauptpost verschloss Kriminalhauptkommissar Jennerwein sorgfältig Leonhard Pelikans Spind.

Jennerwein hatte sich des gackerlgelben Dienstshirts entledigt und trug wieder die leicht überkandidelte Kleidung Pelikans. Was hätte er nicht für seine eigenen Klamotten gegeben. Sein Blick traf auf die sumpfgrünen Slipper, die Alternative dazu wären nur matschbraune Slipper gewesen. Oder andere ekelfärbige Schlupfschuhe. Pelikan schien kein Freund von ganz normalen schwarzen Schuhen zu sein, wie sie knapp die Hälfte der Weltbevölkerung im Alltag trug. Seufzend wandte sich Jennerwein um und wäre dabei fast mit dem Filialleiter zusammengestoßen, der wie aus dem Nichts hinter ihm aufgetaucht war.

»Ist wirklich alles in Ordnung mit Ihnen, Herr Pelikan?«, fragte er besorgt.

»Ja, machen Sie sich keine Gedanken.«

Wenn du wüsstest, dachte Jennerwein. Wenn du die ganze Wahrheit wüsstest! Dann würde dir dein eindringlicher Ton vergehen. Er unterbrach seine spekulativen Gedankengänge und sagte:

»Das mit gestern tut mir sehr leid, glauben Sie mir. Es kommt nicht wieder vor.«

Der Filialleiter hatte ihn die ganze Zeit über milde prüfend gemustert, er war wahrscheinlich ein guter Chef, ein verständnisvoller Chef, einer, der sich wirklich um die Nöte seiner Mitarbeiter kümmerte. Und der ganz sicher tot umgefallen wäre, wenn er die Wahrheit erfahren hätte.

»Das sagen Sie jedes Mal, Herr Pelikan.« Er machte eine so große Pause, dass man bei einem Klavierkonzert aufgestanden wäre und den Saal verlassen hätte, weil man meinte, das Stück wäre zu Ende. Dieses Stück hier war bestimmt noch nicht zu Ende. Vielleicht kam es jetzt erst so richtig in Fahrt.

»Ja, das sagen Sie jedes Mal, Pelikan«, wiederholte der Chef traurig.

Jennerwein entschuldigte sich nochmals, dann verabschiedete er sich freundlich und schritt zügig in Richtung Ausgang. Er war sich ganz sicher, dass ihm der Filialleiter stirnrunzelnd nachsah. Ein Rest von Zweifel, eine Ahnung des Entsetzlichen hatte vielleicht auch ihn erfasst.

Draußen auf der Straße fiel Jennerwein wieder die dramatische Schlussszene mit Irene Dandoulakis ein. Sie hatte ihm halb wütend, halb leidenschaftlich ins Ohr gezischt, warum er denn den ganzen Tag über nicht ans Telefon gegangen wäre. Ihre

Worte waren lodernd und ascheregnend in der Luft gestanden, ihr Blick hatte nach sofortigem Geständnis, Zerknirschung und Reueschwüren verlangt, er wiederum hatte fieberhaft überlegt, was er denn jetzt um alles in der Welt antworten könnte.

»Ich bin nicht der, für den du mich hältst, Irene!«

Unmöglich. Völlig ausgeschlossen. Er hatte sich selbst dafür verflucht, den Postdienst überhaupt angetreten zu haben. Er hatte wertvolle Zeit verloren, denn die paar Stunden hatten keine großen Erkenntnisse und Fortschritte gebracht. Außer der Sache mit Irene. Jennerwein war es überhaupt nicht gewohnt, dass seine Ermittlungen so ins Leere liefen.

»Da fällt dir wohl nichts mehr ein!«, hatte Irene Dandoulakis sein Schweigen kommentiert.

Und wie recht sie im Grunde gehabt hatte. Jennerwein war wirklich nichts mehr eingefallen. Schließlich hatte ihn der jüngere Sohn der Familie Dandoulakis aus der misslichen Situation gerettet. Er war dreizehn und hieß Sokrates. Fröhlich vorpubertär und unschuldig plappernd war er hereingeplatzt, hatte von einer lustigen Erdkundestunde erzählt und jede weitere Diskussion unmöglich gemacht. Für Jennerwein war das eine gute Gelegenheit gewesen, sich zu verabschieden, die restlichen zwei Stunden Postdienst zu versehen und den Heimweg anzutreten, wobei das ›Heim‹ in großen Anführungszeichen zu denken war. Da musste man schon mit den Händen auf und ab flattern wie eine aufgescheuchte Graugans, um diese Anführungsstriche in die Luft zu malen. Irene tat Jennerwein herzlich leid. Aber angesichts seiner eigenen gravierenden Probleme konnte man das fluchtartige und feige scheinende Verhalten des sonst so untadeligen Kommissars vielleicht entschuldigen. Es war eine verzwickte Dreiecksgeschichte. Der vegetarische Biedermann, die temperamentvolle Griechin und der momentan machtlose Kommissar.

Jetzt ging er die enge Moschgasse hinauf. Die Erinnerung an die Szene bei Dandoulakis hatte Jennerweins Aufmerksamkeit etwas abgelenkt. Er war sich nicht mehr so sicher, ob ihn nicht vielleicht doch jemand beobachtete oder gar verfolgte. Er verließ die Gasse, drehte mehrere Extraschleifen und blieb öfter vor Schaufenstern stehen. Nein, nichts. Niemand war ihm auf der Spur. Als er die kleine öffentliche Bibliothek des Kurorts erreicht hatte, sah er sich noch einmal um und trat kurz entschlossen ein. Hier drinnen war er noch nie gewesen. Nicht, weil er nicht las, sondern weil er sich Bücher nicht auslieh, sondern kaufte, auf den Nachttisch legte und die Dienstpistole als Einmerkerl benutzte. Jennerwein hasste Eselsohren in Büchern.

»Muss ich meinen Ausweis –«

Nein, musste er nicht. Ganz weit hinten, aber gut beschildert, befand sich die Abteilung Psychologie, Esoterik, Work-Life-Balance, Sinn des Lebens, Tarot. Eine herrliche Zusammenstellung, dachte Jennerwein. Er zog ein großes Buch mit dem Titel ›Wahrnehmungsstörungen‹ aus dem Regal und durchblätterte es. Er blieb bei einem Kapitel hängen, das von psychischen Störungen bei Geistesgrößen und prominenten Zeitgenossen handelte. Und siehe da: Fast jeder war mit einem psychischen Defekt geschlagen. Leonardo da Vinci litt angeblich an ADHS, die schwedische Kronprinzessin Victoria an Prosopagnosie, sie konnte sich keine Gesichter merken und war auf jemanden angewiesen, der ihr den Namen ihres Gegenübers zuflüsterte. Shakespeare war depressiv, Dickens hörte Stimmen – alle hatten irgendetwas, nur der bedauernswerte Vincent van Gogh hatte alles.

»Kennen Sie den Mann?«, raunte die eine Bibliotheksangestellte der anderen zu und deutete mit dem Kinn in Richtung Jennerwein.

»Nein, den habe ich noch nie hier gesehen.«

»Ich habe den Eindruck, dass er auffallend rasch nach hinten gegangen ist.«

»In die Seelenecke?«

Die beiden Frauen blickten sich nervös an.

»Wir sollten vorsichtig sein. Das ist auf jeden Fall kein normaler Leser.«

»Sollen wir ihn ansprechen? Er könnte ein Psychopath sein. Oder ein suizidgefährdeter Borderliner.«

Jennerwein war so in die Lektüre großer Geister und ihrer Psychosen vertieft, dass er nicht auf das Flüstern der beiden Frauen achtete. Chopin war ein bedeutender Schizophrener gewesen, genauso wie Kandinsky, Dante, Rilke, Tolstoi, Kant, Nietzsche, Ludwig II., Newton, Robespierre … Berühmte Depressive wiederum waren Picasso, Wilhelm Busch, Goethe, Churchill, Darwin …

Jetzt bemerkte Jennerwein, dass die beiden Frauen in seine Richtung tuschelten. Er stellte das Buch wieder zurück ins Regal und trat die Flucht nach vorne an. Lächelnd ging er auf sie zu und fragte, ob sie denn ein Buch über Kartenspiele in der Präsenzbibliothek hätten. Im Vorbeigehen fiel ihm im Regal eine Reihe von äußerst buntscheckigen Büchern auf, die er sich bei Gelegenheit einmal genauer ansehen wollte. Dafür war jetzt keine Zeit. Die freundlichen Damen waren sichtlich erleichtert, dass er die Seelenecke inzwischen freiwillig verlassen hatte. Eine der beiden empfahl ihm DAS GROSSE BUCH DER GLÜCKSSPIELE, da wären auch die entlegensten und prickelndsten Kartenspiele drin. Und alles sehr reich bebildert. Ob sie ihn zur Spieleabteilung führen dürfte? Ja, sie durfte gerne. Die freundliche Bibliothekarin ließ ihn mit dem Prachtband alleine. Jennerwein blätterte und fand schnell, was er suchte. Er hoffte, dass ihn das bald aller finanzieller Probleme entheben würde. Und jetzt tat Jennerwein etwas, was sich ganz und gar nicht mit den guten Sitten vertrug. Was absolut tabu sein musste für einen integren und gesetzestreuen Menschen. Was sich einfach nicht gehörte. Man kann seinen Nachbarn töten, wenn der mit seinem Rasengemähe jahrelang nervt. Man kann mit einem Kreuzfahrtschiff notfalls in Venedig einlaufen oder die Eltern anlügen, wenn es gar nicht anders geht. Aber man reißt, und da sind doch wohl alle einer Meinung, man reißt in einer öffentlichen Bibliothek keine Seite aus einem Buch heraus. In welcher Not, in welchem moralischen Dilemma musste sich Jennerwein befinden, dass er zu einem solchen Mittel griff! Er tat das Unmögliche, kaschierte das hässliche Geräusch mit einem Husten und verließ die Bibliothek mit einem freundlichen Gruß in Richtung der beiden hilfsbereiten Damen. Als Jennerwein draußen war, seufzte die eine der beiden Bibliothekarinnen kopfschüttelnd auf.

»Und ich dachte schon –«, sagte sie, um den Satz gleich wieder beziehungsreich abzubrechen.

Jennerwein schämte sich. Aber es war nicht anders gegangen. Er schwor sich, der Gemeindebibliothek, wenn das alles vorbei war, eine Spende zukommen zu lassen. Und zwar wieder als Kriminalhauptkommissar Hubertus Jennerwein. Das schwor er sich ebenfalls. Jetzt blickte er sich um. Ein paar Telekom-Antennen ragten wie Kathedralentürme in den blauen Himmel, der verheißungsvoll schimmerte. Umgekehrt stocherten zwei

Baukräne im entkernten Inneren eines historischen Gebäudes mit Lüftlmalereien herum. Als er an einer Destillerie mit furchtbar süßen Likören im Schaufenster vorbeikam, schoss der Ladenbesitzer heraus und rief ihm freundlich nach:

»Willst einen Kleinen, Pelikan? Schadet doch nichts, oder? Blass schaust aus, wirklich wahr. Also, wie ist es mit einem Startpilot? Vielleicht einen Sliwowitz?«

Jennerwein blieb stehen und drehte sich um. Wenn er jemals in seinem Leben einen Drink gebraucht hätte, dann jetzt. Von diesem Gedanken kurz aus der Spur gebracht, machte er einen Schritt auf den Spirituosenhändler zu. Nein, nur jetzt nicht mit dieser Art von Problembewältigung anfangen. Das war überhaupt nicht zielführend, das förderte seine Konzentration nicht, er war es auch gar nicht gewohnt. Außerdem war es helllichter Tag. Dankend lehnte Jennerwein ab und ging weiter. Aber der Postbote hatte wohl ab und zu ganz gerne einen gehoben.

Jennerwein beschleunigte seine Schritte, bevorzugte wieder Seitenstraßen. Hier konnte er besser nachdenken. Die Idee, die in ihm reifte, nahm nun konkrete Formen an. Dann aber meldeten sich sofort wieder Zweifel. Vielleicht war das Suchen nach einer natürlichen Erklärung seiner scheinbar ausweglosen Situation vollkommen umsonst. Vielleicht war es ja so, dass er wie Rip Van Winkle oder Bill Murray oder Gregor Samsa in eine irrationale Zwischenwelt geraten war. Dann waren seine Bemühungen, in eigener Sache zu ermitteln, ohnehin vollkommen sinnlos. In diesem Fall war er allerdings eine Gefahr für sich und seine Umwelt. Das ist aber jetzt ein ziemlich abwegiger Gedanke, Jennerwein! Schweif nicht ab, verfolge deinen Plan weiter. Der Plan ist gut. Beschaff dir Geld und such dir jemanden, der dir hilft. Denk an die Menschen, die du verhört und verfolgt, verhaftet und eingelocht hast. Denk an die kriminelle Szene, in der du dich bewegt hast wie der Fisch im Wasser, dort wirst du sicher fündig.

Als Jennerwein die Wohnung Pelikans erneut betrat, eilte er sofort zu dessen Kleiderschrank. Darin fand er eine kleine, unauffällige Reisetasche, die packte er mit dem Nötigsten voll, Zahnbürste und Wäsche. Dann studierte er die Seite, die er aus dem Buch in der Gemeindebibliothek herausgerissen hatte, und versuchte sich die Spielregeln des Kartenspiels namens ›Cibu-Cibu‹ einzuprägen. Er musste jetzt Geld beschaffen, und zwar viel Geld. Nur mit einer größeren Summe konnte er professionell weiterarbeiten und an die Informationen kommen, die er brauchte. Jennerwein verließ das Pelikan'sche Zuhause, er hatte nicht vor, hier noch eine Nacht länger zu bleiben. Nach wenigen Minuten war er am Taxistand in der Nähe des Bahnhofs, und er hatte Glück. Er sah ihn schon von weitem. Ladislav Fučík. Mit dem böhmischen Taxifahrer hatte er schon einmal zu tun gehabt. Fučík war durch einige unsaubere Geschäfte aufgefallen. Falsche Zeugenaussage. Nichtanzeige von Straftaten. Hehlerei. Kleinkriminalität eben. Jennerwein wusste, dass er sogenannte ›Touren‹ anbot, also diskrete Taxifahrten, bei denen er nicht fragte, wer und wohin und warum.

»Ich brauche eine Tour«, sagte Jennerwein, nachdem er auf dem Rücksitz Platz genommen hatte. »Nach Österreich.«

»Eine Tour, soso. Nach Österreich, interessant. Und wohin soll diese Tour genau gehen?«

»Das erzähle ich dir auf dem Weg.«

»Wie du meinst.«

Jennerwein beugte sich vor und sagte in bestimmtem Ton:

»Übrigens: Diese Fahrt hat nie stattgefunden. Du hast mich nie gesehen. Du hast niemanden auch nur ansatzweise nach Österreich gefahren.«

»Warum sollte ich die Fahrt vergessen?«, fragte Fučík, der Böhme, schlabbrig und vermeintlich uninteressiert.

»Weil ich dich kenne, Fučík. Du warst vor zwei Jahren bei der Jenschke-Sache dabei, und niemand anderer als du warst es, der den Wagen direkt vors Juweliergeschäft gefahren hat. Du hast ein halbes Jahr wegen gewerbsmäßiger Hehlerei gesessen, dein Zellengenosse war Timo Novak, genannt ›Die Walze‹ –«

Jennerwein konnte Ladislav Fučíks Gesicht im Rückspiegel sehen. Der verzog keine Miene, unterbrach ihn aber:

»Mit Rückfahrt?«

»Vielleicht. Du fährst mich hin und wartest zwei Stunden. Dann sehen wir weiter.«

»Und ich soll diese Fahrt nie gemacht haben?«

»Genauso habe ich mir das vorgestellt.«

Jennerwein war wieder im glasklaren Ermittlungsmodus. Keine verblasenen Gedanken in der Psycho-Ecke der Bibliothek, keine tuschelnden Bibliothekarinnen, mittäglichen Sliwowitz-Angebote und ganz und gar abwegigen Zwischenwelten-Theorien.

»Kostet einen Tausender«, sagte der Böhme. »Im Voraus.«

Wortlos reichte ihm Jennerwein die Scheine, schön klein zusammengefaltet, so dass man sie von draußen nicht sehen konnte. Das sauer verdiente Geld von Pelikan versickerte nun in dunklen Kanälen. Sie fuhren los.

»Eine Frauengeschichte?«, fragte Ladislav nach einiger Zeit.

Jennerwein schwieg. Auf der schiefen Bahn und abseits des geraden Wegs gehört das Schweigen zum guten Ton. Es ist geradezu ein Markenzeichen des Zwielichts, dass das Schweigen eine wuchtigere Wirkung hat als ein noch so gezielt gesetztes Wort. Er beugte sich über das Blatt, das er in der Bibliothek herausgerissen hatte, und studierte es eingehend. *Beim Reizen nennt der sagende Spieler dem hörenden immer höhere mögliche Spielwerte, bis einer der beiden passt, wobei die Vorhand zuerst die Gebote der Mittelhand hört und der Spieler, der nicht gepasst hat, als Nächstes die Gebote der Hinterhand hört.* Alles klar, Kommissar Jennerwein?

Nach einer halben Stunde Fahrt konnte er von einer Anhöhe aus sein Ziel schon sehen, ein abgelegenes Tiroler Kaff. Jennerwein wusste, dass die einzige Wirtschaft des Dorfes ein Zockerparadies war, in dem um hohe Summen gespielt wurde. Das hatte er vom Dezernat Glücksspiel erfahren, mit dem er in Mordermittlungen öfter zu tun gehabt hatte. Die Kollegen hatten ihm damals auch gesteckt, dass Cibu-Cibu zurzeit ganz groß in Mode sei. Nach endlosen Serpentinen ins Tal waren sie am Ortseingang angekommen.

»Warte hier in der Parkbucht, ich gehe zu Fuß weiter«, sagte Jennerwein.

»Ah, du willst ins Bongo-Longo?«, sagte Ladislav Fučík. »Eine Runde Cibu-Cibu?«

Wieder antwortete Jennerwein nicht. Er stieg aus und machte sich mit der Reisetasche auf den Weg. Als er stehen blieb, ein Schaufenster für Babybedarf betrachtete, um eventuelle Beobachter im spiegelnden Glas auszumachen, gingen seine Gedanken hin zur Familie Dandoulakis. Er war mit dem stolzen Vater ins Nebenzimmer gegangen, um das Baby zu bewundern.

»Ach, sag doch noch mal den Namen des Kleinen«, hatte er gebeten. »Das klingt so schön, wie du ihn ausspricht.«

»Leonidas. Du weißt ja, was das bedeutet: der Löwengleiche.«

Jennerwein hatte es natürlich nicht laut gesagt, aber er fand, dass es ein ausgesprochen hässliches Baby war, das nur die eigenen Eltern schön finden konnten. Mit wulstigen Lippen, einer breiten Stirn, einem stark vorspringenden Kinn und auffallend tiefliegenden Augen.

# 18

DIE LEITERIN DER ÖRTLICHEN GEMEINDE-
BIBLIOTHEK:
*Eine Aufgabe für Herakles? Weiß nicht. Höchstens vielleicht: das Schwein suchen, das aus dem farbigen Bildband DAS GROSSE BUCH DER GLÜCKSSPIELE eine Seite rausgerissen hat.*

Der Türsteher vom Bongo-Longo wurde von allen nur Schurli genannt, obwohl sein Vorname gar nicht Georg war. Er blickte durch den Türspion nach draußen auf den Vorplatz der ›Wirtschaft zum Vollmond‹, wie das Bongo-Longo offiziell hieß.

»Die Typen, die zu uns kommen, werden auch immer abgedrehter«, murmelte der Schurli.

»Lass mal schauen«, sagte der zweite Türsteher des Etablissements. »Der schaut mir ganz und gar nicht nach einem Zocker aus. Das ist ein Anfänger.«

»Lassen wir ihn rein. Heute ist eh nicht so viel los.«

»Es könnte auch einer von der Schmier sein.«

»Nein, so sieht kein Bulle aus. Ganz bestimmt nicht.«

»Die Schmier stellt doch heutzutage jeden ein.«

»Oder aber –« Schurli brach nachdenklich ab. »Oder aber es ist einer dieser Geschichtenerfinder, du weißt schon.«

»Einer von diesen Supergescheiten! Wir werden sehen.«

Der Mann, der draußen vor dem Bongo-Longo stand, hatte die kleine Reisetasche auf den Boden gestellt. Jetzt zückte er seine Geldbörse, kramte darin herum und ließ dabei wie zufällig ein paar Scheine sehen. Sofort öffnete sich die Tür. Jennerwein trat ein und drückte die geforderten zweihundert Nasen ab. Er überschlug kurz die Summe, die ihm noch zum Spielen blieb. Für das, was er vorhatte, musste es reichen. Schurli tastete ihn flüchtig ab. So flüchtig, dass es fast schon eine Beleidigung war. Man traute einem wie Jennerwein offensichtlich nicht zu, bewaffnet hier hereinzuspazieren.

»Woher hast du unsere Adresse?«, fragte der, der nicht Schurli hieß.

Jennerwein schwieg. Auch hier hinterließ das nachdrückliche Nicht-Antworten weit mehr Eindruck, als irgendeinen Tippgeber zu nennen. Wortlos belauerten sich die drei Männer. Aus einem der Nebenräume waren gedämpfte Rufe zu hören. Jennerwein war hochkonzentriert. Er wunderte sich selbst darüber, dass er keinerlei Angst verspürte. Dafür war einfach kein Platz. Wenn sein Gehirn auf Hochtouren arbeitete, musste die Angst raus auf die Straße. Dabei konnte die Unternehmung hier gründlich schiefgehen. Er hatte gehört, dass Falschspielern in solchen Kreisen die Finger einzeln gebrochen wurden, um sie bis an ihr Lebensende an ihr betrügerisches Spiel zu erinnern. Eine mittelalterliche Spiegelstrafe. Jennerwein sah Schurli an, der blickte luchsäugig zurück. Jetzt durchlief Jennerwein doch ein kleines Zittern. Wenn sie ihm draufkämen, würde er solche Schmerzen verspüren, dass der fremde Körper, in dem er steckte, noch sein geringstes Problem sein würde.

»Gibts denn einen Cibu-Cibu-Tisch?«, fragte er so beiläufig wie möglich.

Schurli nickte und führte ihn durch verwinkelte Gänge in ein abgelegenes Zimmer. An einem Tisch saßen mehrere steingesichtige Männer und klatschten Karten auf die glatte Oberfläche. Sie rauchten, aber sie tranken nicht. Das war typisch für Zocker-Junkies. Die beiden Süchte schlossen sich quasi aus.

Ein Spieler brauchte die volle, unvernebelte Konzentration auf seine nächste Aktion. Ein Trinker hingegen wollte sich in seinem bunten inneren Nebel verlieren und sich nicht dauernd auf irgendwelches Regelwerk rund um Bube Dame König konzentrieren müssen. Jennerwein stellte sich in die Nähe des Spieltischs und kiebitzte. Sein Plan war, ein paar Runden Cibu-Cibu mitzuspielen und dabei seine Kriegskasse zu füllen. Cibu-Cibu war eine Mischung aus kurdischem Skat, Häufeln, Tarock, Königrufen und Memory, die Regeln waren verschlungen und kompliziert, aber das Glücksspiel war beliebt in der Szene, gerade weil da nicht jeder mithalten konnte. Man hatte bei Cibu-Cibu einen wesentlichen Vorteil, wenn man sich möglichst viele der am Anfang kurz aufgedeckten Karten einprägen konnte. Jennerwein, der jede Art von Hazard und Vabanque hasste und nicht einmal Schafkopfen beherrschte, wollte hier seine Akinetopsie ausnutzen. Er hatte diese Krankheit inzwischen einigermaßen im Griff. Sie kündigte sich als eine Art Migräne an, er hatte dann Zeit, sich in einen unbeobachteten Raum zurückzuziehen und dem Anfall mit Atem- und Konzentrationsübungen zu begegnen. Umgekehrt war es ihm inzwischen auch möglich, die Attacke bewusst herbeizuführen und ein stehendes Bild vor seinen Augen zu erzeugen. Das war anstrengend, aber genau das hatte er vor.

Das Cibu-Cibu-Zimmer im Bongo-Longo hatte keine Fenster und auch sonst keine Fluchtwege, das registrierte Jennerwein auf den ersten Blick. Nervös knetete er seine Finger. Wieder fuhr ihm ein Angstschauer durch und durch. Tausend Ameisen auf der Haut. Vielleicht waren diese Finger nicht mehr lange intakt. Auge um Auge ... Er beobachtete die Spieler eine Weile, Schurli beobachtete ihn. Auf dem Tisch lagen aufgedeckt zwei

Kartenreihen, jedoch nur kurz, denn der Geber würde sie bald in Viererstößen aufnehmen und verteilen. Jennerwein konzentrierte sich. Um das Bild von den offen daliegenden Karten einfrieren zu lassen, musste er eine Konzentrationsübung der besonderen Art vollführen. Also nicht langsam ein- und ausatmen, um sich zu beruhigen, sondern im Gegenteil die Luft anhalten, um richtig in Stress zu kommen. Nicht an freundliche Meereswellen denken, die leise den Strand streichelten, sondern an eine der ausweglosen Situationen, die er im Dienst durchlitten hatte. Der scharfe Stahldraht, der sich immer tiefer in seinen Hals schnitt; die Höllenmaschine unter dem Rollstuhl der Gerichtsmedizinerin, die jeden Augenblick zu explodieren drohte; der Abgrund, der sich plötzlich unter ihm auftat, als sich ein loses Brett im Speicherboden löste ... Sekunden nach dieser künstlichen Stressherbeiführung verspürte er die Migräne, ein schweres, unangenehmes Ziehen im Kopf, und tatsächlich fror das Bild der Karten jetzt vor seinen Augen ein, er wusste, dass es drei oder vier Minuten stehen bleiben würde. Das musste für diese Zwecke genügen. Dieser Testlauf hatte schon einmal funktioniert.

»Ich bin raus«, sagte einer der wortkargen Männer.

Er stand auf und verließ den Raum. Er sah so aus, als hätte er eine Menge Geld verloren. Seine Stimme hatte brüchig geklungen. Jennerwein blickte zu Schurli. Der nickte. Seine Augen waren glanzlos und unbeteiligt. Jennerwein setzte sich. Ein bleicher, dürrer Mann mit strohblonden Haaren teilte die Karten aus und legte die Reihen. Verlangte nach dem Einsatz. Jennerwein warf einen Fuffi in die Mitte. Versuchte diesmal nicht, das starre Bild wieder vor seine Augen zu bringen. Er wollte beim Einstieg nicht gleich gewinnen. Er wollte vor allem nicht den Eindruck erwecken, dass er sich die Lage der Karten durch die üblichen Gedächtniskünstlertricks einprägte, die so funktionierten, dass man eine Geschichte dazu entwickelte: Der grüne Bube mit den fünf Fingern will näher an der roten Dame mit den zwei Augen sein, doch der König mit seinen drei Haaren wollte das nicht ... Sie nannten solche Spieler ›Geschichtenerfinder‹. Möglichst beiläufig sah Jennerwein hinüber zu Schurli, der ihn tatsächlich beobachtete, um herauszubekommen, ob er einen solchen Trickbetrüger vor sich hatte, der nach der verpönten Technik arbeitete. Der Kollege vom Glücksspiel hatte Jennerwein erzählt, dass man solchen Geschichtenerfindern besonders gern die Finger brach, weil sie sich quasi anmaßten, die Gesetze des Glücksspiels mit Tricks aushebeln zu können.

Das Cibu-Cibu-Spiel nahm Fahrt auf. Auch das zweite Spiel verlor er absichtlich. Er wusste, dass sein Gegenüber, ein nervös zitternder Bursche mit einer riesigen Narbe im Gesicht, drei hohe Karten mit nebeneinanderliegenden Zahlenwerten hatte. Das war ein sogenannter Platzhirsch, der vierthöchste Wert, den man haben konnte. Jennerwein spielte aus. Hielt mit. Reizte. Gab einen Trumpf. Der blonde dürre Mann gewann. Mit bleichem, steinernem Gesicht strich er das Geld ein. Jennerwein verlor abermals. Verzog dabei keine Miene. Er konnte nicht abschätzen, ob er von der Gruppe der Spieler anerkannt worden war. Er hatte jedenfalls bemerkt, dass hier einiges Geld im Umlauf war. Und er verlor noch einmal. Seine Kriegskasse schmolz schneller dahin als ein Stück Butter in der heißen Pfanne. Dann verdoppelte er seinen Einsatz. Sein Desinteresse am Spiel selbst verschaffte ihm sicherlich eine Art von Pokerface, auf das die anderen reinfielen. Vor allem Schurli, der sich merklich entspannte. Wahrscheinlich gab es noch einen Chef über ihm, der ihn zusammenstauchte, wenn er das falsche Publikum einließ. Es war nicht viel anders als in Las Vegas. Jetzt entschloss sich Jennerwein, eine künstliche Akinetopsie herbeizuführen. Atem anhalten, an etwas Unschönes denken. An etwas sehr Unschönes denken. Eine entsicherte Handgranate. Ein Erdloch als Gefängnis. Ein abstürzender Hubschrauber. Jetzt kam es darauf an. Jetzt musste es klappen. Und tatsächlich blieb das Bild der aufgedeckten Karten vor seinen Augen stehen. Er blickte vom Tisch auf, hin zur grob weiß getünchten Wand, vor der sich die Karten plastisch abhoben. So wollte er deutlich zeigen, dass er sie sich nicht mit der Geschichten-Technik eingeprägt hatte. Er wusste jetzt, dass der Mann mit den flachsblonden Haaren drei Siebener und den dazu passenden König in der Gegenfarbe hatte. Wenn er auf die Farbe Rot spielte und den sogenannten Jass anstrebte, dann war er gut im Spiel. Er durfte diese Freude natürlich nicht zeigen, er durfte aber im Gegenteil auch nicht eine gespielte Enttäuschung zeigen, ein typischer Anfängerfehler. Er setzte zweihundert Euro. Viel mehr war auch nicht übrig geblieben. Er spielte auf Grand-Jass, reizte seinem Nebenspieler, einem korpulenten Biedermann, den Buben heraus, er wusste durch sein Kartenbild vor Augen, dass er ihn hatte. Und roter Alexander mit Stichansage, Blocker und Bluff. Knapp am Platzhirschen vorbei, aber doch mit einer Scheckigen Straße in der Hand. Dieser Spielzug trug den Namen Polnische Weihnachtsmusik. Alle anderen stiegen aus, Jennerwein musste sich beherrschen, ruhig zu bleiben. Er hatte auf einen Schlag achthundert Euro gewonnen. Neunundvierzig Jahre keine Karte in die Hand genommen, in der Grundschule nicht einmal Mau-Mau gespielt, und dann gleich achthundert Euro. Doch mit dieser Summe kam er nicht weit. Nicht bei dem, was er vorhatte. Im nächsten Spiel setzte er seinen gesamten Gewinn. Achthundert auf Jass. Das machten eigentlich nur Anfänger. Und als solcher wollte Jennerwein wirken. Nochmals die gleiche Prozedur. Unauffällig den Atem anhalten, Stress und Stress, an etwas Gefährliches denken. Das Bild blieb stehen, er gewann erneut. Viertausend europäische Nasen lagen in Fünfzigerscheinen vor ihm. Er bemerkte, dass die anderen gierig auf den Stapel blickten. Auch die nächste Runde gewann er. Und noch eine. Jetons gab es hier nicht, man spielte ausschließlich mit Barem. Die Geldbündel vor ihm sahen so aus, als wären sie wie im Schlaraffenland aus dem Tisch herausgewachsen.

»Noch eine Bockrunde?«, fragte der dicke Mann. »Alles oder nichts?«

»Ich bin raus«, sagte Jennerwein mit der tiefen Stimme Pelikans.

Die anderen sahen ihn verzweifelt und wütend an. Er wusste, dass sie kaum mehr Bares besaßen. Sie hätten jetzt beginnen müssen, Schuldscheine zu unterschreiben. Waren sie vielleicht ganz froh, dass Jennerwein keine Lust mehr hatte? Jennerwein erhob sich. Das war der kritische Augenblick. Hielten sie ihn zurück? Nein, das taten sie nicht. Sie sahen zu, wie er die verknitterten Lappen in seine Reisetasche warf. Doch er wusste, dass sie ihn so nicht davonkommen ließen. Es fragte sich bloß, wann sie ihm das Geld wieder aus der Tasche ziehen würden.

»Morgen nochmals ein Spielchen?«, sagte er leichthin und bewegte sich Richtung Tür, an Schurli vorbei. »Um dieselbe Zeit?«

Schurli verzog keine Miene. Er machte ihm Platz, Jennerwein konnte den Raum ungehindert verlassen. Langsam schritt er durch den spärlich beleuchteten Gang zur Eingangstür,

Schurli folgte ihm in einer Mannslänge Abstand. Noch zwei Meter bis zur Eingangstür. Neben der Tür war ein großer Spiegel angebracht, Jennerwein beging den Fehler hineinzublicken. Er sah dort drinnen Pelikan, der ihm wieder äußerst fremd und bedrohlich vorkam. Pelikan musterte ihn mit einem schiefen, bösen Grinsen. Na, du wirst schon sehen, wohin das führt. Das Gesicht schien sich in eine hämische Fratze zu verwandeln. Jennerwein hielt erschrocken inne, stolperte fast über eine Teppichkante, ein heiserer, abgebrochener Fluch entkam seinem Mund. Jennerwein, du musst dich zusammenreißen. Du hast dich bisher so gut im Griff gehabt, du verpatzt jetzt noch alles durch deine kleine, anfängerhafte Schwäche. So viele Jahre Polizeidienst hast du geschoben, von der Pike auf ist dir eingetrichtert worden, mit lebensbedrohlichen Situationen perfekt umzugehen, du hast dir angewöhnt, die Angst raus auf die Straße zu schicken – also was soll das jetzt?

»Ja, dann bis morgen«, sagte Schurli, öffnete ihm die Tür, ließ ihn hinaus und schloss sie hinter ihm wieder zu.

Jennerwein atmete beruhigt aus. Das Bild der Karten (darunter ein ›Krummer Hund‹, eine Folge von Buben mit einer Dame in der gegensätzlichen Farbe) stand immer noch vor seinen Augen. Er schüttelte es weg, wie man einen Bildschirmschoner wegwischt. Dann atmete er nochmals tief durch. Und hielt inne. Das war zu einfach gegangen. Das war viel zu einfach gegangen. Jennerwein hielt die Tasche mit den gut zwanzigtausend Euro fest in der Hand. Eigentlich hätte ihn das beruhigen müssen. Er hatte so viel Geld, wie er brauchte, er hörte keine Schritte hinter sich, nur eine Grille zirpte. Doch sein Instinkt sagte ihm, dass da noch was nachkam. Ganz bestimmt sogar. Er spannte seinen Körper, so gut es ging, hielt sich strikt in der Mitte der Straße, spähte links und rechts in jeden Hauseingang und jede Hofdurchfahrt. Er hatte gut zehn Minuten Fußmarsch zum rettenden Taxi von Ladislav Fučík vor sich. Jennerwein beschleunigte seine Schritte. Er fuhr mit der Hand fest durch die Schlaufen der Tasche, damit sie ihm nicht weggerissen werden konnte. Plötzlich tauchte hinter ihm ein Motorrad auf, wie aus dem Nichts, ein heiser brüllender Tiger, eine zischende Schlange, beides gleichzeitig, schnell sprang er auf den Gehweg und drückte sich mit dem Rücken an die Hauswand. Das Motorrad verlangsamte und fuhr spotzend an ihm vorbei. Dann verlor sich das Geräusch in der Ferne. So hätte er selbst es gemacht, wenn er das Geld wieder hätte zurückhaben wollen. Einen Motorradfahrer losschicken, langsam vorbeifahren lassen, das Opfer ist erleichtert, wird kurz unaufmerksam, überraschender Angriff aus einem Hauseingang heraus. Jennerwein war hochkonzentriert, lauschte auf jedes Geräusch. Aber nichts passierte. Vielleicht machte er sich zu viele Gedanken? Die Hälfte der Strecke hatte er geschafft. Er verfiel in einen Langstreckentrab. Kurz musste er an den Jogger denken, den er im Fall Drittenbass vernommen hatte. Wie hieß der noch mal? Leber. Urs Leber. Tatsächlich war ihm jetzt erst der Name wieder eingefallen. Hatte der etwas mit dem Tod von Drittenbass zu tun? Jennerwein machte nicht den Fehler, schneller zu laufen. Er wollte seinen eventuellen Angreifern nicht die Gelegenheit geben, genüsslich zu warten, bis er ausgepumpt und erschöpft war, um dann zuzuschlagen. Nur noch ein paar Minuten musste er durchhalten. Und jetzt ahnte er ihre Taktik. Klar. Logisch. Sie verfolgten ihn nicht. Ganz im Gegenteil. Sie warteten bereits auf ihn. Das Kaff lag an einer Straße, es gab zwei Ortsausgänge. Dort passte ihn jeweils eine Gruppe ab, um ihm das Geld wieder abzuknöpfen. Noch drei

Minuten. Jennerwein lief der Schweiß in Strömen herunter. Ein Gefühl der Beklommenheit und Mutlosigkeit stieg in ihm auf, er kämpfte dagegen an. Noch zwei Minuten. Endlich sah er sie, die Bucht, an der ihn der Taxifahrer herausgelassen hatte. Er hatte den armen Ladislav Fučík mit hineingezogen, das tat ihm durch alle Angst und Erschöpfung hindurch bitter leid. Aber jetzt war keine Zeit für Mitleid und andere edle Gefühle. Er hätte im Bongo-Longo bei viertausend Euro aussteigen sollen, dann hätten sie vielleicht keinen Verdacht geschöpft und ihn einfach gehen lassen. Aber jetzt war keine Zeit für Selbstvorwürfe und überflüssige Konjunktive. Jetzt war keine Zeit für überhaupt nichts mehr.

Außer Atem blieb Jennerwein stehen. Von hier aus konnte er die Parkbucht vollständig überblicken. Sie war leer bis auf einen schwarzen Mercedes, der am hinteren Ende abgestellt war. Er erschrak. Das war nicht das Taxi von Ladislav. Der hatte es wohl mit der Angst zu tun bekommen. Jennerwein war in die Falle gelaufen. Die Autotüren öffneten sich, und zwei Gestalten stiegen gefährlich langsam aus dem Wagen. Aus, vorbei, es war alles umsonst gewesen. Sie kamen näher. Eine Welle der Übelkeit stieg in Jennerwein auf. Sein erster Impuls war, zu kämpfen, sich den beiden zu stellen, wie er es schon Hunderte von Malen getan hatte. Aber konnte er sich auf die Kräfte dieses fremden Körpers verlassen? Ein Körper, der wahrscheinlich nie mit Selbstverteidigung zu tun gehabt hatte? Er hatte schon beim Laufen bemerkt, dass seine Beine nicht immer das taten, was er wollte. Der Postbote war wesentlich untrainierter. Er würde gegen diese beiden Pitbull-Terrier, die gerade dem Auto entstiegen waren, keine Chance haben. Spontan versuchte er die Taktik der Einschüchterung. Das funktionierte manchmal.

»Was wollt ihr Witzfiguren!«, rief er ihnen über dreißig Meter Entfernung zu. Die sonst so tiefe Stimme Pelikans klang in dieser Lautstärke auch nicht mehr so überzeugend. »Verschwindet von hier, bevor ich euch Beine mache.«

Das Wort Witzfiguren war ihm eingefallen, weil es wirklich welche waren. Zwei kleine, rundliche Gestalten, wie man sich Gnome vorstellt, beide rauchend, beide mit Sonnenbrillen. Nachts! Einem Comicstrip entsprungen. Aber Witzfiguren waren die Gefährlichsten. Nicht vor den Muskelbergen und Kampfsportlern, sondern vor den Untersetzten und scheinbar Unbeweglichen musste man sich in Acht nehmen. Die hatten viele Siege nachzuholen. Er hoffte, sie mit der frechen Ansage zu reizen und wütend zu machen. Vielleicht schlugen sie dann in blinder Wut zu, ungezielt und ohne Plan, in diesem Fall wäre er wieder im Vorteil. Aber Jennerwein kam nicht in diesen Vorteil, denn die beiden ließen sich nicht provozieren, blickten sich nur kurz an, kamen jetzt weiter langsam und bedrohlich auf ihn zu. Sie machten das sicher nicht zum ersten Mal. Es blieb nichts anderes übrig. Er musste das Weite suchen. Wenn er jetzt quer über die Straße spurtete, konnte er Deckung im Wald finden, wenigstens vorerst. Wenn er dazu noch die Tasche mit dem Geld zurückließ, würde sich einer der beiden darum kümmern und nur noch der andere würde ihn verfolgen. Halt, noch besser: Wenn er die Tasche mit dem Geld ausschüttete, würden sie es ganz sicher gemeinsam aufsammeln. Er hoffte, dass sie lediglich hinter dem Geld her waren. So wie die beiden aussahen, befürchtete er allerdings, dass sie den Auftrag bekommen hatten, ihm eine Abreibung zu verpassen. Es blieb nichts anderes übrig. Jennerwein fasste die Tasche mit beiden Händen, riss den Reißverschluss auf und hielt sie hoch. Als er sie kippte und die ersten Geldscheine herausfielen, hörte er hinter sich Motorengeräusche aufjaulen. Kreischende Bremsen und der Luftzug eines großen Wagens. Sie hatten ihn eingekesselt! Panische Angst riss ihn herum. Der Wagen hielt direkt neben ihm an. Die Seitentür wurde aufgestoßen.

»Los, steig ein, Mann. Schnell!«, schrie Ladislav Fučík, der böhmische Kleinganove, der wegen Jennerwein schon einmal ein halbes Jahr im Knast gesessen hatte.

# 19

DIE HUBERBUAM:
*Alpine Herkulesaufgabe! Die Nordostwand vom Monte Duvonte wartet auf dich. Aber nicht einfach raufkraxeln wie ein Tourist, du musst es mit Freeclimbing solo und ohne Sauerstoff schaffen. Aufpassen bei der brüchigen Verschneidung und dem Überhang auf 7630 Meter. Nicht hinunterschauen. Zähne zusammenbeißen, in den Chalk-Beutel greifen und weiter. Auf geht's!*

Der Mond hing am Himmel wie ein Kaugummi, den eine vierzehnjährige Zahnspangenträgerin gerade unter die Schulbank geklebt hatte, so aurorarosa und verdatscht war er von den föhnigen Wolken. Das Team hatte sich im Foyer des Hotels Barbarossa zur vereinbarten Abendbesprechung zusammengefunden. Die Stimmung war gedrückt. Wie der Mond. Nur Beckers Mimik ließ auf Ergebnisse hoffen. Bedeutungsvoll wedelte er mit den Computerausdrucken in der Luft herum, sie waren über und über mit Zahlen und Figuren bedeckt.

»Die Spurensicherung war mühsam, aber alles deutet auf einen Mann hin, der in den letzten vierundzwanzig Stunden zusammen mit Lohkamp in Zimmer 36 war.« Becker räusperte sich. »Bevor Sie fragen: Ich habe die Abdrücke schon durch die Datenbank gejagt und sie mit denen unserer Ganoven abgeglichen. Keinerlei Übereinstimmung. Auch mit den noch anwesenden Hotelgästen und dem Personal habe ich einen Abgleich durchgeführt. Nichts.«

»Wo haben Sie die Fingerabdrücke gefunden?«

»Sozusagen überall, nur nicht an den Stellen, wo man sie

vermuten würde: an Türgriffen, Wasserhähnen, Telefonhörern, Fernbedienungen, Lichtschaltern – das hat unser Putzer alles sauber abgewischt. Aber an der Raufasertapete haben wir Fingerabdrücke entdeckt, im Inneren der Minibar, draußen auf dem Balkongeländer und an der Gießkanne. Wenn es tatsächlich die des Täters sind, dann scheint es fast so, als ob er – oder sie – ganz sichergehen wollte, Fingerabdrücke zu hinterlassen. Ich darf es ganz offen sagen: Es war entweder ein Volltrottel oder einer, der unbedingt geschnappt werden wollte.«

»Ja, so etwas gibt es schon auch, aber in diesem Fall –«

Zwei auf altfränkisch getrimmte Gestalten kamen auf das Team zu.

»Das trifft sich ja gut«, unterbrach Hölleisen erfreut. »Die Rezeptionistin ist immer noch nicht eingetroffen, ihr Zug steckt irgendwo fest, aber diese beiden Herrschaften sind ebenfalls Zeugen. Darf ich vorstellen: Herr Karr und Frau Wesselmecking. Sie haben den mutmaßlichen Täter aus dem Zimmer kommen sehen, kurz nach der Tatzeit.«

»Ja, er hat uns gegrüßt«, sagte Herr Karr ohne Scheu vor den vielen Ermittlern. »Wenn wir gewusst hätten, dass er ein Mörder ist –«

»Mir schlottern jetzt noch die Knie«, fügte Frau Wesselmecking aufgeregt hinzu. »Wir waren auf dem Weg nach oben in den vierten Stock und wollten dort unseren Dienst antreten, da ist uns ein Herr entgegengekommen.«

»Wir haben ihn noch nie vorher gesehen, es war wahrscheinlich kein Hotelgast.«

»Wir haben uns das Zusammentreffen gemerkt, weil er uns zuerst gegrüßt hat. Das ist eher selten. Die meisten wenden ihren Kopf ab, wenn Angestellte kommen, oder murmeln nur etwas.«

»Der aber hat uns ganz freundlich angeschaut und uns einen schönen, sogar einen wunderschönen Abend gewünscht. Wirklich ein netter Herr.«

»Dachten wir. Dass der gerade jemanden umgebracht hat, das konnten wir ihm ja nicht ansehen.«

»Können Sie ihn beschreiben?«, fragte Nicole.

Beide blickten verlegen.

»Ja, wie soll ich sagen. Eigentlich nicht«, antwortete Herr Karr.

»Wir sind angewiesen, die Gäste und ihre Besucher nicht durch Blicke zu belästigen. Es gibt nichts Schlimmeres in der Hotellerie, als jemanden anzustarren.«

»Wir sollen Kunden so herzlich grüßen, als ob sie alte Bekannte wären, aber die Gesichter haben wir eigentlich in der nächsten Sekunde schon wieder vergessen.«

Becker blickte zu Nicole.

»Der Täter wollte also auch hier Spuren hinterlassen. Aber in diesem Fall vergeblich.«

Nicole bedankte sich bei den beiden Mitarbeitern. Sie hatte wenig Hoffnung, dass ihnen noch etwas Nützliches einfiel.

Ignaz Grasegger blickte von dem Buch auf, das Ursel von dem seltsamen Archivar im Polizeirevier geschenkt bekommen hatte. Sogar signiert.

»Tatsächlich«, sagte er erschrocken. »Wir kommen auch drin vor.«

»Ja, ich weiß«, antwortete Ursel. »Und zwar mehr, als uns lieb sein kann.«

Urs Leber, engagierter Lehrer und unermüdlicher Jogger, schwebte eher über dem Boden, als dass er lief, dabei hielt er exakt seinen Steady State. Er dachte nicht mehr über Drittenbass nach. Schon die ganze lange Maistraße nicht mehr. Er befand sich in einem gedankenlosen, seligen Zustand des Hier und Jetzt. Die Uhr der Kirche schlug zehn, als er wieder einmal an einer Ampel zu stehen kam. Wobei ›stehen‹ eben nicht der richtige Ausdruck ist.

»Wie mich das aufregt!«, sagte die Passantin, die neben ihm auf Grün wartete. »Das ist ja noch umweltschädlicher, als wenn jemand den Motor beim Auto nicht abstellt. Und es nervt ohne Ende. Man wird ganz kribbelig dadurch!«

Urs Leber nahm den Kopfhörer ab.

»Wie meinen Sie?«

»Sie sind ein Gschaftlhuber, ein Angeber. Wenn Sie das Laufen und die Fitness ernst nehmen würden, würden Sie das Getrampel sein lassen!«

»Auch Nurejew hat die Zeit an der Ampel genutzt.«

»Wer ist Nurejew?«

»Ein russischer Tänzer. *Der* russische Tänzer. Als er in München mit dem Schwanensee gastierte, hat er auf dem Weg vom Hotel ins Nationaltheater seine Sprünge und Pirouetten trainiert.«

»Aber doch nicht an der Ampel!«

»Gerade an der Ampel. An der Ampel Ecke Erzgießerei-/Nymphenburgerstraße, die immer unverschämt lange auf Rot stand, hat er den *Entrechat six* geübt, das ist ein schwieriger Sprung aus der 5. Position mit ein- bis mehrmaligem Kreuzen der Füße in der Luft. Sieht wahnsinnig gut aus und passt irgendwie auch ganz gut zu einer roten Ampel. Es gab Tage, da haben die mit ihm wartenden Münchner Fußgänger versucht, es ihm nachzutun. Gut, dass die Rotkreuzklinik ganz in der Nähe lag.«*

»Aha ... aha ... aha ... Hmhm ... aha, hm ... aha, aha, aha ... aha ... aha ... Ja, ja, aha, aha, aha, ... Aja ja ...«
Hodewijk van Kuijpers wechselte wütend die Handyhand.
»Aber das gibts doch nicht!«, schrie er Goody am anderen Ende der Leitung an. »Das kann doch nicht sein, dass man von dem Attentat immer noch nichts gehört hat!«
»Vielleicht ist dieser Lohkamp einfach nicht bekannt genug gewesen!«, gab Goody zurück. »Vielleicht haben Sie sich den Falschen rausgepickt.«
»Den Falschen? Unsinn! Dieser Investor ist bekannt wie ein bunter Hund, stinkreich, läuft nur mit Leibwächtern herum, das war genau der Richtige! – Ich melde mich wieder.«
Aufgebracht und schnaubend stampfte der Holländer mit dem Fuß auf. Sollte die großangelegte Demonstration seines Verkaufsschlagers misslungen sein? Goody hatte ganze Arbeit geleistet, das war sicher. Den traf keine Schuld. Er war der Beste seiner Zunft. Aber vielleicht hatten sie sich mit diesem Investorenkasperl Lohkamp wirklich den Falschen herausgesucht. Und dann noch die Sache mit der nicht hundertprozen-

---

* Es wäre in diesen Zeiten herzlos, überhaupt kein Wort über die Corona-Krise zu verlieren. Deshalb hier eine kleine, aber vielleicht umso nützlichere Bemerkung zu COVID-19. Von vielen offiziellen Stellen wurde uns empfohlen, in die Armbeuge zu niesen. Wir schlagen an dieser Stelle eine Variation des *Entrechat six* vor. Man gehe dazu bei aufkommendem Niesreiz in die 5. Position, springe hoch (*Saut de Basque*), winkle dabei ein Bein stark nach oben an (*Attitude*), um am höchsten Punkt des Sprungs in die Kniekehle zu niesen. Mit einiger Übung gelingt es. Mit vielen Grüßen aus der Rotkreuzklinik.

tig funktionierenden Software vorgestern Abend! Es war die Software, in die er zwanzig Jahre Entwicklungsarbeit gesteckt hatte. Das Roll-out der neuen Marke, der ganze Verkaufsstart begann wirklich äußerst holprig.

Der Holländer steckte das Handy in die Jackentasche. Er stand momentan auf freiem Feld. Hier landeten sonst Paraglider und Drachenflieger, jetzt war es sein Büro. Er fand ohnehin, dass ein eigenes Büro für eine Führungskraft rausgeschmissenes Geld war. Eine Führungskraft hetzte den ganzen Tag von Meeting zu Meeting, immer in Begleitung mehrerer Assistenten, Projektleiter oder sonstiger Wasserträger. Eine Führungskraft war ein Flurläufer und kein Bürohocker. Schon am Anfang seiner Karriere hatte er kein Büro gebraucht. Damals hatte er noch legal gearbeitet, in einem riesigen Laden, dessen Geschäftsführer er war. Fast täglich kamen Erfinder, Gründer und Start-upper zu ihm, boten ihm einen Haufen schräge Ideen an, das meiste war Mist, nicht brauchbar, einfach abwegig. Sie alle mussten ihm ihr Projekt auf dem Weg zwischen zwei Meetings vortragen. Und zwar in genau 3:00 Minuten, mehr Zeit hatte er ihnen nie gegeben.

»Wirklich große Geschäftsideen kann man in drei Minuten erklären.«

Die meisten von den jungen und gierigen Start-uppern hatten diese drei Minuten mit pathetischer Rhetorik gefüllt, mit holographisch erzeugten bunten Tabellen und geschauspielerten Walk-Acts. Alles aus dem Lehrbuch: Investoren angeln für Dummies. Wenn sich einer nicht die Mühe machte, eine neuartige Präsentation zu bieten, hatte ihn der Holländer damals schon abgehakt. Nachdem er das in einem Fernsehinterview geäußert hatte, ließen sie sich noch verrücktere Auftritte einfallen. Lasershows, Zaubertricks, Multimediaspektakel, Massenchoreographien. Doch eines Tages war dieser junge indische Computernerd aufgetaucht, ohne Folien, ohne Manuskript, ohne alles. Nicht einmal ein Mäppchen hatte er dabei. Der erste Eindruck war der allerschlechteste gewesen. Auf was wird das hinauslaufen, hatte sich der Holländer gefragt. Wird hinter der nächsten Säule ein Bollywood-Ensemble mit einem tanzenden Elefanten hervorspringen und einen Song aus dem Film ›Und ganz plötzlich ist es Liebe‹ anstimmen? Alles schon da gewesen.

»Du hast wie alle genau drei Minuten Zeit, um mich zu überzeugen. Also los.«

Einer der Assistenten startete den Handy-Countdown. Der nerdige Inder, der sich als Jadoo vorgestellt hatte, hielt seine altmodische Stoppuhr hoch und drückte sie. Der Countdown lief. 3:00 Minuten, 2:59, 2:58 – doch auch bei 2:00 hatte Jadoo immer noch kein einziges Wort gesprochen. Mit ausdruckslosem Gesicht ließ er die Zeit verstreichen, auch die nächsten beiden Minuten lief er stumm neben Hodewijk van Kuijpers her. Erst kurz vor dem Ende, bei 0:10, hatte Jadoo einen einzigen Satz gesagt. Und mit diesem Satz hatte der indische Nerd seine Geschäftsidee auf den Punkt gebracht. Eine Geschäftsidee, von der der Holländer sofort wusste, dass sie genial war. Wenn auch nicht legal. Und damals hätte er doch gerne ein eigenes Büro gehabt, um das Projekt mit dem wortkargen Inder etwas genauer zu besprechen. Zwanzig Jahre hatte er gebraucht, um die Idee zu entwickeln. Jetzt war es so weit. Wenn nur die Nachricht von Lohkamps Tod endlich in den Zeitungen und Onlineportalen erschien!

# 20

EIN ENGLANDURLAUBER:
*Lieber Herakles, kannst du mir die Spielregeln von Cricket erklären? Ich habe ein paar Stunden zugeschaut und eigentlich bloß begriffen, dass es in der Pause Tee gibt.*

Nachdem sich die Motorengeräusche des Taxis in der Ferne verloren hatten, drückte Kommissar Jennerwein einmal kurz auf den rissigen Klingelknopf des verfallenen Hauses. Ein Namensschild gab es nicht, hatte es vielleicht auch nie gegeben. Das passte zu Jennerweins Situation: Er klingelte bei einem Namenlosen. Vielleicht klingelte er sogar bei niemandem. Vielleicht war er sogar selbst niemand und alles war nur ein Traum, den niemand träumte. Jennerwein lauschte an der Tür. Endlich waren im Haus Geräusche zu hören. Jemand schlurfte die Treppe herunter und kam den Gang entlang auf die Haustür zu. Dann blieb der Jemand oder Niemand stehen und beruhigte ein oder zwei knurrende Katzen, die durch das Klingeln aufgeschreckt worden waren, bereit, den nächtlichen Störenfried zu zerfleischen oder abzulecken. Oder beides.

Der Taxifahrer Ladislav Fučík hatte Jennerwein hierhergebracht, für einen weiteren kleinen Obolus. Den hatte er sich auch wirklich verdient, denn nachdem er Jennerwein die Autotür aufgestoßen hatte und dieser auf den Beifahrersitz gehechtet war, war Jennerwein siedend heiß eingefallen, dass die Tasche mit dem Geld immer noch auf der Straße lag.

»Schnell, dreh noch mal um!«, hatte Jennerwein geschrien. »Meine Geldtasche liegt noch auf dem Parkplatz!«

»Vergiss die Tasche!«, hatte Ladislav Fučík zurückgeschrien. »Wir hauen ab!«

»Nein, kehr um und fahr knapp daran vorbei!«

Fluchend und mit brüllenden Reifen war Fučík noch einmal umgekehrt, vorbei an den verdutzten Sonnenbrillenträgern, die wutentbrannt auf das Autodach trommelten und schließlich doch aus dem Weg springen mussten. Jennerwein hatte inzwischen die Wagentür aufgerissen, hatte sich weit auf die Straße hinausgebeugt, die Tasche gegriffen und hereingezogen. Fučík blickte in den Rückspiegel. Die gnomenhaften Sonnenbrillenträger standen entgeistert am Straßenrand. Sie sahen aus wie die Blues Brothers auf Halbmast. Dann spurteten sie zurück zu ihrem Auto.

Fučík gab Gas. Und er wusste einige Schleichwege. Ein paar hundert Meter holperten sie in halsbrecherischer Geschwindigkeit mitten durch den Wald. Diese Strecke musste der Böhme schon öfter gefahren sein.

»Gibts denn den Schamanen noch?«, hatte Jennerwein gefragt, als sie beide sicher sein konnten, dass sie den schwarzen Mercedes abgehängt hatten.

»Den Schamanen? Den Doktor?«, fragte Fučík jetzt zurück. »Was willst du denn von dem? Bist du irre?«

»Kannst du mich da hinfahren?«

»Vielleicht.«

»Vielleicht ist wie viel – in Euro?«

»Drei Hunderter.«

»Wie weit ist es?«

»Fünfzig Kilometer. Pass mal gut auf, du Gambler. Ich fahr

dich hin, du gibst mir die drei Lappen, die werden dir nicht gerade abgehen. Dann will ich aber nichts mehr von dir hören. Nie mehr. Das ist der Deal.«

»Einverstanden. Danke übrigens.«

»Für was?«

»Für vorhin.«

»Für das nicht.«

»Dann also auf zum Schamanen.«

Der Schamane mit dem abgefallenen oder nie angebrachten Namensschild an der Tür wohnte in einem kleinen Häuschen, in einer gottverlassenen Gegend, inmitten von Feldern und Wiesen. Kommissar Jennerwein hatte vor ein paar Jahren dafür gesorgt, dass der betrügerische Arzt und Psychiater hinter Schloss und Riegel gekommen war. Er hieß Curtius oder Muthius oder so ähnlich (Jennerweins Namensgedächtnis war immer noch sehr löchrig), und er war anerkannter Facharzt für forensische Psychiatrie gewesen. Dann aber hatte er begonnen, Gefälligkeitsgutachten abzuliefern, am Ende hatte er dadurch die Verfolgung und Bestrafung einiger schwerer Kapitalverbrechen verhindert. Das war lang her, Jennerwein versuchte sich das Erscheinungsbild des Psychiaters vor sein inneres Auge zu rufen. Er hatte ihn damals an einen Dirigenten erinnert, mit den immer leicht erhobenen, das Gesagte in die Luft zeichnenden Händen und den nicht zu bändigenden, wirren Haaren. Sein Blick war durchdringend gewesen und gnadenlos. Auch im Gerichtssaal. Er war zu drei Jahren Haft verurteilt worden, nach seiner Freilassung hatte er im normalen Gesundheitsbetrieb nicht mehr Fuß fassen können, er hatte eine Beratungsstelle für Menschen eröffnet, die sich anonym Sicherheit darüber verschaffen wollten, ob sie psychisch krank waren oder nicht. Es war nicht illegal, was der Schamane da trieb, aber seine Gutachten waren natürlich völlig gerichtsuntauglich. Auch war er alles andere als ein Schamane, er war ein präziser Beobachter und messerscharfer Analytiker. Wegen der strikten Anonymität der Beratung mussten seine Patienten keine Furcht haben, durch die Beschreibung ihrer Störungen registriert oder gar eingeliefert und weggesperrt zu werden. Personen mit Anzeichen von Gedächtnisverlust gingen dorthin, Ratsuchende, denen eine Entmündigung bei einem Erbschaftsstreit drohte, oder Menschen, die einen psychischen Defekt bei sich oder anderen ausschließen wollten. Eine Sozialarbeiterin, mit der Jennerwein manchmal zu tun hatte, hatte ihn darüber informiert. Der Schamane arbeitete absolut diskret. Das war sein Geschäftsmodell. Warum ihm der frühere Psychiater Dr. Curtius oder Muthius (lästige Gedächtnislücken!) nicht gleich schon gestern Morgen eingefallen war, war Jennerwein ein Rätsel. Er wollte sich von ihm untersuchen lassen. Allerdings kostete das sicher wieder einen Batzen Geld.

Nachdem das Jaulen der Katzen verstummt war, öffnete sich endlich die Tür. Jennerwein erkannte den ehemaligen psychiatrischen Gutachter sofort, umgekehrt hatte der Schamane sicherlich keine Ahnung, wer da wirklich vor ihm stand. Er schien jedoch nicht verwundert zu sein, dass ihn jemand zu dieser späten Stunde konsultierte. Und das auch noch unangemeldet. Das kam wohl öfter vor. Er bat Jennerwein herein.

»Leiden Sie unter Katzenhaarallergie?«, fragte er den Kommissar.

»Nicht dass ich wüsste.«

»Ich habe drei von diesen Biestern. Sie heißen Kant, Hegel und Schopenhauer. Sie vertragen sich auch nicht so besonders.«

Eine der Katzen kam hinter einem Schrank hervorgekrochen, als ob sie ihren Namen gehört hätte. Der weltverachtenden Miene nach konnte es sich durchaus um Schopenhauer handeln. Jennerwein streichelte ihn.

»Zuerst zum Finanziellen«, sagte der Schamane. »Dass das gleich klar ist: Wenn Sie kein Geld haben, dann haben Sie eben keins. Ich werde Ihnen trotzdem helfen. Wenn doch, hier ist ein Sparschwein. Tun Sie was rein, aber bitte geräuschlos.«

Das Schwein trägt sicher auch einen Philosophennamen, dachte Jennerwein und steckte einige Scheine hinein.

Der Schamane bat ihn ins Behandlungszimmer. Jennerwein ließ seinen Blick über die umfangreiche Bibliothek schweifen. Wieder blieb er an einem Stoß von mehr als einem Dutzend buntfärbiger Taschenbücher hängen. Die hatte er schon in der Bibliothek gesehen. Waren das vielleicht sogar …?

»Ein Stück Kuchen?«

Der Schamane goss ihm Tee ein. Er musterte Jennerwein aufmerksam, aber nicht aufdringlich. Er fragte nichts, er ließ Jennerwein Zeit, in Worte zu fassen, welches Gebrechen ihn hierherführte. Jennerwein ging das Risiko ein. Nachdem er von dem Tee genippt hatte, schilderte er seine fatale Lage, vorsichtig und andeutungsweise, er ging nicht ins Detail, nannte keine Namen, sprach aber die Ungeheuerlichkeit aus, im falschen Körper zu stecken. Der Schamane zeigte nicht die geringste Regung. Dann brachte Jennerwein auch seine beiden Vermutungen ins Spiel, dass es sich entweder um eine Psychose oder um eine Sinnestäuschung handelte. Auch wies er auf seine Krankheit hin, die Akinetopsie. Der Schamane hörte Jennerwein äußerst aufmerksam und mit großem Ernst zu. Ab und zu notierte er sich etwas in ein Notizbuch, das in seinen Händen zu einer Partitur wurde.

»Ich bezweifle, dass es sich bei Ihnen um eine der beiden Störungen handelt«, sagte er schließlich nachdenklich. »Aber wir wollen natürlich nichts ausschließen. Mit Ihrer Akinetopsie hat es sicher nichts zu tun. Das ist eine rein neurologische Unregelmäßigkeit des Gehirns, keine psychische.«

Jennerwein hörte dem ehemaligen Psychiater gebannt zu. Er bewunderte dessen schnelle Auffassungsgabe und dessen rasches Urteil.

»Viele, die zu mir kommen, glauben, im falschen Körper zu stecken«, fuhr der Schamane fort. »Es ist nebenbei gesagt auch ein häufiger Grund für Entmündigungen.«

Er sah Jennerwein prüfend an. Er beobachtete ihn. Er analysierte seine Reaktion.

»Aber ich stecke ja wirklich im falschen Körper!«, versetzte Jennerwein heftig. »Ich habe einen ganz anderen Beruf. Ich weiß über alle Einzelheiten dieses Berufes Bescheid. Mein Aussehen war ein anderes –«

Der Schamane blieb hartnäckig.

»Es könnte doch auch sein, dass Sie nur meinen, im Körper eines Menschen zu stecken, von dem Sie viel gehört oder gelesen haben und mit dem Sie sich aus irgendeinem Grund sehr lange beschäftigt haben.«

Jennerwein schüttelte energisch den Kopf. Kant, Hegel und Schopenhauer strichen neugierig umher, immer auf einen guten Meter Abstand bedacht. Die Grundlagen ihrer drei Weltsichten waren wohl einfach zu verschieden. Trotz Jennerweins skeptischer Reaktion setzte der Schamane noch einmal nach.

»Ich hatte zum Beispiel einmal einen Patienten, der Biographien schrieb und damit ganz gut im Geschäft war. Die intensive

Auseinandersetzung mit den fremden Personen ging auch immer ohne Schwierigkeiten vonstatten. Bis er einen Großauftrag erhielt. Für eine umfangreiche, auf drei dicke Bände angelegte Biographie. Er hat sieben Jahre daran gearbeitet, und er hat sich in dieser Zeit ausschließlich mit Franz Kafka beschäftigt.«

»Und er glaubt jetzt –«

Der Schamane hob beschwichtigend die Hände.

»Sie werden verstehen, dass ich Diskretion walten lassen muss, aber es gibt solche Fälle, ja, durchaus.«

Wieder schweiften Jennerweins Blicke über die bunten Bücher im Regal, die er schon beim Hereinkommen bemerkt hatte. Sie sprangen von der Aufmachung her ins Auge, auf dem Buchrücken und erst recht auf der Titelseite waren alle Farben eines Kindermalkastens vertreten. Jennerwein hatte von diesen Büchern gehört, aber er hatte noch nie eines davon in der Hand gehabt. Sie handelten von seinen eigenen Kriminalfällen, die er im Lauf der letzten dreizehn Jahre gelöst hatte. Der Autor hatte sich die Arbeit gemacht, jeden der Fälle penibel zu recherchieren, und Jennerwein hatte sie eigentlich deswegen noch nicht gelesen, weil er fürchtete, dass die Ereignisse nicht wahrheitsgetreu dargestellt worden waren. Der Klappentext der Bücher sprach zwar von knallharter Recherche, unverfälschten Fakten und leidenschaftlicher Detailtreue. Aber bei solchen Romanen wusste man ja nie ... Polizeiobermeister Hölleisen war dem Autor beratend zur Seite gestanden, alles natürlich im Rahmen der amtlich erlaubten Informationsübergabe. Jennerwein erschrak. War es vielleicht möglich, dass er diese Bücher sehr wohl gelesen hatte und **sich lediglich einbildete, Kommissar Jennerwein zu sein**? Ein kleiner Postbote, der sich von Band zu Band immer tiefer in der aufregenden Welt von Kommissar Jennerwein verlor? Ein böser Angstschauer kroch seinen Rücken empor. Er musste diesen Gedanken schnell beiseiteschieben. Und er musste diese Bücher bei Gelegenheit endlich einmal lesen.

»Ich will ein einfaches Experiment mit Ihnen durchführen«, sagte der Schamane und dirigierte ihn zu einem Tisch. Er zog eine kleine Werkzeugtasche aus dem Regal, rollte sie auf und holte mit provozierender Langsamkeit zwei Hämmerchen heraus.

»Ist Ihnen der Begriff ›Marmorhand-Illusion‹ bekannt?«, fragte er vorsichtig.

Die Ähnlichkeit mit einem Dirigenten wurde immer offensichtlicher. Jennerwein selbst war das Orchester, er der Dirigent. Eine ungewohnte Rollenverteilung, sicher, aber es passte zu der außergewöhnlichen Situation.

»Nein, davon habe ich nie gehört.«

»Bei mehreren konträren und sich widersprechenden Sinneseindrücken kann es tatsächlich zu einer nicht der Realität entsprechenden Selbstwahrnehmung kommen. Da kann sich ein Körperteil oder mehrere – am Ende sogar der ganze Körper – durchaus als etwas anderes anfühlen, sich sozusagen in etwas Fremdes verwandeln. Es ist ein ganz einfaches Experiment, und es tut auch nicht weh. Ich werde Ihnen dabei mit einem kleinen Hammer auf die Hand klopfen. Über Kopfhörer hören Sie, synchron zum sichtbaren und spürbaren Klopfen auf Ihrer Hand, ein Klopfgeräusch auf Marmor, welches ich hinter Ihrem Rücken mit einem anderen Hammer erzeuge. Dies wird, das sage ich Ihnen gleich, zu einer veränderten Wahrnehmung der Hand führen. Obwohl Sie jetzt wissen, wie der Trick funktioniert, wird Sie die Verwandlung überraschen, vielleicht sogar erschrecken. Sie werden Ihre Hand bereits nach kurzer Zeit als steifer, härter und unbelebter empfinden. Schließlich werden Sie sie gar nicht mehr bewegen können. Sie werden den Eindruck gewinnen, dass Ihre Hand aus Marmor ist.«

»Wenn Sie das Experiment beenden wollen, sagen Sie es bitte«, fuhr der Schamane nach einer kurzen Unterbrechung fort. »Wenn Sie aber das Gefühl haben, solch eine Manipulation in den letzten achtundvierzig Stunden schon einmal erlebt zu haben, sollten wir in diese Richtung weiterforschen. Dann liegt der Verdacht nahe, dass Sie unter dem Einfluss von Drogen oder Hypnose auf ähnliche Weise umgewandelt worden sind.«

Jennerwein setzte den Kopfhörer auf. Der Schamane klopfte auf seine Hand, dazu hörte Jennerwein ein helles, steinernes Klirren im Kopfhörer. Schon nach wenigen leichten Schlägen stellte sich Taubheit in der Hand ein, sie fühlte sich kalt an, sie ließ sich kaum mehr bewegen. Jennerwein erschrak. Er hob sie hoch, sie war schwer, und er hatte den abartigen Eindruck, dass sie nicht zu ihm gehörte. Und dass er sie lieber abtrennen würde. Entsetzt riss er die Kopfhörer herunter.*

»Beruhigen Sie sich, mein Lieber«, sagte der Schamane. »Alles ist gut. Es ist lediglich ein Trick. Die Illusion wird sich nach wenigen Sekunden in nichts auflösen.«

---

* Bitte nicht selbst ausprobieren! Weniger deshalb, weil es gefährlich wäre (die Illusion verschwindet nach ein paar Minuten wieder), sondern weil es sich absolut gruselig und verstörend anfühlt. Und um ganz ehrlich zu sein: Es ist auch nicht hundertprozentig sicher, dass sich die Marmorhand wieder in die gewohnte zurückverwandelt. Also nicht ausprobieren, sondern lieber weiterlesen.

Davon spürte Jennerwein bisher kaum etwas. Die Hand fühlte sich nach wie vor steinern und unbelebt an. Der Schamane beugte sich beschwörend zu ihm. Er hielt das Hämmerchen hoch, mit dem er einen gedachten ¾-Takt in die Luft zeichnete. Jennerwein hatte immer noch den Klang des Hammers auf Marmor in den Ohren.

»Denken Sie bitte nach«, sagte der Schamane eindringlich. »Haben Sie dieses Gefühl der Transposition in den letzten Tagen verspürt? Hat jemand so etwas mit Ihnen gemacht?«

Jennerwein starrte immer noch entsetzt auf seine eigene Hand. Die sich langsam wieder warm und weich anfühlte.

»Nein, nicht dass ich wüsste«, stieß er hastig hervor. »Aber ist denn das auch mit dem ganzen Körper möglich? Und vor allem: Kann mir das bleiben?«

»Bisher habe ich noch von keinem solchen Fall gehört. Aber –« Der Schamane verstaute die beiden Hämmerchen wieder sorgfältig in der Werkzeugtasche: »Möglich ist alles.«

Jennerwein schüttelte die Hand aus, es war noch nicht möglich, mit ihr die Teetasse zu greifen. Der Schamane ließ ihm Zeit. Schließlich sagte er:

»Es gibt natürlich spezielle Drogencocktails, bei denen man in einer Scheinrealität hängenbleibt, vor allem, wenn auch noch Hypnose dazukommt und wenn darüber hinaus mit der Marmorhand-Technik gearbeitet wird. Aber ich bezweifele, dass ein Drogenrausch ein derart realistisches Tableau herzustellen vermag, wie Sie es beschrieben haben. In einer ersten Einschätzung schließe ich bei Ihnen eine Psychose, eine Sinnestäuschung und die Folgen eines hypnotischen Zustands aus.«

»Aber was bleibt dann noch übrig?«

Hegel strich neugierig um Jennerweins Beine herum.

»Das weiß ich ehrlich gesagt nicht. Meiner Ansicht nach sind Sie psychisch vollkommen gesund, kein noch so böswilliger gegnerischer forensischer Gutachter kann Ihnen etwas anhaben, keiner würde etwas bei Ihnen finden, was eine Unterbringung nach § 1906 BGB rechtfertigen würde. Ich kann Ihnen nur raten, Ihre Geschichte einstweilen für sich zu behalten. Ich muss darüber nachdenken. Und ein paar Stellen in der Fachliteratur nachlesen. Können Sie morgen Abend wiederkommen?«

Jennerwein nickte. Das, was er vorhatte, dürfte bis morgen Abend erledigt sein. Einen Pass besorgen und eine Waffe. Und einen Hacker engagieren, der ihn einen Blick ins Intranet der Polizei werfen ließ.

»Körperliche Beschwerden haben Sie sonst keine?«, fragte der Schamane abschließend, als er ihm die Tür öffnete, um ihn hinauszulassen.

Jennerwein schüttelte den Kopf. Das war ziemlich absurd. Außer dass es der falsche Körper war, in dem er steckte, hatte er keine körperlichen Beschwerden.

Es war eine so laue Sommernacht, dass Jennerwein beschloss, einen Fußmarsch zu unternehmen und dann im Freien zu übernachten. Nach einer Stunde Wanderung durch nächtliche Weidewiesen setzte er sich ins Gras. Er holte das Verbandszeug aus der kleinen Reisetasche, das er aus Pelikans Wohnung mitgenommen hatte. Er wickelte ein paar Mullbinden um Bauch und Oberschenkel und steckte die Geldscheine hinein. Dann fixierte er die Mullgürtel mit Heftpflaster, so dass das Geld nicht herausfallen konnte, wenn er sich bewegte. Er hatte sich aus mehreren Gründen entschieden, im Freien zu übernachten. Pelikans Wohnung war zu weit entfernt, der böhmische

Taxler war ›verbrannt‹, wie es im Unterweltjargon hieß, und in ein Hotel einzuchecken war ihm zu riskant, dort würden ihn die Spielhöllengorillas als Erstes suchen. Und außerdem war es warm genug, um draußen zu übernachten. Jennerwein schlief sofort ein.

Der Schamane wiederum fand keinen Schlaf. Der sonderbare Besucher ließ ihm keine Ruhe. Er hatte in einem Nebensatz angegeben, an Akinetopsie zu leiden. Das war eine sehr seltene Krankheit. Es gab weltweit nicht mehr als ein paar Dutzend Fälle. Der Schamane hatte in Unterweltkreisen von einem Mann gehört, der unter dieser Wahrnehmungsstörung litt. Und das war Jennerwein. Kriminalhauptkommissar Hubertus Jennerwein, durch dessen Schuld er mehrere Jahre seines Lebens hinter Gittern verbracht hatte. Der Schamane goss sich Tee ein. Kant putzte sich die Pfoten.

## 21

KASPAROW, RUSSISCHER
SCHACHGROSSMEISTER:
*Karpow hat mich mal wieder rausgefordert, und ich hab an dem Tag keine Zeit. Herakles, kannst du mich vertreten? Du kannst dich doch in mich verwandeln, oder? Du musst nur grimmig schauen. Wenn du Weiß hast, ziehst du zuerst mit dem Königsbauern zwei Felder vor. Er wird mit dem Bauern, der vor seinem rechten Läufer steht, ebenfalls zwei vorziehen. Er kann nicht anders, das ist die Sizilianische Verteidigung. Mach jetzt eine lange Pause, schau dabei extrem grimmig und zieh deinen König von e1 auf e2. Er denkt lange über diesen sinnlosen Zug nach, meint, es ist was Supergeniales von mir, und gibt auf.*

Nachdem Polizeiobermeister Hölleisen am häuslichen Frühstückstisch von einem neuen Bergsteigertraum erzählt hatte (Originalton Familie: Gähn!), packte er seinen Rucksack zusammen und verließ die Wohnung. Er wusste inzwischen selbst gar nicht mehr so genau, ob er seine Bergsteigerstorys wirklich geträumt hatte oder ob er sie schnell erfand, um seine Frau und seine vier Kinder bei Kaffee und Toastscheiben zu necken und zu ärgern. Bevor er ins Revier zur Frühbesprechung fuhr, wollte er der Kirche noch einen Besuch abstatten. Wie er aus einer vergangenen Ermittlung wusste, begann dort um sieben die Frühmesse für die besonders Eifrigen. An der wollte er allerdings nicht teilnehmen, er würde sich vielmehr an den Gläubigen vorbeischleichen, hin zum Wunsch-, Gelübde- und Kerzerlaltar, um dort eine solche anzuzünden. Für seinen Chef.

Hölleisen parkte vor dem barocken Gebetstempel, dessen Wetterhahn sich gerade geschäftig im Wind drehte. Er war fest entschlossen, ab jetzt jeden Morgen eine Kerze zu entzünden, und zwar so lange, bis der Fall Jennerwein geklärt war. Er hatte niemandem etwas von seinem Vorhaben erzählt, er wollte auf keinen Fall belächelt werden. Hölleisen war einer, dem kleine Rituale wichtig waren, sie gaben ihm Sicherheit, gerade jetzt in der unübersichtlichen Lage, in der sie sich alle befanden. Hölleisen war überzeugt davon, dass der Chef entführt und verschleppt worden war, es konnte gar nicht anders sein. Vielleicht wegen seiner überragenden Fähigkeiten, die man sich zunutze machen wollte, vielleicht wegen einer einzigen hochbrisanten Information, die aus ihm herausgepresst werden sollte.

»Servus, Hölli, alte Wursthaut!«, rief ihm ein Einheimischer von der gegenüberliegenden Straßenseite zu. »Der frühe Vogel fängt den Wurm, oder?«

Hölleisen nickte dem Raisinger Alois, einem alten Gaudiburschen, nur flüchtig zu. Ihm war heute nicht nach Ratschen und Scherzen zumute. Er wurde den Gedanken nicht los, dass sein Chef, für den er durchs Feuer gehen würde, in irgendeinem üblen Gefängnis unter unwürdigen Bedingungen festgehalten wurde. Hölleisen dachte an fiese Foltermethoden und rohe Gewalt, an Drogencocktails, elektrische Stromstöße und Dauerbeschallung mit Musik von Eros Ramazzotti. Anders konnte man dem Chef auch nicht beikommen. Bei dem musste man schon schwere Geschütze auffahren. Er betrat die Kirche. Es musste die Frühmesse für die Kommunionsschüler sein, denn die Reihen waren gefüllt mit hitzbäckigen Kindern, die stolz in die Reden und Gegenreden der Gebete einstimmten.

Sie beachteten ihn nicht. Der religiöse Eifer bannte sie und hielt sie in Zaum. Jetzt war Hölleisen an der dunklen Ecke des Seitenaltars angekommen. Noch keine einzige Kerze war angezündet. Düstere Schatten umspielten die Heiligen und Seligen, die auf den Gemälden abgebildet waren. Den heiligen Antonius konnte man nur erahnen. Und das war gut so mit der Vagheit. Religion funktionierte nicht bei Licht. Religion funktionierte nur im Dunkeln. Hölleisen öffnete seinen Rucksack und kramte darin herum. Vorsicht, die Dienstpistole! Schließlich fand er das Tütchen, riss es auf und stellte eine Kerze auf das vorgesehene Blech. Nachdem er sie angezündet hatte, bemerkte er, dass es eine recht mickrige Funzel war. In dem Tütchen befanden sich weitere Kerzen, er stellte alle zwölf auf und entzündete alle. Warum auch nicht, dachte er. Zwölf war die Zahl der Apostel, der Tierkreiszeichen, Geschworenen … Und hatte nicht auch der heilige Herkules zwölf Aufgaben zu bewerkstelligen gehabt? Nein, Herkules war eine andere Baustelle. Die römisch-griechische Baustelle. Hölleisen betrachtete die brennenden Kerzen. So wie ihr emporlodert, so soll auch Licht ins Dunkel des Falles kommen, beschwor er in Gedanken die Flammen. Leise schlich er sich wieder zurück, an den rotbäckigen Kommunionskindern vorbei, die gerade hochkonzentriert ihre Liederbücher aufschlugen.

Um halb acht Uhr war Besprechung im Polizeirevier. Miriam Waigel, die Rezeptionistin des Hotels Barbarossa, war ebenfalls dazubestellt worden.

»Meinen Urlaub habe ich verschoben, ich muss danach gleich wieder zum Dienst«, sagte sie entschuldigend und wies dabei an sich hinunter. Sie trug das pralle Rezeptionsdirndl mit Kropfband und silberglänzenden Miederverschnürungen. »Der Hotelbetrieb geht weiter, so ist es nun mal.«

Gestern hatte Nicole Schwattke den Polizeizeichner angewiesen, nach den Angaben der Rezeptionistin ein Phantombild des Mannes anzufertigen, der sich kurz nach der Tatzeit so ausgesprochen auffällig verhalten hatte. Nicole zeigte Miriam Waigel die Zeichnung nochmals, diese besah sich die Gesichtszüge des Mannes eingehend.

»Nein, es ist kein Zweifel möglich. Ich habe meine Meinung seit gestern nicht geändert. Das war ganz bestimmt der Besucher, der an der Rezeption war.«

»Ist es nicht so, dass es in der Hotellerie üblich ist, Gesichter sofort wieder zu vergessen?«

»Nicht an der Rezeption. Dort ist es im Gegenteil ganz wichtig, die Gäste mit Namen anzusprechen. Außerdem war er der Einzige im Foyer. Es war gerade Abendessenszeit, und da waren alle im Restaurant. Und zweitens ist mir der Typ äußerst komisch vorgekommen. Und auch ein bisschen unheimlich. Wissen Sie, ich bin ein großer Fan von Herrn Lohkamp, das kann ich ja zugeben. Dieser Typ ist aus dem dritten Stock gekommen, von Lukas Lohkamps Zimmer. Das hat er selbst gesagt. Mein Eindruck, ganz ehrlich: Der hat überhaupt nicht zu Herrn Lohkamp gepasst. Lukas ist elegant, nobel, charmant, weltmännisch. Der Typ hingegen war verdruckst, unsicher, verschwitzt, hektisch und was weiß ich noch alles. Da hat nichts zusammengepasst. Deshalb konnte ich mir den Mann so gut merken. Und ja, der Zeichner hat ihn gut getroffen.«

»Und der Zettel, der unter Lohkamps Tür hindurchgeschoben worden ist: *Lieber LL! Kommen Sie zum Abendessen? Keine Lust auf Hirschkalbsfilet mit Wirsing und Preiselbeeren? Sehr zu empfehlen. Miriam.* Der stammt von Ihnen?«

»Ja, klar. Wenn ich gewusst hätte, dass LL da schon tot war –«

Alle betrachteten die Rezeptionistin argwöhnisch. Nicole Schwattke nahm eine Fotografie, die bisher verdeckt dagelegen hatte, und reichte sie ihr.

»Ist es dieser Mann, den Sie gesehen haben?«

Miriam Waigel erschrak. Ihre Augen weiteten sich. Sie warf das Foto auf den Tisch.

»Ja, freilich, das ist er! Aber warum lassen Sie mich den Mann beschreiben, wenn Sie ein Foto von ihm haben! Sie haben ihn wohl schon gefasst?« Ihre Gesichtszüge entspannten sich. »Na, da bin ich aber erleichtert. Ich habe die ganze Nacht nicht geschlafen. Ich glaubte nämlich schon, Sie hätten mich in Verdacht. Wegen dem Zettel.«

Sie war den Tränen nahe. Maria bat sie in den Nebenraum. Dort bot sie ihr einen Stuhl und ein Glas Wasser an.

»Kommen Sie einen Moment allein zurecht? Ja? Dann bitte ich Sie, hier zu warten. Ich möchte drüben an der Besprechung teilnehmen. Es dauert nicht lange. Und dann brauchen wir nur noch eine Unterschrift von Ihnen. Hier – erfreuen Sie sich an den kunstvollen Bildern an den Wänden. Das beruhigt.«

»Pilze? Da sind ja lauter Pilze! Was soll daran beruhigend sein?«

Im Besprechungsraum lagen die Fotografie und die Phantomzeichnung nebeneinander. Alle waren darübergebeugt.

»Wenn man es nicht besser wüsste«, sagte Hölleisen gerade, und seine Stimme klang verzweifelt, »dann sieht der mutmaßliche Täter aus wie –« Er brach ab. »Glauben Sie, ich kann es gar nicht aussprechen, so unwahrscheinlich und abwegig ist das.« Kopfschüttelnd fuhr er fort: »Entweder hat der Chef einen Doppelgänger, oder er ist vorgestern im Hotel Barbarossa gewesen.« Hölleisen wandte sich direkt an die Runde, er ließ einen flehentlichen Blick von Gesicht zu Gesicht wandern. »Aber andererseits ist diese Miriam Waigel schon eine recht unzuverlässige Zeugin. Was meinen Sie?«

Die Gerichtsmedizinerin und Becker sahen sich bedeutungsvoll an.

»Wenn wir lediglich die Aussage von ihr hätten, könnte es durchaus ein Doppelgänger von Jennerwein gewesen sein. So etwas gibt es. Aber wir haben noch etwas entdeckt. Und das stellt den Fall vollkommen auf den Kopf.« Verena Vitzthum geriet ins Stocken. Ihr fiel es sichtlich schwer weiterzusprechen. »Die Fingerabdrücke in Zimmer 36, die im ganzen Raum verteilt waren, sind identisch mit den Fingerabdrücken von Jennerwein. Es ist kein Irrtum möglich.«

Eine Pause entstand. Unwillkürlich blickte jeder auf das Foto des Kommissars.

»Ein Verwandter von Hubertus?«, fragte Maria unsicher. »Ein – Zwillingsbruder?«

»Nicht einmal ein Zwilling von Jennerwein hätte dieselben Fingerabdrücke«, entgegnete Verena Vitzthum geduldig. »Aber wir haben auch die DNA-Spuren im Zimmer mit denen von Jennerwein verglichen. Wir haben es zehn Mal überprüft.« Verena machte nochmals eine riesengroße Pause. Dann sagte sie leise: »Es sind dieselben. Jennerwein muss zur Tatzeit in Lohkamps Hotelzimmer gewesen sein.«

»Hubertus hat die Tat begangen?!«, stieß Maria Schmalfuß tonlos und entgeistert hervor.

Sie war blass geworden. Alle saßen still im Besprechungszimmer. Keiner der Beamten war zu einem weiteren Kommentar fähig. Nicole Schwattke brach als Erste das Schweigen.

»Das ist – das ist – unmöglich – ich kann das einfach nicht glauben. Andererseits würde es Jennerweins Verschwinden erklären. Wir suchen unseren Chef also nicht als Freund und Kollegen, sondern als Täter. Obwohl ich mir absolut nicht vorstellen kann, dass er jemanden umgebracht hat.«

Die Tür war halb geöffnet. Das leise Klopfen hatte niemand gehört. Ein prall sitzendes Dirndl schob sich herein. Das Dirndl zog eine junge Frau nach sich. Das Kropfband schnitt ihr in die Haut.

»Kann ich jetzt gehen?«, fragte Miriam Waigel. »Ich muss zum Dienst.«

Eine katholische Messe ist immer so aufgebaut, dass sie einen besonders weihevollen Moment hat: die Wandlung. Im Turm läuten zwar die Glocken, aber drinnen hört man sie nur wie von Ferne. Die Kommunionsschüler knieten still und ergriffen, unhörbar murmelnd bewegten sie die Lippen, wie die Großen. Der Pfarrer hielt die Hostie hoch, eine friedvolle, beseelte Stimmung breitete sich in der Barockkirche aus. Plötzlich zerriss ein lautes, donnerndes Krachen die Weihe. Am Seitenaltar des heiligen Antonius zuckte ein grellbunter Lichtblitz, der den Mann aus Padua für Sekunden beleuchtete. Dann krachte es ein zweites Mal. Und ein drittes Mal. Insgesamt waren zwölf Explosionen zu hören, die Knallfrösche und Magnesiumlichtblitze, die in die Kerzen für einen bunten Kindergeburtstag eingebaut waren, taten ganze Arbeit.

»Und der heilige Antonius hat mir mehrmals zugezwinkert«, sagte der kleine Maxl später zu seinen Eltern. »Ehrlich wahr. Ich schwöre.«

# 22

EIN SADIST:
*Ab in den Fernsehsessel, Herakles! Diese Aufgabe wird schwerer als das Firlefanz-Zeug, was du in der Antike machen musstest: Alle Folgen von ›Downton Abbey‹ ansehen, ohne zu murren.*

Mitten in einer einsamen, duftenden Weidewiese schlief es sich besser und bequemer, als Jennerwein gedacht hätte. Nichts im Vergleich zur harten Aussichtsbank vorgestern. Oder zum viel zu weichen und parfümierten Bett Pelikans gestern. Jennerwein richtete sich auf. Schnell schälte er sich aus der gold-silbernen Rettungsdecke, die er in Pelikans Garage gefunden hatte. Dann erfrischte er sich in dem kleinen Bach, der unweit seiner hoffentlich nicht allzu dauerhaften Schlafstelle vorbeiplätscherte. Er hatte sich viel vorgenommen für den heutigen Tag, doch noch war er zur Untätigkeit verdammt. Es konnte nicht später als sieben Uhr sein, also musste er warten, bis das Kaufhaus öffnete, in dem er einige Dinge besorgen wollte. Bei der Herfahrt mit dem böhmischen Taxifahrer (wie hieß der gleich nochmals?, auch sein Kurzzeitgedächtnis war in Mitleidenschaft gezogen worden), war ihm das große, ungemein hässliche Stadtrandkaufhaus aufgefallen. Er wollte jedoch nicht riskieren, zu früh hinzukommen, sonst müsste er bis zur Öffnungszeit in der Stadt herumlungern. Aber wann öffnete das Kaufhaus? Ja, Jennerwein, so ist das in der legalen, bürgerlichen Welt, die du nach zwei Tagen auf der schiefen Ebene anscheinend schon vergessen hast. Da gibt es geregelte Öffnungszeiten, feste Wohnsitze, moralische Grundsätze und andere Ecksteine menschlichen Zusammenlebens. Da schlägt man sein Nachtlager nicht einfach im Freien auf, besucht keine Spielhöllen, um an Geld zu kommen, das aus weiß was für Kanälen stammt, abgesehen davon (und wir wiederholen es noch einmal in dringlicher Deutlichkeit), dass man keine Seiten aus Büchern öffentlicher Bibliotheken herausreißt. Vor allem das nicht.

Das Kaufhaus hatte schon längst geöffnet, als Jennerwein dort erschien, wieder reichlich verknittert, aber (bis auf den Witzbart) leidlich rasiert und erfrischt. Eine Kosmetikfachkraft mit steilem Formwillen in der Gesichtsgestaltung warf einen beziehungsreichen Blick zur anderen.

»Ich tippe mal auf Junggesellenabschied, oder?«
»Ja, auf jeden Fall. Ich tippe auf schweren Absturz, und dann im Wald liegen geblieben.«

Jennerwein nahm sich einen Satz Prepaid-Cards und ein Päckchen farbige Einmal-Handys aus den Regalen, ferner ein paar spitze Haushaltsgegenstände, mit denen er eine Waffe improvisieren konnte. Dazu eine Flasche mit Reinigungsflüssigkeit und eine Flasche hochprozentigen karibischen Rum, etwas Büchsennahrung, eine Flasche Wasser. Und dann natürlich auch noch Hose, Jacke und Schuhe, und zwar endlich welche nach seinem Gusto, dem unauffälligen Jennerwein-Style, der in der feinen Welt niemals Mode werden wird. Er schob den Einkaufswagen zur Kasse, um zu zahlen. Als die Kassiererin die Summe nannte, zückte er den passenden Schein.

»Oh, tut mir leid, wir nehmen kein Bargeld«, sagte sie freundlich. »Seit einem Jahr schon nicht mehr. Sonst aber alles. Visacard. Worldcard. Mastercard. EC. Scheck. Oder haben Sie vielleicht eine Kundenkarte?«

»Ich kann mich ausweisen. Können Sie mir eine Rechnung schicken?«

Die Kassiererin sah ihn mitleidig an. Und schüttelte traurig den Kopf, als stünde ein Dinosaurier vor ihr und verlangte nach artgerechtem Futter. Jennerwein zuckte die Schultern. Er wollte nicht mit Pelikans Kreditkarte zahlen, um nicht noch mehr Spuren zu hinterlassen.

»Dann werde ich versuchen, jemanden anzurufen, der herkommt und mir aus der Patsche hilft.«

Er hatte alles andere als das vor. Schnell schob er den vollen Einkaufswagen aus der Reihe, erntete zum Abschied noch einiges an Kopfschütteln: Leute gibts heutzutage ... Natürlich musste er befürchten, dass das alles potenzielle Zeugen waren, also nichts wie weg hier. Schon vorher hatte er die Positionen der Überwachungskameras gecheckt. Nach einem Seminar, das die Kollegen vom Gebäudeschutz vergangenes Jahr gegeben hatten, kannte er sich in der Beziehung bestens aus. In diesem Kaufhaus schien man in puncto Überwachungskameras allerdings gespart zu haben, hier waren keine schwenkbaren Geräte zu sehen, keine leistungsstarken Neuheiten mit Zoom und Bewegungsmelder, dementsprechend gab es viele tote Winkel. In solch einen nicht einsehbaren Bereich schob Jennerwein nun seinen Einkaufswagen. Immer wieder schlenderten Kunden an ihm vorbei, er stand lange da, um einen günstigen Moment abzupassen. Jennerwein warf jedem der Kunden einen prüfenden Blick zu, ob es nicht doch ein Kaufhausdetektiv war. Nein, der freundliche Herr mit Elton-John-Brille war schon einmal keiner. Er versorgte sich mit 1a Schokoladenkeksen. Die Dame mit den grell geschminkten Lippen war ebenfalls harmlos. Die zackenröckige Gothic-Lady mit den abrasierten und wieder sorgfältig aufgemalten Augenbrauen ebenfalls. Auch sie griff zu den 1a Schokoladenkeksen. Die schienen generationsübergreifend zu schmecken. Als sich Jennerwein endlich allein und unbeobachtet fühlte, riss er die Waren aus der Verpackung und steckte sie sich in die Taschen. Die neuen Klamotten gab er in eine blaue Biomülltüte, die er aus einem Regal genommen hatte. Gerade als er damit fertig war, bemerkte er die Detektivin am anderen Ende der Regale. Sonderbar, dass Personen auf der Pirsch sofort auffielen und ganz leicht aus einer Menge normaler Menschen herauszufinden waren. Sie schienen das Beobachten gleichsam auszustrahlen. Die Detektivin kam langsam, sehr langsam in seine Richtung, sie war vermutlich von der Kassiererin informiert worden. Jetzt blieb sie vor den 1a Schokoladenkeksen stehen, nahm eine Schachtel heraus, blickte dabei durch die entstandene Lücke im Regal auf die andere Seite, auf der sich die Gothic-Lady nicht zwischen zwei Marken entscheiden konnte. Dabei blinzelte sie ab und zu in seine Richtung. Wirklich sehr unauffällig. Er hatte vor, sie in den überwachungsfreien toten Winkel zu locken. Als sie wieder zu ihm hersah, nahm er eine Schachtel aus dem Regal und steckte sie sich in die Tasche. Zügig schritt sie auf ihn zu.

»Würden Sie mir bitte folgen?«

»Wohin?«

»Ich habe Sie gerade bei einem –«

Jennerwein vergewisserte sich mit einem Blick, dass niemand in Sichtweite war, dann griff er der bedauernswerten Kaufhausdetektivin an die Halsschlagader, an eine bestimmte Stelle der Arteria carotis, und drückte kräftig zu. Sie sah ihn in einer Art von ungläubiger Verblüffung an, als wenn er ihr einen Zaubertrick vorgeführt hätte, der ganz und gar unerklärlich war. Doch dann wurden ihre Augen matt und das Bewusstsein wich aus ihr, bevor sie nur daran denken konnte, um Hilfe zu rufen. Wie eine ausgehängte Marionette sank sie in sich zusammen, wäre auch hart auf den Boden geknallt, wenn Jennerwein sie nicht fast galant aufgefangen hätte und sie, mit dem Rücken an das Regal gelehnt, auf den Boden gesetzt hätte. Er hatte Glück, es war immer noch kein Kunde in die Spitzkehre des Gangs gekommen. Schnell warf er seinen Kleidersack in den Einkaufswagen und verließ den Tatort. Er machte nicht den Fehler zu laufen, er blieb sogar zwei, drei Mal stehen, als ob er eine Ware begutachten würde, alles andere wäre bei der Videoüberwachung aufgefallen, aber wahrscheinlich sah ohnehin niemand zu. Er schob den Wagen zum Aufzug, half einer älteren Dame hinein, fuhr in den Keller, suchte abermals einen überwachungsfreien Winkel auf und zog sich um. Dann warf er die Kleider Pelikans in einen der aufgestellten Müllcontainer und verließ die Garage über die Ausfahrt. Es gab keinen Pförtner, niemand hielt ihn auf. Erst auf der Straße begann er zu laufen. Jennerwein erschrak über sich selbst. Eine Kaufhausdetektivin mal eben auf Eis zu legen! Klar, sie würde nach kurzer Zeit wieder aufwachen (schweißgebadet?) und vielleicht auch gar nicht wissen, was ihr geschehen war. Hoffentlich wurde sie nicht gekündigt deswegen. Trotzdem war es Nötigung und Körperverletzung, natürlich auch Diebstahl und Vorbereitung zur Durchführung einer Straftat. Jennerwein spürte es ganz deutlich: Jetzt war er endgültig auf der dunklen Seite der Welt angekommen.

Er versuchte seine Schritte in unbelebtere Straßen zu lenken. Im Schutz eines Bushäuschens baute er das Smartphone zusammen und rief den Hacker an, den ihm der Schamane empfohlen hatte.

»Ich bin jetzt –«, begann er.

»Du bist in der Nähe des städtischen Bauhofs, in einem Bushäuschen, du Knaller«, unterbrach ihn der Hacker. »Schon mal was von Handy-Tracking gehört? Jedes von diesen Dingern ist eine ideale Ortungswanze.«

»So schnell geht das? In Sekunden?«, entfuhr es Jennerwein. »Auch mit Prepaid-Karte und Wegwerfhandy? Sehr interessant.«

»Ich bin in einer Stunde da. Stell dich gut sichtbar auf den Gehweg. Ich werde dich beobachten und abchecken, ich werde dich telefilzen und mir einen Eindruck bilden. Dann fahre ich entweder weiter oder du wirst angesprochen. Das Codewort ist: Hatten Sie eine angenehme Anreise? Merk dir das.«

Jennerwein wunderte sich immer noch, wie schnell der Kontakt zustande gekommen war. Er war heilfroh, dass er sich für einen Hacker entschieden hatte und nicht für die beiden anderen Möglichkeiten, nämlich sich a) einen Computer auf dem Schwarzmarkt zu besorgen, der nicht auf ihn oder Pelikan angemeldet war, oder b) einen Polizeibeamten im Präsidium zu bestechen. Das alles dauerte zu lange und hinterließ viel zu viele Spuren. Der Hacker war die am wenigsten riskante Lösung. Und wie er jetzt feststellte, auch die schnellste. Der Schamane hatte ihm gerade diesen Hacker wärmstens empfohlen. Jennerwein wollte durch ihn mehr über den Fall erfahren, den er zuletzt bearbeitet hatte, und von dem er den aktuellen Ermittlungsstand nicht kannte. Drittenbass, ja Drittenbass war der Name des Opfers gewesen. Und der Täter? Hieß der nicht so ähnlich wie Knobloch? Ja, jetzt war er sich sicher: Kroboth war der Name. Es lag eigentlich sehr nahe, dass dieser Fall mit seiner jetzigen Situation zu tun hatte. Kroboth, Drittenbass.

Da hatte es doch noch Unklarheiten mit dem erpressten Geld gegeben – Unwillkürlich fasste er sich an den Bauch. Das Geld war noch da. Er musste sich diese verräterische Geste schnell abgewöhnen.

Ein Kapuzenmännchen kam auf das Bushäuschen zu. Fast hätte er einen erfreuten Schrei ausgestoßen und wäre auf die gesichtslose Gestalt zugelaufen. Denn genau solch ein Sweatshirt mit Kapuze trug auch Nicole manchmal, sie sah darin richtig verwegen und Ninja-mäßig aus. Doch das konnte sie ja nicht sein! Oder vielleicht doch?
»Hatten Sie eine angenehme Anreise?«, schrie das Kapuzenmännchen durch den Verkehrslärm hindurch.
Jennerwein antwortete vereinbarungsgemäß:
»Nein, es hat ja dauernd geregnet.«
»Komm mit«, sagte das Kapuzenmännchen. »Und verhalte dich ein bisschen unauffälliger.«
Dass er sich unauffälliger verhalten solle, das hatte noch nie jemand zu ihm gesagt. Er war doch die Unauffälligkeit in Person. Er als Jennerwein vielleicht schon. Aber dieser Pelikan mit seinem markanten Äußeren … Sie hatten lediglich ein paar hundert Meter zu gehen. Das Kapuzenmännchen stieg auf der Fahrerseite eines uralten Kombis ein, die hintere Tür öffnete sich einen Spalt, eine Hand erschien und winkte ihn mit dürren Spinnenfingern hinein.

»Machs dir gemütlich«, sagte der junge Mann im Inneren des vollgemüllten Fahrzeugs.
Er saß inmitten von aufgerissenen Schachteln und Kabeln und hatte ein Notebook auf dem Schoß. Genüsslich rieb er sich die Hände, als ob von dem Rechner Lagerfeuerwärme ausging.

Aber vielleicht gab es ja inzwischen eine App, die einen Heizstrahler ersetzte. Jennerwein zog die Tür hinter sich zu. Die Hacker waren also zu zweit. Das Kapuzenmännchen lenkte den Wagen, der andere mit den dürren Spinnenfingern hackte während des Fahrens, vermutlich um die Ortung unmöglich oder zumindest schwerer zu machen. Jennerwein, der nun nicht unbedingt auf dem neuesten Stand der Computertechnik war, war sich bewusst, dass er diesen beiden Typen hilflos ausgeliefert war. Der Wagen ruckte an. Und legte sich sofort und mit zwitschernden Reifen in eine Kurve.

»Erstens«, sagte der Hacker ohne weitere Begrüßung.

Er war zu Jennerweins Überraschung nicht maskiert, natürlich sehr jung, etwas ausgezehrt, die langen, strähnigen Haare hingen ihm ins Gesicht. Eine verschmierte Brille rundete den Eindruck ab, dass man es mit jemandem zu tun hatte, der auf sein Äußeres überhaupt keinen Wert legte. Der voll in der Welt seiner binären Kleinstfeuerwerke lebte. Und wahrscheinlich stolz darauf war, die ersten hundert Nachkommastellen der Kreiszahl Pi auswendig hersagen zu können. Jennerwein kam deshalb auf Pi, weil auf einem der dürren Finger des jungen Mannes ein großer, auffälliger Ring prangte, in den ein kleines π eingelassen war. Ganz und gar nicht ins Bild eines solchen Datenjongleurs passte allerdings die Brosche auf der Brust in Form eines Schmetterlings.

»Was ist erstens?«, fragte Jennerwein.

»Kohle in bar, Kohle im Voraus. Sonst rühre ich keinen Finger für dich, und du kannst gleich wieder aussteigen. Wir brauchen das Geld, weißt du. Wir wollen in Urlaub fahren. An den Gardasee. Und wir wollen hier im Auto einen neuen Teppich verlegen.«

Sein Lachen klang bemüht und heiser.

»Wie viel?«, fragte Jennerwein.

»Erst sagst du mir, was du willst. Ins Pentagon einhacken kostet mehr als nachsehen, was der Bürgermeister so alles auf seinem Dienstcomputer treibt.«

»Ich –«

»Zweitens. Ich helfe dir bei keinen Sauereien. In so einem Fall kannst du sowieso gleich wieder aussteigen.«

»Was verstehst du unter Sauereien?«

»Alles, was in der Gefängnishierarchie ganz unten steht. Kinderpornos. Menschenhandel. Illegale Atommüllentsorgung. T-Napping.«

»Was ist T-Napping?«

»Du kennst Torture-Napping nicht? Was bist denn du für einer! Ja, ich seh schon: Du scheinst ein braver Junge zu sein.« Der Hacker musterte Jennerwein scharf. »Der in großen Schwierigkeiten steckt. Also: T-Napping ist der neueste Schrei. Jemanden entführen, ohne dass er weiß, warum. Ohne Lösegeldforderungen. Der Kunde weidet sich nur an der Qual des Opfers. Es geht ausnahmsweise einmal nicht ums Geld, sondern nur ums blanke Entsetzen. Kennst du den XXXL-Fall?«

»Nein. Noch nie gehört.«

»Nie gehört? Mensch, du scheinst ja wirklich ganz neu in der Szene zu sein. Ist durch die Zeitungen gegangen. Das Opfer saß in einem schalldichten Lieferwagen mit der Möbelwerbung von XXXLutz und hat von der gegenüberliegenden Seite aus durch die einseitig verspiegelte Scheibe direkt auf den Vorgarten seines Hauses geblickt. Monatelang. Er konnte seine Frau und seine Kinder sehen, doch die hatten seit seinem Verschwinden nichts mehr von ihm gehört.«

Die Augen des Hackers glitzerten verräterisch. Hatte er etwas mit T-Napping zu tun? Jennerwein dachte an Nicole. Der war diese Form der Entführung sicher ein Begriff. Vielleicht ermittelte sein Team ja auch schon in diese Richtung und hielt Ausschau nach Lieferwagen von XXXLutz.

»Also, was brauchst du?«, fuhr der Hacker fort.

Jennerwein skizzierte sein Vorhaben in wenigen Worten. Der Hacker machte eine Art Kostenvoranschlag. Die Summe war happig und verschlang fast die Hälfte dessen, was Jennerwein rund um Bauch und Oberschenkel trug. Was übrig blieb, stopfte er in die kleine Reisetasche. Hoffentlich reichte das Geld. Er hatte doch heute noch so viel vor, und das gab es alles nicht für lau! Hier im Kombi konnte er wenigstens in bar bezahlen. Jennerwein verzog das Gesicht Pelikans zu einem grimmigen Lächeln. Ein Kaufhaus, das kein Bargeld annimmt – absurd! Das waren ja schon schwedische Verhältnisse.

»Als Erstes will ich ins Intranet der Polizei.«

»Das dachte ich mir schon. Willst du ins Präsidium, oder hast du eine bestimmte Polizeiinspektion im Auge?«

Jennerwein nannte ihm seine Dienststelle.

»Hab ich. Was weiter?«

»Ich brauche die Ermittlungsprotokolle der Mordkommission IV, zugriffsberechtigt sind Kriminalhauptkommissar Jennerwein und die Teammitglieder Schwattke, Schmalfuß und Hölleisen, Schmalfuß mit scharfem s.«

»Deine Angaben sind ja recht präzise«, nuschelte der Hacker, während er tippte. »Bin ich gar nicht gewohnt. Scheinst dich ja gut auszukennen bei der Polizei.«

»Ist das ein Problem für dich?«

»Ganz im Gegenteil, mein Freund. Polizei ausspähen ist immer gut. Ex-Bulle?«

Jennerwein schwieg. Auch der Hacker schien mit diesem

Schweigen gut zurechtzukommen. Er tippte, starrte auf den Bildschirm, lächelte manchmal sardonisch. Schließlich drehte er den Bildschirm zu Jennerwein.

»Bedien dich.«

Jennerwein blätterte in den wohlbekannten Seiten. Zeugenaussagen im Fall Drittenbass, Protokolle der teilnehmenden Beamten, Schriftverkehr mit der Staatsanwaltschaft, Presseausschnitte. Langsam setzte sich der Fall für ihn wieder zusammen. Opfer tot im Wald aufgefunden ... Herzanfall ... Reifenspuren ... rechte Hosentasche leer ... fehlendes Alibi der Witwe ... Es war ein glatter Fall gewesen, sie waren der Lösung schnell nahegekommen. Doch er stieg einfach nicht dahinter, was die Drittenbass-Sache mit seiner jetzigen Situation zu tun hatte. In den Protokollen und Berichten fand er dazu keine Anhaltspunkte. Verena Vitzthum hatte bei dem Großindustriellen zunächst einen Herzinfarkt festgestellt und dabei nicht an eine Fremdeinwirkung gedacht. Drittenbass hatte an Diabetes gelitten, er war in schweren Unterzucker gefallen. Seine Witwe hatte bestätigt, dass er immer ein Päckchen Dextrose in der Tasche trug. Das hatte er jedoch nicht bei sich, und er hatte auch keinen Traubenzucker eingenommen. Der Täter musste ihn davon abgehalten haben. Ein früherer Mitarbeiter von Drittenbass war mit dem Auto in der Nähe gewesen, das hatte die Spurenlage ergeben. Schnell hatten sie Kroboth verhaftet, er saß bereits in Untersuchungshaft. Alle Indizien waren akribisch gesammelt worden, alles deutete auf ihn hin. Moment mal! Das Einzige, was zu einer wasserdichten Verurteilung noch fehlte, war ...

»Hey, Alter, soll ich die B2 nehmen?«, schreckte eine Stimme Jennerweins Gedankengänge auf.

Es war die Stimme des Fahrers, des nicoleähnlichen Kapuzenmännchens, das vorhin am Bushäuschen mit ihm Kontakt aufgenommen hatte. Jetzt erst bemerkte Jennerwein, dass es eine Frau war, die unter der Kapuze steckte. Ihr Gesicht war immer noch nicht zu erkennen.

»Ja, nimm die B2«, rief der dürre Hacker mit der Schmetterlingsbrosche nach vorn. »Wir fahren nach Süden, über die Grenze. Also: über die frühere Grenze.«

Die Kapuze fuhr wie der Henker. Die Fahrweise erinnerte Jennerwein an die von Maria Schmalfuß.

»Noch was?«, fragte der Hacker.

Jennerwein machte eine beschwichtigende Handbewegung. Er musste Kontakt zu dem Verdächtigen im Gefängnis aufnehmen. Er musste nochmals persönlich mit ihm sprechen. Aber wie sollte er das anstellen? Er buchstabierte dem Hacker den Namen des Mannes, der in Untersuchungshaft saß: Kroboth. Kro-both, ja, mit th. Der Hacker konnte ihm sofort die JVA nennen, in der Kroboth untergebracht war. Aber es hatte wenig Sinn, sich dort hinfahren zu lassen. Er musste auf andere Weise Kontakt zu Kroboth herstellen.

»Kennst du den Jennerwein, der die Ermittlungen in dieser Sache leitet?«, fragte der Kommissar den Hacker.

»Hab den Namen schon mal gehört«, antwortete der Hacker zerstreut. »Gibts den wirklich?«

Jennerwein blätterte weiter in den Protokollen des Intranets. Er wollte wissen, mit was sich sein Team momentan beschäftigte. Doch von seinem eigenen Verschwinden war nirgends die Rede. Sie suchten also noch nicht offiziell nach ihm. Wenigstens nicht per Fahndung. Er stellte sich vor, was sie alles unternahmen. Sie stellten seine Wohnung auf den Kopf, sie zerlegten seinen Computer, sie befragten seine Bekannten ... Jennerwein wandte sich wieder dem übergroßen Bildschirm zu. Das Polizei-Intranetfenster füllte nicht die gesamte Fläche aus. Am oberen Rand lief der Ticker des Nachrichtenmagazin ntv durch. Ein Name fiel ihm ins Auge, der ihm bekannt vorkam. Erst achtete er nicht weiter auf die Tickermeldung, sein Blick war auf den Fall Drittenbass fokussiert, dann aber fuhr Jennerwein der Schreck in alle Glieder.

»Das gibt es doch nicht!«, rief er laut. »Kannst du mir mal die Nachrichtenleiste voll aufklappen?«

»Du engagierst den Hacker aller Hacker, um ein paar öde ntv-Nachrichten anzuschauen?«

»Ja, mach mal, ich hab da eine Schlagzeile gelesen, die ich mir genauer ansehen muss –«

Der vollständige Text nahm ihm schier den Atem. Lohkamp! Voller Entsetzen schlug er die Hand vor den Mund. Lukas war tot! Sein alter Freund Lukas Lohkamp war einem Attentat zum Opfer gefallen. Er war erschossen worden. Ganz in der Nähe des Kurorts. Im Hotel Barbarossa. Und nicht nur das. Sein Team ermittelte in dem Fall. Nicole Schwattke hatte die Leitung übernommen.

»Was ist mit dem Typen? Kennst du ihn? Das ist doch der aus der Fernsehsendung. Investoren treffen auf Gründer –«

»Ich war mit ihm befreundet!«, entgegnete Jennerwein.

»Hast du was mit dem Mord zu tun?«

Jennerwein drehte seinen Kopf langsam zu dem Hacker, dann blickte er hinaus auf die Felder, die vorbeirasten.

»Natürlich nicht«, sagte er entgeistert und entrüstet.

Kurz vergaß Jennerwein die brennenden Schwierigkeiten, in denen er selbst steckte. Er kannte Lukas Lohkamp schon ewig. Er war damals als junger Kommissaranwärter eingeteilt worden, den Personenschutz für ihn zu übernehmen, und in den langen Stunden der Bewachung hatte er sich mit ihm angefreundet. Seitdem riefen sie sich zwei- oder dreimal im Jahr an, ab und zu trafen sie sich. Ihre alte Regel war: kein Wort über Berufliches. Jennerwein erzählte nicht von seinen Fällen, LL nichts von seinen Fernsehsendungen. So selten sie sich sahen, er war eigentlich einer seiner besten Freunde, obwohl Lohkamp und er grundverschiedene Typen waren. Als Lohkamp zur Fernsehprominenz aufstieg und er wegen einiger Vorkommnisse Leibwächter brauchte, wandte er sich vertrauensvoll an Jennerwein. Dieser war inzwischen Kriminalkommissar geworden und konnte deshalb die Aufgabe nicht selbst übernehmen. Also hatte Jennerwein ihm nach Rücksprache mit Kommissar Stengele zwei gute Männer empfohlen. Es waren zwei ehrenvoll aus dem Polizeidienst ausgeschiedene Beamte, die ihre Familien mit dem dürftigen Polizistengehalt nicht ernähren konnten. Lohkamp hatte die beiden die ganzen Jahre über weiterbeschäftigt, sie arbeiteten immer noch für ihn. Warum hatten sie ihn nicht beschützen können? Und wer war interessiert daran, einen Mann aus der Finanzshowbranche zu töten? Da passte nichts zusammen.

»Kann man über diesen Mordfall mehr rausbekommen?«, fragte er den Hacker.

»Nein, soweit ich sehe, gibt es im Intranet dazu noch keine Polizeiprotokolle. Die Ermittlungen laufen an. Und die Presse hat auch noch keine Details ausgespuckt.«

»Gut, dann brauche ich als Nächstes Zugang zu –« meinem eigenen Computer, wäre es Jennerwein fast herausgerutscht. Stattdessen sagte er:

»Ich brauche einen Zugang zum Computer dieses – äh – Kommissar Jennerwein. Aber Vorsicht. Der wird wahrscheinlich überwacht.«

Der Hacker sandte ihm ein müdes Lächeln zu.

»Den habe ich mir schon angesehen, sozusagen aus sicherer Entfernung. Mit einem speziellen Pionier-Programm. Der Computer wird sogar schwer bewacht. Jeder Versuch, da reinzukommen, kann im Endeffekt zurückverfolgt werden. Da kannst du ne Folie drüberspannen. Das riskiere ich nicht.«

»Das habe ich mir schon gedacht.«

Nicole Schwattke schien gute Arbeit geleistet zu haben. Jennerwein machte noch einen weiteren Versuch.

»Können wir mit einer Drohne in –« Fast hätte er schon wieder ›mein Haus‹ gesagt. Er musste aufpassen. Oder ahnte der Hacker schon etwas? Jennerwein hasste es, jemandem so ausgeliefert zu sein. Und der Hacker wurde ihm mit seinem Wissen und seiner ironischen Art immer unsympathischer.

»Mit einer Drohne in das Haus von Jennerwein?«, ergänzte der Hacker jetzt. »Wie soll ich da reinkommen?«

»Ich kenne das Gebäude zufällig. Unter dem Dach gibt es eine lose Stelle mit einem kleinen Loch, das in den Speicher führt. So kleine Drohnen gibts doch, oder?«

»Gibts freilich, ja klar, aber was soll dann geschehen?«

»Du fliegst mit dem Gerät zu seinem privaten Computer, setzt dich auf die Tasten und tippst etwas ein.«

Der spinnenfingrige Hacker mit dem π auf dem Ring machte ein Gesicht wie ein Trompeter, von dem man verlangte, La Montanara in Cis-Dur zu spielen. Dann platzte er wieder mit diesem bemühten, unechten Lachen heraus. Vielleicht war es aber auch die Parodie eines Lachens.

»Hast du das gehört?«, rief der Hacker nach vorn zur Kapuzenfrau. »Ich soll mit unserem Schmuckstück da rein!« Und zu Jennerwein gewandt. »Nein, Sportsfreund, das ist mir zu riskant. Technisch ist das möglich, aber nee. Weißt du, was das Ding gekostet hat?«

Er wies auf die Brosche auf seiner Brust, die Form und Größe eines täuschend echt aussehenden Schmetterlings hatte. Jennerwein beugte sich vor, um ihn näher zu betrachten. Die Flügelfarbe war gelblich-weiß, die Flügel waren durchzogen mit grünlich beschuppten Adern.

»Es ist ein Rapsweißling«, sagte der Hacker. »Ich persönlich hätte ein bunteres Modell genommen, aber die Drohne soll ja unauffällig sein. Hat ein Vermögen gekostet.«

Jennerwein staunte. Er konnte nichts entdecken, was darauf hinwies, dass es kein echter Schmetterling war. Sogar die Fühler zitterten leicht.

# 23

JOGI LÖW:
*Seit Jahren suche ich auch schon nach einem mittelfeldorientierten Innenverteidiger, der aber beim blitzartigen Umschalten auch mal nach vorne mitgehen kann. So jemand wie 1970 der Karl-Heinz Schnellinger, nur auch technisch besser. Herakles, du musst mir helfen mit deinen vielen altgriechischen Tricks, sonst schaffe ich meinen Auftrag nicht. Ich appelliere an dich, von Halbgott zu Halbgott!*

Draußen herrschte ein Sommer, wie Rudi Carrell ihn sich gewünscht hätte. Doch niemand im Besprechungszimmer des Polizeireviers achtete darauf. Im Team herrschte blankes Entsetzen. Die Ratlosigkeit war allen ins Gesicht geschrieben. Keiner war zu einer Regung fähig.

»Was sollen wir jetzt tun?«, fragte Hölleisen schließlich mit zittriger Stimme. »Eine Fahndung rausgeben? So nach dem Motto: Bewaffneter Krimineller ist unterwegs?«

Niemand antwortete. Alle schüttelten hilflos den Kopf. Nicole verließ das Zimmer und kam wenig später mit Dr. Rosenberger zurück. Sie hatte ihn auf dem Gang kurz über die erschreckende Nachricht informiert. Er versuchte ein Lächeln auf sein Gesicht zu zaubern, was ihm aber nur bedingt gelang.

Nicole gewann als Erste wieder die Fassung.

»Ich habe die polizeiliche Bewachung seiner Wohnung veranlasst. Die beiden Mitarbeiter des Sicherheitsdienstes genügen meinen Anforderungen nicht mehr.«

»Wie steht es um seinen Computer?«

»Wir sind drin und beobachten alle Bewegungen. Vielleicht ist er ja doch entführt worden und kann in diesem Fall eine Nachricht absetzen.«

Dr. Rosenberger seufzte schwer. Dann blickte er jeden Einzelnen in der Runde an.

»Ja, wie soll ich mich ausdrücken«, begann er zögerlich. »Wenn Jennerwein wirklich damit zu tun hat, dann wird es nicht leicht sein, ihn zu fassen. Er ist einer der besten Kriminalisten, die ich kenne. Wenn es jemandem gelingt, das perfekte Verbrechen zu begehen, dann ihm.«

Dr. Rosenberger setzte sich. Nicole hob fragend die Augenbrauen.

»Wollen Sie die Leitung des Falls übernehmen?«

»Nein, machen Sie weiter, Kommissarin. Das wird das Beste sein.«

Nicole warf den Stift auf den Tisch und lehnte sich zurück. Ihr Gesicht war nicht das, das man beim Anblick junger Kätzchen aufsetzt.

»Wir müssen zunächst herausbekommen, in was für einer Beziehung Jennerwein zu Lohkamp stand«, fuhr sie fort. »Weiß jemand etwas darüber?«

Allgemeines Schulterzucken. Schweigen. Die neue Polizeimeisteranwärterin steckte den Kopf zur Tür herein.

»Kaffee?«

Niemand wollte.

»Ich habe den Namen im Hotel das erste Mal gehört«, sagte Maria. »Ich besitze natürlich keinen Fernseher, vielleicht liegt es daran. Aber ich kann mich auch nicht erinnern, dass Hubertus je von einem Lukas Lohkamp gesprochen hat.«

Ein Mann hob die Hand. Es war ein knorriger, sonnengebräunter Mann, der so aussah, als wäre er gerade von einer Hochgebirgstour gekommen oder von einer Weltumsegelung. Die Hand, die er lässig hob, war nicht seine Hand. Es war eine mikroprozessorgesteuerte BCI-Hand aus Hartkunststoff, mit der er nun schon seit Jahren besser arbeitete als mit einer normalen Hand. Es war ein Dienstunfall gewesen, er hatte das Beste daraus gemacht. Und alle hatten sich daran gewöhnt. Man konnte sich Ludwig Stengele mit natürlichen Fingern gar nicht mehr vorstellen.

»Ich habe da so eine Ahnung«, sagte der Allgäuer aus Mindelheim.

Er war zum Team gerufen worden, weil er zum einen mit Jennerwein gut vertraut und zweitens der absolute Exit-Spezialist im Team war.

»Ich meine mich zu erinnern, dass er mich einmal gefragt hat, ob ich zuverlässige Personenschützer kenne, die einen Job suchen. Es ist schon Jahre her, aber ich bin mir sicher, dass Jennerwein damals gesagt hat, ein guter Freund von ihm würde zwei brauchen. An den Namen des Freundes kann ich mich leider nicht erinnern, aber er hat von dessen steigender Fernsehprominenz erzählt. Und je bekannter er geworden wäre, desto mehr unangenehme Zwischenfälle wären bei ihm vorgekommen: Belästigungen, unerwünschte Anrufe, Stalking, Bedrohungen, erst per anonymer Briefe, dann sogar körperlich. Das Übliche halt. Ich habe ihm die Personenschützer vermittelt. Wenn Sie mir die Namen der beiden Leibwächter nennen würden –«

Nicole schob zwei Ausdrucke über den Tisch.

Ludwig Stengele besah sich kurz die Fotos, lächelte, schob die Blätter sofort wieder zurück.

»Ach, das sind Poltner und Slama, zwei wirklich gute Leute, ja, die habe ich ihm empfohlen. Und der Freund von Jennerwein muss demzufolge Lukas Lohkamp gewesen sein. Ich werde die beiden einmal interviewen.«

»Glauben Sie, dass die etwas mit der Sache zu tun haben?«

»Nein, das schließe ich aus. Na ja: so gut wie. Aber sie können vielleicht nützliche Informationen geben.«

Rosi stand auf. (Wir wollen jetzt doch auch die diminuierende Kurzform verwenden. Wir sind der Meinung, eine gewisse Vertrautheit zu ihm gewonnen zu haben.)

»Ich soll mir das also so vorstellen: Jennerwein setzt sich von uns ab. Brütet irgendeine große Sache aus. Oder bekommt den supergeheimen Befehl, auf den er als Schläfer schon lange gewartet hat. Spaziert dann in das Hotel, erschießt seinen Freund Lohkamp mit einer Glock, hinterlässt tausend Spuren und verschwindet wieder. Was ergibt das für einen Sinn?«

»So verhält sich doch kein Hubertus Jennerwein«, fügte Maria hinzu. »Das ist ganz und gar nicht sein Stil. Das kann er nicht gewesen sein.«

Becker räusperte sich. Auch er war blass geworden. Den harten Knochen, den sonst nichts aus der Ruhe bringen konnte, nahm die Wendung zum Schlechteren sichtlich mit.

»Ich kann es ebenfalls nicht fassen. Und dass er so viele Spuren hinterlassen hat! Selbst wenn es ein spontanes Verbrechen war, ein Unfall, was weiß ich, dann ist er immer noch Profi genug, Spuren zu vermeiden oder zu beseitigen. Und das hat er, mit Verlaub gesagt, von mir gelernt.«

Maria wiegte den Kopf.

»Dann hat er die Spuren vielleicht absichtlich gelegt.«

»Aber weswegen?«, fragte Becker. »Um geschnappt zu werden? Ist das eine Art Katz- und Maus-Spiel, das er uns aufzwingt? Entschuldigen Sie, dass ich derart despektierlich vom Chef rede –«

»Vielleicht hat Jennerwein seinen Freund Lohkamp einfach nur besucht, ohne jede kriminelle Absicht«, sinnierte Hölleisen. »Und zwar kurz vor der Tat. Er hat dabei massig Spuren hinterlassen, aber er hat sich natürlich nichts dabei gedacht. Warum auch. Der eigentliche Täter beobachtet das. Er bekommt auch mit, dass Jennerwein die Rezeptionistin darum bittet, Lohkamp nicht zu stören. Der Täter wittert seine Chance. Er klopft unter einem Vorwand an der Zimmertür und erschießt Lohkamp. Er hinterlässt keinerlei Fingerabdrücke. Und wir sollen denken, Jennerwein war es.«

Alle dachten über diese Vermutung nach. Aber eines war klar. Sie suchten nur nach einem Grund, keine Verbrecherfahndung rauszugeben. Einzig Hansjochen Becker fragte sich, warum Jennerwein die Gießkanne angefasst haben sollte und warum seine Fingerabdrücke im Inneren der Minibar und an der Raufasertapete gefunden wurden.

»Aber er hat einen Fehler gemacht«, fuhr Hölleisen mit hoffnungsvollem Eifer fort. »Der Chef ist doch Rechtshänder! Normalerweise achtet man ja da nicht so drauf. Aber jetzt sehe ich ihn direkt vor mir, wie er dasitzt und mit der rechten Hand schreibt.«

Hölleisen lehnte sich zurück, um seine Theorie auf das Team wirken zu lassen. Nicole schloss die Augen. Auf ihrem Gesicht erschien ein hoffnungsvolles Lächeln. Eifrig und fast triumphierend fuhr Hölleisen fort:

»Beim Schießtraining habe ich nie so drauf geachtet. Aber er wird doch nicht rechts schreiben und links schießen! Das kann nur eines heißen: Es muss jemand anderer geschossen haben.

Wenn wir erst einmal die Waffe gefunden haben und die Fingerabdrücke ausgewertet sind, wissen wirs. Da kennt man sich so lange«, fügte er murmelnd hinzu, »und dann weiß man nicht einmal, mit welcher Hand der andere schießt.«

Rosi erhob sich. Entschlossen dröhnte sein wuchtiger Bass: »Es hilft alles nichts, wir stecken in einer prekären Situation. Wir müssen eine Fahndung nach Jennerwein rausgeben.«

Hölleisen nickte mit unglücklicher Miene und seufzte tief auf.

»Ich weiß, das klingt furchtbar«, sagte Nicole, »aber was sollen wir sonst tun! Wir müssen jetzt alle polizeilichen Maßnahmen ausschöpfen. Ich werde Interpol informieren. Hölleisen, Sie fordern Hundestaffeln an und lassen die nähere Umgebung absuchen. Maria, Sie kontaktieren seinen Vater, vielleicht sogar seine Mutter. Stengele, Sie lassen sich sämtliche Akten der Straftäter geben, für deren Verurteilung Jennerwein verantwortlich war.«

Alle wollten sich gerade erheben, als der Oberrat nachsetzte: »Eine Frage noch. Wo befindet sich eigentlich seine Dienstwaffe? Haben Sie das schon überprüft?«

»Natürlich«, winkte Becker ab. »Er hat sie hiergelassen.«

»Und ist er zudem im Besitz einer Glock?«

»Nicht dass ich wüsste. Aber seine Dienstwaffe habe ich natürlich untersucht. Fehlanzeige: keine Fingerabdrücke, die auf Rechts- oder Linkshändigkeit hinweisen. Er hat sie wie vorgeschrieben gereinigt.«

Jennerwein blickte durch die Frontscheibe des Kombis. In weiter Ferne waren die sanften und saftig grünen Wellungen des südlichen Voralpenlandes zu sehen, am Straßenrand rasten Millionen von Weinstöcken vorbei. Weißburgunder Edelvernatsch. Weißburgunder Edelvernatsch. Weißburgunder Edelvernatsch. Weißburgunder Edelvernatsch. Die Kapuzenfrau hatte wieder einmal ein ziemliches Tempo vorgelegt. Konnte man einen Computer dadurch schwerer orten?

»Da sieh mal einer an!«, sagte der Hacker mit der Schmetterlingsbrosche an der Brust und blickte vom Display auf. »Dieser Jennerwein wird polizeilich gesucht!« So etwas wie Anerkennung schwang in den Worten mit. »Aber dazu hätte ich nicht hacken müssen. Das wird ganz offen in den Nachrichten gemeldet.«

»Und weswegen wird er gesucht?«, fragte Jennerwein mit einem kleinen, ahnungsvollen Beben in der Stimme.

»Na, das ist ja ein Ding: Verdacht auf Mord –«

»Was? Mord! Wieso denn –«

»– an dem Investor Lukas Lohkamp«, fuhr der Hacker ungerührt fort. »Mit der Aufforderung an Jennerwein, sich zu stellen, um nicht alles noch schlimmer zu machen. In einem Fernsehsender appelliert seine Mutter an seine Vernunft.«

»Die Mutter! Wie kommt denn die dazu –«

In Jennerweins Kopf drehte sich alles. Das gab dem Ganzen ja noch eine ganz andere Dimension. Eine noch viel schlimmere. Er drückte mit Daumen und Mittelfinger an die Schläfen, bis sie schmerzten. Und was hatte sein Freund Lukas Lohkamp mit der Sache zu tun? Etwas Unfassbares war geschehen. Lukas war tot. Einer seiner besten Freunde. Weswegen sollte er ihn denn ermordet haben? Dieser Gedanke war kaum zu ertragen. Kurz dachte Jennerwein daran, alles hinzuschmeißen, auszusteigen und sich einfach bei der nächsten Polizeidienststelle zu melden. Oder bei der nächsten Notaufnahme. Sollten die doch herausbekommen, wer er war. Stattdessen sagte er:

»Schau mal, ob du etwas zu einem gewissen Leonhard Pelikan findest.«

»Wird getan, wird gemacht, Sportsfreund.« Schweres Gerassel, dazwischen einige Plings und Plongs. »Hier habe ich ihn ja schon. Der arbeitet bei der Post. Da gibt es auch ein Foto.«

Der Hacker musterte Jennerwein erstaunt.

»Mann, bist du das?«

Jennerwein machte eine abwehrende Handbewegung.

»Jedenfalls sieht der dir total ähnlich.«

»Ja, vielleicht«, antwortete Jennerwein ausweichend. »Wird nach Pelikan gesucht? Wird sein Computer überwacht?«

»Nein, soweit ich sehe, nicht. Doch halt, dieser Pelikan – also du, oder wie? – hat versucht, über seinen Rechner Kontakt zu Jennerwein aufzunehmen. Das haben die IT-ler von der Polizei rausgekriegt. Pelikans Computer wird deshalb ebenfalls überwacht. In was für einer Sache steckst du, Sportsfreund?«

Jennerwein dachte angestrengt nach. Solange noch nicht nach Pelikan gesucht wurde, musste er das ausnützen. Pelikans Pelikanerscheinung, sein Äußeres war ihm jetzt sogar von Nutzen.

»Gibt es einen Hinweis darauf, dass Pelikan mit der Psychiatrie zu tun hatte? Briefe an oder von Kliniken? Ärztliche Atteste?«

Der Hacker beäugte ihn misstrauisch, dann vertiefte er sich wieder in sein Notebook. Es vergingen einige Minuten. Draußen flog die Landschaft in atemberaubender Geschwindigkeit vorbei. Das Kapuzenmännchen fuhr so schnell, dass Jennerwein den Eindruck hatte, sie würden gemailt. WeißburguEdelverna WeißburguEdelverna WeißburguEdelverna. Schließlich stellte der Hacker das Suchbegriff-Trommelfeuer auf den Tasten ein.

»Nein, nichts Bestimmtes. Keine Sauereien, wenn du das meinst. Nur vorgestern hat jemand auf Pelikans Computer nach psychischen Krankheiten gesucht. Depersonalisation, Xenomelie, Körperintegritätsidentitätsstörung – was immer das alles bedeutet.«

Das war er selbst gewesen. Welch ein Leichtsinn. Wäre er bloß länger in der Bibliothek geblieben.

»Dem Browserverlauf zufolge hat Pelikan auch über Jennerwein nachgeforscht«, fuhr der Hacker fort.

Jennerwein erschrak. Sein Team war kurz davor, den Zusammenhang herzustellen. Es gab kein Zurück mehr. Er musste abtauchen. Er verfluchte sich dafür, sein erspieltes Geld für Selbstfindung ausgegeben zu haben. Er hätte sich lieber einen falschen Pass und eine Waffe besorgen sollen. Damit wäre es ihm wesentlich leichter gefallen, sich im Untergrund zu bewegen.

»Ist für die Summe, die ich dir gegeben habe, noch eine Fahrt drin?«

»Hey, Sportsfreund! Jetzt wirst du aber unverschämt! Wir sind nicht deine Chauffeure. Was meinst du, wie gefährlich das für uns ist.«

»Dachte ich mir schon. Dann tu mir noch einen letzten kleinen Gefallen. Geh ins Darknet.«

»Kleinen Gefallen? Ich glaube, ich höre nicht richtig. Das Darknet ist kein Faschingstreiben. Es ist einfach zu riskant. Tausend Fragen, Suchbegriffe – und alles Spuren, die zu uns führen. Ich rieche das direkt.«

»Was riechst du?«

»Dass irgendjemand auf uns aufmerksam geworden ist und seine Fühler nach uns ausstreckt.«

»Die Polizei?«

Riesengroßes Gelächter. Auch von der Kapuzenfrau.

»Von der Polizei ist am wenigsten zu befürchten. Technisch sind die immer einen Schritt hinterher. Wenn sich die Polizei endlich einmal die Version 2.0 besorgt hat, arbeiten wir schon längst mit Version 4.7.«

»Mindestens!«, rief die Kapuzenfrau aus dem Hackercockpit.

»Gehst du für mich nun ins Darknet oder nicht?«, fragte Jennerwein ungeduldig.

»Das ist nicht so leicht, wie du dir das vorstellst, Sportsfreund. Wie gesagt –«

Jennerwein, mach endlich was! Lass dir von diesen Typen nicht auf der Nase herumtanzen! Du hast doch von Becker und Nicole genug Informationen gesammelt, um mitreden zu können. Denk daran, dass es keinen Weg zurück gibt. Sie jagen jetzt dich *und* Pelikan. Ins Darknet zu gehen ist deine letzte Chance. Ergreife sie also! Dein bester Freund ist ermordet worden. Muss denn noch mehr passieren?

Mit viel Zorn in der dunklen Pelikan-Stimme herrschte Jennerwein den Hacker an:

»Jetzt reichts mir aber, Mann! Du wurdest mir als der Beste in der Branche empfohlen. Die Ergebnisse sind bisher dürftig und das Geld nicht wert. Und ich bin auch nicht ganz so blöd, wie du dir das vorstellst.«

Er hoffte, dass seine eigenartig tiefliegenden Augen jetzt zornig flimmerten. Er reckte das vorspringende Kinn nach oben, was ihm sicherlich den Anschein eines Mannes gab, der zu allem entschlossen war und der nichts mehr zu verlieren hatte. Das hätte er mit seinem bisherigen Jennerwein-Gesicht gar nicht so hingebracht. Wie hatte sein Vater immer gesagt: Mit einem fremden Auto fährt sichs manchmal schneller. Er bemerkte, wie der Hacker zusammenzuckte. Solche Töne war er wohl nicht gewohnt. Mit erhobener Stimme fuhr Jennerwein fort:

»Der Zugang zum Darknet ist nicht so riskant, wie du mir weismachen willst. Überhaupt nicht! Du gehst in die Script-Ebene der Systemeinstellungen, schaltest dort alle For-by-Funktionen und Firewalls aus, dann installierst du einen TOR-Browser, mit dem du Internetseiten aufrufen kannst, die du mit einem normalen Browser nicht erreichen kannst. Und jetzt erzähl mir nicht, dass du als Hacker keinen TOR-Browser hast –«

»Und was ist ein TOR-Browser?«, fragte Ursel Grasegger ihren computeraffinen Sohn Phillip zur gleichen Zeit am Telefon. Sie hatte vor, Licht in die verschlungenen Geldtransaktionen im Fall Drittenbass zu bringen.

»TOR. The. Onion. Router«, sagte Phillip langsam und bedächtig. Er hatte immer noch die Angewohnheit, die Stimme nach jedem Wort zu senken, was seinem Duktus etwas sehr Automatenhaftes gab. »Aber. Warum. Willst. Du. Das. Wissen.«

»Ich will wissen, wie man damit eine Geldschleusung durchführt.«

Auch Nicole hatte sich kundig gemacht.

»– Diese Internetseiten des Darknets können mit klassischen Suchmaschinen nicht gefunden werden«, hatte Ricky, der in der Abteilung Computerkriminalität arbeitete, sie aufgeklärt. »Die eigene IP-Adresse wird verschleiert, und wir befinden uns mitten in einem sogenannten ›Onion-Routing‹, die Verbindung wird über mehrere Knoten geleitet, und die werden alle paar Minuten geändert. Null Chance, das nachzuvollziehen.«

»Die Verbindungen zwischen den einzelnen Knoten sind verschlüsselt«, fuhr Jennerwein im dahinschießenden Hacker-Kombi fort. »Der Datenverkehr kann nicht eingesehen werden. Eine Rückverfolgung über alle Knoten ist praktisch unmöglich. Und glaub mir, ich weiß, wovon ich rede: Durch diese Verschlüsselungsmethoden ist es möglich, den Computer bei einem polizeilichen Zugriff automatisch zu sperren. Also halt mich nicht zum Narren. Ich würde es selbst machen, wenn du mir deinen Rechner gibst.«

Spinnenfinger war beeindruckt. Er klatschte geziert in die Hände. Jennerwein gefiel dieser Typ nicht. Langsam übertrieb er es.
»Oh, danke für den Vortrag. Der Herr ist ja ein Spezialist! Bravo! Gut, ich machs. Aber das kostet. Ich weiß, du hast nicht mehr viel. Aber gib uns alles, was du hast.«
Jennerwein überlegte. Wo er jetzt hinging, brauchte er kein Geld mehr. Er kam mit puren Informationen weiter. Kurz entschlossen griff er in die Sporttasche und holte die Scheine, die er vorher hineingestopft hatte, bündelweise heraus.
»Gut, einverstanden. Das ist alles, was ich habe.«
Das Hackerpärchen seufzte unisono.
»Wenn du nicht so ein sympathischer Bursche wärst. Und wenn wir die Schwierigkeiten, in denen du steckst, nicht riechen würden –«
Er nickte Jennerwein auffordernd zu.
»O.k., dann gib bitte den Begriff Toreggio ein. Mit einem r

und zwei g. Und dann folgende Worte, ich buchstabiere: Meco all'altar di Venere.«

Jennerwein kannte die Worte von Ursel Grasegger, sie hatte ihm den Zugangscode verraten, als sie zusammen Ignaz Grasegger aus den Fängen der Schweizer Organisierten Kriminalität befreit hatten. Es war der Textbeginn einer Opernarie von Vincenzo Bellini, aus der Oper Norma, die Arie des Pollione. Bellini war nicht gerade Jennerweins Geschmack, aber diese Parole machte es ihm möglich, sich mit dem Mafiaboss Padrone Spalanzani zu treffen.

Das Kapuzenmännchen knüppelte auf der staubigen Straße dahin, der Hacker mit den dürren Spinnenfingern raste über die Tasten, er grunzte ab und zu, stieß undefinierbare Laute aus, zog Grimassen. Der Schmetterling flatterte nicht, sondern wippte im Takt der Raserei. Der Hacker selbst war blass geworden, er schien leibhaftig in die Unterwelt hinuntergestiegen zu sein, er kämpfte dort wohl gerade mit den unerbittlichen Höllenhunden Midén und Énas. Das Darknet hatte viel Morbides, und das nicht nur vom Wortklang her.

»Oh!«, rief der Hacker erschrocken aus. »Wir haben es hier mit der italienischen Mafia zu tun. Das hätte ich dir Weichei gar nicht zugetraut.«

»Schick eine Nachricht an Padrone Spalanzani«, sagte Jennerwein. »Ich will mich mit ihm treffen.«

# 24

EIN CHINESISCHER I-GING-MEISTER:
*Gib auf.*
*Das ist Aufgabe genug.*

Nach einer Stunde hatte der Hacker den Kontakt endlich hergestellt und ein Treffen arrangiert.

»Ich fahre dich noch zum Bahnhof«, sagte er gnädig seufzend.

»Aber winken werden wir nicht«, fügte die Kapuze hinzu.

»Und denk daran: Wir haben deine Koordinaten. Wir haben dich auf dem Schirm. Wo du auch hingehst.«

»Warum das denn?«

»Ich will wissen, ob du nicht doch eine Sauerei vorhast.«

»Auch wenn ich mein Handy entsorge?«

»Das spielt keine Rolle, ich track dich auch so. Wo du auch bist, wir orten dich. Du kennst ja den Song von Police:

> *Every move you make*
> *Every step you take*
> *I'll be watching you ...*

Man könnte noch hinzufügen: Wo du die Wanze auch suchst, du wirst sie nicht finden. Keine Chance.«

Der Wagen kam an einer Ampel zum Stehen. Das Kapuzenmännchen drehte sich um und rief nach hinten:

»Außerdem wissen wir ja jetzt, dass du Leonhard Pelikan bist.«

»Ja, das wisst ihr jetzt«, sagte Jennerwein gleichgültig.

Vor diesen Hackern, denen wahrscheinlich ohnehin nichts verborgen blieb, war es egal, aber anderen gegenüber musste er in dieser Beziehung vorsichtiger sein.

»Wir wissen zwar nicht, wie das alles zusammenhängt, wollen wir auch gar nicht wissen, aber du hast hoffentlich nichts mit Lohkamps Tod zu tun. Das war ein guter Mann. Wir haben seine Sendung gern geguckt. Wir haben uns sogar mal beworben. Fast wären wir in die Sendung eingeladen worden mit unserer Gesichtserkennungssoftware. Ein guter Mann.«

Wem sagst du das, dachte Jennerwein. Ich kenne ihn besser als du.

»Also viel Glück.«

Die Kapuze drehte sich nochmals um.

»Und vergiss nicht: Wir haben dich überall im Blick. Auf der ganzen Welt.«

»Das ist ja wie bei der Mafia.«

»Schlimmer.«

Beide lachten ihr keckerndes Lachen. Es klang so, als ob zwei Lämmergeier ganz unten im Tal die Leiche eines abgestürzten Wanderers entdeckt hätten.

Endlich saß er im Zug. Richtung Süden. Er war in einer Südtiroler Station eingestiegen, die beiden Hacker hatten ihm dann doch noch nachgewunken, allerdings recht spöttisch. Der Ort hatte so ähnlich wie Patsch oder Surs oder Tock geheißen, er hatte den Namen schon wieder vergessen. Er suchte sich ein leeres Abteil und begann seine Tasche zu filzen. Zentimeter für Zentimeter drückte er auf die Kunstlederhülle, immer auf der Suche nach dem versteckten Chip der Hacker. Schlimmer als bei der Mafia. Nichts. Er prüfte, ob sich auf der Oberfläche winzige Einstiche fanden. Ebenfalls nichts. Auch die Gegenstände, die er in der Tasche mit sich trug, waren sauber. Geld hatte er keines mehr, das war alles bei den Hackern geblieben. Nicht einmal eine Fahrkarte hatte er sich kaufen können.

»Aber auf dieser Strecke wird eh nie kontrolliert«, hatte die Kapuzenfrau gesagt.

Jennerwein ging auf die Toilette, entkleidete sich, untersuchte die Klamotten nach winzigen Wanzen und auch seinen Körper nach Einstichen. Man hatte ja schon von Nanos gehört, die injiziert worden sind. Wieder nichts. Wahrscheinlich war die Sache mit dem Tracking bloß eine leere Drohung gewesen.

*Every move you make*
*Every step you take*
*I'll be watching you ...*

Das war ein Ohrwurm, den Jennerwein nicht mehr aus dem Kopf bekam. Als er wieder ins Abteil trat, saßen drei junge Leute in Trainingsanzügen drin und unterhielten sich auf Italienisch. Auf dieser Strecke wird eh nie kontrolliert, hatte Kapuze gesagt. Wurde aber doch. Jennerwein konnte durchs Abteilfenster erkennen, dass ein uniformierter Kontrolleur den Gang entlangkam, direkt auf sein Abteil zu. Jennerwein blickte auf die Uhr. Der Zug hielt erst in zwanzig Minuten, dann musste er aussteigen. Wenigstens etwas Fahrgeld hätte ihm der Hacker lassen können. Jennerwein verließ das Abteil und bewegte sich in die andere Richtung, ganz ans Ende des Zuges. Hier gab es eine kleine Ausbuchtung, die vom Gang aus nicht einsehbar war. Was blieb ihm anderes übrig: Er quetschte sich hinein. Vielleicht hatte er Glück und der Schaffner sah in dieser Ecke nicht nach. Oder der Zug hielt vorher an. Der Zug hielt nicht vorher an. Und der Schaffner sah in der Ecke nach. Die Fahrkarte bitte. Ein superfreundlicher Kontrolleur, einer, der große Nachsicht ausstrahlte. Jennerwein spürte, wie sein Puls stärker schlug. Sein Herz raste, er hörte es klopfen. Der Kontrolleur beugte sich in einer Weise zu ihm, als ob er sagen würde, es wäre sehr schade, wenn du jetzt keine Fahrkarte hättest. Du würdest mich sehr, sehr traurig machen. Jennerwein bückte sich und nahm möglichst beiläufig die Plastikflasche aus der Tasche, in der sich die improvisierte Mixtur aus starkem Rum und Essigreiniger befand. Jennerwein wollte den Kontrolleur nicht mit einem Daumendruck auf die Carotis betäuben. Das gelang auch nicht immer, im Kaufhaus hatte er einfach nur Glück gehabt. Diesmal wollte er eines der Betäubungsmittel verwenden, auf das er einmal in einer Akte gestoßen war. Becker hatte den Stoff damals analysiert.

»Was es nicht alles gibt!«, hatte Becker gesagt.

Der Kontrolleur wiederholte seinen Satz auf Englisch und sah ihn direkt mit seinen blauen, ehrlichen Augen an. Mensch, warum hast du dir diesen Beruf ausgewählt, Mann! Jennerwein beobachtete den Brustkorb des Kontrolleurs, um zu sehen, in welcher Frequenz er ein- und ausatmete. Der Kontrolleur wiederholte die Frage auf Italienisch, Jennerwein setzte ein Gesicht auf, als ob er jetzt erst verstanden hätte oder als ob ihm jetzt erst eingefallen wäre, dass die Fahrkarte in seiner linken Jackentasche steckte. Doch statt einem Ticket zog er ein Tuch aus der Jackentasche und goss etwas von der Flüssigkeit darauf. Dass ein Schwarzfahrer sich auf diese anästhetische Weise aus der Verantwortung zog, war eine so fernliegende und unerwartete Vorstellung, dass der Kontrolleur nicht begriff, warum der scheue Tourist nun auf einmal sein Taschentuch tränkte. Jennerwein drückte es ihm mit dem Einatmen auf Mund und Nase. Der Kontrolleur begriff immer noch nicht. Er zuckte und ruderte wohl heftiger mit den Armen als die Kaufhausdetektivin, aber schließlich sank auch er zu Boden und schlief einen unruhig holpernden Eisenbahnschwellenschlaf. Jennerwein nahm sich fest vor, eine Spende an die italienische Bahn zu überweisen und außerdem auch die Mitarbeiterin im Kaufhaus zu bedenken. Wenn das alles vorbei war.

Er stieg in Cucalino aus, hoffend, dass der Kontrolleur nicht gleich wieder erwachte und Alarm schlug. Und sah auch schon eine lässig lungernde Gestalt an eine der Säulen gelehnt. Das musste der Mann sein, der ihn abholte. Trotz der Hitze trug er einen Trenchcoat und einen Borsalino. Jennerwein machte das verabredete Zeichen. Im Auto wurde er gefilzt, wie er noch nie gefilzt worden war.

»Wenn du einen Sender trägst, bist du tot«, sagte der Mann mit dem Borsalino.

Er fand nichts. Dann fuhren sie los.

# 25

DIONYSOS:
(in Kopie an Achilles, Äskulap, Herakles, Helena, Romulus und Remus, Perseus, Proteus, Pollux, Penthesilea, Hippolyta ...)
Es ist wieder so weit! Nächstes Jahr findet unser beliebtes Treffen der Halbgötter statt, wie immer mit Diskuswerfen, Marathonlauf und Bacchanalien. Das ist ja alles gut und schön, aber es sind immer die Gleichen, die sich um den ganzen Kleinkram kümmern. Herakles, stolzer Held und trinkfester Zechbruder, kannst du dich vielleicht auch mal herablassen (aus dem Olymp?), so ein Treffen zu organisieren? Das wäre doch mal eine wirkliche Aufgabe, findest du nicht?

Zur gleichen Zeit wurde die Tür zum Besprechungszimmer aufgerissen.

»Gerade ist eine Meldung reingekommen«, sagte Nicole Schwattke mit mühsam beherrschter Stimme. »Sie haben eine Glock gefunden. In einem Feld am Straßenrand. Oben in Norddeutschland, in der Nähe der holländischen Grenze.« Sie hielt inne, schüttelte ungläubig den Kopf. »Mit Jennerweins Fingerabdrücken drauf. Ganz zweifelsfrei. Die Waffe ist vor kurzem abgefeuert worden.«

Der kleine Hoffnungsschimmer, dass es doch nicht ihr Chef war, der geschossen hatte, dass ihm ein anderer Schütze die Tat untergeschoben hatte, ein Linkshänder, ein Trittbrettfahrer oder wer auch immer, war nun endgültig erloschen. Nicole setzte sich. Ratloses Schweigen. Resignation. Blasse Gesichter mit ausdruckslosen Augen. Zu hören war nur das erbarmungslose Ticken der Wanduhr. Alle starrten wie zwanghaft hin zu dem immer noch unberührten Platz. Dann hörten sie Schritte auf dem Gang. Rosi trat ins Zimmer. Seine wuchtige Erscheinung schien zusammengeschmolzen zu sein.

»Ich hab es gerade erfahren, es tut mir schrecklich leid, liebe Kollegen, aber das ändert leider alles. Wenn ich alleine zu entscheiden hätte, dann wäre es etwas anderes. Aber ich habe Anweisungen von oben bekommen. Und nicht nur das Präsidium, auch die Staatsanwaltschaft macht Druck.«

Das ratlose Team der Mordkommission IV schien am Ende der Ausbaustrecke angekommen zu sein. Der Sechser ohne Steuermann war auf Grund gelaufen. Alle wussten, worauf es hinauslief, wenn ein Polizeichef davon redete, dass ihm von oben Druck gemacht wurde.

»Sie müssen das verstehen«, fuhr der Oberrat fort. »Ihre Akten platzen ohnehin vor Verwarnungen und Verweisen. Jeder von Ihnen hat den Ermessensspielraum bei diversen Ermittlungen bis zum Anschlag strapaziert und oft genug überstrapaziert. Die ärgsten Grenzüberschreitungen stehen nicht einmal in den Protokollen. So gut Sie auch bisher alle gearbeitet haben, ich kann Sie nicht länger aus der Schusslinie halten. Auch die Politik verlangt, dass Köpfe rollen. Die Presse steht ebenfalls in den Startlöchern. Gerade wenn jemand so erfolgreich ist wie Sie und so viele perfekt gelöste Fälle zu verbuchen hat, schaut die Meute ganz genau hin. Sie lechzt geradezu nach einem Makel, der sich zum Skandal auswächst und schließlich zum Umschwung, zur Peripetie führt – wie immer Sie das nennen wollen.«

»Die Politik mischt sich auch noch ein!«, seufzte Hölleisen. »Das hat uns gerade noch gefehlt.«

Rosi richtete sich auf.

»Wir machen es jetzt so: Ich gebe Ihnen eine letzte Chance.

Mehr kann ich nicht für Sie tun. Finden Sie Jennerwein. Und zwar innerhalb der nächsten vierundzwanzig Stunden. Sonst bleibt mir nichts anderes übrig, als Ihnen den Fall zu entziehen. Den Fall Lohkamp und den Fall Drittenbass. Den Fall Jennerwein sowieso.«

»Vierundzwanzig Stunden, das ist nicht viel«, sagte Nicole Schwattke mit leiser, brüchiger Stimme. »Aber trotzdem danke, Rosi. Für die Chance.«

»Wir werden Sie nicht enttäuschen«, fügte Maria hinzu.

Zur gleichen Zeit bewegte sich ein deutliches, scharfes Knister- und Knirschgeräusch vom Sofa weg zur üppig ausgestatteten Hausbar der Familie Drittenbass.

»Soll ich Ihnen auch einen einschenken?«, fragte Suse Drittenbass ihren Rechtsanwalt Silbermiller junior. »Einen Rusty Nail, einen Grasshopper oder einen Manhattan?«

Silbermiller junior hob abwehrend die Hände. Sein Vater, Silbermiller senior, war schon der Rechtsbeistand von Drittenbass senior gewesen. Er gehörte quasi zur Familie. Aber von diesen Getränken hatte er noch nie gehört.

»Nein danke«, antwortete Silbermiller junior. »Ich trinke nicht. Vor allem nicht am helllichten Tag.« Er schlug die Beine übereinander, doch bei ihm knisterte nichts. »Frau Drittenbass, Sie haben es sicher schon aus den Nachrichten erfahren: Kommissar Jennerwein, der die Ermittlungen in unserer Angelegenheit bisher geleitet hat, ist inzwischen ein gesuchter Straftäter.«

Die Witwe schüttelte ihr Glas. Die Eiswürfel klackerten im Whisky. So eine Banausin, dachte Silbermiller junior. Schade um den guten Whisky.

»Glauben Sie, dass Jennerwein etwas mit dem Verschwinden des Geldes zu tun hat?«, fragte Suse Drittenbass.

»Das kann man nach dem derzeitigen Ermittlungsstand nicht ausschließen. Wie auch immer. Der Fall muss neu aufgerollt werden. Meiner Ansicht nach mit einem komplett neuen Team. Man kann niemandem mehr vertrauen, die halten doch alle immer noch zu ihrem Boss. Ich habe schon eine entsprechende Eingabe vorbereitet. Sie müssten nur noch hier unterschreiben.«

Die Witwe hielt mit dem Klackern und Knirschen inne.

»Muss das sein? Dann geht ja alles noch mal von vorne los. Ich bin froh, dass ich alles hinter mir habe.«

Der Rechtsanwalt war überrascht. Und ein wenig enttäuscht.

»Das ist der Plan, ja. Ich dachte, diese Nachricht würde Sie ein wenig freuen.«

Die Witwe schlug die Beine übereinander. Wie kann man sich in solchen steifen und kratzigen Klamotten wohl fühlen, dachte der Rechtsanwalt.

»Was soll mich daran freuen? Dann muss ich ja die ganzen Fragen ein zweites Mal beantworten. Und alles hier im Haus wird nochmals auf den Kopf gestellt.«

»Sie sind doch auch daran interessiert, dass das verschwundene Geld wieder auftaucht, oder etwa nicht?«

Die Witwe zuckte mit den Schultern.

»Ich fürchte, dass es verloren ist. Auf immer und ewig.«

»Vielleicht hat ja dieser blasse und unscheinbare Kommissar Jennerwein tatsächlich seine Finger im Spiel. Diese Spur muss doch verfolgt werden!«

Die Witwe hob die Hände zu einer agnostischen Geste:

»Vielleicht haben Sie recht«, fuhr sie schließlich fort. »Wahrscheinlich hat er etwas damit zu tun. Wenn ich mir überlege, was so ein A-13-Beamter verdient! Praktisch nichts. Er verhindert dauernd Verbrechen in Millionenhöhe und geht dabei selbst so gut wie leer aus.«

»Haben Sie denn eine Ahnung, auf welche Weise das Geld versickert sein könnte, Frau Drittenbass?«

Die Witwe musterte den Rechtsanwalt. Sie glaubte einen Gesichtsausdruck der Besorgnis registriert zu haben. Besorgnis darüber, dass im Falle eines vollständigen Versickerns kein Geld für sein Honorar übrig bliebe.

»Keine Ahnung. Ich kenne mich mit diesen Dingen nicht aus. Dahin überweisen, dorthin überweisen. Rein ins Darknet, Umtausch in eine Währung mit Blockchain –«

Silbermiller junior sah auf die Uhr.

»Ich halte Sie auf dem Laufenden«, unterbrach er sie ein wenig brüsk und verabschiedete sich rasch.

Ganz unwissend ist die aber auch nicht, dachte er sich auf dem Heimweg. Darknet, Währungsumtausch mit Blockchain ...

Kroboth tigerte in seiner Zelle auf und ab. Er war dadurch sicherlich schon um die halbe Welt gekommen. Das machen alle Knastanfänger so. Sie haben Knastfilme gesehen, in denen getigert wird. Also tigern sie auch. Daran erkennt man die Anfänger. Gerade eben erst beim Essenfassen hatte Kroboth erfahren, dass Kommissar Jennerwein, der ihn verhört hatte, als Mörder gesucht wurde. Ja, um Gottes willen! Kroboth hatte einen ziemlichen Schrecken bekommen. Würde Jennerwein in Anstaltskleidung hier bei ihm auftauchen? War er vielleicht schon da? Und vor allem: War das jetzt gut oder schlecht, dass dieser blasse, unscheinbare Kommissar nicht mehr in seiner Sache ermitteln konnte?

Hodewijk van Kuijpers, der Holländer ohne Büro, der Nutznießer der epochalen Erfindung, die man in einem einzigen Satz beschreiben konnte, war mehr als zufrieden. Er hatte den ersten potenten Kunden vor sich, und der hatte einen Koffer mitgebracht, in dem ein stattliches Sümmchen lauerte. Die Präsentation des Geschäftsmodells war gelungen.

»Es ist natürlich auch eine Menge schiefgegangen«, sagte der Kunde.

»Ja, das gebe ich schon zu«, erwiderte der Holländer. »Aber *wie* es schiefgegangen ist!« Begeisterung glomm in den Augen des Holländers auf. »Zugegeben, die Übertragung hat nicht ganz geklappt, aber unsere Jungs haben improvisiert. Und wie sie improvisiert haben! Das ist doch auch was wert, oder? Die Software steckt noch in den Kinderschuhen. Aber im Kern funktioniert sie. Ende gut, alles gut. Kommen wir ins Geschäft?«

»Natürlich.«

Handschlag. Übergabe eines großen Koffers mit Bargeld in kleinen, gebrauchten Scheinen. Der Vorschuss. Der Rest war bei Übergabe der Software fällig.

»Ja dann, bis in einer Woche«, sagte der Kunde, dessen Gesicht fast nicht zu erkennen war. Sonnenbrille, hochgeschlagener Kragen, in die Stirn gezogener Panamahut, leicht abgewandte Körperhaltung. »Aber überprüfen Sie die Software nochmals. Ich möchte, dass sie perfekt funktioniert.«

Der Holländer schmatzte zufrieden. Er dachte an die Präsentation des indischen Nerds namens Jadoo zurück. Vor zwanzig Jahren war das gewesen. Drei Minuten hatte der Junge verstreichen lassen, und dann hatte er nur einen einzigen Satz gesagt: *Ich kann ein me-*

Das Telefon klingelte und riss Hodewijk van Kuijpers aus seinen Gedanken. Mitten im Wort. Er nahm ab. Diesmal sagte er lediglich:

»Aha.«

Polizeiobermeister Hölleisen stand tatendurstig vom Besprechungstisch auf. Er war froh, dass er von Nicole eine Aufgabe zugeteilt bekommen hatte, bei der er in Bewegung kam. So lange am Tisch zu sitzen war seine Sache nicht. Als er auf die Straße trat, wechselte er schnell in einen leichten Laufschritt. Sie hatten noch knapp vierundzwanzig Stunden, um Jennerwein zu finden, und Nicole hatte jeden von ihnen zu konzentrierter Eile angetrieben. Andere Arbeiten waren gestrichen. Schlaf war gestrichen. Familie war gestrichen. Hölleisen hatte einige spezielle Zeugenbefragungen durchzuführen, doch momentan lenkte er seine Schritte in Richtung der kleinen, bewaldeten Anhöhe im Südosten des Kurorts. Dort war gerade die Hundestaffel unterwegs, und die hechelnden Mantrailer schnüffelten die nähere Umgebung des Kurorts in konzentrischen Bögen ab. Die insgesamt fünfzehn Labrador Retriever hatten an Jennerweins Kleidung gerochen und waren nun schon seit Stunden unterwegs. Ohne jedes Ergebnis. Der Hundeführer schüttelte den Kopf.

»Leider, Hölli. Bisher noch nichts. Es sieht so aus, als ob Jennerwein in der Nähe des Polizeireviers in ein Auto verfrachtet worden ist. Im Umkreis von fünfhundert Metern reagieren sie noch, dann geben sie auf und schlagen kaum noch an.«

»Was heißt kaum?«

»Es gibt ein paar undefinierbare Anschläge von dem Burschen da.« Der Hundeführer zeigte auf einen struppigen, aufgeregten Hund mit großer, glänzender Nase. »Er ist etwas weiter gekommen, hat ganz leicht gejault und gewinselt, wir sind ihm gefolgt, aber es hat sich nichts daraus ergeben.«

»Könnt ihr die Spur trotzdem im Auge behalten?«

»Natürlich, machen wir.«

Immerhin etwas. Ein kleiner Hoffnungsschimmer. Hölleisen verließ die Anhöhe. Er hatte vor, noch einmal zur Wäscherei Kratzmayr zu gehen. Er wollte sich dort die Wäschezettel zeigen lassen. Wenn es nicht der Wäschezettel war, den der Chef aus der Jackentasche gezogen hatte, dann gab es wahrscheinlich noch eine andere Spur, der er folgen musste. Er hatte bei allen aus dem Team nachgefragt, aber keiner hatte gesehen, dass Jennerwein etwas aus der Tasche gezogen hatte. Trog ihn seine Erinnerung? Hölleisen verschärfte seinen Lauf. Vor ihm erhob sich die Barockkirche. Dann besann sich Hölleisen. So viel Zeit musste sein. Es konnte nichts schaden, nochmals eine Kerze für den Chef anzuzünden. Hölleisen hatte zu Hause nachgeschlagen, ob es einen speziellen Schutzheiligen für Vermissungen gab. Gab es nicht, am ehesten war noch der heilige Antonius zuständig, der Schutzpatron der Bäcker, Schweinehirten, Bergleute, Reisenden, Frauen, Kinder, der Liebenden, der Ehe, der Pferde und Esel. Antonius wurde zudem angerufen bei Unfruchtbarkeit, Fieber, Pest, Schiffbruch, Kriegsnöten, Armut und Viehkrankheiten. Am bekanntesten jedoch war seine Fähigkeit, beim Wiederauffinden von verlorengegangenen Gegenständen zu helfen, in Bayern wurde er deshalb auch ›Schlampertoni‹, im Rheinland ›Schussels Tünn‹ genannt. Also, dachte Hölleisen, der heilige Antonius wird schon passen. Nachdem er die Kirche betreten hatte, fiel ihm als Erstes der abgesperrte Seitenaltar ins Auge. Der heilige

Antonius war abgehängt. Und alles war schwarz. Es roch verbrannt.

»Was ist denn da los gewesen?«, fragte er den Pfarrer.

»Da hat jemand Knallkörper angezündet«, antwortete der mit säuerlichem Gesicht. »Wahrscheinlich war es eines von den Kindern vom Kommunionsunterricht. Da gibt man sich so eine Mühe, und dann dieser Vandalismus!«

Hölleisen zündete ein Kerzlein an einem anderen Altar an. Bei der heiligen Barbara. Keine Ahnung, für was die zuständig war. Er war in Eile. Auf dem Weg zur Wäscherei Kratzmayr hielt er mitten im Lauf inne. Ein ungeheurer Verdacht stieg in ihm auf.

Anfangs war Irene Dandoulakis nur wütend gewesen. Richtig sauer. Leonhard hatte sich einfach nicht mehr blicken lassen. Gestern war er nicht zum vereinbarten Abendessen erschienen, auch ihr mittlerer Sohn Sokrates war darüber sehr traurig gewesen. Und auch heute ging Leonhard nicht ans Telefon. Was war da los? Irene hatte am Morgen das Postamt aufgesucht, und dort hatte sie vom Abteilungsleiter erfahren, dass Herr Pelikan heute leider dem Dienst ferngeblieben sei. Ihre Wut hatte sich in Besorgnis verwandelt. Sollte sie zur Polizei gehen? Nein, noch einen Tag warten, hatte der Postchef gesagt. Doch bald loderte in ihr wieder ein zorniges Feuer. War Leonhard abgehauen? Irene ballte die Fäuste. Wenn ja, dann konnte er was erleben. Dem würde sie nachjagen bis ans Ende der Welt. Und dann erschienen wieder Sorgenfalten auf ihrer Stirn. Ihr Blick wurde leer. Die hervorgetretenen Adern an ihrer Stirn schwollen wieder ab. So schnell ging es bei Irene Dandoulakis. Und genau das hatte der solide Postler Pelikan so sehr an ihr geliebt, dieses Temperament, diese wechselhafte Heiß- und

Kaltblütigkeit. Irene griff zum Telefon und wählte die Nummer der Polizei. Ihr Sohn Sokrates saß am Wohnzimmertisch vor seinem Computer und spielte das neue Adventurespiel, das ihm Leonhard geschenkt hatte. Es hieß KRYPTO. Während das Freizeichen ertönte, blickte sie ihm über die Schulter. Ob das überhaupt etwas für einen Dreizehnjährigen war? Große Summen von illegal erworbenem Schwarzgeld rund um die Erde jagen, in dunkle Kanäle leiten, damit es gewaschen wurde? Und stets war einem die Polizei, die Mafia oder das Finanzamt auf den Fersen.

»Ja«, sagte sie ins Telefon. »Wer spricht da? – Gut, Frau Schwattke, hier ist Irene Dandoulakis. Ich möchte jemand als vermisst melden. Ich mache mir große Sorgen um ihn. – Nein, um meinen Mann geht es nicht.«

Jennerwein kämpfte mit einem hartnäckigen Hustenreiz. Er trug eine blickdichte Augenbinde, die auch über seine Nase gezogen war, zudem machte ihm die stickige Hitze im Auto schwer zu schaffen. Er befand sich auf dem Weg zur Villa von Padrone Spalanzani, dem Mafiaboss und Opernliebhaber. Jennerwein versuchte gar nicht erst, sich die Kurven und Hügel zu merken. Das hatte keinen Sinn, es handelte sich ja auch um keine Entführung. Jennerwein wollte bei Padrone Spalanzani etwas über Drittenbass erfahren. Doch hauptsächlich wollte er alles über Jennerwein herausfinden. Über den unauffälligen Kriminalhauptkommissar mit dem inzwischen gut verheilten Steckschuss im Oberschenkel und der Narbe am Rücken, die von einem Messerstich herrührte. Mit der mehrfach gebrochenen Schulter, die immer noch etwas schmerzte, wenn er Dehnübungen machte. Und dem Jennerwein mit der uralten Volleyballverletzung, die zu dem nicht ganz gerade zusammengewachsenen rechten Ringfinger geführt hatte.

Der Mann, der unter dem Heu vergraben lag, wimmerte, keuchte und atmete schwer. Seine Lage war aussichtslos. Er hatte sich in den Stadel verkrochen wie ein Tier, das hofft, auf diese Weise den Schmerzen und seinen Verfolgern zu entfliehen. Aber es gab kein Entrinnen. Mühsam öffnete der Mann die Augen und versuchte, sich den Schmutz und das nasse Heu aus dem Gesicht zu wischen. Der Durst brannte in ihm wie ein loderndes, unbarmherziges Feuer. Er steckte in der Hölle. Gierig kaute er an einem Halm und versuchte, etwas Flüssigkeit herauszusaugen. Vergeblich. Wo befand er sich? Die winzigen Reste von Bewusstsein, die er noch in sich trug, fanden keine Antwort auf diese Frage. Ein trüber Nebel hatte sich vor seine Erinnerung gezogen, und welchen Gedanken er auch immer fassen wollte, er löste sich sofort wieder in Nichts auf. Nur sein starker Wille zu überleben hinderte ihn daran aufzugeben. Er schnupperte. Den Geruchssinn hatte er noch nicht verloren. Es roch nach nassem Heu und morschem Bretterholz. Dann versuchte er sich auf die Geräusche zu konzentrieren, die ihn umgaben. Der Wind, der durch die Ritzen des Schuppens eindrang. Das ferne Gezeter der Buchfinken. Und seine eigene Atmung. Vielleicht auch noch ein winziges Fizzelchen aus einem Theaterstück, bei dem sich der Vorhang schon längst geschlossen hatte ... schlafen ... vielleicht auch träumen ... da liegt der Hund begraben ... Der Mann versank wieder in einem unruhigen Schlaf.

# 26

ATLAS:
*Du erinnerst dich doch sicherlich noch an dein elftes Abenteuer. Da war ich auch mit dabei. Willst du mal wieder halten?*

Die unerbittliche Sonne klatschte auf die italienische Landschaft wie ein Lineal auf die nackte Haut. Jennerwein stand am Swimmingpool des Anwesens von Mafiaboss Padrone Spalanzani. Wo genau sich das Anwesen befand, wusste er nicht, er tippte auf die Toskana. Oder auf die Provinz östlich davon. Wie hieß die noch gleich? Sonderbar, er hatte immer noch Schwierigkeiten mit Namen. Er blinzelte in die Ferne. Dort erkannte er sanft gewellte, bewaldete Hügelketten, wie sie Aquarellmaler lieben, die zeigen wollten, dass es nur Himmel und Erde gibt, sonst nichts. Man hatte Jennerwein mit verbundenen Augen hierhergefahren, als man ihm die Binde abgenommen hatte, war das Erste, was er gesehen hatte, ein weiträumiger Swimmingpool gewesen, in dessen Urlaubsblau sich die Sonne nochmals verschwommen doppelte. Im Hintergrund wummerte Musik. Sie kam aus dem Haus, aus der turmverzierten Villa des Mafiabosses Padrone Spalanzani. Es war Opernmusik. Natürlich von Vincenzo Bellini, von wem sonst.

Zwei Männer in maßgeschneiderten dunklen Anzügen schritten auf Jennerwein zu.

»Der Padrone hat noch zu tun«, sagte der eine.

»Er wird bald erscheinen«, sagte der andere.

Die beiden Filzer behandelten ihn jetzt nochmals quasi erkennungsdienstlich. Sie gingen noch gründlicher vor als die Herren am Bahnhof. Jennerwein schwitzte. Hoffentlich hatten ihn Kapuze und Spinnenfinger, die beiden Hacker, nicht doch in irgendeiner Weise verwanzt. Hoffentlich war es bloß eine leere Drohung gewesen. Jennerwein blickte hinauf zur unerbittlichen Sonne. Hoffentlich.

»Du kannst deine Klamotten wieder anziehen«, sagte einer der beiden Abtaster.

»Warte mal. Was riecht denn da so?«, fragte der andere.

Er hob das Jackett von Jennerwein vors Gesicht und schnüffelte. Dann zog er das Futter einer Jackentasche heraus. Die Tasche war leer, aber der beharrliche Filzer schnupperte weiter.

»Improvisierter Betäubungsstoff«, antwortete Jennerwein. »Eine Mischung aus hochprozentigem Rum und Essigreiniger. Das war meine Zugfahrkarte hierher.«

Die Pinien dufteten, die Luft war lau, kein Wölkchen stand am Himmel, man hätte sich momentan allerdings ein oder zwei davon gewünscht. Jennerwein bedauerte jetzt, sich im Kaufhaus kein luftigeres Hemd gekauft beziehungsweise gestohlen zu haben. Er hatte ja gewusst, welche Temperaturen in diesen Breiten zu erwarten waren. Als er sich in den Korbsessel vor dem Swimmingpool setzte und die Beine ausstreckte, wurde ihm bewusst, dass er seit seiner Verwandlung das erste Mal wirklich zur Ruhe kam, und das ausgerechnet am Swimmingpool eines Mafiabosses. Wie lange war es jetzt her, seit er auf der Parkbank erwacht war? Zweieinhalb Tage. Am anderen Ende des Swimmingpools sprang jemand ins Wasser. Platsch, und weg war er. Jennerwein ahnte, dass ihm die größten Anstrengungen noch bevorstanden.

Der Kommissar war noch nie mit dem Mafiaboss zusammengetroffen, doch er wusste aus den Beschreibungen der beiden Graseggers, wie er aussah. Der Mann, der mit zwei anderen Männern den Poolrand entlangschritt, war der Padrone. Auch der hochherrschaftliche Gang verriet ihn. Sein Gesicht war düster und missmutig. Man hatte ihn offensichtlich bei irgendetwas gestört. Jennerwein erhob sich. Als der Padrone eine Armlänge entfernt vor ihm stehen blieb und ihn misstrauisch, aber doch neugierig musterte, war sich Jennerwein sicher, dass ihn auch der Padrone nicht als solchen erkannte. Dass er diese Gestalt, die er jetzt vor sich hatte, noch nie gesehen hatte.

»Du bist ein Freund von Ursel Grasegger?«

Es war ein Zwischending zwischen einer Frage und einer versehentlich abgeschossenen Garbe aus einer Maschinenpistole. Er sagte Graseggerä, sonst sprach er ein gutes Deutsch mit leichtem Akzent. Und einer Heiserkeit, die er sich beim Paten abgeschaut hatte.

»Ich habe Ursel vorhin angerufen, Sie sagt, sie weiß von nichts«, fuhr der Padrone fort.

Dabei zog er die Augenbrauen lauernd hoch. Einer der Leibwächter drückte vorsichtshalber mal seine Brust heraus und griff etwas näher an die Halbautomatische.

»Ja, das wundert mich nicht«, entgegnete Jennerwein in vielleicht etwas zu unbekümmertem Ton. »Ursel Grasegger weiß nicht, dass ich hier bin.«

»Was willst du also?«, fragte der Padrone. »Ist sie in Gefahr?«

»Nein, ist sie nicht. Aber Kommissar Jennerwein ist in Gefahr. Ich suche nach ihm. Vielleicht hast du eine Idee, wo er steckt, Padrone Spalanzani.«

»Und wer bist du, der du das wissen willst?«

»Ein Freund von Jennerwein. Mehr musst du nicht wissen. Ich will ihm helfen.«

»Ich bin ein großer Bewunderer des Commissario«, sagte der Padrone. »Schade, dass er nicht auf unserer Seite steht. Wir könnten so einen wie ihn gut gebrauchen.«

»Dann hilfst du mir, ihn zu finden?«

»Ich traue dir nicht, Fremder. Aber das heißt nichts. Ich traue niemandem. Das ist mein Geschäftsmodell. Ich lebe noch, weil ich misstrauisch bin. Nimm wieder Platz, wir wollen ein wenig plaudern.«

Jetzt kam offenbar eine Prüfung. Jennerwein, der Jennerwein mit den tiefliegenden Augen und dem vorspringenden Kinn, ließ sich erneut auf dem bequemen Sitz nieder. Doch Jennerwein fühlte sich ausgesprochen unwohl. Von dieser Prüfung hing alles ab. Die Filzer zogen sich zurück, blieben aber in Sichtweite.

»Du behauptest also, Jennerwein zu kennen. Dann eine Frage. Was weißt du über Doppelbestattungen im Kurort?«

»Die hast du selbst vor zehn oder elf Jahren in Auftrag gegeben. Zusammen mit dem Bestatterehepaar, dessen Name inzwischen allgemein bekannt ist, und dem Österreicher mit den ziellos von Punkt zu Punkt springenden Augen, der ein wahrer Verwandlungskünstler ist.«

»Was weißt du über meine Tochter?«

Jennerwein fuhr der Schreck in alle Glieder. Nur ruhig bleiben. Wie hieß die Tochter doch gleich? Er musste Zeit gewinnen. Und sich nichts anmerken lassen.

»Sie ist eine gute Messerwerferin. Und sie sieht einer bekannten italienischen Schauspielerin ausgesprochen ähnlich. Außerdem ist sie die Verlobte des Österreichers. Geht es ihr gut?«

Der Padrone kratzte sich am Kinn.

»Das steht alles in den Büchern, die über Jennerweins Fälle erschienen sind. Ich komme darin übrigens nicht vorteilhaft weg. Ich werde als klischeehafter Nudelfresser und schlechter Marlon-Brando-Imitator bezeichnet. So bin ich gar nicht. Aber zum Thema. In was haben die Graseggers investiert?«

»In Gold.«

»Wie heißt Karl Swobodas Lieblingskneipe in Wien?«

»Eine solche gibt es nicht. Swoboda hasst Wien. Deshalb ist er ja weg von dort.«

»Die Krankheit von Jennerwein?«

»Akinetopsie.« Jennerwein beugte sich vor. »Mit Verlaub, Padrone: Die Zeit läuft mir davon. Sie sind hinter Jennerwein her. Wir müssen uns beeilen. Kannst du mich irgendwas fragen, was nicht in den Büchern steht?«

Spalanzani winkte lässig und gnädig ab.

»Jennerwein ist untergetaucht. Er hat sich in Luft aufgelöst. Mehr weiß ich nicht. Davor hat er einen Investor umgenietet. Er wird gesucht. Nicht nur von der Polizei. Es ist ein Kopfgeld auf ihn ausgesetzt worden. Wer ihn lebend bringt, bekommt es. Wer ihn tot bringt, ist selbst tot.«

»Hast du das Kopfgeld ausgesetzt?«

»Nein, das Ehepaar Grasegger.« Spalanzani warf ihm einen unfreundlichen und misstrauischen Blick zu. »Bist du etwa ein Kopfgeldjäger? Willst du vielleicht bloß die Kohle abkassieren und dich dann aus dem Staub machen? Hä, Freundchen? Weißt du nicht, dass wir dich in so einem Fall überall finden? Und dass die Qualen von Tantalus nichts gegen die deinen sein werden?«

»Ja, das ist mir alles bewusst.«

Im Hintergrund platschte schon wieder jemand in den

Swimmingpool. Ein unangenehm großmütiger Zug erschien auf dem Gesicht von Padrone Spalanzani.

»Also gut. Jennerwein zuliebe. Wie willst du es anpacken, und wie genau kann ich dir dabei helfen?«

»Bevor die Sache mit dem Investor passiert ist, habe i – hat Jennerwein in einem ganz bestimmten Fall ermittelt. Der Verdächtige sitzt schon ein.«

»Wo?«

Jennerwein nannte ihm das Gefängnis. Und er nannte ihm den Namen des Häftlings. Es war ein kleines, idyllisches Gefängnis auf der Nordseite der Alpenkette.

»Das haben wir gleich«, sagte Padrone Spalanzani. »Dort sitzt eine Kontaktperson von mir. Die wird das erledigen.«

»Ist die Kontaktperson ein Mithäftling?«

»Das geht dich nichts an. Mach dirs gemütlich. Genieße die Opernklänge. Es ist Norma. *Meco all'altar di Venere* ... Ich habe eine einzigartige Sammlung mit allen Aufnahmen, die es von dieser Arie gibt!«

Der Padrone sah ihn herausfordernd an.

»Nein, solch eine Sammlung hast du nicht«, sagte Jennerwein ruhig. »Du hast nur die eine Aufnahme, die Pavarotti 1987 mit Chor und Orchester der Welsh National Opera eingesungen hat, eine andere hörst du dir gar nicht an.«

Der Padrone nickte respektvoll. Jennerwein hatte die Prüfung anscheinend bestanden.

»Willst du Pasta, Fremder?«

»Ja, ich könnte einen Happen vertragen.«

Und schon wieder beäugte ihn der Padrone misstrauisch.

»Sag einmal, könnte es sein, dass ... Du redest so wie ... Aber nein, ich täusche mich sicher.«

Eine Stunde später bekam der Häftling Kroboth Besuch. Jemand sperrte seine Zelle auf und trat wortlos ein, dann verschloss er sie von innen. Kroboth kannte den Mann nicht. Kroboth war ein Anfänger auf der ganzen Linie. Er war das erste Mal im Knast und eigentlich froh über jede Abwechslung. Ihm fiel nichts auf an dem Mann, der ihn jetzt sorgfältig musterte. Kroboth grüßte, der Mann grüßte mit einem fast unmerklichen Nicken zurück. Kroboth nahm an, dass er einen Sozialarbeiter oder Justizvollzugsfachangestellten vor sich hatte. Der Mann sah weich und kraftlos aus. Harmlos und konfliktscheu. Der Mann sah irgendwie nach einem doppelten Doktortitel aus. Er hatte herabhängende Lefzen, fast wie ein gutmütiger Hund. Dass das die Schlimmsten und Brutalsten sind, wusste Kroboth nicht. Er war neu in der kriminellen Szene. Er hatte sich das Ganze leichter vorgestellt. Drittenbass auflauern, den Traubenzucker abnehmen, eine kleine Kette von Überweisungen in Gang bringen, mehr nicht. Der Mann, der in Kroboths Zelle gekommen war, schwieg. Das hätte einem Profi zu denken gegeben. Aber Kroboth war kein Profi. Der andere erkannte das sofort.

»Ich habe nur ein paar Fragen«, sagte der unangemeldete Besucher. »Dann bin ich wieder weg.«

»Was für Fragen? Und wer sind Sie?«

Jetzt machte sich doch leichte Verunsicherung bei Kroboth breit.

»Das tut jetzt nichts zur Sache. Hast du etwas mit Kommissar Jennerweins Verschwinden zu tun?«

Der Mann musterte Kroboth genau. Kroboth ahnte jetzt, dass da etwas faul war, er wollte an dem Mann vorbei, zur Tür. Der Besucher versuchte nicht, ihn aufzuhalten, trat sogar einen Schritt zurück, um ihn vorbeizulassen.

»Trommle an die Tür. Schrei. Betätige die Klingel. Es wird dich niemand hören.«

Er packte ein kleines Mäppchen aus und öffnete es umständlich.

»Ich arbeite folgendermaßen. Ich betäube dich mit Gas, dann spritze ich dir Säure unter die Fingernägel. Wenn du wieder aufwachst, sind die Schmerzen unerträglich. Du bist geknebelt, niemand wird dich hier drinnen hören. In den nächsten Stunden gibt es nur dich und deine Fingernägel. Das Nagelbett ist eine der empfindlichsten Stellen des Körpers, dort laufen viele Nerven zusammen.« Der Mann hielt seine eigene Hand hoch. Seine Fingernägel waren schwarz und blau angelaufen. »Ich habe das schon am eigenen Leib erlebt. Vor gar nicht langer Zeit. Ich bin immer noch sehr wütend darüber und freue mich über jeden Auftrag, bei dem ich das machen darf. Also beantworte mir ein paar Fragen, dann ersparst du dir das alles.«

Kroboth war blass geworden. Das war kein Sozialarbeiter.

»Ich bin spazieren gegangen«, stotterte er. »Mit meinem Hund. Ich fahr da immer mit dem Auto hin. Von diesem Drittenbass habe ich nichts gesehen. Ich habe mit der ganzen Sache nichts zu tun.«

Der ungebetene Gast zeigte auf das Mäppchen.

»Das war nicht die Frage. Also, nochmals: Hast du etwas mit Jennerweins Verschwinden zu tun?«

Das Gesicht des namenlosen Gastes wurde noch weicher und unheimlicher. Er glich jetzt einer augenlosen Qualle. Die etwas Furchtbares im Schilde führt. Bei einem richtig harten Burschen hätte es eine halbe Stunde gedauert, bis die Qualle alles erfahren hätte, was sie wissen wollte. Bei Kroboth dauerte es nur wenige Sekunden. Er fing an, die Geschichte zu erzählen, wie sie sich wirklich abgespielt hatte. Wie er Drittenbass den Traubenzucker aus der Hand gerissen hatte. Wie er Drittenbass gezwungen hatte, den Benutzernamen und das persönliche Passwort seines Aktiendepots zu verraten. Wie Drittenbass zitternd und mit blau angelaufenem Gesicht die Codes eingetippt hatte. Wie er selbst wegen der enormen Höhe der Summe fast in Ohnmacht gefallen wäre.

»Und dann?«, fragte die Qualle mit wachsendem Interesse. »Wo ist das Geld jetzt?«

Damit wollte Kroboth anfangs auch nicht herausrücken. Dreißig Sekunden später schon. Der Eindringling notierte sich alle Schritte, dann verließ er die Zelle grußlos und sperrte sie von außen ab. Panisch trommelte Kroboth an die Tür. Keine Reaktion. Er schrie, er tobte. Schließlich ließ er sich erschöpft und völlig außer sich auf die harte Pritsche fallen. Erst jetzt bemerkte er, dass der Mann das Mäppchen vergessen hatte, in dem sich die Spritze, die Säure, das Betäubungsmittel, der Knebel und die anderen Folterwerkzeuge befanden. Hastig riss Kroboth das Mäppchen auf. Es war leer.

In Toreggio rutschte die Sonne langsam auf den Horizont zu. Zwei Stunden warteten sie alle jetzt schon auf die Ergebnisse der Nagelbettbehandlung. Schließlich kam Padrone Spalanzani wieder auf die Terrasse.

»Gerade hat mich der Kontaktmann aus dem Knast angerufen. Wir nennen ihn *La medusa*, die Qualle. Ich finde, er sieht auch so aus.«

Jennerwein sprang vom Stuhl auf. Seine Augen leuchteten erwartungsvoll.

»Freue dich nicht zu früh«, sagte Spalanzani. »Ich glaube, du bist in diesem Fall auf der falschen Fährte. Von Signore Jennerwein hat der Bursche im Knast keine Ahnung. Die Erpressung dieses Industriellen hat nichts mit dem Verschwinden des Kommissars zu tun.«

»Bist du sicher?«

Der Padrone nickte ein kleines, sadistisches Lächeln. Jennerwein gefiel das Lächeln gar nicht. Er konnte sich vorstellen, warum der Mafiaboss gar so sicher war.

»Außerdem ist dieser Kroboth kein erfahrener Ganove, sondern ein blutiger Anfänger. Es ist einer, der sich zwar mit Computern auskennt, der aber nicht weiß, wie man so ein Ding durchzieht. Er hat keinen Blick fürs Ganze.«

»Und wo ist das Geld?«

Der Padrone zog ein enttäuschtes Gesicht.

»Du willst das Geld? Ah! Ist es das, worauf du hinauswillst? Deshalb bist du hierhergekommen?«

»Nein, das Geld kannst du behalten.«

Jennerwein war bei dem Satz kurz ins Stocken geraten. Als Polizist hätte er so etwas nie sagen dürfen. Aber jetzt, als Leonhard Pelikan, hatte er weniger Hemmungen.

»Das Geld interessiert mich nicht«, fuhr er fort. »Ich will nur wissen, wie und wohin er es verschwinden ließ.«

»Das ist gar nicht so einfach. Ich jedenfalls steige da nicht durch. Ich habe es aufschreiben lassen.«

Der Padrone schnipste. Einer der Gorillas kam angetrabt. Er zog einen Zettel aus der Tasche und las stockend. Das Lesen war nicht seins, aber er bemühte sich:

»In der – Watchlist die Zugangsdaten zur Funktion ›Verkaufen‹ mit Depotnummer und – Internetbanking-PIN aufrufen, dann mit einer – sechzehnstelligen Kennzahl, die man vorher bei einem – Onion-Routing-Broker gekauft hat, ins – Darknet ...«

»... dann im Darknet die Summe aufteilen und auf verschiedene Zwischenkonten mit Blockchain-XP-Verkettung umbuchen«, sagte Ricky, der Computerspezialist der Polizei, der endlich ins Revier gekommen war, um Nicole Schwattke und Hansjochen Becker zu erläutern, wie so eine ›Wildwasserfahrt‹ ablief. Nach einer kurzen Verschnaufpause fuhr er fort:

»Das Geld in Kryptowährung wird nun anonymisiert, der Besitzer ist namentlich nicht mehr sichtbar, dann wird es auf mehrere Konten weiter überwiesen, sozusagen rund um die Welt. Als Nächstes ...«

»... Kommt. Die. Abwicklung. Eines. Vorbereiteten. Immobilienkaufs. In. Indonesien«, erklärte Ursel Graseggers Sohn Philipp seiner Mutter am Telefon. »Die. Urkunden. Stellt. Ein. Bestechlicher. Indonesischer. Notar. Aus ...«

»... der sich wahrscheinlich gleich seinen Anteil abzieht«, fuhr Ursel fort. »Bei dieser Wildwasserfahrt, wie du das nennst, geht ja unheimlich viel Geld flöten. Menschenskinder! Für mich wäre das nichts. Ich investiere lieber in Gold.«

»Mutter. Du. Bist. Alt.«, sagte Philipp.

Die Qualle verließ das Gefängnisgebäude. Süffisant lächelnd ging der Kontaktmann, den der Padrone eingeschleust hatte, im Geist nochmals die verschlungenen Pfade durch, die das Aktienvermögen von Drittenbass auf seiner Weltreise nahm. Die Immobilie, die der bestechliche indonesische Notar erworben hatte, wurde gegen einen Barscheck verkauft, der wurde in einer Offshore-Bank eingelöst, dann wurde ein Aktienkonto eröffnet und das Geld dorthin überwiesen ...

Aber wie eröffne ich anonym ein Aktienkonto?, überlegte Sokrates Dandoulakis am Wohnzimmertisch seiner Eltern. Das Spiel KRYPTO war doof. Dauernd musste man im Internet solchen Wirtschaftskram nachschauen, um zum nächsten Level zu kommen. Moment mal: Wahrscheinlich musste man wieder normales Geld in diese Kryptowährung eintauschen, um die Bankbewegungen zu verschleiern! Das wars! Sokrates tippte wie wild. Onion-Routing mit einem TOR-Browser, X-3-Verschlüsselung ...

»Du verdirbst dir noch die Augen!«, rief Irene Dandoulakis, als sie den Esstisch deckte.

»Das Ganze wird auch als 39-H bezeichnet, das sind die 39 Aufgaben des Herakles«, sagte Spinnenfinger zu seiner Kapuzenfrau, die immer noch den Kombi lenkte.

»Klasse«, sagte sie. »Und wie funktionierts?«

»Die Firewall wird umgangen durch einen quelloffenen TOR-Proxy.«

»Orfox?«

»Dazu muss Orbot gestartet werden, die hiddenservices 0.5 haben eine Meta-Form wie 6hdgls3hvo.onion.«

»Entry guards?«

»Wahrscheinlich JonDo Anonymizer mit Programmiersprache Java, Version 3.4-alpha.«

»Beim nächsten Mal fährst du wieder«, sagte die Kapuzenfrau.

»Dieser Pelikan ist jedenfalls ein hochinteressanter Typ. Es lohnt sich, dem hinterherzuschnüffeln. Was sich da alles rausstellt, unglaublich!«

»Und ganz ohne Sauereien!«

Suse Drittenbass knisterte sich die Straße entlang, die zur Bank führte. Sie musste das Geld nur noch von einem Konto auf ein anderes überweisen, mehr brauchte sie nicht zu tun. Sie sah sicherheitshalber nochmals in ihrer Handtasche nach. Ja, sie hatte alles dabei, ihren Pass mit der Personalausweisnummer, dazu eine riesig lange Kennzahl, die sie sich aufgeschrieben hatte. Als sie das Bankgebäude betrat, lief ihr ein Schauer über den Rücken. Es war ja dann doch alles glattgelaufen. Sie ging zum Schalter und verlangte Einblick in ein bestimmtes Konto. Der Bankbeamte war freundlich. Aber das Konto war leer. Ratzekahl abgeräumt. Abgenullt bis zum letzten Cent. Suse Drittenbass war zu spät gekommen.

Der Mann, den alle nur Qualle nannten, lächelte zufrieden. Das Geld war auf einem fiktiven Aktiendepot gelagert, er musste es nur noch auf vorbereitete Bankkonten verteilen und nach und nach abheben, in unauffälligen, nicht glatten Summen, von verschiedenen Banken. Dieser Idiot hatte ihm alles bis ins Kleinste verraten. Qualle stieß die Faust die Luft: Tschacka!

Um vorzugreifen: Man sieht nie mehr etwas von dem Geld und von dem Mann. Die Qualle wird im unergründlichen Blockchain-Ozean verschwinden. Auch Spalanzani wird ihn nicht finden. Kroboth hingegen wird verurteilt werden. Damit war der Fall Drittenbass gelöst. Der Fall Jennerwein nicht.

# 27

EIN EHEMANN:
*Lieber Herakles, in deinem zwölften Abenteuer hast du den Höllenhund Zerberus aus der Unterwelt entführt. Ich möchte, dass du da nochmals hingehst und meine kürzlich verstorbene Frau nach dem Garagenschlüssel fragst. Ich finde ihn nirgends.*

Die Nacht war mild und lau, der italienische Mond hatte eine Augenbraue hochgezogen wie der Weißclown im Zirkus, dem ausgesprochen missfällt, was der dumme August schon wieder angestellt hat. Jennerweins Gedanken kreisten um seinen Freund Lukas Lohkamp, immer wieder erschrak er über die Vorstellung, dass er nun als dessen Mörder galt. Jennerwein hob das Glas grimmig in den Nachthimmel und tat einen Schwur. Wenn das alles hier vorbei war, wollte er höchstpersönlich dafür sorgen, dass der wahre Täter gefasst und zur Rechenschaft gezogen wurde. Aber würde er je wieder als Polizist arbeiten können? Hatte das, was er bisher alles angestellt hatte, nicht schwerwiegende juristische Konsequenzen? Oder konnte er für seine Untaten gar nicht belangt werden? Er erinnerte sich an den Satz aus dem StGB, der allein schon von der Grammatik her wie eine fensterlose Gefängniszelle wirkte: »Die Tatherrschaft ist das vom Vorsatz erfasste ›In-den-Händen-Halten‹ des tatbestandlichen Geschehens bzw. die vom Willen getragene beherrschende Steuerung des Tatablaufs.« Gut, dass er kein Jurist war.

»Die Qualle hat auch nichts mehr von sich hören lassen«, stieß Padrone Spalanzani ärgerlich hervor.

Soweit Jennerwein das in der Dunkelheit erkennen konnte, bildeten sich zornige Blitze in seinen Augen.

»Pedro, kümmere dich darum«, rief Spalanzani einem der muskulös herumlungernden Gestalten zu. »Wenn er sich nicht innerhalb der nächsten Stunde meldet, dann gnade ihm Gott!«

Jennerwein hatte vor, die Information der Qualle, nämlich die verschlungenen Wege, die das Geld genommen hatte, an sein Team weiterzuleiten. Wieder stand er vor dem Problem, auf welche Weise er das tun sollte. Es blieb eigentlich nur ein anonymer Hinweis übrig. Allerdings musste er sich damit beeilen, denn wenn das Geld erst einmal an der Oberfläche aufgetaucht und von einem Konto abgehoben war, war es ungleich schwerer, seinen Weg weiterzuverfolgen. Der Padrone hatte ihm die Abschrift der ›Befragung‹ von Kroboth gegeben, doch das letzte Drittel der Strecke, das die Millionen von Drittenbass genommen hatten, war für einen Laien wie ihn nicht mehr nachvollziehbar. Da ging es nur noch um //Y56<{{x56z→169.00.co.u.%/56.oo(<call>)=fde und ähnliche Zeichengebirge. Nicole Schwattke konnte vielleicht etwas damit anfangen. Oder die Kollegen von der Buchhaltung. Ihm selbst war mit dieser Information kein bisschen geholfen. Er begriff mit wachsender Verzweiflung, dass er bei Padrone Spalanzani in seinem eigenen Fall überhaupt nicht weiterkam. Jetzt blieb ihm nur noch ein Ausweg. Und den wollte er mit Hilfe des Mafiabosses beschreiten. Das war seine letzte Chance.

Schon wieder sprang ein nur schemenhaft erkennbarer Körper mit einem schmatzigen Platsch in den beleuchteten Pool. Das

Gurgeln und Blubbern hallte lange nach, wurde immer leiser und unwirklicher, als ob der Schwimmer dem Erdmittelpunkt zutauchte.

»Ursel Graseggerä hat einen ziemlich großen Betrag für denjenigen ausgesetzt, der auf die Spur des Kommissars kommt«, sagte Spalanzani zu Jennerwein. »Weißt du wirklich nicht, wo er sich aufhält, Fremder?«

Jennerwein schüttelte den Kopf.

»Ich habe nicht die leiseste Ahnung.«

Sonderbar. Diese Antwort entsprach ganz und gar nicht der Wahrheit. Und gleichzeitig entsprach sie vollkommen der Wahrheit.

»Ich habe Jennerwein nie persönlich kennengelernt, aber von allen Seiten höre ich, dass er ein guter Mann ist«, fuhr der Padrone fort. »Ich habe beschlossen, ebenfalls eine Summe auszusetzen. Aber nur auf den lebenden und intakten Jennerwein. Ich will nicht hinter Signora Graseggerä zurückstehen. Und ich verdopple den Betrag. Man will sich ja nicht lumpen lassen. Richte das den Leuten aus, mit denen du zusammentriffst. Was benötigst du noch für deine Suche? Einen neuen Pass? Waffen? Geld? Ein paar gute Leute?«

Jennerwein musterte den Mafiaboss gespannt und wartete auf das Zucken des Ironie-Muskels. Es war sonderbar, dass er sich einem völlig Unbekannten gegenüber so vertrauensvoll und großzügig gab. Aber klar, der Mafioso wollte den vom Weg abgekommenen Kommissar aus den Fängen der Polizei befreien, dann stand der in seiner Schuld, und Spalanzani konnte ihn leichter für die eigene Organisation verpflichten. Wiederum schüttelte Jennerwein den Kopf.

»Ich fühle mich geehrt von deinen Angeboten, doch das wird alles nicht nötig sein.« Er machte eine Pause. Dann fuhr er in bestimmtem Ton fort: »Allerdings weiß ich jetzt, dass ich dich noch um einen letzten Gefallen bitten muss.«

Spalanzani neigte interessiert den Kopf und verzog sein Gesicht zu einem schiefen Lächeln.

»Willst du dich uns anschließen? Nachdem du ihn gefunden hast?«

Jennerwein lächelte schief zurück. Es war ein wunderbares Bild: zwei falsche Lächeln in einer herrlichen italienischen Nacht.

»Auch dieses Ansinnen ehrt mich, Padrone, aber meine Bitte ist viel bescheidener.«

»Ah ja?«

»Mir ist nun klargeworden, dass ich eine weitere Reise machen muss, und ich weiß nicht, ob ich nicht schon polizeilich gesucht werde. Ich kann mich nicht mehr frei bewegen. Ich müsste diskret zu einem gewissen Ort gefahren werden, in einem unverdächtigen Fahrzeug, mit einem verschwiegenen Fahrer.«

Spalanzani hob die Hand wie ein Herrscher, der das Zeichen für den Start der Mittelmeerflotte gibt.

»Natürlich, alles, was du willst. Wohin soll denn die Reise gehen?«

Jennerwein beugte sich vor und flüsterte dem Padrone den Zielort ins Ohr. Spalanzani zuckte zurück und stieß einen überraschten Pfiff aus. Soweit Jennerwein das in der nächtlichen Kulisse erkennen konnte, hatten sich seine Pupillen für einen Augenblick schreckhaft geweitet. Der Padrone bohrte jedenfalls nicht weiter nach.

»Dreh mal die Musik ein bisschen lauter auf!«, rief er in Richtung Haus. Dann, wieder zu Jennerwein gewandt: »Jetzt kommt nämlich das Duett zwischen der Hohepriesterin

Norma und Pollione. Die beiden pflegen eine verbotene und heimliche Liebesbeziehung. Herrlich! Und ja, natürlich, diese Bitte erfülle ich dir. Tizio und Caio werden dich hinfahren. Es sind meine besten Leute.«

»Ich will noch heute Nacht aufbrechen.«

»Du wirst schon wissen, was du tust«, sagte der Padrone, und Bedauern schwang in seiner auf heiser getrimmten Stimme mit.

Doch dann sprang er überraschend wendig auf. Er musste körperlich immer noch gut in Form sein. Lächelnd deutete er in Richtung der Villa.

»Ich muss weiterkochen. Du hast mich dabei gestört. Du bleibst doch zum Essen, oder? Es gibt Pasta, mit einem Tomatensugo, das ich selbst entwickelt habe. Man kann sich auf niemanden mehr verlassen, also mache ich es selbst. Warte hier, Fremder, ich bin gleich wieder zurück.«

Mit Ausnahme der zwei Leibwächter, die ihm misstrauische Blicke zuwarfen, war Jennerwein wieder alleine am Pool. Erleichtert ausatmend lehnte er sich im Korbsessel zurück. Das Treffen mit dem Mafiaboss war glatter abgelaufen, als er gedacht hatte. Er schlürfte die italienische Luft. Und wieder ein Platsch! Man hörte immer nur das Eintauchen und das Geräusch der aufsteigenden Luftbläschen, nie das Kraulen selbst. Jennerwein tippte auf einen lautlosen Schwimmstil, einen Stil, wie ihn Synchronschwimmer pflegen. Vielleicht war es ja auch die Tochter des Padrone, die sich hier Kühlung verschaffte. Wie hieß sie nochmals? Herrgott, ihr Name war ihm noch immer nicht eingefallen! Langsam wurde die Erinnerungsschwäche lächerlich. Hoffentlich lag hier kein bleibender Schaden vor. Wenigstens waren ihm seine eigenen beiden Namen geläufig:

Hubertus Jennerwein und Leonhard Pelikan. Plötzlich fiel ihm siedend heiß ein, dass er in Pelikans Wohnung die Zettel in der Schlafanzughose nicht entsorgt hatte, auf denen er dessen Unterschrift geübt hatte. Er hatte den parfümierten Pyjama natürlich nicht mit in die kleine Tasche gepackt, der lag jetzt offen auf Leonhards Bett, eine Hosentasche prall gefüllt mit mehreren Fälschungsversuchen. Jennerwein fluchte unhörbar über diese Unaufmerksamkeit. Höchstwahrscheinlich war es auch nicht die einzige Panne. Wie hieß es so treffend in Unterweltkreisen: Bei einem Coup können zwanzig Dinge schieflaufen. Wenn du nur zwei oder drei davon in den Griff bekommst, bist du ein Genie.

Er musste weg von hier. Es dauerte sicher nicht mehr lange, bis sein Standpunkt geortet wurde. Dafür waren Hansjochen Becker und Nicole Schwattke einfach zu gut. Es konnte durchaus sein, dass sie den Zusammenhang zwischen Jennerwein und Pelikan schon herausgefunden hatten. Er erinnerte sich, dass die beiden vor kurzem am Rande einer Besprechung über eine neue Gesichtserkennungssoftware gesprochen hatten, die man mit öffentlichen Überwachungskameras zusammenschalten konnte. Jennerwein befürchtete überdies, dass ihm nicht nur sein Team auf der Spur war. Auch die beiden Typen aus der Zockerkneipe (wie hieß die denn gleich noch mal? Tango? Lungo?) waren ihm sicher auf den Fersen. Das Kaufhaus, in dem er die arme Detektivin zu Boden geschickt hatte, hatte den Vorfall bestimmt auch schon bei der Polizei angezeigt. Und dann der anästhesierte italienische Bahnkontrolleur! Jennerwein, Jennerwein, was für eine Spur der Verwüstung ziehst du quer durch Europa! Er blickte in den sternenfunkelnden Nachthimmel. Jetzt gab es nur noch einen einzigen

Menschen, der ihm helfen konnte. Und genau den wollte er aufsuchen. Es war ein riskantes Unterfangen, sogar der Mafiaboss war darüber erschrocken. Jennerwein hatte vor, Kontakt zu einer der mächtigsten und dunkelsten Institutionen der Weltgeschichte aufzunehmen. Und zu seinem undurchsichtigsten Vertreter.

Schon wieder ein Platsch! Die beiden Leibwächter drehten sich gleichzeitig in Richtung des Pools. Jetzt endlich tauchte eine pechschwarze Gestalt auf und hielt sich schwer atmend am Beckenrand fest. Jennerwein, der irgendeine Bikinischönheit oder das Covergirl einer italienischen Fernsehzeitschrift erwartet hatte, schaute verwundert. Eine wuchtige Gestalt im Neoprenanzug kletterte japsend und keuchend an Land und schüttelte sich wie eine nasse Bulldogge. Padrone Spalanzani war wieder aus der Villa zurückgekehrt, als er Jennerweins fragenden Blick in Richtung Beckenrand bemerkte, sagte er:

»Das ist ein Kampftaucher. Er hält sich hier in Form. Ich musste einen engagieren, es hat Schwierigkeiten in einem unserer Verladehäfen gegeben. Man hat uns viele Container mit feinster Ware geklaut. Und zwar – wirklich einfallsreich, Hochachtung! – durch eine Unterwasserladeluke. Das nächste Mal wird das nicht so leicht gelingen.« Er beugte sich vertraulich vor. »Willst du etwas mitessen? Soll ich dir einen Teller bringen lassen?«

Jennerwein nickte erfreut. Ein Schnips, und kurz darauf war auch für ihn eingedeckt. Doch die Nudeln schmeckten schauderhaft. Die Pasta war totgekocht, bei der Sauce drängte sich der Oregano viel zu sehr vor, der Käse war teilweise noch gefroren, er kam wahrscheinlich aus dem Supermarkt. Auch der Wein war zu warm und zu billig. So viel wusste inzwischen auch Jennerwein von gutem Essen: Hier hatte der Koch gründlich versagt. Es war verwunderlich, aber der Padrone war offenbar einer der wenigen Italiener, die nichts vom Kochen verstanden.

»Und, wie schmeckts dir?«, fragte Spalanzani und setzte einen erwartungsvollen Blick auf.

Jennerwein zögerte. Wie sollte er jetzt reagieren? Konnte man einem Mafiaboss einfach ins Gesicht sagen, dass dessen Nudeln weich und lapprig waren? Ein Wink, und man würde nie mehr gefunden werden. Höchstens in einem tiefen See mit einem Betonklotz an den Beinen. Jennerwein musterte den Mafiaboss und bemerkte im ansonsten glatten und undurchdringlichen Gesicht einen kleinen Zug von Ironie, von Schalk, der gar nicht zum sonstigen Erscheinungsbild passte.

»Die Nudeln sind grauenhaft«, sagte Jennerwein beherzt.

Er legte die Gabel auf den Tisch und tupfte sich die Mundwinkel mit der Serviette ab.

»Wirklich?«, fragte der Padrone mit einer besorgniserregenden Leere im Blick.

»Solch schlechte Spaghetti habe ich noch nie im Leben gegessen«, fuhr Jennerwein fort. »Nicht einmal in der Kantine. Die kannst gar nicht du gemacht haben, Padrone. Du bist in der Szene und darüber hinaus berühmt für deine Pasta.«

Spalanzani lehnte sich entspannt und zufrieden zurück. Dann beugte er sich wieder vor und klopfte Jennerwein auf die Schultern.

»Sehr gut, Fremder. Wirklich mutig. Hut ab. Jetzt vertraue ich dir erst hundertprozentig. Du bist nicht auf meinen Trick hereingefallen! Dann kann ich dich beruhigt mit Tizio und Caio fahren lassen. Pedro, bring uns mal die wirklichen Nudeln.« Er deutete angeekelt auf den Teller, der vor Jennerwein stand. »Und gib das den Schweinen. Oder einem von den Gefangenen im Keller.«

Die Leibwächter lachten höhnisch. Jennerwein schüttelte sich. Er mochte sich die Gefangenen im Keller gar nicht vorstellen.

An einer der altmodischen Laternen, die den Swimmingpool beleuchteten, sammelten sich einige Insekten, darunter ein größeres Flattertier. Aufgeregt umkreiste es die Glühbirne, kam dann auf Padrone Spalanzani zugeschwirrt. Der Mafiaboss versuchte das Insekt sanft wegzuscheuchen. Jennerwein betrachtete es aufmerksam. Er konnte die Flügelfarbe in dem Zwielicht zwar nicht gut erkennen, aber es konnten durchaus gelblich-weiße Flügel sein, durchzogen mit grünlich beschuppten Adern. Leonhard Pelikans Augen waren nicht so gut wie die seinen. Aber waren Schmetterlinge um diese Tageszeit überhaupt noch unterwegs?

»Es ist ein Rapsweißling«, sagte Padrone Spalanzani. »Ich liebe diese Tiere, aber in diesem Sommer haben wir direkt eine Plage.«

Schweigend aßen sie. Jennerwein hatte einen Bärenhunger und griff zu. Er fand allerdings, dass diese Nudeln auch nicht viel besser schmeckten als die vorigen. Halb roh. Ohne Oregano. Mit bockig riechendem Käse. Doch diesmal zog er es vor zu schweigen. Denn den wahren Ganoven zeichnet weder Härte, Hinterlist noch Verschlagenheit aus, sondern einzig und allein seine Fähigkeit, zur rechten Zeit die Klappe zu halten.

# 28

EINE JUSTIZFACHANGESTELLTE:
Lieber Herakles, ich genderisiere gerade das deutsche StGB, das allein ist schon eine Herkulesaufgabe. Aber wie kann ich den (juristisch oft gebrauchten) Begriff ›Helfershelfer‹ korrekt darstellen? Helfers- und Helferinnens-Helfer-Helferinnen? Vielleicht auch Unterstützendeunterstützende, Hilfshilfe oder Stützenstütze? Ich bin mir sicher, dass dir was einfällt.

Franz Hölleisen wunderte sich über die Doppelung der Ereignisse. Am Nachmittag hatte ihn Nicole Schwattke darüber informiert, dass eine griechische Staatsbürgerin angerufen und einen gewissen Leonhard Pelikan als vermisst gemeldet hatte, gerade eben war der Name schon wieder gefallen. Die neue Polizeimeisteranwärterin hatte ihm dienstbeflissen mitgeteilt, dass ein Filialleiter der Deutschen Post nachgefragt hätte, ob man die Wohnung eines Mitarbeiters namens Pelikan, der nicht zur Arbeit erschienen war, gewaltsam öffnen dürfe oder ob dazu extra die Polizei kommen müsse. Pelikan? Leonhard Pelikan? So hieß doch sein Postbote, dem er an Weihnachten Trinkgeld gegeben hatte. Hölleisen schüttelte unwillig den Kopf. Das war wirklich zum Davonlaufen. Drei Fälle hatten sie schon, und jetzt kam noch ein vierter dazu! Und dieser Leonhard Pelikan war doch vorgestern zu allem Überfluss auch noch vor dem Polizeirevier gestanden! Komisch war diese Häufung von Zufällen schon, aber darum konnte er sich nicht auch noch kümmern. Hölleisen entschloss sich, die Sache mit dem vermissten Postler morgen zu bearbeiten. Momentan hatte er so unglaublich viel zu tun. Er wusste gar nicht, wie er das alles schaffen sollte, bis das Ultimatum ablief, das Rosi gestellt hatte. Was zuerst: zur Wäscherei gehen – die Bewohner der Straße befragen, in der das Polizeirevier lag – den Chef der Hundestaffel anrufen ...

Hansjochen Becker hingegen ließ sich nicht so leicht aus der Ruhe bringen. Er war ein wesentlich zielgerichteterer und nüchternerer Mensch als der umtriebige Hölleisen. Gleich nachdem Rosi gegangen war, hatte er die verbleibenden Stunden bis zum Countdown akribisch durchgeplant. Konzentriert beugte er sich über den Computer und studierte die Merkmale der neuen Gesichtserkennungssoftware, die er heruntergeladen hatte. Das war seiner Meinung nach der einzig gangbare Weg, um Jennerwein auf die Spur zu kommen. Die konventionelle steckbriefliche Suche führte zu nichts. Denn wenn einer wusste, wie man durch die Lücken der Fahndung schlüpfen konnte, dann Jennerwein. Mit digitalen Nachforschungen jedoch hatte er sich nie so richtig anfreunden können, da kannte er sich einfach nicht gut genug aus. Beckers Vorhaben war streng genommen nur auf einem langen, richterlich abgesegneten, datenschutztechnisch einwandfreien Dienstweg möglich. Doch dafür fehlte die Zeit. Und außerdem: Jennerwein war es doch gewesen, der den Dienstweg als Erster verlassen hatte! Quid pro quo, wie man im alten Rom sagte.

»Was haben Sie vor?«, fragte Nicole, als sie Becker über die Schulter sah.

»Es geht grob gesprochen darum, dass wir uns in Überwachungskameras einklinken, die auf öffentlichen Plätzen aufgestellt sind und damit so etwas wie eine Schleierfahndung veranstalten. Bahnhöfe, Autobahnen, Flughäfen, Straßenkreuzungen, U-Bahnhaltestellen. In ganz Europa.«

»Ich frage Sie jetzt gar nicht, wie Sie da reingekommen sind«, murmelte Nicole.

»Nein, fragen Sie lieber nicht«, antwortete Becker. »Ich kenne ein paar Leute, die mir noch einen Gefallen schulden. Aber wenn Jennerwein zu solchen Mitteln greift, dann müssen auch wir –«

»Ja, schon gut«, unterbrach ihn Nicole.

»Wie funktioniert die Software denn genau?«, fragte die Gerichtsmedizinerin.

»Der Computer vermisst prägnante Stellen in den Gesichtern und vergleicht sie mit dem Muster, das ich eingegeben habe. Die Suche konzentriert sich hauptsächlich auf die –«

»Wir haben keine Zeit für die technischen Details«, unterbrach Nicole schroff. »Machen Sie das, Becker, und geben Sie sofort Bescheid, wenn Jennerwein irgendwo aufgespürt worden ist.«

»Ja, ich habe die freundlichen und hilfsbereiten Kollegen bereits gebeten, die Software einzuspeisen und zu starten. Entschuldigen Sie, Nicole, aber ich habe Ihr Einverständnis einfach mal vorausgesetzt. In der näheren Umgebung haben die Kollegen jedenfalls noch nichts entdeckt, was auf Jennerwein hinweist.«

»Was ist mit dem Taxifahrer, der ihn gleich nach dem Mord vom Hotel Barbarossa weggefahren hat?«

»Er hat ausgesagt, dass er Jennerwein auf einem Parkplatz abgesetzt hat. Dort sind natürlich weit und breit keine Überwachungskameras installiert.«

Nicoles Miene verdüsterte sich.

»Ich habe mir das schon früher manchmal überlegt: Wenn

Jennerwein die Seite wechselt, dann können wir den überhaupt nicht mehr einfangen.«

Maria Schmalfuß blickte Nicole verwundert an.

»Sie haben sich schon mal überlegt, dass Jennerwein die Seite wechseln könnte? Das ist ja interessant.«

»Das habe ich mir bei Ihnen auch schon überlegt, Frau Doktor«, sagte Becker trocken, ohne vom Computer aufzublicken.

Sie würden eine perfekte Gangsterpsychologin abgeben. Das sprach Becker allerdings nicht laut aus.

Eine Frau wuselte aufgeregt ins Revier. Sie ließ sich von der Polizeimeisteranwärterin nicht abwimmeln. Sie wollte unbedingt Frau Kommissarin Schwattke sprechen. Hölleisen versuchte zu vermitteln.

»Ah, Sie sind sicher Frau Dandoulakis! Sie hätten aber nicht extra herzukommen brauchen.«

»Ich habe ein Foto von ihm.«

»Von wem? Ach, so! Von Pelikan.«

Die Frau schien aufgelöst, den Tränen nah. Sie zeigte Hölleisen eine kleine, zerknitterte Fotografie des Postboten. Ja, das war er, Hölleisen erinnerte sich. Auffällig tiefliegende Augen, vorspringendes Kinn, dunkler Teint. Dann warf Hölleisen nochmals einen Blick auf das Foto. Wie jetzt: auffällig tiefliegende Augen, vorspringendes Kinn, dunkler Teint? Hatten nicht die beiden Fricks, die verrückten Spaziergänger, eine ähnliche Beschreibung – wenn nicht gar wörtlich dieselbe Beschreibung des Manns in der Nähe der Villa gegeben? Er musste den beiden das Foto zeigen. Heute Abend. Oder besser morgen.

»Frau Dandoulakis, ich sehe zu, was ich tun kann –«

Er bemerkte, dass Zorn im Gesicht der Frau aufflammte, ein

kurzer, kleiner Zorn, der sich sofort wieder legte. Traurigkeit überschattete ihre pechschwarzen Augen.

»Das ist gar nicht Leonhards Art, einfach zu verschwinden, wissen Sie. Ich mache mir große Sorgen.«

»Wir tun unser Möglichstes. In was für einem Verhältnis stehen Sie denn zu Herrn Pelikan? In einem verwandtschaftlichen?«

»In einem freundschaftlichen.«

»Aha.«

Wieder blitzte es. Es ging rasend schnell bei ihr.

»Was heißt denn hier: aha?«

»Was soll das schon heißen?«

»Sie haben das in so einem bestimmten Ton gesagt.«

»In was für einem Ton?«

»In einem anzüglichen.«

»Überhaupt nicht, Frau Dandoulakis. Und jetzt gehen Sie bitte nach Hause und machen eine Liste mit allen Möglichkeiten, wo er sein könnte. Die meisten Vermissungen –«

»– klären sich von selbst auf, ja, das weiß ich. Das steht so auf Ihrer Homepage. Eine große Hilfe waren Sie ja nicht. Und dann diese Anzüglichkeiten.«

»Ich habe Ihnen vorhin schon gesagt –«

Erkennbar empört und frustriert trat sie den Rückweg an. Hölleisen hielt das Foto von Pelikan immer noch in der Hand und betrachtete es nachdenklich.

»Haben Sie die Hundeführer schon angerufen, Hölleisen?«, rief ihm Nicole Schwattke aus der anderen Ecke des Raums zu.

Wenn sie in Fahrt war, konnte sie manchmal richtig bellen, dachte Hölleisen. Er tippte die Nummer des Kollegen von der Hundestaffel ein und wartete. Besetzt.

Ludwig Stengele, der knochige Allgäuer aus Mindelheim, hatte sich in einen Nebenraum des Polizeireviers zurückgezogen. Er versuchte sich in seinen früheren Chef hineinzuversetzen. Wo würde sich Jennerwein verstecken? Und zwar nicht ein paar Wochen oder Monate, sondern endgültig. Stengele dachte dabei weniger an die berühmten verschneiten Einödhöfe in Kanada, wie sie in jedem zweiten Agentenfilm vorkamen. Das waren früher auf jeden Fall gute, sichere Verstecke gewesen. Bis sie eben in jedem zweiten Agentenfilm vorkamen. Stengele richtete seine Aufmerksamkeit auch nicht auf schwerbewachte Datschas in der Umgebung von St. Petersburg oder als Termitenhügel getarnte Cottages in Neuseeland. Stengele suchte vielmehr nach einer Möglichkeit, sich ganz in der Nähe unerkannt aufzuhalten, mit einer kleinen Gesichts-OP, einer wasserdichten Legende, am Rande einer kleinen Ortschaft ... Stengele verfügte über ein ausgedehntes Netz an Kontakten zum Militär, zu Sicherheitsdiensten, und natürlich zur Fremdenlegion, in der er einige Zeit Dienst getan hatte. Jetzt griff er zum Telefon. Es klingelte lange. Endlich ging jemand ran. Sie tauschten ihre Parolen aus, Stengele kam gleich zur Sache.

»Was kostet heutzutage eine vollständige Legende für einen unverheirateten Mann zwischen vierzig und fünfzig, unauffällig, nicht vorbestraft, ohne große Laster, eigentlich mit gar keinem Laster – inklusive dem dazu passenden Versteck?«

»Wenns perfekt sein soll, muss du schon eine halbe Million Dollar hinblättern«, erwiderte der Mann am anderen Ende der Leitung. »Und dann jedes Jahr nochmals hundert- bis zweihunderttausend. Brauchst du was in der Richtung?«

»Nein, ich fühle mich da, wo ich jetzt bin, sauwohl. Aber mich würde interessieren, ob jemand in letzter Zeit deine Dienste in Anspruch genommen hat.«

»Nein, niemand. Aber ich kann mich umhören, wenn du willst.«

Stengele zögerte eine Weile. In die Pause hinein sagte der andere:

»Du bist La Tige, nicht wahr? Luis La Tige von der 3. Kompanie der Legion. Ich erkenne dich an der Stimme. Ich habe die Bücher über diesen Kommissar Jennerwein gelesen. Dort tauchst du unter dem Namen Ludwig Stengele auf.«

Ohne auf die Bemerkung des anderen einzugehen, sagte Stengele:

»Also, gib mir Bescheid, wenn du von einer solchen Sache erfährst.«

Er bedankte sich und legte unwillig brummend auf. Luis La Tige. Dunkel stiegen Erinnerungen an seine Zeit in der Legion auf. Er wischte sie weg. Erst musste er diesen Fall lösen. Den Fall Jennerwein. Wollte Jennerwein überhaupt endgültig untertauchen? Nach einem solchen Attentat musste er das wohl. Aber brachte das Attentat auf Lohkamp so viel ein, dass man sich dafür ein perfektes Schlupfloch basteln konnte? Wohl kaum. So eine große Nummer war Lohkamp auch wieder nicht. Der Mord an Lohkamp sah eher nach einer Exekution aus, die etwas Theatralisches, Demonstratives hatte. Wie wenn Jennerwein mit dem Mord etwas beweisen wollte. Aber welchen Sinn sollte das haben? Wollte ausgerechnet Jennerwein beweisen, dass ein perfektes Verbrechen möglich war? Es klopfte. Geistesabwesend bat Stengele herein.

»Oh Gott! Oh mein Gott! Was ist denn das!?«

Die Polizeimeisteranwärterin starrte entsetzt auf seine künstliche Hand. Der Allgäuer begriff nicht gleich, was daran jetzt so entsetzlich sein sollte. Sie sah täuschend echt aus, man sah ihr nicht an, dass sie aus Kunststoff gefertigt war, zudem mit den feinsten Errungenschaften der allerneuesten Technik gefüllt. Doch jetzt wurde ihm klar, über was die Neue erschrocken war. Für Stengele war es inzwischen etwas vollkommen Normales, sich die Hand abzustecken und vor das Notebook zu legen beziehungsweise zu setzen. Sie konnte per Bluetooth auch in zwei, drei Meter Entfernung von ihm arbeiten. Allein mit seiner Willenskraft. Momentan saß die Hand auf ihrem Ballen, während die Finger flink auf der Tastatur herumtippten. Stengele hatte die allerneueste Version bekommen, um sie probehalber zu testen. Die Hand war wirklich der Hit. Sie war natürlich noch nicht so weit, eine Oper zu komponieren, aber einfache Aufgaben konnte sie alleine lösen.

»Ach, Sie wissen nichts davon?«

Stengele erzählte der bedauernswerten Polizeimeisteranwärterin in knappen Worten, wie er bei einem Einsatz seine Hand verloren hatte. Sie beruhigte sich wieder, trat dann sogar interessiert näher und beobachtete, wie die künstlichen Finger flink über die Tasten huschten. Gutmütig sagte Stengele:

»Ich bin gerade auf der Website einer Organisation, die mir eine Übersicht über trockene Schlafplätze in aller Welt anzeigt.«

»Meinen Sie, dass sich Kommissar Jennerwein irgendwo verkrochen hat? Der ist doch gar nicht der Typ dazu.«

»Das denke ich auch.«

»Sie müssen schon wegen vorhin entschuldigen, aber als ich ins Zimmer gekommen bin, dachte ich einen Moment, dass ich im Labor von Doktor Frankenstein gelandet bin.«

»Nah dran!«, lachte Stengele.

»Ich habe geglaubt, dass es in der Provinz ruhiger zugeht. Aber auf Schritt und Tritt stößt man hier auf äußerst merkwürdige Dinge.«

»Da haben Sie nicht unrecht.«

Er erklärte ihr kurz die Technik des Brain-Computer-Interfaces. Sie kannte sich überraschend gut aus in technischen Dingen. Womöglich war sie bei der Spurensicherung besser aufgehoben. Und dann sagte sie etwas, was Stengele zu denken gab.

»Ich wusste nicht, dass man heutzutage Körperteile derart perfekt ersetzen kann.«

Lange gingen Stengele diese Worte im Kopf herum. Vielleicht hatte das etwas mit dem Fall Jennerwein zu tun. Nur was genau? Die BCI-Hand piepste. Gleichzeitig drehte sie sich um die eigene Achse und winkte ihn mit dem gekrümmten Zeigefinger zu sich her. Stengele warf einen Blick in den Computer. Es gab einen Treffer. In Rosenheim befänden sich mehrere Wohnungen, die top geeignet für solch eine Exit-Strategie wären, wie er sie theoretisch vorgegeben hatte. Aber Stengele glaubte nicht daran, dass Jennerwein den Rest seines Lebens in einer einsamen Berghütte oder, noch schlimmer, in Rosenheim verbringen würde.

Hölleisen lief die Bahnhofstraße entlang. Auf dem Weg zur Wäscherei lag Pelikans Wohnung. Pelikan. Immer wieder Pelikan. Die Häufung von Zufällen ließ Hölleisen keine Ruhe. Vielleicht sollte er doch kurz bei ihm klingeln. Einfach nur sicherheitshalber. Die verlorene Zeit wollte er durch verschärften Laufschritt hereinholen. Er läutete an der Wohnungstür des Postboten, nichts rührte sich. Hölleisens Blick blieb am Fußabtreter hängen. Er fand den Spruch sehr lustig. So einen sollte er sich auch mal besorgen. Schnell entschlossen holte er einen Dietrich aus der Tasche. Ohne Durchsuchungsbeschluss. Aber andererseits: Gefahr im Verzug, Verdacht auf bedrohliche Situation. Er öffnete die Tür in einer Sekunde. Es war eine ordentlich aufgeräumte, gemütliche Wohnung, so viel sah Hölleisen. Und sie war leer. Aber was hatte er hier verloren? Und was konnte er ausrichten? Der Chef, ja, der Chef wenn da gewesen wäre! Jennerwein wären Ungereimtheiten sofort aufgefallen. Aber er, das wusste er selbst, hatte keinen Blick dafür. Die von der Besoldungsgruppe A 8 haben einfach keinen Blick. Sie haben Geduld, Ausdauer, Disziplin, Pflichtbewusstsein, sie sind pünktlich, zuverlässig, ordnungsliebend, treu, höflich und sauber, aber sie haben keinen Blick. Der Blick kam erst ab A 10. Nur mit den preußischen Sekundärtugenden ausgestattet, fand Hölleisen jedenfalls nichts, was auf ein Verbrechen oder eine überstürzte Abreise hindeutete. Im Schlafzimmer war eine Pyjamahose ordentlich auf dem Bett ausgebreitet. Aber der Papierschnipsel, der auf dem Boden lag, stach heraus. Alles ordentlich, und dann ein Schnipsel! Hölleisen streifte sich Handschuhe über und hob ihn auf. Gekritzel auf dem Papierfetzen. Er langte in die Tasche der Schlafanzughose. Dort fand er weitere Schnipsel eines Zettels, den er zusammenfügte. Unterschriften. Es waren wohl Pelikans Unterschriften. Warum übte der seine eigene Unterschrift? Na, das war seine Sache. Es klingelte an der Wohnungstür. Hölleisen schreckte zusammen.

Dann klingelte auch noch sein Handy. Fluchend nahm er ab. Der Hundeführer war dran. Nein, bisher keine Ergebnisse. Es schellte ein zweites Mal an der Haustür.

»Ja, ich komme gleich«, rief er genervt.

Er öffnete.

»Was tun Sie denn da?!«

Draußen stand Irene Dandoulakis, die Griechin, zusammen mit einem schlanken Hünen im Strickpullover. Seinen Kopf bedeckte ein lächerliches Feierabendkäppi, eine Art Fes mit Quaste. Hölleisen zeigte ihm seinen Ausweis.

»Haben Sie einen Durchsuchungsbefehl?«, fragte der Hüne mit der baumelnden Quaste.

»Nein, habe ich nicht«, antwortete Hölleisen schroff. »Aber ich bin dienstlich hier, ich kann mir jederzeit einen besorgen und ich bin sehr in Eile. Die Wohnung ist übrigens leer. Gehen Sie jetzt bitte.«

Die beiden wollten rein. Es gab sogar eine kleine Rangelei. Irene Dandoulakis versuchte, Hölleisen ans Schienbein zu treten. Mit was man sich alles herumärgern muss, dachte der Polizeiobermeister.

Er war auf dem Weg zur Wäscherei. Er wollte die Sache Pelikan aus dem Kopf bekommen. Für ihn war nur Jennerwein wichtig, niemand sonst außer Jennerwein. Nachdem er eine halbe Stunde später vollkommen außer Atem im Revier angekommen war, eilte er zu Becker, der über seinen Rechner gebeugt war.

»Darf ich Sie kurz stören?«

Becker blickte wortlos auf. Auf seinem Gesicht stand NEIN, JETZT NICHT geschrieben.

»Ich habe bloß eine Bitte. Können Sie dieses Foto nicht auch noch durch Ihr Gesichtserkennungsdingsda laufen lassen?«

Er hielt Becker das Foto von Pelikan vor die Nase.

»Wer soll das sein?«

»Ein Postbote.«

»Und was hat der mit Jennerwein zu tun?«

»Ich weiß es nicht. Nur ein Gefühl.«

»Sie immer mit Ihren Gefühlen«, sagte Becker.

Einer von den fünfzehn Hunden reckte seine Nase und nahm Witterung auf. Er hatte einen Hauch, ein Fast-Nichts von einem Geruch aufgeschnappt, den er kannte. Und auf dessen Spur er gesetzt worden war. Doch dann drehte der Wind. In Sekundenbruchteilen hatte er die Fährte wieder verloren. Sein Hundeführer tätschelte ihn. Der schon wieder mit seinen viel zu dick eingecremten Händen! Und jetzt – – – war die Geruchsspur ganz weg.

Der Mann, dessen Geruch der Labrador Retriever erahnt und dann wieder verloren hatte, lag immer noch unter dem Heu vergraben. Er war wieder eingeschlafen und röchelte schwer. Der scharfe Geruch der frisch gemähten Gräser machte ihm zu schaffen, doch in einem der tiefsten und hintersten Winkel seines vernebelten Gehirns bildete sich ein hartnäckiger kleiner Gedanke, der ihn vorwärtstrieb. Er musste von hier weg. Allein würde er es nicht schaffen, er musste sich helfen lassen. In diesen Heustadel kam niemand. Und ohne Hilfe würde er nicht überleben. Vor vielen Stunden hatte er den instinktiven Impuls verspürt, sich zu verkriechen und unter den stacheligen Gräsern auf Linderung seiner Schmerzen zu hoffen. Der Heustadel war ihm gerade recht gekommen. Doch jetzt spürte er, dass er nicht die richtige Entscheidung getroffen hatte. Er musste im Gegenteil versuchen, sich bemerkbar zu machen. Er musste dafür sorgen, dass man ihn fand. Mit großer, schmerzhafter Willensanstrengung versuchte der Mann, der unter dem Heu versteckt lag, seine Beine zu bewegen. Immer und immer wieder. Doch sie gehorchten ihm nicht.

Dann öffnete er die Augen. Ein Bild war vor ihm stehengeblieben. Das Bild des Mannes, der ihn auf der Straße überfallen und betäubt hatte. Es musste Tage her sein. Das Gesicht hatte eine Art von Gier und Brutalität ausgestrahlt, die er noch nie an einem Menschen gesehen hatte.

# 29

»BIS DASS DER TOD EUCH SCHEIDET« –
DER ULTIMATIVE HOCHZEITSPLANER:
Hast du Bock, als Überraschungsgast bei einer
Rockerhochzeit aufzutreten? Du bräuchtest lediglich einen Motorradführerschein und ne steile
Kluft dazu – so etwas wie das Fell des nemeischen
Löwen aus deinem ersten Abenteuer, das unverwundbar macht. (Auf dem erymanthischen Eber
einreiten wie bei deinem vierten Abenteuer wäre
auch nicht schlecht.) Die Gage in alten Drachmen?

Eine alte, beulige Karre fuhr auf einer italienischen Landstraße Richtung Süden, sie schraubte sich mühsam die steilen Serpentinen hoch und wieder hinunter, immer dem Zirkusmond entgegen, dem weißgeschminkten Bajazzo unter den Gestirnen. Da es Nacht war, hatte man Jennerwein die Augenbinde nach kurzer Fahrt wieder abgenommen. Noch immer hatte er keine Ahnung, wo genau Spalanzanis Toreggio lag und wo sie jetzt waren. Er saß auf dem Rücksitz und starrte hinaus in matt schimmernde Landschaft. Man hätte ihn auf den ersten Blick für einen sonnengebräunten und frisch rasierten Landarbeiter gehalten, der zur Frühschicht ausrückte, er sah aus wie einer von den vielen Tomatenpflückern, die aus dem Ausland für die knochenharten und schlechtbezahlten Erntearbeiten engagiert worden waren. Auch die verwitterte Firmenaufschrift außen am Wagen verriet, dass es sich um einen Tomatentransporter handelte, zudem war die Ladefläche prall gefüllt mit Tausenden, vielleicht Zehntausenden von reifen, stark duftenden Pomodoren. Padrone Spalanzani legte großen Wert auf stimmige

Details. Auch Tizio und Caio hatten sich als bäurische Tomatenmalocher gewandet. Jennerwein, eine schusssichere Weste unter seinem Hemd, hatte sich endlich dazu entschlossen, das Witzbärtchen abzurasieren. Zusätzlich hatte er sich die echten Augenbrauen entfernt, ähnlich wie die junge Gothic-Lady im Kaufhaus. Sorgfältig hatte er mit Mastix falsche, buschigere aufgeklebt, wobei er sie zusätzlich leicht nach außen versetzt hatte. Pelikan, der wirkliche Leonhard Pelikan (wenn es ihn denn noch gab) würde nicht begeistert davon sein, aber Jennerwein wusste von Becker, dass man mit solchen simplen Tricks jede Gesichtserkennungssoftware überlisten konnte, denn die Technik dieser Art von Authentifizierung steckte noch in den Kinderschuhen. Und noch etwas hatte Jennerwein an Pelikans Gesicht verändert. Es war eine Kleinigkeit, sie wäre einem flüchtigen Betrachter gar nicht aufgefallen. Becker hatte ihm damals das Versprechen abgenommen, über diesen Trick auf jeden Fall Stillschweigen zu bewahren, und daran hielt sich Jennerwein auch. (Und wollen wir geschwätziger als Jennerwein sein? Nein, wir wollen es dem Kommissar in dieser Beziehung nachtun.) Tizio und Caio sahen abwechselnd nach hinten und nickten Jennerwein anerkennend zu.

»Ein guter Trick!«, rief Tizio. »Damit kommst du an jedem dieser lästigen Glotzaugen vorbei.«

Auch der Tomatentransporter selbst war nicht das, was er schien. Die alte, verschrammte und durch und durch ungepflegt wirkende Karre war im Kern ein nagelneuer Mercedes Sprinter Pick-up XL, der so hochfrisiert worden war, dass er locker 320 km/h schaffte, das sah man ihm aber dank Tizios und Caios Bemühungen äußerlich nicht an. In diesem Fall hieß es: außen pfui, innen hui. Auch die Bordartillerie war nicht ohne, in zwei Halterungen steckten die allerneuesten AK-47-Sturmgewehre, für alle Fälle.

»Sind die denn schussbereit?«, hatte Jennerwein gefragt.

Keine Antwort. Die beiden Mafiosi waren Meister ihres Fachs.

Jennerwein saß angespannt und hochkonzentriert auf der Rückbank der Tomatenschaukel und blickte aus dem Fenster. Er musste sich auf die Aktion konzentrieren, die er am morgigen Tag vorhatte. Langsam hob er die Hand und massierte seine Schläfen mit Daumen und Mittelfinger. Als sie in einen Tunnel fuhren, hatte er statt der nächtlichen Landschaft plötzlich sein Spiegelbild vor Augen. Obwohl ihm das Gesicht Pelikans nicht mehr gar so fremd vorkam wie am Anfang, hätte er momentan viel für sein eigenes altes, verbrauchtes, faltiges, wettergegerbtes, im Dienst stoisch gewordenes Gesicht gegeben. Dass er Pelikans Aussehen durch die aufgeklebten Augenbrauen drastisch verändert hatte (einen sonderbar verdutzten Blick hatte der Postbote plötzlich drauf!), machte es auch nicht besser. Im Gegenteil. Jetzt war er nicht einmal mehr Pelikan. Jetzt war er genau genommen gar niemand mehr. Ein Zwischenwesen, eine Chimäre, die sich selbst in allen Erscheinungsformen fremd war. Jennerwein ballte die Faust. Es war ein schauderhaftes Gefühl. Ob ihm überhaupt irgendjemand den Tomatenarbeiter abnahm? Er hoffte, dass es nicht zu einer Verkehrskontrolle kam. Die Maschinenpistolen sahen so aus, als wären sie noch schusswarm vom letzten Gefecht. Er riss sich vom Anblick Pelikans 2.0 los und beugte sich nach vorn.

»Kann ich mir ein Smartphone von euch ausleihen?«

Keine Antwort. Draußen ratterten beleuchtete Weinberge vorbei: Brunello di Montalcino Brunello di Montalcino Brunello di Montalcino Brunello di Montalcino Brunello di Montalcino Brunello di Montalcino Brunello di Montalcino Brunello di Montalcino Brunello di Montalcino Brunello di Montalcino Brunello di Montalcino … Und nach dem fünfzigsten Weinberg kam plötzlich doch ein Smartphone durch die Luft geflogen, knallte neben ihm auf das Sitzpolster und kullerte zu Boden. Er hob es auf und wischte sich ins Netz. Jennerwein hatte das brennende Bedürfnis, wieder einmal sein ureigenes Gesicht zu betrachten, das altvertraute Gesicht eines braven Kriminalers der Mordkommission IV. Er musste nicht lange suchen, denn nach ›Jennerwein, Flucht, Foto‹, eigentlich schon nach ›Jennerw…‹ ploppte die Onlineausgabe der örtlichen Zeitung auf, die das Fahndungsfoto gleich auf der ersten Seite brachte. Sie hatten das Bild aus seinem Dienstausweis verwendet. Hohe Stirn, etwas spöttisch geschwungene Lippen, dichtes, dunkelbraunes Haar – diese Merkmale hatte er von seiner Mutter geerbt, und momentan verspürte er einen kleinen Anflug von schlechtem Gewissen, dass er seine Mutter da quasi mit hineingezogen hatte. Es kam ihm so vor, als würde sie polizeilich mitgesucht werden. Von seinem Vater Dirschbiegel hatte er bezüglich seines Aussehens ganz und gar nichts geerbt. Gottlob. Warum der Kommissar Jennerwein und nicht Dirschbiegel hieß, hatte seinen Grund in der nicht zu bremsenden kriminellen Energie des Vaters. Als Hubertus mit zehn Jahren ins Gymnasium kam, saß sein Vater wieder einmal wegen diverser Straftaten gegen Besitz und Eigentum im Gefängnis. Der Name Dirschbiegel hatte also keinen sonderlich guten Klang. Um in der Schule nicht gehänselt und als Diebsbrut bezeichnet zu werden, hatte man dem jungen Hubertus mit amtlicher Erlaubnis den Mädchennamen seiner Mutter zugesprochen. Jennerwein. Der Kommissar zog die Augenbrauen hoch. Er massierte sich die Schläfen mit Daumen und Mittelfinger. Sonderbar, in den letzten Tagen war es ihm eigentlich doch recht leichtgefallen, Ordnungswidrigkeiten zu begehen und Gesetze zu übertreten. Hatte er diesen Charakterzug von seinem Vater geerbt? Von Dirschbiegel? Aber wie hieß sein Vater noch gleich mit Vornamen? Es fiel ihm nicht ein. Die Schwäche, sich nicht mehr an Namen erinnern zu können, war äußerst lästig. Und auch beunruhigend. Was, wenn sich diese Schwäche ausbreitete und andere Regionen des Gehirns erfasste? Wie hieß seine Mutter? Den Vornamen seiner Mutter sollte er doch wohl noch kennen, Herrgott nochmal! Er kniff die Augen zusammen und lauschte auf das Brummen und Schnurren des Sechszylinders. Hildegard! Seine Mutter hieß Hildegard Jennerwein, geboren im Jahr 1946, als der Film *Die Mörder sind unter uns* mit Hildegard Knef herausgekommen war. Der Vater seiner Mutter hieß – Carl. Jennerwein atmete auf. Schon der zweite Name, der ihm schnell eingefallen war. Das war eine gute Übung. Also, Carl mit C, darüber hatte er sich als Bub schon gewundert. Carl Jennerwein war ein allseits geschätzter Oberamtsrat gewesen. Ausgerechnet er war an einem 1. April geboren und hätte sich sicherlich eine bessere Partie für seine Tochter gewünscht als den zwielichtigen Kleinkriminellen Dirschbiegel. Dabei war Carl Jennerwein doch selbst ein uneheliches Kind eines kleptomanisch veranlagten Stubenmädchens gewesen. Hubertus hatte diese seine Urgroßmutter zwar nicht mehr persönlich kennengelernt, aber es gab eine verblichene Fotografie von ihr, auch sie mit der familientypischen hohen Stirn und dem ansonsten unauffälligen Äußeren. Sie sah aus, als ob sie kein Wässerchen trüben könnte. Und genau diese Erscheinungsform hatte sie angeblich bei ihren Raubzügen weidlich ausgenutzt. Es gab mehrere Bilder von ihr im Fotoalbum, und sie hieß – Jennerwein schloss die Augen und führte sich die Beschriftung unter den Bildern vor Augen – Käthe. Ja, Käthe. Käthe Jennerwein. Den Namen Käthe hatte auch eine Klassenkameradin von ihm getragen, nein, die hieß nicht Käthe, sondern – Katharina. Neben ihr war ein Junge namens – Thorsten gesessen. Katharina und Thorsten hatten später geheiratet, er war mit ihnen in Kontakt geblieben, ihr Sohn hieß – ihr Sohn hieß – wie hieß der Sohn nochmals? Hieß er Gottfried? Nein, Gottfried hatte Hubertus Jennerweins Großonkel geheißen, der immer erzählt hatte, dass die Jennerweins von einem gewissen Johann Jakob Jennerweyn abstammen würden, einem Weinbauern und Schnapsbrenner aus Tirol, der eine Methode erfunden hatte, gefrorene Weinbeeren im Winter zu ernten und herrlichen Eiswein daraus zu keltern, er wurde fortan Jaenersweyn, Jaenervin oder einfach nur Januarius genannt, also der, der im Januar Wein erntet. Sein Großonkel Gottfried hatte viele solcher Geschichten erzählt, bei Familientreffen und Beerdigungen. Er hatte eine Schwester namens Adelheid gehabt und einen Bruder namens Udo. Die Namen flogen Jennerwein nur so zu. In seinem Gehirn schien sich eine Blockade zu lösen.

»Allgemeine Personenkontrolle!«, rief der junge italienische Polizist.

Er wiederholte die Aufforderung noch in ein paar anderen Sprachen, er nahm wohl wie selbstverständlich an, dass es sich bei diesem Transport um ausländische Saisonarbeiter handelte. Jennerwein riss seinen Blick von dem Fahndungsfoto los. Er war sich sicher, dass er seine lästige Namensschwäche jetzt im Griff hatte. Nervös fingerte er Pelikans Pass aus der Jackentasche und reichte ihn nach vorn. Der junge Verkehrspolizist betrachtete das Dokument eingehend und verglich das Foto mehrmals mit seinem Gesicht. Jennerwein hoffte inständig, dass er den Pass nicht mitnahm und ihn im Polizeiwagen genauer kontrollierte, doch genau das tat er. Nach unendlich langer Zeit kam er wieder, nahm noch Unterschriftsproben von allen dreien, die er mit denen in den Pässen verglich, und wünschte weiterhin gute Fahrt.

Aber wie hieß nun der Sohn von Katharina und Thorsten, seinen damaligen Klassenkameraden? Vielleicht Mario, nein Mario nicht, das war der Neffe eines Polizeikollegen, mit dem er manchmal zum Handballtraining gegangen war. Hieß der Sohn Martin? Nein, auch nicht, Martin hieß der Vater seiner Urgroßmutter, und von Martin Jennerwein wurde erzählt, dass er ein kränkliches Kind gewesen war, mit fünf Jahren wäre er fast am ›Gelben Fieber‹ gestorben, Gott sei Dank ist er das nicht, denn in diesem Fall gäbe es auch keine kleptomanische Käthe Jennerwein, keinen Oberamtsrat Carl mit C, keine mandeläugige Hildegard und schließlich keinen Kriminalhauptkommissar Hubertus Jennerwein. Es gäbe deshalb auch niemanden, der seine Abenteuer liest, denn niemand hätte sie aufgeschrieben, weil sie nämlich gar nicht stattgefunden hätten. (Wobei jetzt der eine oder andere einwenden wird, dass er in solch einem Fall halt etwas anderes lesen würde. Vermutlich ja, aber ganz sicher kann sich niemand sein.)

»Da vorne ist schon wieder eine Verkehrskontrolle«, sagte Tizio und wandte sich zu Jennerwein um. »Ich hoffe, deine Legende ist wasserdicht, sonst –«

Tizio deutete vielsagend auf die Bordartillerie in Form der beiden Maschinengewehre.

In Jennerwein kroch ein ungutes Gefühl hoch. Es war wesentlich unkomplizierter gewesen, zu Padrone Spalanzani zu gelangen, als wieder von ihm wegzukommen. Jennerwein fuhr erschrocken auf. Die Straßensperre vor ihnen bot das volle Programm. Vergitterte Mannschaftswagen, schwerbewaffnete Carabinieri, ein Hubschrauber. Doch sie wurden durchgewunken.

Carsten hieß der Junge von Katharina und Thorsten! Carsten, was sonst. Hubertus Jennerwein atmete tief durch. Also, was stellte er sich so an! Es ging doch.

# 30

SYSTEMISCHER FAMILIEN- UND PAARBERATER:
*Für eine mythologische Familienaufstellung brauche ich von dir, Herakles, eine Liste mit den Namen all deiner Söhne und Töchter, Enkel und Urenkel usw. Geht das bis nächste Woche? Es muss klappen, sonst wärst du ja nicht der, der du bist.*

Jennerwein war auf dem letzten Teil der Strecke in einen unsteten, autogerüttelten Halbschlaf verfallen, dann hatte er schließlich doch Ruhe gefunden. Als er aufwachte, war es schon wieder hell. Sie hatten das piniengespickte und dünnbesiedelte Land hinter sich gelassen, der beulige Tomatentransporter kurvte bereits durch einen der westlichen Vororte von Rom, Jennerwein leitete das von den Autokennzeichen ab. Es gab noch viele alte Fahrzeuge, auf denen stolz das Roma prangte. Abgesehen von der Verkehrs- und Unterschriftenkontrolle, die glimpflich vorübergegangen war, hatte es keine Zwischenfälle gegeben. Tizio und Caio fuhren unauffällig, sie fuhren also riskant und schnell, halsbrecherisch und mit quietschenden Reifen, immer ein paar Millimeter am Blech des Nebenmannes und kurz vor dem Crash, alles andere wäre aufgefallen in Rom.

»Dort drüben ist es«, sagte Jennerwein, als sie in der Via Filippo Maggia, ihrem Zielort, angekommen waren. »Wartet hier. Er kommt jeden Tag um acht zum Frühstück. Das Tischchen vor dem linken Fenster ist für ihn reserviert. Wenn er seinen Milchkaffee schlürft und sich in die Zeitung vertieft, gehe ich rüber und versuche, mit ihm ins Gespräch zu kommen. Gelingt das, könnt ihr verschwinden. Fahrt wieder zurück nach Toreggio und vergesst die ganze Episode. Wenn er mich aber wegschickt, was ich nicht hoffe, dann treffen wir uns dort, wo die Via Filippo Maggia einen großen Bogen macht.«

Die drei falschen Tomatenpflücker warteten im Auto. Sie achteten nicht auf den anschwellenden Straßenlärm und nicht auf die Hitze, die sich langsam breitmachte. Sie achteten nicht auf die Tauben, die sich um die Kuchenbrösel auf dem Gehsteig stritten. Sie achteten nicht auf das Dauergelaber im Autoradio und nicht auf das Inferno der aus allen Richtungen kreischenden und röhrenden Hupen. Um Viertel nach acht kam der Mann, auf den Jennerwein gewartet hatte. In die helle und kindliche Freude, ihn nach all den Jahren wiederzusehen, mischte sich bange Sorge. Würde er ihm glauben? Oder würde er ihn gleich an der nächsten Polizeiwache abliefern? Jetzt betrat der Mann die Terrasse des Cafés Punto finale. Er war von hochgewachsener, knochiger Gestalt, sein Haar war mönchisch kurz geschnitten, sein Gang war federnd, insgesamt wirkte er sehr entspannt. Das dürfte sich womöglich in Kürze ändern. Er trug zivile Kleidung, nur der weiße Piuskragen verriet die Profession des Mannes. Jetzt setzte er sich an das Tischchen, das augenscheinlich für ihn freigehalten worden war, und holte eine deutschsprachige Zeitung hervor, in die er sich vertiefte.

»Du meine Güte!«, entfuhr es Jennerwein. »Der hat sich ja radikal verändert.«

Er kannte den Mann gut. Er hatte jahrelang im Kurort mit ihm zusammengearbeitet. Der Mann, der dort drüben seinen Milchkaffee schlürfte, war der ehemalige Polizeihauptmeister Johann Ostler, genannt ›Joey‹.

Alles Berglerische und Urwüchsige war von ihm abgefallen, er hatte das disziplinierte und asketische Aussehen eines Jesuiten angenommen, jederzeit bereit, über Spinozas Kernthesen zur Kosmologie zu diskutieren. So wirkte Ostler jedenfalls auf Jennerwein. Das war nicht immer so gewesen. Damals, vor vier Jahren, kannte man ihn als temperamentvollen Hitzkopf. Bei einer Kontrolle im Rahmen des leidigen G-7-Gipfels, der im Kurort stattgefunden hatte, war es heiß hergegangen, aus Ostlers Dienstwaffe hatte sich ein Schuss gelöst, und danach war ein junger Mann, ein Demonstrant, der in der Sperrzone campieren wollte, tot am Boden zurückgeblieben. Wie sich später herausstellte, traf Ostler keine Schuld, aber damals hatte er keine andere Möglichkeit gesehen, als einen speziellen Dienst der katholischen Kirche in Anspruch zu nehmen und mit deren Hilfe aus dem Voralpenland und damit von der bürgerlichen Bildfläche zu verschwinden. Das Profugium. Jennerwein und sein Team hatten danach nur noch gerüchteweise gehört, dass er beim vatikanischen Sicherheitsdienst angeheuert hatte. Er war Erster Offizier dort, hieß nun Bruder Sebastian und hatte alle Verbindungen zum Kurort abgebrochen. Bruder Sebastian hatte überdies die niederen Weihen des Priesteramtes erhalten, daher der Piuskragen und das asketische Aussehen. Später wurde er päpstlicher Legationsmönch und schließlich Chef des Sicherheitsdienstes im Vatikan. Das alles wusste Jennerwein von Ursel Grasegger, die zudem in Erfahrung gebracht hatte, dass Ostler das Café Punto finale jeden Tag zwischen acht und neun aufsuchte, um dort seine Morgenzeitung zu lesen. Da saß er nun, der Frate Sebastian, ehemaliges Urviech, das jeden Stein im Kurort kannte, und las die *taz*.

Ein nervöses Flattern kündigte sich bei Jennerwein an. Seine Hände zitterten, sein Atem ging unruhig. Er würde doch jetzt keinen Akinetopsieanfall bekommen! Und ein- und ausschnaufen. Du bist in Rom, Jennerwein, in der uralten Stadt des Vergessens, der Gelassenheit und der allgegenwärtigen Entspannung, zwei der allerbesten Mafiosi beschützen dich, Jennerwein. Und du brauchst keinen Zweikampf oder Schusswechsel zu befürchten, du wirst nur ein paar Worte mit dem Mann dort am Tisch plaudern. Geh hin, Jennerwein, du hast nichts mehr zu verlieren. Es ist deine letzte Chance. Wenn du jetzt kneifst, dann bleibt nur der Weg zurück zu Padrone Spalanzani, den du dein Leben lang erbittert bekämpft hast. Bei ihm wirst du deine Tage als Auftragskiller oder Poolwart beschließen. Willst du das? Also, dann geh rüber und mach deinen Job. Jennerwein spürte, dass er seine Nervosität wieder in den Griff bekam. Die Anzeichen eines beginnenden Anfalls verschwanden. Ostler wiederum schien nicht in Eile zu sein. Auch blieb er allein an seinem Tischchen. Sehr gut. Jennerwein öffnete die Autotür und überquerte die Straße.

»Viel Glück«, rief ihm Tizio nach. »Was du auch immer vorhast.«

Die glühende Luft lag in diesen Morgenstunden schon auf der Stadt wie dicker Brei, durch den man sich mühsam durchzukämpfen hatte. Jennerwein betrat die Terrasse des Cafés und näherte sich dem Tischchen. Sofort eilte ein Kellner herbei und stellte sich ihm in den Weg. Er berührte Jennerwein an der Schulter und sagte so leise, dass es die Umsitzenden nicht hören konnten:

»Gehen Sie bitte. Wie Sie sehen, ist dieser Tisch schon besetzt.«

Er wiederholte es auf Englisch und Deutsch. Jennerwein musste wohl wie ein trampeliger Tourist wirken, der nicht wusste, dass hier ausschließlich erlesenes Publikum verkehrte, Zöglinge der nahen Jesuitenschule und Professoren der Theologischen Universität.

»Ich will den Herrn an dem Tisch etwas fragen«, sagte Jennerwein so freundlich und selbstverständlich wie möglich.

Er sagte es aber auch so laut, dass es Ostler hören musste. Oder dass Ostler zumindest mitbekam, dass er deutsch sprach. Der Ober schaltete einen Gang hoch:

»Sie sehen doch, dass der Herr nicht gestört werden will. Oder haben Sie eine Verabredung mit ihm?«

Jetzt blickte Ostler auf und sah zu ihnen her. Er musterte Jennerwein von oben bis unten, dann machte er dem Kellner ein Zeichen, Jennerwein vorzulassen. Das Zeichen war hochherrschaftlich, konziliant, grandseigneurig. Kaum zu glauben, dass das Joey Ostler war. Jennerwein zwängte sich an dem Ober vorbei, der seine kleine Macht durch eine geschwellte und gleichsam im Weg stehende Brust demonstrierte. Jennerwein konnte nicht anders. Mit einem klitzekleinen Ausfallschritt, der wie ein Stolpern wirken sollte, versuchte er nachzuprüfen, ob der Mann bewaffnet war. Ja, das war er in der Tat. Schließlich stand Jennerwein vor Ostlers Tisch. Ostler faltete seine Zeitung sorgfältig zusammen und legte sie vor sich hin.

»Wie kann ich Ihnen helfen?«, fragte Ostler höflich.

Keine Spur mehr vom breiten Werdenfelser Dialekt, vielleicht lediglich eine kleine Andeutung von elaboriertem Süddeutsch, die aber nur ein Professor Higgins herausgehört hätte.

»Schenken Sie mir drei Minuten Ihrer Zeit, um sich meine Geschichte anzuhören«, sagte Jennerwein.

Er hoffte, dass er seinen ehemaligen Kollegen in diesen drei

Minuten überzeugen konnte. Er hatte sich auf der Fahrt hierher die Worte zurechtgelegt. Er, der kopfige und aller esoterischen Zauberei strikt ablehnend gegenüberstehende Kommissar hatte sich auch nicht gescheut, Namensforschung zu betreiben und den Geist der Familie Jennerwein anzurufen. Aber was solls, es schien gewirkt zu haben. Er war zu dem Mann vorgedrungen, der ihm vielleicht helfen konnte. Er beschloss, nicht lange um den heißen Brei herumzureden. Das war keine Audienz beim Papst, hier schien es geboten, sofort zur Sache zu kommen.

»Also, Caio, was machen wir?«, fragte Tizio im Tomatenwagen, der auf der anderen Straßenseite stand, unauffällig und startbereit.

»Wir beobachten ihn noch ein bisschen.«

»Weißt du, wer er ist?«

»Keine Ahnung.«

»Und der andere, der am Tisch sitzt? Kennst du den?«

»Nein. Scheint ein hohes Tier in der Kirche zu sein.«

»Solch ein Riesenaufwand, nur dass die beiden einen Kaffee zusammen trinken.«

»Unser Kunde könnte ein Auftragskiller sein.«

»Das war auch mein erster Eindruck. Aber dann sind mir Zweifel gekommen.«

»Der Padrone wird schon wissen, warum er dem Mann vertraut.«

»Schau hin, er gibt uns ein Zeichen.«

»Er winkt mit der Hand hinter dem Rücken, dass wir uns vom Acker machen sollen.«

»Gut, dann sollten wir das auch tun.«

Jennerwein trat einen Schritt näher an Ostlers Tisch. Aus den Augenwinkeln konnte er erkennen, dass der Ober noch nicht ganz aufgegeben hatte. Er stand ein paar Tische entfernt und war auf dem Sprung. Er selbst beugte sich nun vor und sagte leise und mit möglichst großer Selbstverständlichkeit:

»Ich bin – Kriminalhauptkommissar Hubertus Jennerwein.«

Ostler blieb reglos sitzen. Er betrachtete ihn einen Moment, dann senkte er den Blick und starrte auf die Zuckerdose. Sekunden eisigen Schweigens verstrichen. Dachte er nach? Hatte er dem Ober schon ein heimliches Zeichen gegeben? Vielleicht würde sich gleich eine Hand auf Jennerweins Schulter legen und mehrere muskulöse Mitglieder des Küchenpersonals würden ihn ergreifen und in hohem Bogen auf die Straße werfen. Jennerweins Körper spannte sich. Doch Ostler schien wirklich zu überlegen. Schließlich blickte er Jennerwein wieder an. Langsam und ungläubig schüttelte er den Kopf.

»Was sagen Sie da? Das ist unmöglich!«

Ostler hatte die Stimme so erhoben, dass einige der Umsitzenden aufblickten und abwechselnd ihn und Jennerwein ansahen. Ostler löste sich aus seiner Erstarrung. Er griff in die Tasche, ohne Jennerwein aus den Augen zu lassen.

»Glauben Sie mir, ich habe jahrelang mit ihm zusammengearbeitet, ich kenne Hauptkommissar Jennerwein. Vielleicht kennt ihn niemand so gut wie ich. Also, warum um alles in der Welt behaupten Sie, dass Sie der Kommissar sind? Was wollen sie damit – «

Ostler brach ab. Es war bloß ein kleines Gramm Wut gewesen, das in ihm aufgeblitzt war. Doch jetzt hatte er sich wieder vollständig gefasst. Auch Jennerwein hatte sein Gegenüber nicht aus den Augen gelassen. Die Reaktion Ostlers war merkwürdig gewesen. Er hatte die skandalöse Behauptung Jennerweins nicht ganz und gar abgetan. Jennerwein glaubte sogar so etwas wie verwirrte Erleichterung in Ostlers Reaktion entdeckt zu haben.

»Also, was wollen Sie?«, fuhr Ostler fort.

»Ich würde mich freuen, wenn Sie mir Gelegenheit geben, diese meine Behauptung zu beweisen«, sagte Jennerwein.

»Setzen Sie sich bitte«, erwiderte Ostler. »Wenn Sie ein Verbrechen begangen haben und eine Beichte ablegen wollen, dann weise ich Sie darauf hin, dass ich kein Priester bin, sondern nur die niederen Weihen eines Abbé vorzuweisen habe. In diesem Fall –«

»Ich habe kein Verbrechen begangen«, unterbrach Jennerwein. »Ich bin in eine unerklärliche und ausweglose Situation geraten. Sie sind meine letzte Hoffnung. Nur Ihnen kann ich mich anvertrauen. Sie sind – ich kenne Sie als Polizeihauptmeister Johann Ostler.«

Der Mann in Zivil, den nur der weiße Kragen als Mitglied der Kirche verriet, lachte auf.

»Ostler? Johann Ostler? So hat mich schon lange niemand mehr angesprochen. Ich habe den Namen schon fast vergessen.«

»Ostler ist einer der häufigsten Nachnamen im Kurort und auch in der ganzen Gegend, zeitweilig hatte es sieben Ostlers auf der Dienststelle gegeben, einmal sogar drei mit Namen Johann Ostler.«

»Das ist richtig. Das beweist aber nicht, dass Sie Jennerwein sind. Solche Anekdoten standen mehrmals in der Zeitung, und gerade die Sache mit den sieben Ostlers war in den Büchern zu finden, die in letzter Zeit erschienen sind und die einen Einblick in die harte Polizeiarbeit dort geben sollten. Haben Sie eines davon gelesen?«

Jennerwein antwortete nicht auf die Frage. Er sah Ostler fest in die Augen.

»Ich werde Ihnen jetzt eine Episode erzählen, die wir zusammen erlebt haben und von der sonst niemand wissen kann. Weil sie in keinem Protokoll und in keiner sonstigen Aufzeichnung steht.«

Ostler lehnte sich gespannt, aber auch ein wenig großherzoglich zurück.

»Es ist etwa zehn Jahre her. Wir steckten mitten in einem Fall«, fuhr Jennerwein fort. »Es ging um einen Serientäter, der Menschen in Felsspalten praktizierte, um sie dort verhungern zu lassen.«

»Der Fall Putzi, ja, der ist mir bekannt.«

»Wir mussten im Gebirge ermitteln, am Ettaler Manndl. Wir beide kletterten eine Steilwand hinunter, um zu einer Felsnische zu gelangen, in der ein Tourist mit einem scharfen Fernglas eine Leiche gesehen haben wollte. Es begann zu regnen, und Sie als erfahrener Bergsteiger beschlossen, den Guss abzuwarten. Wir zurrten uns fest, in einer Höhe von fast sechzehnhundert Metern. Während der Wartezeit haben Sie mir erzählt, dass es einen alten Bergsteigerschwur geben würde, ein gegenseitiges Versprechen, das nur ab einer gewissen Höhe Gültigkeit hätte. Der Schwur: Wenn einer von uns beiden in eine wie auch immer geartete ausweglose Situation geraten würde, hätte der andere die verdammte Pflicht, ihm da herauszuhelfen.«

Jennerwein unterbrach. Ostler sah ihn schweigend an. Blickte er amüsiert? Je länger Jennerwein darüber nachdachte, desto mehr wurde ihm klar, dass die Geschichte natürlich auch kein Beweis dafür war, dass er Jennerwein war. Der – wie auch immer – echte Jennerwein hätte ihm die Episode verraten können, freiwillig oder unter Zwang. Aber es gab einen kleinen Hoffnungsschimmer. Warum hörte sich Ostler seine Geschichte so geduldig an? Warum schickte er ihn nicht einfach weg? Warum rief er nicht den bewaffneten Ober, der ihn zunächst nicht durchlassen wollte?

»Sie kommen also, um dieses Versprechen einzufordern?«

»Sie, Ostler, hätten vor vier Jahren beim G-7-Gipfel mehr Grund gehabt, sich helfen zu lassen. Sie standen unter Mordverdacht. Aber jetzt ist es eben umgekehrt.« Er tippte auf seine Brust. »Ich bin in diesem fremden Körper aufgewacht, vor drei Tagen. Sie glauben gar nicht, was ich nicht schon alles versucht habe, um wenigstens zu verstehen, wie ich in diese aussichtslose Lage geraten bin – geschweige denn sie irgendwie zu meistern. Jetzt habe ich mich zu diesem Schritt entschlossen. Aus Ihnen ist ein Mann des Glaubens geworden, Ostler. Ihnen dürften irrationale Zwischenwelten nicht fremd sein.«

Ostlers Miene veränderte sich bei diesem Vorstoß nicht. Er schien über etwas nachzudenken. Dann zeigte sich wieder ein Anflug von Skepsis in seiner Miene.

»Wie haben Sie mich gefunden?«

Jennerwein zuckte die Schultern und versetzte lächelnd:

»Ich bin Polizist.«

Ostler lächelte ebenfalls. Es war das erste Mal, dass er so warmherzig und fast verschmitzt lächelte. So kannte Jennerwein Ostler. Es war ein großmütiges Lächeln, das Hilfsbereitschaft zeigte. Der alte Joey Ostler blitzte ein klein wenig durch.

»So beschloss ich, Kontakt zu Ihnen aufzunehmen«, fuhr Jennerwein fort. »Ich habe seit Jahren nichts mehr von Ihnen gehört. Ich wusste nur, dass Sie im Vatikan eine hochrangige

Stelle in der Verwaltung innehaben, es hieß, in der dortigen Polizei- oder Exekutivbehörde.«

»Und Sie sind überzeugt davon, dass ich Sie nicht in die Psychiatrie schicken werde?«

»Ja, das bin ich.«

»So, das sind Sie.«

Mit diesen Worten nahm Ostler fast beiläufig ein Smartphone aus der Tasche und drückte eine Nummer. Er wartete, dass der andere sich meldete.

»Ich habe Kommissar Jennerwein übrigens erwartet«, sagte er leise und ohne aufzusehen. »Ich weiß aus den Nachrichten, dass Jennerwein ein Verbrechen begangen hat. Ich kann es immer noch nicht glauben. Aber ich habe die Möglichkeit nicht ausgeschlossen, dass er mich um Hilfe bittet und den Schutz der Kirche sucht. Ich war andauernd darauf gefasst, dass er um die Ecke kommt und mich bittet, ihn zu schützen. Stattdessen taucht jemand anderer auf, der behauptet, Jennerwein zu sein!«

Jetzt meldete sich der Gesprächsteilnehmer, den Ostler angerufen hatte. Ostler sprach Italienisch, ein fließendes, glattes Italienisch, so viel konnte Jennerwein erkennen. Die perlenden, lebensfrohen Vokale passten überhaupt nicht zu der momentanen, dramatischen Situation. Jennerwein verstand die Sprache leidlich, er bekam mit, dass Ostler lediglich einen Termin abgesagt hatte. Er hatte keinen psychiatrischen Notdienst gerufen oder die Security. Nach dem Ende des Gesprächs steckte Ostler das Smartphone nicht wieder ein, sondern suchte etwas darauf. Endlich schien er es gefunden zu haben.

»Wenn Sie Jennerwein sind, dann werden Sie diese Aufgabe mit Leichtigkeit lösen. Ich kenne meinen früheren Chef als jemand, der blitzartig und intuitiv aus einem Gewirr von Daten oder Fakten dasjenige Element herausfiltert, das nicht dazu passt. Ich habe hier eine Fotografie eines Gemäldes des Venezianers Giovanni Battista Tiepolo, das ist der bedeutendste Maler des ausklingenden Barock. Es ist in der Kunstsammlung des Vatikans zu sehen, aber nicht öffentlich. Betrachten Sie das Bild genau. Was stimmt daran nicht?«

Ostler reichte Jennerwein das Smartphone. Er war überhaupt kein Kenner bildender Kunst. Jennerwein las gerne, hörte gern Musik, aber der letzte Museumsbesuch –? Er setzte Pelikans Lesebrille auf. Das Gemälde zeigte eine eindrücklich gestaltete Szene. Ein junger, ausgezehrter Mensch saß auf einer Mauer und blickte traurig in die Ferne. Die Landschaft war augenscheinlich italienisch, der Jüngling antik gewandet. Ein Lächeln huschte über Jennerweins Gesicht.

»Ich verstehe nicht viel von Malerei, aber dieser bedauernswerte Jüngling hat zwei linke Füße gemalt bekommen. Das ist es, was an dem Bild nicht stimmt. Ich glaube, es gibt ein Gemälde von Goethe, das ähnlich stümperhaft gemalt wurde.«

»Es hat mit Stümperei nichts zu tun. Zwei linke Beine, das ist eine mögliche Allegorie des Teufels.«

Jennerwein hätte nie gedacht, dass er von Ostler einmal eine kunstgeschichtliche Expertise zu hören bekommen würde.

»Der Jüngling hat zwei linke Füße«, fuhr Ostler fort. »Sie haben es sofort erfasst. Es ist der Antichrist, der auf den nahenden Weltuntergang wartet.«

»Der Teufel hinkt also, weil er zwei linke Beine, und nicht, weil er einen Pferdefuß hat?«

»So ist es.«

»Glauben Sie mir jetzt?«

Ostler lachte auf.

»Glauben! Ein großes Wort. Wenn Sie Jennerwein sind, dann erzählen Sie mir, wie es zu der Verwandlung kam.«

Jennerwein fasste die Ereignisse der letzten drei Tage zusammen. Er begann mit dem schrecklichen Erwachen auf der harten Aussichtsbank, erzählte von seinen Recherchen in Leonhard Pelikans Wohnung, vom Treffen mit Irene Dandoulakis, von seinen Geldbeschaffungsmaßnahmen in der Spielhölle Bongo-Longo und von seinen vielen anderen Versuchen, Klarheit in die Sache zu bringen. Ostler hörte hochgespannt, aber mit wachsender Unruhe zu. Manchmal blitzte etwas auf in seinen Augen, das großen Schrecken verriet. Und manchmal wirkte es fast so, als ob er diese Geschichte schon einmal gehört hätte. Als ob ihm die Geschichte vom Körpertausch nicht ganz fremd wäre.

## 31

AERGIA, GRIECHISCHE GÖTTIN DER
FAULHEIT, AUSZEIT, DES MÜSSIGGANGS
UND DER TRÄGHEIT:
[Anm. der Red.: Diese Dame hat trotz wiederholter Anfragen als Einzige nicht auf die Herakles-Umfrage reagiert.]

Im Medienraum des Polizeireviers war Hansjochen Becker immer noch vor dem spezialangefertigten Riesenbildschirm seines stationären Rechners über die Tastatur gebeugt und studierte die Ergebnisse der bisherigen Suche nach einem Mann, der dem Profil ›Jennerwein‹ entsprach. Es gab inzwischen sogar schon Meldungen aus St. Petersburg, Reykjavík und Nikosia, wo der Kommissar gesehen worden sein sollte, diese Nachrichten stellten sich jedoch bei näherem Hinsehen allesamt als Enten heraus. Becker überlegte, ob Jennerwein sich nicht schon außerhalb Europas aufhielt. In diesem Fall waren die Chancen, ihn zu finden, ohnehin gleich null. Becker verfeinerte die Suche. Jennerwein mit und ohne Bart, mit und ohne Brille, mit und ohne Toupet: keine Ergebnisse. Es hatte darüber hinaus einige Anrufe von Einwohnern des Kurorts gegeben, die ihn gesehen haben wollten, in den Bergen, in einem vorbeifahrenden Auto, im Supermarkt beim Regaleinräumen, aber es waren samt und sonders unzuverlässige Kandidaten gewesen, die sich lediglich wichtig machen wollten. Und ja, klar, auch das Ehepaar Frick war wieder am Start. Sie gaben an, das ›Mittagsgespräch‹ im Radio gehört zu haben. Dort hätte es beim Thema ›Die Lust, alles hinzuschmeißen und abzuhauen‹

einen Anrufer gegeben, der mit verstellter Stimme gesprochen und sie an Jennerwein erinnert hätte. Die Zeit wurde knapp, Rosis Ultimatum lief bald ab. Hansjochen Becker wandte sich wieder dem Foto zu, das ihm Polizeiobermeister Hölleisen zugesteckt hatte: ein Mann in mittleren Jahren, stark vorspringendes Kinn, tiefliegende Augen, dunkler Teint. Gutmütig, wie er war, hatte Becker dieses Bild ebenfalls in die Suchmaschine von Europol eingegeben. Tatsächlich gab es einen Treffer bei den italienischen Kollegen. Es schien sich um einen Saisonarbeiter zu handeln, einen Tomatenpflücker aus dem europäischen Ausland. Da seine Papiere in Ordnung waren und seine Unterschrift mit der im Pass übereinstimmte, hatten sie seinen Namen gar nicht erst ins Protokoll genommen. Becker betrachtete das übermittelte Bildschirmfoto. Es war äußerst unscharf. Ob Hölleisen etwas damit anfangen konnte? Wo war Hölleisen überhaupt? Becker sprang auf und eilte ins Nebenzimmer. Weit und breit kein Hölleisen. Becker wandte sich wieder den Bildern zu, die aus den Überwachungskameras europäischer Großstädte gefiltert worden waren. Berlin, Paris, Madrid ... keine Ergebnisse zu Jennerwein. Becker ertappte sich dabei, wie er resigniert zusammensackte und die Schultern hängen ließ. Dann jedoch richtete er sich ruckartig auf, packte seine Computersachen und verließ das Revier. Bald würde Rosi auftauchen und ihnen untersagen, die Ermittlungen weiterzuführen. Niemand konnte ihm aber verbieten, mit der Software, an die er ohnehin nicht auf legalem Weg gekommen war, zu Hause weiterzuarbeiten.

Polizeiobermeister Hölleisen kniete auf einer der harten Kirchenbänke und betete. So viel Zeit musste sein. Das war sozusagen auch so etwas wie Fahndung. Hölleisen sandte flehentliche

Bitten gen Himmel, er betete, als hätte Friedrich Nietzsche nie gelebt. Barmherziger Gott, ich glaube zwar nicht so recht an dich, aber wenn es dich gibt, dann ... Inmitten einer besonders demütigen Anrufung legte sich eine kräftige Hand auf seine Schulter. Wortlos. Mit zunehmendem, schraubzwingenartigem Druck. Hölleisen erstarrte. Gerade hatte er sich einen Verschlag irgendwo auf der Welt vorgestellt, in dem der Chef schmorte. In Manila, Timbuktu oder Nordkorea, bis auf die Knochen abgemagert, mit blutigen Striemen übersät, die von Peitschenhieben herrührten. Der Vollprankendruck löste sich wieder. Es war der Pfarrer der Kirche.

»Hölli, warum erschrickst du denn so? Ja freilich, ich verstehe schon. Die Suche nach unserem guten Jennerwein kann einem schon ans Gemüt gehen.«

Hölleisen nickte dankbar. Er musste, wenn das alles vorbei war, der Kirchengemeinde eine großzügige Spende zukommen lassen. Unbedingt. Das Urlaubsgeld der Familie würde dabei draufgehen, aber egal. Er mochte gar nicht hinsehen zu der verkohlten Stelle, über der eine Plane hing. Das schlechte Gewissen drückte ihm aufs Gemüt.

»Die Explosion hat eine ziemliche Sauerei angerichtet«, sagte der Pfarrer. »Der ganze Seitenaltar muss abgebaut und restauriert werden.«

Hölleisen schluckte. Ob das Urlaubsgeld dafür überhaupt reichte? Hastig schlug er ein Kreuzzeichen und verließ die Kirche.

Das junge Touristenpaar war einen sanft aufsteigenden Wanderweg hinaufgestapft und bei einer Lichtung stehen geblieben, die sich bis zu einem fernen Fichtenwald ausbreitete. Laut Wander-Navi war es die Flühelwiese. Ihre Nordic-Walking-Stöcke blitzten in der Sonne, die Rucksäcke hingen schlaff herunter, sie zückten ihre Selfie-Sticks und dokumentierten sich gegenseitig. Zuerst war der malerische Heuschober nur sehnsuchtsvoller Hintergrund, dann stiegen sie über den ausgeleierten Stacheldrahtzaun, liefen über die sumpfige Betreten-verboten-Wiese und setzten ihre Rucksäcke schließlich auf einem Holzstoß vor dem Schuppen ab. Sie beschlossen, sich von einem Online-Bringdienst eine Pizza hierher liefern zu lassen. Es war wieder einmal ein Ort von enormer Instagramability. Wenn der Wind wechselte, roch es gärig und sauer nach frisch geschnittenem Gras. Nichts für Allergiker. Sie knipsten die Hütte aus verschiedenen Perspektiven und mit verschiedenen Posen. Die Tür zum Schober stand offen, sie betraten den kleinen Raum. Der dumpfe und gleichzeitig beißend scharfe Geruch des dampfenden Heus nahm ihnen fast den Atem. Sie fächelten sich Luft zu. Es war dunkel im Inneren, trotzdem suchten sie nach einem brauchbaren Fotomotiv. Plötzlich ein Schrei aus zwei erschrocken aufgerissenen Mündern. Unter einem der aufgeschichteten Ballen ragten zwei Beine heraus. In panischer Angst rannten sie ins Freie, packten die Rucksäcke und flüchteten zurück Richtung Wanderweg. Schwer atmend blieben sie an einem Holzstapel stehen und lehnten sich daran. Doch dann beruhigten sie sich wieder. Ein Besoffener. Sicher wollte der gute Mann dort drinnen nach getaner Landarbeit nur seinen Rausch ausschlafen. Sie gingen weiter über die Wiese. Als der ansteigende, breite Wanderweg wieder in ihr Blickfeld geriet, sahen sie in der Ferne auch schon den Kleinwagen des Pizzalieferdienstes. Sie hatten Nr. 63 und 71 bestellt, das Wasser lief ihnen im Mund zusammen. Sie winkten und schrien, doch der Pizzabote bemerkte sie nicht und fuhr an ihnen vorbei. Enttäuscht machten sie sich auf den Heimweg. Dann aber packte sie doch das schlechte Gewissen. Was, wenn der Mann im Stadel verletzt war und Hilfe brauchte? Reumütig marschierten sie wieder zurück, fanden aber den Mann im Heuschober nicht mehr. Eine Scheune sah wie die andere aus. Vielleicht war der Mann auch inzwischen herausgekrochen und torkelte nach Hause, wo ihn die Alte mit dem Nudelholz erwartete.

Ursel und Ignaz Grasegger konnten auch nicht einfach still dasitzen und nichts tun. Auf ihre Belohnung, die sie in der Szene ausgelobt hatten, hatte sich niemand gemeldet, jedenfalls niemand, den sie ernst nehmen konnten. So war das kriminelle (und inzwischen halbwegs geläuterte) Bestattungsunternehmerehepaar kurzerhand losgefahren und hatte schon bald die Grenze zu Italien überquert. Sie fuhren im Leichenwagen, der wurde so gut wie nie kontrolliert.

»Jetzt links«, sagte Ursel zwischen Aldeno und Besenello. »Das erinnert mich daran, wie wir uns in Italien schon einmal verfahren haben. Colino oder so ähnlich hieß der Ort.«

»Colino?«

»Nein, nicht Colino. So ähnlich wie Colino. Es war da, wo wir Richtung Arezzo fahren wollten, aber dann in Acquapendente rausgekommen sind. Der Ort ist mit S angegangen.«

»Solino?«

»Nein, es war ein zweisilbiger Ortsname, so was wie Miesbach, aber italienisch.«

Im Fond des Leichenwagens stand diesmal kein Sarg, dort hinten kauerte ein drahtiger Mann mit ziellos von Punkt zu Punkt springenden Augen.

»Geht das schon wieder los!«, seufzte er mit unüberhörbar österreichischem Akzent.

Ludwig Stengele saß im Besprechungszimmer und telefonierte. Sein Arm war schon halb abgefallen.

»Und wenn ich mich nach Kanada absetze? Mit wie viel muss ich da rechnen?«

Er notierte eine hohe Summe auf den Block der Polizeigewerkschaft, deren preisgekrönter Zivilcourage-Slogan *Affen gaffen, Helden melden* auf jedem Blatt abgedruckt war.

»Und ein zuverlässiger 24-Stunden-Sicherheitsdienst, was kostet der pro Tag?«

Wieder flog der spitze Bleistift des Allgäuers aus Mindelheim über das Papier. Als er schließlich alle Summen addiert hatte, stieß er einen überraschten Pfiff aus. Das verschlang ja heutzutage wirklich ein Schweinegeld, sich auf Nimmerwiedersehen auszublenden. Das konnte sich nur leisten, wer wirklich dick Kasse gemacht hatte. Da musste man schon in der Liga von Jan Marsalek spielen, dem Österreicher, der Wirecard geschröpft und atomisiert hatte. Und ganz sicher konnte man sich trotzdem nie fühlen. Ob Jennerwein sich auf so etwas einließ? Der Mord an Lohkamp hätte garantiert nicht so viel Geld eingebracht. Stengele warf den Bleistift auf den Tisch. Nein, Stengele war sich sicher, dass Jennerwein nicht vorhatte, die nächsten Jahrzehnte in kanadischen oder finnischen Blockhütten Kreuzworträtsel zu lösen.

Die Polizeimeisteranwärterin mit ihren elfhundert Mäusen im Monat saß im Vernehmungszimmer des Polizeireviers. Sie nahm eine Zeugenaussage auf. Die Frau ihr gegenüber blickte sich unruhig im Zimmer um. Die Anwärterin startete die Audioaufnahme.

»Sie haben am Telefon angegeben, Kommissar Jennerwein gesehen zu haben.«

»Ja, das stimmt.«

»Wo war das gewesen?«, fragte die Anwärterin fast gierig.

Die Zeugin antwortete nicht sofort. Die Anwärterin musterte sie. Es war doch immerhin möglich, dass sie jetzt die Hauptzeugin vor sich hatte, die schließlich zur Lösung des Falles führte. Möglich war es doch! Dass ausgerechnet sie, die Dienstgradgeringste im Revier, an der entscheidenden Drehung im Fall Jennerwein beteiligt war. Die Frau schwieg immer noch. Und blickte sie starr an.

»Haben Sie denn den Kommissar nun erkannt oder nicht?«

Die Zeugin zupfte ein Papiertaschentuch aus der Packung und tupfte sich die Stirn ab. Dann beugte sie sich vor.

»Ehrlich gesagt: diese Pilze.«

»Welche Pilze?«

»Die an der Wand hängen. Die Pilze empfinde ich als absolut bedrohlich. Wenn ich Pilze sehe, vor allem so viele, drehe ich durch. Lassen Sie uns bitte, bitte woanders hingehen.«

Die Dienstgradgeringste drehte sich um und musterte die Bilder an der Wand. Sie hatte sie noch nie wahrgenommen.

»So schlimm?«

»Schlimmer. Ich dreh durch. Haben Sie denn nicht noch einen anderen Raum? Wofür zahle ich denn meine Steuergelder? Dass ein Verhörraum mit solchem Psychoterror bestückt wird?«

Sie verließen das Zimmer. Es war kein anderer Raum mehr frei. Sie setzten sich auf zwei unbequeme Stühle im Gang.

»Besser?«

Die Zeugin fächelte sich Luft zu.

»Ja, besser, aber es wirkt immer noch nach.«

»Wo haben Sie Kommissar Jennerwein nun gesehen?«

»Ganz sicher bin ich mir nicht. Vor ein paar Tagen. Ich hatte

Sommergrippe, bin mitten in der Nacht aufgestanden und habe das Fenster aufgerissen. Da ist unten auf der Straße ein Mann getorkelt. Ich wollte das Fenster schon wieder schließen. Kommt öfter vor. Das mit dem Torkeln. In der Nähe ist ein Gasthaus, Sie wissen schon. Aber dann: die Kleidung.«

»Die Kleidung?«

»Als er unter der Straßenleuchte stand und sich am Mast festhielt, habe ich gesehen, dass er dieses hellbraune Tweed-Sakko trug.«

Die Zeugin blickte die Anwärterin an, als ob die Befragung hiermit beendet und der Fall gelöst wäre. Und überhaupt alle Probleme dieser Welt.

»Ein hellbraunes Tweed-Sakko? Ich verstehe nicht ganz –«

»Na, hören Sie mal! Das ist doch das Sakko, in dem Jennerwein immer rumläuft. Also sein Markenzeichen. Jedes Mal, wenn in der Zeitung ein Foto von ihm erscheint, hat er das an. Und ich habe ihn auch schon öfter auf der Straße gesehen. Er selbst wäre mir in dieser Nacht gar nicht aufgefallen, aber das Sakko – völlig aus der Mode gekommen! Das Gesicht habe ich nicht genau gesehen, aber die Statur hat gepasst.«

»Warum haben Sie das nicht gleich gemeldet?«

»Ich lag im Bett mit schwerer Sommergrippe. Die letzten drei Tage. Erst heute habe ich wieder Nachrichten gehört. Und außerdem war ich mir sowieso nicht sicher. Wie der getorkelt ist! Jennerwein und besoffen, das kann ich mir überhaupt nicht vorstellen. Und selbst wenn, dann torkelt der doch nicht so rum in der Öffentlichkeit. Er ist dann ein Stück in die Wiese rein und hat sich da fallen lassen. Einfach in die Wiese fallen lassen! Da habe ich mich ebenfalls wieder ins Bett gelegt.«

Die Anwärterin nahm die Adresse auf. Forellenweg 1. Etwas außerhalb des Kurorts. Nicht sehr dicht besiedelt. Ein Wandergebiet. An der Flühelwiese. Hinschauen konnte man ja mal. Sie würde es gleich Kommissarin Schwattke weitergeben.

»Diese Pilze!«, sagte die Zeugin vom Forellenweg 1, dem einzigen Haus in dieser Schotterstraße, während sie sich ächzend vom Stuhl erhob. »So etwas in einem Verhörraum, das vergiftet doch die ganze Atmosphäre.«

»Ja, vielen Dank. Ich gebe das weiter. Das mit den Pilzen. Und natürlich auch Ihre Aussage.«

Im Kellergeschoss des Polizeireviers herrschte Totenstille. Die Anwärterin klopfte an die Tür, die zum Archiv führte, niemand antwortete. Der Archivar, tief über dicke Aktenbündel gebeugt, hob den Kopf und lauschte. Hatte da eben jemand mit furchtbar zierlichen Knöchelchen geklopft? Er schlurfte zur Tür und öffnete die quietschende Klappe, die vor undenklichen Zeiten als Essensklappe benützt worden war. Das Gesicht, das draußen erschien, kannte er nicht. Er lugte auf die Rangabzeichen auf ihrer Schulter. Aha, eine Neue.

»Wollen Sie zu mir?«

»Ja, ich finde Kommissarin Schwattke nicht. Im ganzen Haus nicht. Ich dachte vielleicht, dass die Kommissarin bei Ihnen im Archiv ist.«

»Nein, ist sie nicht. Ist sie nie. Und wozu sollte sie auch hier sein?«

»Na, um etwas nachzuschlagen.«

Der Archivar lachte heiser und wies mit ausladender Geste in den Raum.

»Hier hat schon lange niemand mehr etwas nachgeschlagen. Inzwischen läuft alles digital, Sie verstehen. Ich bin der letzte Papiertyp. Man hat mir diesen Raum zur Verfügung gestellt. Sie wissen ja vielleicht, dass das früher eine Gefängniszelle war. Sie entspricht leider nicht mehr den EU-Normen, die darf nicht mehr für Gefangene benutzt werden. So habe ich sie gemietet.«

»Und Frau Doktor Schmalfuß? War die auch nicht hier?«

»Nein. Schon lange nicht mehr.«

Die Anwärterin verabschiedete sich. Der Archivar schloss die ungeölte Essensklappe. Im Gegensatz zu Nicole Schwattke, die ihr Archiv quasi im Notebook hatte, war Maria Schmalfuß schon ab und an zu ihm heruntergekommen. Und nie mit einem freundlichen Wort. Immer hatte sie sich darüber beschwert, dass sie in seinen Aufzeichnungen und Schilderungen des knochenharten Polizeialltags ins falsche Licht gerückt würde. Nicht nur einmal hatte Maria Schmalfuß verlangt, dass etwas gestrichen oder geändert werden sollte.

»Das bin ich nicht«, hatte sie ihn trotzig angefahren. »Ich bin ganz anders, als Sie mich darstellen. Und außerdem kommt gar nicht raus, dass die entscheidenden Hinweise zur Lösung der Fälle zu neunzig Prozent von mir stammen!«

»Dann schreiben Sie halt ein eigenes Buch«, hatte er einmal geantwortet.

Seitdem war sie nicht mehr erschienen. Und er befürchtete, dass sie bereits begonnen hatte, seinen nicht ganz ernst gemeinten Rat zu beherzigen.

Dem Spurensicherer Hansjochen Becker brannten die Augen, so oft hatte er Bahnhöfe, öffentliche Plätze und Großkreuzungen nach Männern durchforstet, die die Gesichtserkennungssoftware für ihn vorselektiert hatte. Ohne jeden Erfolg. Er kannte natürlich die Tricks, wie man die Software täuschen konnte. Zum Beispiel mit dick aufgetragener Gesichtscreme, in die winzige Stanniolpapierfetzen eingearbeitet waren. Und dann gab es einen ganz gemeinen Trick, gegen den die Algorithmen machtlos waren. Es war zwar eine schmerzhafte Prozedur, die der Täuscher über sich ergehen lassen musste. Aber eine der Grundlagen der Gesichtserkennung waren die Höhe der Wangenknochen und ihr jeweiliger Abstand zur Nase. Praktizierte man zwei zentimetergroße Objekte an den richtigen Stellen in die Mundhöhle, erkannte der Computer das Gesicht nicht. Becker schaltete seinen Drucker an und ließ sich mehr als zweihundert Fotos von Männern auswerfen, bei denen das Programm eine Ähnlichkeit mit Kommissar Jennerwein festgestellt hatte. Einen Versuch war es wert.

Die beiden Hacker unterhielten sich quer durchs Auto. Der Mann mit den computeraffinen Spinnenfingern und die Frau mit der Kapuze mussten sich gegen die aufjaulenden Motorengeräusche durchsetzen. Vielleicht war es auch Punk-Musik.

»Haben wir ihn verloren?«, schrie sie nach hinten.

»Nein, da ist er! Ich hab ihn wieder!«

»Wo ist er?«

»Du wirst es nicht glauben: im Vatikan!«

»Das ist doch prima.«

»Das ist alles andere als prima. Ins Pentagon, ins russische Ministerium für Verteidigung, in die UNO, in den Mossad, überall kämen wir rein. Aber in die Sicherheitsabteilung des Vatikans – keine Chance.«

Rosi Rosenberger stürmte ins Besprechungszimmer.

»Unterbrechen Sie sofort Ihre Fahndung nach Jennerwein«, sagte er zu Nicole Schwattke. »Ein Team aus der Landeshauptstadt ist unterwegs. Sie sind gerade von der Autobahn runtergefahren und müssten in wenigen Minuten da sein. Schreiben

Sie den Satz noch zu Ende, aber dann stellen Sie bitte schön sofort die Ermittlungen ein.« Er schwieg einen Moment und dröhnte dann im tiefsten Rosenberger-Bass: »Das ist eine offizielle Dienstanweisung.«

# 32

LEONARDO FIBONACCI:

*Listiger Altgrieche, sei mir gegrüßt! Zur Entspannung eine ganz leichte Aufgabe – für dich sicherlich ein Klacks. Sieh dir folgende Reihe von geheimnisvollen Zeichen an und schreibe einfach das nächste hin, das sich aus den bisherigen logisch ergibt:*

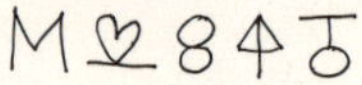 …

»Kommen Sie mit«, sagte Ostler zu Jennerwein und erhob sich, ohne einen weiteren Schluck von dem köstlich duftenden Kaffee getrunken zu haben. Mit großem Ernst in der Stimme fügte er hinzu:

»Um Sie nicht im Unklaren über meine Gedanken zu lassen: Ich glaube Ihnen. Und ich habe eine vage Idee. Ich bringe Sie jetzt zu jemandem, der sich in dieser – Angelegenheit bestens auskennt.«

In dieser Angelegenheit? Warum hatte Ostler das Wort so zögerlich ausgesprochen? Jennerwein konnte gar nicht anders. Er musste an Exorzismus denken, Besessenheitsausräucherung, an Satansbeschwörungen mit Schwefeldämpfen und gemurmelten lateinischen Sprechgesängen, die den Teufel wieder dahin zurückdrängten, wo er hingehörte.

»Ich weiß, an was Sie gerade denken, Chef«, sagte Ostler mit einem besorgten Lächeln. »Das ist es nicht. Ganz und gar nicht. Ich glaube nicht, dass Sie vom Teufel besessen sind. Sie müssen zuerst ein paar Untersuchungen durchstehen.«

Sie traten auf die Straße. Die Sonne bohrte sich in diese Häuserschlucht, als ob sie die brodelnde Menschensuppe durchquirlen wollte. Als sie ein paar Schritte gegangen waren, begann Ostler wieder zu telefonieren. Seinem Tonfall nach war er es inzwischen gewohnt, Anweisungen zu geben. Jennerwein schnappte ein paar Begriffe auf, die er sich allerdings nicht zusammenreimen konnte. Es blieb ihm nichts anderes übrig, er musste Ostler vertrauen. Schließlich hatte dieser ihn, wie in alten Zeiten, gerade ›Chef‹ genannt. Offensichtlich glaubte er ihm also wirklich.

»Und der Kellner in dem Café eben?«, fragte er, als Ostler das riesige Smartphone endlich weggesteckt hatte. »War das ein Mann von Ihnen?«

»Und Sie?«, erwiderte Ostler, ohne die Frage zu beantworten. »Sie haben sich von der Mafia herbringen lassen?«

»Respekt! Sie haben das Geheimnis des Tomatentransporters geknackt.«

»Den Blick für das Nicht-Passende in einer ansonsten stimmigen Umgebung habe ich damals von Ihnen gelernt, Chef! Ein Tomatentransporter, der in dieser Straße parkt! In einer Straße, in der es weit und breit keine Restaurants gibt. Nur Cafés, Chef! Ich darf Sie doch weiter Chef nennen?«

Jennerwein nickte dankbar.

»Und wenn es Ihre Position erlaubt, würde ich Sie auch weiterhin gerne Ostler nennen.«

»Natürlich, was sollte dagegensprechen? Ostler ist sozusagen mein Mädchenname.« Leise kichernd fügte er hinzu: »Nachdem ich jetzt mit der Kirche verheiratet bin.«

»Der angebliche Kellner war jedenfalls bewaffnet, wie ich festgestellt habe.«

»Das sagt nichts«, entgegnete Ostler trocken. »In Rom sind viele Kellner bewaffnet.«

Herrlich, dachte Jennerwein. Endlich konnte man wieder zivilisiert von Sie zu Sie sprechen. Die Duzerei in der Halb- und Unterwelt, angefangen von dem Taxifahrer (wieder fiel ihm der Name nicht ein) über das Personal im Bongo-Longo bis hin zu den Mafiagestalten in Toreggio – die gegenseitige Herablassung auf eine pseudofreundschaftliche Ebene war ihm überall ein Graus gewesen. Wenig später standen sie eingekeilt in der vollbesetzten U-Bahn. Ostler hatte vorgeschlagen, mit einem öffentlichen Verkehrsmittel zu fahren, es waren in der Tat nur wenige Stationen. Nachdem sie ausgestiegen waren, überquerten sie eine prächtig angelegte Piazza, dann eine kleine Straße, die auf ein unscheinbares Gebäude zuführte, das sich aus der Nähe als kleine Kapelle entpuppte. Vor dem Eingangsbereich ließ Jennerwein seinen Blick über die vielen Mauervorsprünge und Erkerchen wandern. Ostler hatte dies wohl bemerkt.

»Wenn Sie nach Überwachungskameras suchen, wir haben hier keine angebracht.« Auf Jennerweins fragende Miene hin fügte er besorgt hinzu: »Inzwischen ist es ja leider so, dass Überwachungskameras mehr Unsicherheit schaffen als Sicherheit bieten – bei der ganzen Spyware, die da drin verbaut ist.«

Im Gebäude hinter der Kapelle schritten sie nun einen langen Gang entlang, dessen Wände mit Millionen von Gemälden behängt waren, fast ausnahmslos mit religiösen Motiven. Was es nicht alles für Märtyrer gab. Und wie manche zu Tode gekommen waren!

»Was genau ist Ihr Aufgabenbereich, Ostler?«

»Ich bin für die Sicherheit hoher kirchlicher Funktionäre verantwortlich. Und für die Sicherheit dieser Kunstschätze hier. Der Plan für die Evakuierung aller Gemälde innerhalb weniger Minuten stammt von mir«, fügte er nicht ohne Stolz hinzu. »Und dann habe ich noch einige Ressorts, die – hier nichts zur Sache tun.«

»Ich verstehe.«

Sie betraten ein geräumiges Zimmer. Die vielen herumstehenden Geräte deuteten auf ein ärztliches Behandlungszimmer oder ein medizinisches Labor hin. Das Mobiliar und die Apparate waren jedoch bei näherem Hinsehen nicht gerade auf dem neuesten Stand. Wieder tauchten vor Jennerweins innerem Auge Bilder des tiefsten Mittelalters auf. War das ein Streckbett für Folterungen? Standen dort die Apparaturen für Elektroschocks? War er im Verhörraum der Inquisition gelandet? Ein beißend kalter Hauch umwehte ihn.

»Ich habe den Obersten des ärztlichen Dienstes im Vatikan gerufen«, sagte Ostler. Als er Jennerweins misstrauischen Ausdruck sah, fügte er schnell hinzu: »Wundern Sie sich nicht, Chef. Das hier sind alles Ausstellungsstücke. Fürs Museum. Dort hinten ein Original Streckbett aus der Zeit der Inquisition. Schauderhaft, ja. Unsere medizinischen Apparate im nächsten Raum sind funktionsfähig und auf dem neuesten Stand der Technik. Also alles vom Feinsten. Bitte nach Ihnen, Chef.«

Tatsächlich wirkte die Einrichtung des angrenzenden Raums beinahe futuristisch. Blinkende Screens, übermannshohe Armaturen, die Gerichtsmedizinerin Verena Vitzthum hätte an der medizintechnischen Ausstattung ihre helle Freude gehabt, Jennerwein hingegen hatte keinen blassen Schimmer von der Funktion all dieser Geräte. Bald darauf trat der von Ostler angekündigte Vatikanarzt in den Supercomputer-Behandlungsraum. Es war ein kleines, altersloses Männchen, das eher einem vertrockneten Fossil als einem vertrauenerweckenden Doktor glich. Aber vielleicht war das gerade das Vertrauenerweckende.

Der Arzt wurde als Monsignore Gianfranco Beisenhertz vorgestellt, Ostler bat ihn, mit der Untersuchung von Jennerwein zu beginnen. Beisenhertz musterte Jennerwein ausgiebig und von allen Seiten. Er klopfte ihn ab. Er testete Reaktionen. Er war nicht sehr gesprächig, auch seine Miene verriet nicht, was er festgestellt hatte. Schließlich sah er Jennerwein fest in die Augen:

»Sie haben wahrscheinlich bisher keine Gelegenheit gehabt, sich neurologisch untersuchen zu lassen?«

»Nein. Das ist bei mir auch früher noch nie gemacht worden.«

»Dann werden wir das jetzt nachholen.«

Als Jennerwein auf der Liege Platz genommen hatte und langsam in die spiraltomographische Röhre geschoben wurde, breitete sich sonderbarerweise ein beruhigendes, fast wohliges Gefühl in ihm aus. Jennerwein schöpfte Hoffnung. War das der Durchbruch? Lag in dieser Röhre die Lösung seiner ausweglosen Lage?

»Hören Sie mich?«, fragte Monsignore Beisenhertz von draußen.

Er bejahte und wurde im Folgenden aufgefordert, sich in verschiedene Situationen hineinzudenken und vor allem hineinzufühlen. Er sollte sich in Stress bringen und wieder beruhigen. Er sollte angestrengt nachdenken, sich an etwas weit Zurückliegendes erinnern oder auch an gar nichts denken. Er sollte sich den schlimmsten Augenblick seines Lebens vor Augen führen. Und den peinlichsten. Und den angenehmsten.

Nach einer Stunde wurde er wieder herausgezogen. Schweißgebadet. Mehrfach gewendet und gegrillt. Beisenhertz reichte einem Assistenten, der inzwischen aus dem Boden gewachsen zu sein schien, einen Packen Computerausdrucke.

»Herr Jennerwein, während wir auf die Ergebnisse der Untersuchungen warten, will ich noch einen zugegebenermaßen reichlich altmodischen Test mit Ihnen durchführen, natürlich nur, wenn Sie nichts dagegen haben. Auf diese eher sportliche Art können wir den einen oder anderen Defekt bezüglich Ihrer Wahrnehmungsfähigkeit ausschließen. Setzen Sie sich bitte auf diesen Stuhl.«

Jennerwein nahm auf einem abgeschabten, altmodischen Küchenhocker Platz und wartete gespannt auf den nächsten Test. Beisenhertz führte ein paar Telefonate, immer wieder fiel der Ausdruck *Dodici compiti di Eracle*, nach einiger Zeit erschien ein Dutzend junger Weißkittel, die sich tatendurstig rund um Jennerwein im Kreis aufstellten. Jennerwein fühlte sich unwohl. Er war umzingelt. Was erwartest du, Jennerwein? Hast du vielleicht sogar Angst vor der Wahrheit? Willst du sie am Ende nicht erfahren? Du ahnst doch, dass du kurz vor der Lösung stehst. Und du bist dir ziemlich sicher, dass sie nicht einfach für dich sein wird. Dass alle Beteiligten daran zu knabbern haben werden. Also reiß dich zusammen und konzentriere dich auf die Aufgaben, die man von dir verlangt. Alles geschieht nur zu deinem Besten. Hast du in den langen Dienstjahren gar nichts gelernt?

Monsignore Beisenhertz, der Leiter der ärztlichen Abteilung des Vatikans, baute sich vor ihm auf und beschwor ihn, soweit das mit seiner fisteligen Stimme möglich war:

»Ich werde nun einfache Bewegungen vollführen, Sie haben lediglich die Aufgabe, sie spiegelbildlich zu imitieren.«

Beisenhertz ließ eine Hand langsam im Uhrzeigersinn kreisen. Jennerwein kam sich ziemlich lächerlich vor, als er die Bewegung wiederholte. Hatte er sich wegen solcher Kindereien von der Mafia hierherfahren lassen? Beisenhertz kreiste nun gegen den Uhrzeigersinn. Jennerwein tat es ihm nach. Links hinter ihm ertönte eine sanfte, jugendliche Stimme.

»Mein Name ist Paolo. Ich werde Ihnen nun leichte Rechenaufgaben stellen, Kommissar. Dreiundvierzig minus neun. Lassen Sie sich Zeit mit der Antwort.«

Eine junge Frau, die seitlich von ihm stand, sagte:

»Mein Name ist Vittoria, Herr Jennerwein. Ich werde Sie zu Ihren Gewohnheiten befragen. Wie viele Kniebeugen schaffen Sie ohne Mühe? Sie können auch lügen oder maßlos übertreiben. Sie müssen nur antworten.«

Eine dritte Stimme schaltete sich ein.

»Mein Name ist Ettore, mir müssen Sie einige europäische Metropolen nennen. Die Hauptstadt von Albanien?«

»Vierunddreißig, etwa fünfzig, Tirana«, antwortete Jennerwein.

»Mein Name ist Sakura, die Kirschblüte. Tun Sie so, als könnten Sie sich mit mir auf Japanisch unterhalten.«

Die Stimme war von rechts hinten gekommen. Er glaubte zu wissen, worauf das hinauslief. Sie wollten die Grenzen seiner Aufnahmefähigkeit ausloten.

»Kiwun wa dodes ka?«, fragte die Kirschblüte.

»No tokora sai«, antwortete Jennerwein ins Blaue hinein.

Monsignore Gianfranco Beisenhertz war dazu übergegangen, kompliziertere geometrische Figuren in die Luft zu malen. Ein spitzwinkliges Dreieck. Einen Halbmond. Einen Pfeil.

Das Tempo der Fragen nahm Fahrt auf, und es kamen noch weitere Aufgabenstellungen dazu. Von oben links hinten, von rechts, etwas weiter von der Seite, von schräg vorn. Angefangene Sätze sinnvoll beenden. Die Anzahl bestimmter Buchstaben in einem Wort bestimmen. Das Gegenteil von einem Begriff nennen ... Alle zwölf jungen Weißkittel piesackten ihn auf diese Weise. Von allen Seiten. Und immer wieder Monsignore Beisenhertz mit seinen Luftfiguren. Jetzt zeichnete er gerade einen gezackten Blitz, einen großen Donnerkeil in die Luft.

»Ende der Veranstaltung!«

Mit diesen Worten brach der Doktor die Übung ab. Die Weißkittel verstummten augenblicklich, lachten ausgelassen und klatschten Beifall.

»Sie sind aber so was von fit, mein Lieber«, stellte Beisenhertz fest. »Ihr Körper und ihr Geist, Ihre Wahrnehmung und Ihre Reaktionsfähigkeit sind in tadellosem Zustand. Respekt! Mit den Eigennamen haben Sie zwar oft Schwierigkeiten gehabt, dieser Lücke werden wir jedoch noch nachgehen.«

»Besonders hervorzuheben sind Ihre vorgetäuschten Japanischkenntnisse, Chef!«, fügte Ostler mit einem kleinen Anflug von Ironie hinzu.

Jennerwein war zu keiner Entgegnung fähig. Er atmete schwer. Ihm war schwindlig, er befand sich in dem irritierenden Schwebezustand, den er immer nach großen Anstrengungen verspürte.

»Kommen Sie, Chef«, sagte Ostler. »Legen Sie sich kurz auf die Pritsche.«

Verschwommen hörte Jennerwein den Monsignore unbekümmert weitersprechen.

»Jetzt aber zu den neurologischen und gehirntomographischen Untersuchungen, deren Ergebnisse ich gerade erhalten habe. Und da kommt das große Aber. Auf den ersten Blick ist alles in bester Ordnung, mein Lieber. Doch bei einem genaueren Scan des Gehirns gibt es eine winzige Deformation an der Schnittstelle zwischen zentralem und vegetativem Nervensystem, also sozusagen zwischen Geist und Körper.«

»Genau das habe ich befürchtet«, murmelte Ostler und griff zum Smartphone.

Beisenhertz hielt Jennerwein ein ausgedrucktes Blatt vors Gesicht, auf dem wohl ein vergrößerter Querschnitt seines Gehirns zu sehen war. Jennerwein hob den Kopf und blinzelte. Er konnte nur helle und weniger helle Stellen erkennen.

»Sehen Sie, hier ist eine Einkerbung, eine Verfärbung, wie sie bei einer Verätzung oder bei einer kleinen Verbrennung entsteht. Es ist keine krankhafte Veränderung, die sich langsam gebildet hat, sondern ein schneller Eingriff von außen. Allem Anschein nach rührt sie von einer elektromagnetischen Stimulation her.« Nach einer Pause fügte er hinzu: »Und gleich daneben befindet sich der Hippocampus, der zuständig für Erinnerungen aller Art ist. Das würde auch Ihre Namensschwäche erklären, die sich bei unserem Spiel herausgestellt hat.«

Beisenhertz hob seine ausgetrocknete Hand. Sämtliche Assistenten, die Jennerwein gerade so drangsaliert hatten, verschwanden wieder. Beisenhertz zeigte Jennerwein weitere Computerausdrucke, der bemühte sich, etwas zu erkennen, aber für ihn blieb alles nur öde Mondlandschaft. Matschiger Brei. Trübe Ursuppe.

»Ein Eingriff von außen?«, versetzte er immer noch schwer atmend. »Ich habe aber doch meinen Kopf abgetastet und keinerlei Spuren eines Eingriffs entdeckt.« Erschrocken fuhr er hoch. »Hat es etwas mit Elektroschocks zu tun? Bin ich vielleicht doch gefoltert worden?«

»Beruhigen Sie sich. Es hat durchaus etwas mit elektronischen Impulsen zu tun, aber nicht so, wie Sie sich das denken. Der Eingriff –«

»– funktioniert mit einer leichten, plasmastrahlenerzeugten Reizung eines bestimmten Hirnareals.«

Der Holländer Hodewijk van Kuijpers war in seinem Element. Der nächste Interessent für seine bahnbrechende Geschäftsidee saß in seinem Büro. Draußen: Rapsfelder. Drinnen: Hochspannung. Es war wichtig für Hodewijk van Kuijpers, dass dieser Deal klappte. Sein Gegenüber war ein schwerreicher, spendabler, krimineller US-Amerikaner, wie es viele an der Westküste gab. Er musste ihn überzeugen. Dann sprach sich das auch herum bei den richtigen Leuten. Und bisher lief alles bestens.

»Ersparen Sie mir allzu technische Details«, sagte der Amerikaner. »Ich will nur ganz grob wissen, wie es funktioniert.«

»Ganz einfach. Es geht bei dieser Technik um Implantate im Gehirn, die aber nicht stofflicher Natur sind, sondern durch elektromagnetische Stimulation der Synapsen funktionieren. Synapsen sind Ihnen ein Begriff? Kleine Zellen, die unter Spannung stehen können – oder eben nicht. Ein Schalter wird auf null oder auf eins gelegt. Die Informationen werden also ›überspielt‹, ähnlich wie bei einem Computer. Wir nennen diese Technik –«

Johann Ostler trat nahe an Jennerweins Pritsche heran.

»Chef, ich habe einen ganz bestimmten Verdacht«, sagte er leise und eindringlich. »Einen Verdacht, der in mir aufgestiegen ist, als ich vom Tod des TV-Investors Lohkamp gehört habe, den Sie angeblich ermordet haben sollen. Dieser Verdacht erhärtet sich jetzt.« Ostler setzte sich zu ihm auf die Pritsche. »Ich habe nie daran geglaubt, dass Sie ein Attentat begangen haben und dass Sie der Mörder von Lohkamp sind. Eine der möglichen Erklärungen für Ihre Situation wäre, dass an Ihnen eine sogenannte Neurokopie durchgeführt worden ist. Jedenfalls sieht es so aus, als ob Ihr Gehirn in dieser Richtung manipuliert worden wäre.«

»Aber ist es denn möglich, ein ganzes Gehirn zu manipulieren?«, fragte der Amerikaner. »Ein menschliches Gehirn mit seinen Milliarden und Abermilliarden von Zellen?«

»Der Teil, in dem sich das Bewusstsein verbirgt, macht nur einen kleinen Teil des Gehirns aus«, erklärte Hodewijk van Kuijpers. »Neunundneunzig Prozent der Körperfunktionen spielen sich ohne Beteiligung des Bewusstseins, des Verstandes ab. Man könnte also sagen: Das bisschen Hirn ist schnell kopiert.«

»Und wie –?«

»Am besten, wir holen Kardinal Scumbarelli«, sagte Monsignore Beisenhertz. »Er kann Ihnen das besser erklären.«

»Ich habe ihn schon angerufen, er ist bereits unterwegs, kommt direkt von der Heiligen Messe hierher«, stellte Ostler fest und wandte sich wieder Jennerwein zu. »Mit Kardinal Scumbarelli gehe ich manchmal klettern. Ich vertraue ihm. Er gehört der Ethikkommission des Vatikans an. Und er ist über Ihren Fall schon im Bilde.«

»Der Vatikan hat eine Ethikkommission?«, sagte Jennerwein immer noch erschöpft, aber mit dem Versuch eines verwunderten Lächelns. »Ich dachte, der Vatikan *ist* die Ethikkommission.«

Jennerwein war überrascht, welche Erleichterung es bedeutete, dass Ostler ihm glaubte. Bevor er weiter darüber nachdenken konnte, ertönte vom Kopfende der Pritsche eine kräftige, professorale Baritonstimme:

»Die Comitato Etico, in deren Vorstand ich zu sitzen die Ehre habe, beschäftigt sich mit internationalen Forschungsprojekten, von denen eine Bedrohung für die katholische Glaubenslehre ausgeht.«

Der Kardinal kam nun in Jennerweins Blickfeld. Dieser fühlte sich noch nicht kräftig genug, sich aufzurichten. Aber er hob die Hand zum Gruß. Kardinal Scumbarelli war ein großer, stattlicher Mann, er trug eine scharlachrote Soutane mit ebensolchen Knöpfen. Jennerwein hatte noch nie einen leibhaftigen Kardinal vor sich gehabt. Er war sich nicht ganz sicher, ob es üblich und zwingend notwendig war, den Ring zu küssen. Fasziniert blieb sein Blick an dem Kardinalrot der Soutane hängen. Er war beeindruckt von der Macht der Uniformierung. So funktionierte das also. Und es funktionierte umso besser, wenn man sich in großer Bedrängnis befand.

»Die Comitato Etico gibt es schon seit Galilei«, fuhr Scumbarelli fort. »Unsere geheimdienstlich organisierte Truppe beobachtet und analysiert brisante Forschungen, verhindert sie oder zögert sie zumindest hinaus.«

Er beugte sich über Jennerwein. Sein Gesicht war freundlich und offen. Und er hatte die Angewohnheit, vor und nach besonders bedeutsamen Aussagen die Lippen zu schürzen. Etwa so wie andere Gänsefüßchen mit den Fingern in die Luft malen.

»Die Comitato Etico war schon mehr als einmal erfolgreich.

Sie hat die Entwicklung des Computerwesens im London des 19. Jahrhunderts durch verschiedene Aktionen in Misskredit gebracht und dadurch lahmgelegt.«

»Ich wusste nicht, dass es im 19. Jahrhundert schon Computer gab«, versetzte Jennerwein schwach.

»Natürlich ohne Elektrizität, also dampfbetrieben. Charles Babbage hat 1829 so eine Maschine gebaut. Wir haben sie ihm abgekauft. Was heißt ›wir‹ – die Kollegen von damals. Im zwanzigsten Jahrhundert konnten wir die digitale Revolution dann allerdings nicht mehr aufhalten. Aber wir haben der Menschheit immerhin noch hundert Jahre Ruhe und analoge Genügsamkeit vergönnt.«

Der Kardinal war während dieser Ausführungen auf und ab geschritten. Scumbarellis imposante, väterlich wirkende Erscheinung entsprach dem Bild eines richtungsweisenden Kardinals, eines leibhaftigen Hirten. Jennerwein musste lächeln. Johann Ostler würde vermutlich eines Tages ebenso aussehen. Er konnte ihn sich gut in dieser opulenten Gewandung vorstellen. Vielleicht sogar noch eine Hierarchiestufe höher, ganz in Weiß –?

»Aufhalten? Verhindern?«, fragte Jennerwein. »Wie verhindern Sie denn solche Entwicklungen?«

»Wie man alles auf dieser Welt verhindern kann. Mit Geld. Statt Ruhm gibts Geld, so einfach ist das. Statt einem Lexikoneintrag ein beheizbarer Swimmingpool und zehn Diener. Wissenschaftler sind auch nur Menschen. Wir haben oft genug größere Summen zur Verfügung gestellt, um eine bestimmte Forschung komplett zu stoppen. Die Wissenschaftler leben jetzt in Villen und Enklaven rund um die Welt. Aber nun zu Ihrem Problem.«

Der Kardinal setzte sich auf einen Hocker, so dass er den

Anschein eines Dozenten erweckte, der sich mehr Lockerheit geben wollte, um eine besonders schlimme Nachricht zu überbringen.

»Kommissar Jennerwein!«, sagte er pastoral seufzend.

Seit vier Tagen hatte Jennerwein niemand mehr so angeredet. Sonderbar, dass sich das nach der kurzen Zeit schon ein bisschen fremd und falsch anfühlte.

»Ich bin von Frate Sebastian bereits über Ihre Lage informiert worden, er hat mir seine Vermutungen mitgeteilt. Wenn Sie den Eindruck haben, im falschen Körper zu leben, dann könnte bei Ihnen etwas gelungen sein, was aus unserer Sicht auf gar keinen Fall gelingen dürfte. Sie sind einer Neurokopie unterzogen worden. Die Technik dazu ist in die falschen Hände geraten. Doch mit Ihrer Hilfe, Kommissar, könnten wir noch größeren Schaden vielleicht abwenden.«


Hodewijk van Kuijpers musste allzu gierig auf den Aluminiumkoffer geblickt haben, den der Amerikaner neben sich auf den Boden gestellt hatte. Er war sicher bis zum Rand mit Geldscheinen gefüllt. Der Amerikaner hatte den Blick bemerkt.

»Keine Sorge«, sagte er. »Sie bekommen den Zaster schon noch. Aber warum ist bei Ihrer Demonstration so viel schiefgegangen?«

»Es ist eigentlich gar nichts schiefgegangen.« Kuijpers bemühte sich um einen besonders überzeugenden Tonfall. Er hoffte, dass der Amerikaner nicht bemerkte, wie sehr er unter Druck stand. »Die Transformation ist gelungen. Ein paar kleine Stellschrauben noch, dann ist die Sache perfekt. Im Kern funktioniert alles.«

»Na ja, das kann mir eigentlich gleichgültig sein. Und das alles hat Ihre Firma entwickelt?«

»Natürlich. Es begann mit Erinnerungsimplantaten, die zunächst für die Bekämpfung von Krankheiten wie Epilepsie entwickelt wurden. Die Forschungen liefen schon lange und waren dementsprechend weit gediehen.«

Unwillkürlich kam dem Holländer der indische Nerd Jadoo in den Sinn. Irritiert versuchte er den Gedanken an ihn wegzuscheuchen. Damals vor zwanzig Jahren hatte der Junge nur einen einzigen Satz gesagt, nachdem die drei Minuten Präsentationszeit verstrichen waren: *Ich kann ein menschliches Gehirn kopieren und in einen anderen Körper setzen.* Später hatte Jadoo versucht, ihm die Technik zu erklären.

»Ich brauche dazu ein paar zusammengeschaltete 5,25-Zoll-Festplatten sowie CoCrPt-Subnotebooks, die ein Disc-Array-Gerät bilden ... 12 Terabyte mit Heliumfüllung ... Cloud-Computing ... quantenbasiert ...«

Der Holländer hatte den Nerd damals unterbrochen.

»Beginnen wir mit Tierversuchen?«

Sorgfältig hatte Jadoo die Handinnenflächen zusammengefügt, sie an die Brust gelegt und den Kopf geneigt.

»Mein hinduistischer Glaube verbietet Tierversuche. Ich stelle mich für einen Selbstversuch zur Verfügung.«

Der Amerikaner riss Hodewijk van Kuijpers aus seinen Erinnerungen an Jadoo.

»Gibt es eigentlich noch andere Probanden außer diesem Attentäter?«

Der Holländer nickte.

»Natürlich. Auch Hochleistungssportlern wurden solche Implantate schon probeweise eingesetzt, mit vorgefertigten Reaktionsmustern, die einen bestimmten Bewegungsablauf auslösen und den unzuverlässigen menschlichen Faktor mit all seinen Fehlerquellen weitgehend ausklammern können. Einige international renommierte Fußballtorhüter nutzen das schon. Sie werden Verständnis dafür haben, dass ich die Namen nicht nennen kann.«

Jennerwein richtete sich auf. Entsetzen stand in seinen Augen.

»Sie wollen damit sagen, dass mir – dass mein Gehirn in den Körper des Postboten kopiert wurde?«

Scumbarelli wiegte den Kopf.

»Das wissen wir nicht. Wir befürchten es. Doch genau in diese Richtung gehen die Forschungen, die wir eben verhindern wollen. Es begann alles, wie immer, zum Wohl der Menschheit. In den sechziger Jahren des letzten Jahrhunderts war der medizinische Fortschritt so weit gediehen, dass es möglich war, immer größere Teilbereiche des Gehirns zu kopieren, auszutauschen und wiedereinzusetzen. Diese sogenannten ›Hirnschrittmacher‹ dienten der Linderung von Depressionen und Zwangsstörungen sowie zur Behandlung von Schädel-Hirn-Traumata.«

»Sagt Ihnen der Name Elon Musk etwas, Chef?«, fragte Ostler.

»Ja, ich glaube schon. Nur im Moment funktioniert mein Namensgedächtnis nicht sonderlich gut. Mir fehlt der Zusammenhang.«

Kardinal Scumbarelli lachte kurz auf.

»Benedetto! Er hat nie etwas von Elon Musk, dem Tesla-Chef und reichsten Mann der Welt, gehört! Jennerwein, Sie ahnungsloser Glücklicher!«

»Er hat vor ein paar Jahren schon sein sogenanntes Neuralink-Gerät präsentiert«, mischte sich Gianfranco Beisenhertz ein. »Dabei geht es um ein Hirn-Computer-Interface, das die Kontrolle von Maschinen mit Hilfe von Gedanken ermöglichen soll. So könnten Menschen in Zukunft ihren Computer, ihr Telefon oder ihr Auto mit ihren Gedanken bedienen. Wenn Sie mehr darüber wissen wollen, dann sehen Sie im Netz unter ›Neuralink‹ nach, da wird es gut erklärt. Die Technik der Neuro*kopie* hingegen wird Ihnen nicht auf den hellen Seiten des Netzes erklärt. Da brauchen Sie gar nicht erst zu suchen.«

»Wie immer funktionierte die Sache die ersten paar Jahre prima«, fügte Scumbarelli hinzu. »Aber dann lief es aus dem Ruder. Durch die Verpflanzung von vollständigen Gehirninhalten in junge, unverbrauchte Körper schien der Traum von der Unsterblichkeit des Menschen in greifbare Nähe gerückt zu sein. Hier konnte also sehr viel Geld verdient werden.«

Der Amerikaner reichte Hodewijk van Kuijpers den Aluminiumkoffer, der zog ihn über den Tisch nah an sich ran.

»Wenn Sie mir die Software vollständig überspielt haben, bekommen Sie den Rest«, sagte der Amerikaner. »Und was ist, wenn mein neuer Körper ebenfalls erkrankt?«

»Dann garantiere ich Ihnen, dass Sie Ihr Bewusstsein abermals kopieren und überspielen können. Dieser Vorgang ist beliebig oft wiederholbar. Und wir verlangen für das Upgrade keine Extragebühren. Unsterblichkeit ist gratis.«

Jennerwein hatte sich körperlich wieder so weit gefangen, dass er aufstehen konnte.

»Also habe ich Pelikans Körper und der wiederum hat meinen? So ähnlich wie in den Body-Switch-Filmen?«

»Ganz so einfach ist das leider nicht«, entgegnete Kardinal Scumbarelli, und seine rote Soutane schien dabei leicht zu schillern.

Sokrates, der dreizehnjährige Junge von Irene Dandoulakis, hatte sich ein neues Adventure-Spiel heruntergeladen. Es hieß NEURO und verbrauchte endsviel Speicherplatz. Die Spielregeln waren einfach. Es ging darum, Gehirnkapazitäten zu kaufen und zu verkaufen, Erinnerungen von Menschen zu kopieren und in andere einzusetzen. So richtig Arnold Schwarzenegger und Total Recall. Wenn man zwei Kreativitätszentren bekommen hatte, konnte man eines gegen mehr Erinnerungsspeicher eintauschen. Was die sich alles einfallen ließen, dachte Sokrates. Echt krass. Er wollte, wie jeder Dreizehnjährige, Spieleentwickler werden. Irene Dandoulakis blickte ihm über die Schultern.

»Was guckst du denn schon wieder, Mama?«, seufzte Sokrates. »Du verstehst es doch sowieso nicht.«

»Ich will nur sehen, ob das Spiel überhaupt geeignet für einen Dreizehnjährigen ist. Na, wenigstens gehts diesmal nicht um Schwarzgeld, Mafiatypen und Wild-in-der-Gegend-Herumballern.«

Sokrates wandte sich wieder dem Bildschirm zu. Langsam zog Irene ein Foto aus ihrer Schürzentasche. Das Foto von Leonhard Pelikan. Leicht strich sie mit den Fingern darüber.

## 33

TECHNISCHER DIREKTOR EINER KLÄRANLAGE:
*Ich finde es ein wenig unfair, werter Herakles. Du bist für dein Ausmisten des Augiasstalls berühmt geworden. Ja toll, wir machen das jeden Tag! Aber kein Mensch hat uns je gelobt. Sprich doch mal bei Gelegenheit über uns. Oder gib uns auf klaerwerk-info ein Like. Daumen hoch für die unermüdlichen Gullyrutscher, die wahren Helden des Abwassers!*

Der Mond zwängte sich durch ein schmutziges Fenster wie das schnaubende Trüffelschwein durchs Unterholz. Kommissar Jennerwein saß an einem lächerlich kleinen Schreibtisch und löste im diffusen Schein einer Halogenlampe Kreuzworträtsel. Beliebtes Fleischgericht mit sieben, Schimpfwort mit acht, häufiger Ortsteil mit zwei Buchstaben. Ja, völlig richtig gelesen: Kreuzworträtsel. Wie jetzt: Kreuzworträtsel? Hat Jennerwein in seiner momentanen Situation wirklich nichts Besseres zu tun? Aber alles der Reihe nach.

Ein paar Stunden zuvor brannte die römische Sonne ins medizinische Untersuchungszimmer des Vatikans. Jennerwein war aufgefallen, dass Kardinal Scumbarelli die Lippen nicht nur schürzte, sondern auch in regelmäßigen Abständen kreisen ließ. Die nervige Angewohnheit war die einzige kleine lächerliche Schramme in einem sonst perfekten und würdigen Bild eines Kardinals. Trotzdem musste Jennerwein immer wieder hinsehen. Los jetzt, Jennerwein, konzentrier dich. Bündle deine Energie darauf, die Technik der Neurokopie zu verstehen. Deine dreifaltigen vatikanischen Helfer setzen große Hoffnungen auf dich, wie du vielleicht bemerkt hast. Ergreif die vielleicht letzte Chance, die sich dir noch bietet. Auf gehts!

»Es ist uns immer wieder gelungen, Agenten der Comitato Etico in Firmen einzuschleusen, die im Verdacht stehen, solche Neurokopie-Forschungen zu betreiben«, sagte der Kardinal. »Auf der ganzen Welt. Leider bisher ohne großen Erfolg. Sie dürfen sich allerdings unter diesen Firmen keine Hochhäuser und Gebäudekomplexe in der Frankfurter Innenstadt vorstellen. Die kriminellen Organisationen suchen sich vielmehr verwinkelte und unüberschaubare Industriegelände mit Dutzenden von Unternehmen, Subunternehmen und Zulieferern sowie ständig wechselnden gewerblichen Mietern aus. Je mehr Chaos, desto besser. Die Ganoven gehen dabei so vor, dass sie in solch einem Gelände ein kleines Gebäude, vielleicht nur einen Raum, wahrscheinlich sogar nur einen Abstellkeller mieten. Darin führen sie wohl ihre Experimente und Tests durch.«

Kardinal Scumbarelli hielt inne. Jennerwein bemerkte einen kleinen fragenden Blick, den er Ostler zuwarf. Ostler nickte unmerklich zurück.

»Wir wollen Ihnen etwas zeigen«, sagte der Kardinal.

Er zog ein Smartphone aus der Soutane, startete eine Videodatei und hielt sie Jennerwein hin. Der erbleichte. Er hatte schon viel gesehen im Lauf seiner Dienstjahre. Tierquälereien, Folterungen, Hinrichtungen, Kinderpornographie von so übler Art, dass er nächtelang davon geträumt hatte. Aber was er hier sah, überstieg alle Grenzen des Erträglichen. Sofort wusste er, um was es sich in dem Video handelte. Um eine Tier-Mensch-Transformation. Ekel und Abscheu stiegen in Jennerwein auf. Benommen wandte er sich von der Szene ab.

»Einer unserer Agenten hat das aufgenommen«, sagte Scumbarelli. »Leider haben wir nichts mehr von ihm gehört, nachdem er uns die Datei geschickt hat.«

Jennerwein schüttelte langsam den Kopf.

»Warum leiten Sie das nicht an die Ermittlungsbehörden des Landes weiter, in dem es geschehen ist?«

»Erstens beweist diese Aufnahme nichts. Der oder die Täter sind nicht sichtbar. Und vor allem: Niemand würde uns glauben. Wir wären in derselben Situation, in der Sie die letzten drei Tage gewesen sind.«

Beisenhertz schaltete sich ein.

»Ich und meine Kollegen von der Päpstlichen Akademie versuchen schon immer Einfluss zu nehmen auf die neuesten Technologien, besonders was das Gesundheitswesen betrifft. Unser Ziel ist der Schutz des Lebens. Erst letztes Jahr haben wir ein Dokument mit ethischen Richtlinien zur Verwendung und Entwicklung von künstlicher Intelligenz veröffentlicht, einen Ethik-Kodex. Viele Global Player konnten wir überzeugen, Microsoft und IBM zum Beispiel haben unsere Initiative unterschrieben.«

Scumbarelli ergriff das Wort, seine Miene verdüsterte sich.

»Leider gibt es auch einige schwarze Schafe in dieser Welt, die jeglichen Fortschritt für ihre dunklen Machenschaften nutzen wollen. Unser besonderes Augenmerk liegt auf der Allotransplantation, also der Übertragung von Geweben und Organen innerhalb einer Spezies. Hieraus hat sich die Neurokopie entwickelt, mit der wir es hier ganz offensichtlich zu tun haben. Wir sind diesen sogenannten Forschern auf der Spur, aber sie sind uns immer einen Schritt voraus. Wir kommen einfach nicht nah genug heran, um sie zu identifizieren.« Scumbarelli seufzte unwillig auf. »Der Agent, der uns die Bilder geschickt hat, war ein guter Mann. Es waren immer gute Leute. Unsere besten.«

»Und wir können auch deswegen nichts in dieser Sache unternehmen«, fügte Ostler hinzu, »weil wir kein international anerkannter Polizeiapparat sind. Unser Geheimdienst und auch die Comitato Etico sind nicht demokratisch legitimiert, Sie verstehen.«

Jennerwein schüttelte ungläubig den Kopf. In der Mitte Europas, am Anfang des 21. Jahrhunderts arbeitete eine Institution wie im Mittelalter. Es war kaum vorstellbar, dass sie sich gehalten hatte. Und dass sie nötig war, um noch Schlimmeres zu verhindern.

»Seitdem sind wir vorsichtiger geworden«, fügte der Kardinal hinzu. »Wir bekommen immer wieder Hinweise auf mögliche Forschungen und Entwicklungen die Neurokopie betreffend, aber sie wechseln in rasender Geschwindigkeit die Standorte und ziehen von Industriegelände zu Industriegelände.«

»Wer sind ›sie‹?«

»Wenn wir das wüssten. Wir haben darüber keinerlei Informationen. Wir wissen nicht einmal, aus welchem Teil der Erde die Bedrohung kommt.«

Nachdenklich fügte Monsignore Beisenhertz hinzu:

»Sie sind deswegen auch so mobil, weil sie für den eigentlichen Eingriff, die Transformation, nicht viel Platz brauchen.«

Ostler blickte aus dem Fenster. Pinien. Dicke römische Luft. Die Sonne brach sich einen Weg durchs Zimmer und beleuchtete einen Winkel, der dadurch ungemein wichtig und bedeutend wurde, obwohl nur ein Paravent zum Umkleiden dort stand.

»Vermutlich läuft die eigentliche Transformation ganz schnell und unspektakulär ab«, fuhr Beisenhertz fort. »Sie schnallen eine Versuchsperson auf einer Liege fest, wie Sie es eben im Video gesehen haben. Es ist zu befürchten, dass das in den seltensten Fällen freiwillig geschieht. Dann werden Elektroden an bestimmten Stellen des Kopfes angebracht und über Kabel mit einem EEG-Gerät verbunden. Die Elektroden messen die statische Aktivität des Gehirns, die dann als ein Bündel von Kurven und endlosen Zahlenreihen auf einem Monitor dargestellt wird. Das ist alles.«

»Die Datenmenge muss aber doch enorm sein«, wandte Jennerwein skeptisch ein. Immer noch stand ihm das Bild des bedauernswerten Opfers vor Augen, das auf der Liege angeschnallt worden war. Und dessen Persönlichkeit und Bewusstsein in ein Primatenhirn verpflanzt worden war.

»Ja, Sie haben recht. Obwohl das Bewusstsein nur einen Bruchteil der Hirnmasse einnimmt, ist die Datenmenge immer noch unvorstellbar groß. Aber erstens werden bei dem Vorgang hocheffiziente Festplatten mit riesigem Speichervermögen zusammengeschaltet, ferner arbeiten sie wahrscheinlich mit Clouds, in die die Daten geschickt werden.« Beisenhertz stocherte mit seinen dürren Fingern in der Luft herum. »Und schließlich gibt es inzwischen Möglichkeiten der Datenspeicherung, die die neu entwickelten Quantencomputer haben, von denen wir nichts ahnen. Sie wissen schon: zweiter Korintherbrief, 4:16.« Nach einem fragenden Blick von Jennerwein fügte er pastoral hinzu: »*Das Unsichtbare bleibt ewig bestehen.*« In trockenem wissenschaftlichen Ton fuhr er fort: »Zudem werden ja lediglich die Synapsen kopiert. Eine nach der anderen. Wie sie zusammenspielen, braucht man gar nicht zu verstehen. Ich kann ja auch ein Dokument in kyrillischer Schrift, das ich nicht verstehe, kopieren und an eine andere Stelle verschieben. Falls ich das geeignete Kopiergerät habe.«

Jennerwein nickte. Doch er musste sich immer noch anstrengen, die Bilder von vorhin zu verarbeiten.

»Ich wurde also vermutlich überfallen und betäubt, zur gleichen Zeit geschah das auch mit Leonhard Pelikan. Dann wurden wir in ein Labor gebracht und dort in der Weise behandelt, wie Sie es geschildert haben.«

»Ja, vermutlich«, sagte Ostler.

»Warum fiel ihre Wahl aber ausgerechnet auf ihn?«

»Vielleicht deshalb, weil er in etwa die gleiche Größe, die gleiche Statur, das gleiche Gewicht und die gleiche Kopfform hat wie Sie, Chef. Oder es ist einfach ein Zufallstreffer. Ihre Route wurde ausgespäht, Sie wurden beobachtet und abgefangen. Dann hat man den nächstbesten Mann genommen, der greifbar war.«

»Vielleicht war es so«, sagte Jennerwein und massierte seine Schläfen mit Daumen und Mittelfinger. »Wenn ich nur wüsste, wo ich mich kurz vor dem Überfall aufgehalten habe. Aber genau daran habe ich keinerlei Erinnerungen.«

»Unsere schlimmsten Befürchtungen, auf welche Art mit dieser Technik Missbrauch betrieben werden kann, wurden noch übertroffen«, sagte der Kardinal. »Es ist möglich, in eine andere Identität zu schlüpfen, einen Mord durchzuführen und unerkannt davonzukommen.«

»Könnte es nicht sein, dass Pelikan etwas damit zu tun hat?«, fragte Monsignore Beisenhertz. »Dass er ein ausgebildeter Killer ist, der einer verbrecherischen Organisation angehört?«

Jennerwein wiegte zweifelnd den Kopf.

»Möglich ist es, aber ich habe seine Wohnung genauestens untersucht, und nichts deutet darauf hin. Ich schließe es fast aus.«

Jennerwein hielt nachdenklich inne. Konnte er das denn wirklich ausschließen? In der Wohnung hatte er zwar nichts gefunden, was darauf hinwies, dass Pelikan ein Doppelleben führte. Aber was war das zum Beispiel für eine Sache mit Irene Dandoulakis? Die Affäre lief ja scheinbar schon länger. Sofort hatte Jennerwein das gemütliche Wohnzimmer der Familie vor Augen. Irene stand an der Kommode, ihr Gatte Dimitri hatte auf dem Sofa Platz genommen. Sokrates und sein Bruder hatten sich in ihre Zimmer verkrümelt, das Neugeborene schlief in einer Wiege im Nebenraum. Und in diese Idylle war Pelikan einfach eingebrochen. War Pelikan doch kein so guter Mensch? Nein, war er nicht.

»Mich interessiert auch, warum die Wahl auf Lohkamp als Attentatsopfer gefallen ist«, unterbrach Ostler Jennerweins Gedankengänge. »Sie hätten doch Zugang zu viel wichtigeren Institutionen gehabt, Chef!«

Das war richtig. Daran hatte Jennerwein noch gar nicht gedacht. Er hatte zum Beispiel beruflich viel in Justizvollzugsanstalten zu tun, und die Kontrollbeamten winkten ihn meistens einfach durch. Dort hätte ein Agent in seinem Körper viel Schaden anrichten können.

»Wie Sie wissen, habe ich den Verdienstorden des Freistaats verliehen bekommen. Ich habe seitdem ungehindert Zugang zu den Räumen der Staatskanzlei, bis hin zu denen des Ministerpräsidialamts. Mein amerikanischer Freund, Detective Mike W. Bortenlanger, ist inzwischen für die Sicherheit hochrangiger Kongressmitglieder zuständig. Je mehr ich darüber nachdenke, desto lohnendere Ziele fallen mir ein. Ich kenne Mafia-Größen, Politiker, Wirtschaftsbosse – warum haben sie den armen Lohkamp genommen? Er war – entschuldige,

Lukas! – ein eher kleines Licht mit einer gewissen Privatsender-B-Prominenz.«

Jennerweins Miene hatte sich verändert. In seinen Augen blitzte das Feuer auf, das Ostler nur allzu gut kannte. Der frühere Polizeihauptmeister lächelte. Durch Pelikans Gesichtszüge hindurch konnte er die Entschlusskraft Jennerweins lesen. Langsam und mit großem Ernst in der Stimme sagte der Kommissar:

»Obwohl ich die Einzelheiten nicht kenne, sieht mir der Mord an Lohkamp ganz nach einer Demonstration aus. Ich bin mir sicher, dass der Täter zeigen will, wie es funktioniert. Er will Interessenten damit anlocken. Da können wir ihn packen.«

Hodewijk van Kuijpers hatte schon wieder einen neuen Kunden an der Angel. Das lief besser als geplant. Er hatte alles richtig gemacht. Mit der Neurokopie-Technik einen Präsidenten umzulegen und sich dann vom russischen Geheimdienst bezahlen zu lassen, war die eine Sache. Aber das ging wahrscheinlich nur ein einziges Mal. Besser war es doch, diese Technik mehrmals zu verkaufen. Und bisher hatte er sie mehr als gut an den Mann gebracht. Gerade traf er sich mit dem achten Interessenten.

»Gut, dann ist die Auswahl Pelikans Zufall, die von Lohkamp eigentlich auch«, fügte Jennerwein mit einem bitteren Unterton hinzu. »Und ich selbst bin wohl ausgewählt worden, weil meine Gewohnheiten bekannt sind –«

»Und weil kein Mensch glaubt, dass Sie, Chef, zu solch einem Attentat fähig sind!«

Scumbarelli schürzte die Lippen.

»Sie könnten auch deshalb ausgewählt worden sein, Kommissar, weil sich eines der fraglichen Industriegelände ganz in Ihrer Nähe, also in der Umgebung des Kurorts befindet. Nur hundert Kilometer davon entfernt. Das Industriegelände kennen Sie vielleicht sogar. Au-Ost, sagt Ihnen das etwas?«

»Bloß vom Namen her. Die Gemeinde Wirl liegt an der B2, Richtung Süden, auf der österreichischen Seite der Alpen. Au ist ein Ortsteil davon.«

Jennerweins Entschluss stand fest. Endlich konnte er handeln. Und die drei Männer hatten wohl auch schon damit gerechnet. Als er ihnen jetzt vorschlug, selbst dort einzusickern und zu ermitteln, waren sie nicht sonderlich überrascht, ihre Gegenargumente waren schwach und mehr der Höflichkeit geschuldet. Den Hauptausschlag für den Entschluss, diese riskante Aktion durchzuführen, war allerdings noch eine weitere Information von Monsignore Beisenhertz gewesen.

»Die Situation, in der Sie sich befinden, Kommissar, ist nicht stabil. Die Narben, die der Eingriff nach sich zieht, verheilen meist nach ein paar Tagen, in diesem Fall kann der Hirntausch nicht mehr nachgewiesen werden. In manchen Fällen gibt es Abstoßreaktionen des Gehirns, der aufgespielte Inhalt löst sich dann sozusagen auf.«

»Könnte das bei mir der Fall sein?«, fragte Jennerwein erschrocken.

Beisenhertz antwortete nicht sofort. Das verhieß nichts Gutes. Er trat dicht an Jennerwein heran und sah ihm fest in die Augen.

»Sie sind ein Mann, der die Wahrheit verträgt, Signore Jennerwein. Ihre Namensschwäche deutet darauf hin, dass der Ablösungsprozess schon begonnen hat.«

»Wie lange noch?«

»Ein paar Tage wird es noch dauern.«

Die Zeit drängte also. Ostler sah Jennerwein aufmunternd an.

»Natürlich mache ich es«, sagte Jennerwein beherzt.

Er hatte nichts mehr zu verlieren.

»Am besten, Sie arbeiten als Autoparkwächter oder Pförtner, diese Abteilung untersteht dem Werkschutz, da können wir Sie am leichtesten einschleusen.«

»Meine Legende?«

»An der wird momentan gearbeitet.«

»Ich gebe nur zu bedenken, dass man mich in der Gestalt von Pelikan dort kennt, wenn die Transformation tatsächlich in Au-Ost durchgeführt wurde.«

»Darin sehe ich keine Gefahr«, sagte Scumbarelli. »Wir werden Sie natürlich präparieren. Diese Firmen verwenden zwar Gesichtserkennungssoftware, aber die ist zu überlisten. Zum anderen vertraue ich auf Ihr legendäres Gespür.« Geheimnisvoll fügte er hinzu: »Und wir werden natürlich bestimmte Vorkehrungen treffen. Unsere Leute arbeiten auf Hochtouren daran. Und jetzt bitte ich Sie in die Maske, Kommissar.«

Frate Sebastian vulgo Johann Ostler (oder auch *Il bavarese*, wie er zu seinem Leidwesen im Vatikan hinter vorgehaltener Hand genannt wurde) war fest davon überzeugt, dass die verbrecherische Organisation auf diesem Industriegelände operierte. Und es gab keinen Geeigneteren als Jennerwein, das genauere Wie und Wo auszukundschaften. Mit seiner Hilfe würden sie das Nest ausheben. Natürlich hatte er eigene, bestens ausgebildete Exekutivagenten, aber sie sprachen allesamt kein Deutsch und würden überdies viel zu sehr auffallen. Seine Leute mussten sich im Hintergrund halten. Aber er kannte eine noch schlagkräftigere, schnellere, effektivere und gewitztere Truppe. Johann Ostler wählte eine Nummer auf seinem Smartphone.

# 34

RAPPER XXD-2T:
*Leg dich auf die Gleise und lass dich unverletzt von einer U-Bahn überrollen. Wir machen das immer als Mutprobe, und wer es schafft, kommt in die Gang.*
[ÜBERLIEFERTE ANTWORT VON HERAKLES:]
*Ich habe ja bisher alle Aufgaben gelöst, aber das funktioniert nicht, Jungs. Meine Brustmuskeln haben so viel Volumen, da fährt die U-Bahn nicht drüber. Jedenfalls nicht unbeschadet.*

Kommissarin Nicole Schwattke kam mit ihrem Auto fast ins Schleudern, als sie die vertraute und lange nicht mehr gehörte Stimme am anderen Ende der Leitung erkannte. Sie war unterwegs zu der Informantin, die Jennerwein in besonders brenzligen Situationen konsultiert hatte. Das ging nicht direkt, sie musste sich zunächst mit einem zwielichtigen Kontaktmann treffen, der ihr hoffentlich die Verbindung herstellte. Doch dafür hatte sie jetzt keinen Gedanken mehr übrig. Sie wusste nach den ersten drei Worten, wer da am anderen Ende der Leitung sprach. Den Tonfall konnte man nicht imitieren, der leicht schleppende, hackende Rhythmus war einzigartig. Freude und Verwirrung wechselten sich ab. Sie drehte den Kopf. Ihr Pferdeschwanz peitschte ziellos durch die Luft.

»Polizeihauptmeister Ostler! Ich dachte, Sie sind –? Was um alles in der Welt –? Was gibts?«

»Ich rufe in Zusammenhang mit Kommissar Jennerwein an. Für Fragen ist im Augenblick keine Zeit. Vertrauen Sie mir einfach, Nicole. Wir müssen jetzt Folgendes tun –«

Sie bremste scharf und fuhr rechts ran. Nachdem ihr Ostler die Sachlage erklärt hatte, simste sie nacheinander die Teammitglieder an. ›Überraschende Wendung. Sofort alle zu mir. Keine Rücksprache mit Rosi.‹

»Ich hab dir doch gesagt, dass es nach Contofalcone die erste Straße nach rechts abgeht.«

»War das überhaupt Contofalcone, wo wir gerade durchgefahren sind?«

»Ja, schon, aber in der Gegend hier gibt es mindestens drei Ortschaften mit diesem Namen. Das war jetzt Contofalcone delle Santa di Maria.«

»Warum habt ihr denn kein Navi?«

Die Stimme war aus dem Fond des Wagens gekommen. Der Mann lag auf der Rampe, auf der sonst die Särge festgeschnallt wurden.

»Ein Leichenwagen hat nun einmal kein Navi!«, rief Ignaz nach hinten.

»Warum denn nicht?«

»Aus Pietätsgründen. Stell dir vor, du fährst auf das Friedhofsgelände, und dann: Sie haben Ihr Ziel erreicht! Wie klingt denn das für die Angehörigen.«

»Außerdem ist der Wagen so alt, da ist sowieso kein Navi drin«, fügte Ursel hinzu. »Da drüben sieht man übrigens schon das Meer.«

»Das Meer? Was tun wir denn am Meer!?«, rief Ignaz entgeistert. »Wir haben uns total verfranst!«

Polizeiobermeister Franz Hölleisen betete, dass Jennerwein tot war. So weit war es schon mit ihm gekommen. Immer wieder suchte ihn ein Bild seines früheren Chefs heim, verwandelt in eine rasende, außer Rand und Band geratene Bestie, die mordend durchs Land zog und alles verwüstete, was ihr in die Quere kam. Jennerwein musste sein Innerstes nach außen gekehrt haben, er war zur Inkarnation des Bösen geworden. Beflügelt wurde diese barocke Hieronymus-Bosch-Vorstellung von einem kleinen Altarbild in der Kirche, das den Teufel zeigte. Hölleisen blickte den Satan in seiner ganzen Hässlichkeit an. Hölli, du kannst doch nicht darum beten, dass jemand tot ist! Dass jemand stirbt! Jennerwein darf nicht sterben. Niemals. Hölleisens Handy ratterte. Es war ein Klingelton, der nur für Notfälle reserviert war. Pikiert sahen ihn ein paar ältere Kirchenbesucher an.

»Entschuldigen Sie, aber es ist wichtig«, sagte Hölleisen kleinlaut und verließ die harte Kirchenbank, um nach draußen zu gehen.

»Das würde mich jetzt aber schon interessieren, was sooooo wichtig sein kann«, rief ihm eine der Betschwestern nach.

Hölleisen hörte es nicht mehr. Draußen auf dem Vorplatz las er Nicoles Nachricht. Sofort rief er sie an. In rasender Geschwindigkeit erklärte sie ihm die neue Lage. Er stieß einen überraschten Pfiff aus.

Jeder hielt sich an dem fest, was ihm vertraut und heilig war. Hansjochen Becker, der Spurensicherer, war noch immer über seine endlosen Bilderkolonnen gebeugt. Er rieb sich die Augen. Eine Meldung war aus Rom gekommen, von der U-Bahn-Station Vittorio Emanuele. Die Überwachungskamera zeigte einen Mann, der eine entfernte Ähnlichkeit mit Leonhard Pelikan aufwies. Die Augenbrauen standen jedoch viel zu weit auseinander ... Dann kam die SMS von Nicole.

Ludwig Stengele schüttelte verwundert den Kopf. Warum war ihm das nicht früher eingefallen: Es konnte doch sein, dass Jennerwein in einem Zeugenschutzprogramm untergekommen war! Er war gezwungen worden, den Mord zu begehen, und eine überraschend eingetretene Situation hatte es notwendig gemacht, ihn vollkommen und endgültig von der Bildfläche verschwinden zu lassen. Und zwar von einer Sekunde auf die andere. Stengele betrachtete nochmals den Zettel mit Jennerweins Kritzeleien, den dieser vor vier Tagen auf dem Tisch im Besprechungszimmer zurückgelassen hatte. Eine gewellte Kurve, die einen Halbkreis bildete, der schließlich doppelt ausgestrichen worden war. Deutete das in irgendeiner Weise auf den Begriff Zeugenschutzprogramm hin? Wen konnte er in dieser Frage kontaktieren? Einen Symbolologen. Rasch griff seine Kunststoffhand zum Telefon und begann die Nummernfolge einzutippen. Doch dann surrte sein Handy. Nicole hatte eine Nachricht geschickt.

Die Polizeipsychologin Dr. Maria Schmalfuß wusste sich keinen Rat mehr. Sie saß zu Hause an ihrem Schreibtisch und wühlte zerstreut in einem Stapel Erinnerungsfotos. Eines der Bilder zeigte Hubertus auf der Terrasse des Polizeireviers. Sie hatten gerade den Fall mit der Schweizer Mafia gelöst, er lachte gutgelaunt in die Kamera. Maria ergriff die kleine Nadel, die auf dem Foto gelegen hatte, und betrachtete sie nachdenklich. Voodoo-Zauber funktionierte angeblich auch mit Fotos, man musste nicht unbedingt in Puppen stechen. Und überhaupt stammte das Voodoo-Ritual durchaus nicht aus dem haitianischen Kulturkreis, sondern aus dem alpenländischen. Der Rache- oder Schadenszauber war hier unter dem Namen ›Atzmann‹ oder ›den Atzmann setzen‹ bekannt. Maria hatte sich schon halb erhoben, um zum Bücherschrank zu gehen und die genauere Vorgehensweise dieses Brauchs nachzuschlagen, als die SMS von Nicole kam. Nachdem sie die Nachricht gelesen hatte, befand sie sich in einem Wechselbad zwischen ohnmächtiger Angst und hell lodernder Freude. Schnell befestigte sie das Foto von Hubertus mit der kleinen Nadel wieder an der Pinnwand, achtete aber trotzdem darauf, nicht aus Versehen in ein Körperteil zu stechen. Man wusste ja nie.

»Was, du hast die Kunden nicht gefunden?«, schrie der Chef des Lieferunternehmens den Pizzaboten an. »Aber die haben doch schon bezahlt! Komm, fahr noch mal rauf, die Pizza ist noch warm. Wir können nicht noch eine schlechte Bewertung bei schmackofatz.de gebrauchen!«

»Und wenn ich sie nicht mehr antreffe?«

»Dann leg die Schachtel einfach hin und fotografier sie. Dann haben wir einen Beweis, dass wir dort gewesen sind.«

Der zusammengestauchte Bote machte sich abermals auf den Weg. Murrend fuhr er zurück und gelangte schließlich auf den breiten Wanderweg. Er fluchte. Die verdammten Heuhütten sahen alle gleich aus.

Der Mann im Heustadel versuchte den Hustenreiz zu unterdrücken. Es gelang ihm nicht. Der ätzende Geruch des gärenden Heus drohte ihn zu ersticken. Er musste hier raus. Allein schaffte er es nicht. Mit letzter Kraft griff er in die Tasche und holte ein Feuerzeug heraus. Es war seine letzte Chance.

Der Pizzabote fuhr den Weg entlang und versuchte, sich an irgendetwas zu erinnern, was er schon einmal gesehen hatte.

Keine Chance. Alles sah gleich aus. Bäume, Kurven, Zaunpfähle, Kühe, Stadel. Er stieg aus, warf die Pizza auf den Boden und fotografierte sie. Was ging ihn eine schlechte schmackofatz.de-Bewertung an. Als er aufblickte, sah er in der Ferne dunklen Rauch aufsteigen. Und Flammen hochschlagen. Eine der Hütten brannte lichterloh.

Die Frau mit der Kapuze saß am Steuer, der Mann mit den dürren, aber flinken Hackerfingern lümmelte wie immer auf der Rückbank und hieb in rasender Geschwindigkeit in die Tasten. Neben ihm stapelten sich Rechner in allen Größen und Marken. Der uralte Kombi bretterte durch die Landschaft, immer dem Rapsweißling hinterher.

»Du hast an dem Typen einen Narren gefressen, oder?«, rief Kapuze nach hinten.

»An Pelikan?«, antwortete Spinnenfinger. »Ja, ich denke, er braucht Hilfe.«

»Bist du sicher, dass er keine Sauereien vorhat?«

»Ganz im Gegenteil. Er will welche verhindern.«

Immer dem Rapsweißling hinterher ... dem Rapsweißling hinterher ... dem Rapsweißling ... dem Rapsweißling ...

Die Mitarbeiter der Comitato Etico arbeiteten unermüdlich. Sie cremten Kommissar Jennerwein mit Selbstbräuner ein, schminkten ihn, gaben ihm gebrauchte Klamotten, färbten ihm die Haare. Jennerwein schaute in den Spiegel. Wieder war er zu einem ganz neuen Menschen geworden. Er veränderte seine Haltung, senkte die Schultern und probierte einen anderen Gang aus. Das wurde langsam schon zur Routine.

Kardinal Scumbarelli betrachtete sich ebenfalls im Spiegel. Er schnalzte. Vielleicht war die Idee mit dem Zungenpiercing doch nicht so gut gewesen.

# 35

MATSUO BASHŌ,
JAPANISCHER HAIKU-DICHTER:
*Winter. Keine Kirschblüten,*
*nur zugeschneite Einfahrten.*
*Herakles beim Schneeschaufeln.*

Kommissar Jennerwein löste Kreuzworträtsel, weil es zum Beruf des Parkplatzwächters passte. Alles andere wäre aufgefallen. Frate Sebastian und seine Abteilung hatten an seinem textilen Äußeren und seiner Legende gearbeitet, dann hatten sie ihn mit einer vatikaneigenen kleinen Maschine in die Nähe des Firmengeländes geflogen, und Jennerwein hatte sich dort für den Job des Pförtners beworben.

»Sie müssen schon verstehen, dass wir bei unserem hochsensiblen Forschungshintergrund niemanden ungeprüft durchlassen können!«, hatte der Mann vom Sicherheitsdienst gesagt, bevor er ihn gründlich gefilzt hatte.

Das hatte er natürlich erwartet. Aber seine vatikanische Legende war wasserdicht, der Ausweis in Ordnung, seine neue Unterschrift tadellos. Dem äußeren Anschein nach war von hochsensiblen Forschungseinrichtungen allerdings nichts zu sehen. Das kleine Industriegebiet bestand aus Käseläden, Möbellager, Karnevalsbedarf, Orientteppichen, Eisenschrott, Steuerberatungskanzleien, Lampengeschäften. Er hatte mehrere Kameras bemerkt, die vermutlich mit Gesichtserkennungssoftware ausgestattet waren, doch bisher hatte es diesbezüglich keinen Alarm gegeben. Er war sofort zum Dienst eingeteilt und dann allein gelassen worden. Wenn er es sich recht überlegte, war alles zu einfach gelaufen. War er womöglich in eine Falle getappt? Jennerwein starrte aus dem trüben Fenster. Am Industriegeländehorizont kam ein Mann im verschmierten Overall auf das Pförtnerhäuschen zugestapft, Jennerwein erkannte schon von weitem, dass es sich ebenfalls um einen Security-Mitarbeiter handeln musste: der Gang, der Blick, die Körpersprache. Er war vom Typ her ein ehemaliger Polizist, dem das dürftige A-11-Salär nicht mehr gereicht hatte, um seine Familie gesund zu ernähren. Es konnte gut sein, dass der Typ ihn diskret ausfragen wollte.

»Neu hier?«

»Seit heute.«

Tolle Eröffnung. Tolle Replik.

»Ich heiße Manfred.«

»Heiner.«

Jennerweins Name hier lautete Heiner Muliar. Tatsächlich folgte ein kleiner Smalltalk mit Fragen nach seinem privaten Umfeld. Der Typ musterte ihn bei seinen Antworten genau, als ob er sehen wollte, ob Jennerwein Unsicherheiten zeigte.

»Was gibts'n hier so Besonderes zu holen?«, fragte Jennerwein so uninteressiert und dumpfbackig wie möglich. »Dachte, das wäre 'n harmloses Industriegebiet.«

»Allerhand«, sagte Manfred, der Mann im blauschmierigen Overall. »Zum Beispiel dort hinten um die Ecke gibts ein Geschäft, das Kaviar importiert. Russen natürlich. Wenn du Interesse an Kaviar hast …«

Vielleicht war der Typ ja auch harmlos. Nachdem er abgezogen war, beugte sich Jennerwein wieder über sein Kreuzworträtsel. Im Fenster betrachtete er sein allerneuestes Gesicht, das ihm schon wieder einmal frappierend fremd erschien. Mit ein paar Kunstgriffen hatte man ihn in einen rotgesichtigen

Schluckspecht mit dazugehöriger grobporiger Nase verwandelt. Auf der Innenseite seiner Wangen klemmten zusätzlich zwei schraubverschlussgroße Plastikröhrchen, die seine Wangenknochen optisch vergrößerten und seiner ganzen Miene etwas Hochmütiges, fast snobistisch Aufgedunsenes gaben. So schnell ging das. Rein äußerlich betrachtet war aus ihm ein nicht gerade sympathischer Mensch geworden. Aber darauf kam es auch nicht an. Waffen hatte man ihm nicht zur Verfügung gestellt, das wäre zu gefährlich gewesen. Doch Jennerwein hatte, in einer Zigarettenschachtel versteckt, einen kleinen auffaltbaren Papierballon mitbekommen, der, wenn man ihn mit einem Feuerzeug erwärmte, rasch hochstieg. Der winzige Kupferfaden, der in die Himmelslaterne eingearbeitet war, konnte mit Funk geortet werden. So war es immerhin möglich, seinen ungefähren Standort zu bestimmen. Aber das auch nur, falls er sich denn im Freien aufhielt. Und kein starker Wind aufkam. Und das Feuerzeug funktionierte. Die ärztliche Diagnose von Beisenhertz, dass sein neurologisch instabiler Zustand jederzeit kippen konnte, hatte Jennerwein zunächst zutiefst beunruhigt, jedoch hatte ihm schließlich gerade diese Tatsache die Kraft der Verzweiflung mit auf den Weg gegeben. Jetzt kam es darauf an. Er musste die Erfahrungen seiner Dienstlaufbahn bündeln. Und dabei hoffen, dass die Organisation, die Neurokopien an Menschen durchführte, sich immer noch auf dem Gelände aufhielt. Doch in dieser Hinsicht vertraute er Ostler. Der Polizeihauptmeister hatte ihn noch nie enttäuscht.

In der Schublade des Schreibtisches stieß Jennerwein auf eine zerknitterte Karte des Fabrikgeländes. Ob die noch auf dem aktuellen Stand war? Resigniert legte er die Karte wieder zurück. Vielleicht war es doch ein Fehler gewesen hierherzukommen. Er war sich auch gar nicht mehr so sicher, ob Leonhards malträtiertes und müdes Hirn, das gezwungen war, sein Bewusstsein zu transportieren, so lange durchhielt. Es würde Tage beziehungsweise Nächte dauern, bis er alle Gebäude abgeklappert hatte. Und ob er sich überall Zugang verschaffen konnte, war sowieso fraglich. Jennerwein durchsuchte das Pförtnerhäuschen. In der untersten Schublade eines kleinen Blechschränkchens fand er einen Lageplan neueren Datums. Auf ihm waren die Grundrisse von etwa dreißig Gebäuden und Garagen eingezeichnet. Am Rand des Industriegeländes Au-Ost lagen noch drei weitere Parkplätze, doch es gab keinen Hinweis darauf, ob sie ebenfalls von Pförtnern bewacht wurden. Bei manchen Gebäuden war die Zahl der Stockwerke sowie die Unterkellerung angegeben. Er versuchte sich die Lage von allen Gebäuden mit Keller einzuprägen. Schon als er das Gelände betreten hatte, war ihm ein Häuschen aufgefallen, das mit Brandschutzsymbolen markiert war. Auf dem Plan war es ebenfalls eingezeichnet, es handelte sich um ein kleines, gemauertes Zeughäuschen der Feuerwehr. Darin musste eine genauere Übersicht über alle Feuerwehrsteigleitungen, unterirdischen Gänge und Wasseranschlüsse zu finden sein. Die Zugänge waren mit einem Taschenmesser leicht zu öffnen, und ein solches hatte er einstecken. Er musste nur abwarten, bis es dunkel war, dann wollte er sich als Erstes dort umsehen. Vielleicht gab es dort einen noch genaueren Plan, vielleicht waren dort auch neuere Umbauten und Anbauten verzeichnet. Bis dahin blieb ihm nichts anderes übrig, als zu warten.

Ein dunkelroter Volvo V70 bremste vor der Schranke. Jennerwein verglich das Kennzeichen mit denen in der abgegriffenen und ölverschmierten Liste, die vor ihm lag. Computer gab es hier nicht, er machte mit dem Stift ein Häkchen hinter dem Eintrag. Der Kugelschreiber trug die Aufschrift *Alkohol? Ich kenn mein Limit*. Na, das passte ja prima. Dann ging er hinaus, um die Schranke zu öffnen, er grüßte und winkte das Fahrzeug durch. Daraus bestand sein ganzer Job. Zurück an seinem Platz beugte er sich wieder über das Kreuzworträtselheft. Bei ›Zugvogel mit drei Buchstaben‹ hatte er einen absoluten Rückfall in die Welt der Spekulation und Phantasterei. War er in ein alternatives Universum geraten? In eine Parallelwelt? In eine Zeitfalte? In eine Ereignisirritation? Inzwischen wurde über solche Konzepte ganz ernsthaft in den Medien berichtet. Bleib ruhig, Jennerwein, lass den Unsinn, du weißt, dass derartige Ausflüchte in Zwischenwelten nur ablenken. So etwas gibt es nicht. Vielleicht gibt es das, aber nicht bei dir. Du hast dich doch bisher recht wacker geschlagen. Jetzt bleibt dir nicht mehr viel Zeit. Wenn die Verbrecherbande wirklich hier auf dem Gelände ist, dann werden sie dich irgendwann finden. Du musst sie vorher unschädlich machen, Jennerwein. Du musst den Ort finden, wo sie ihre unsäglichen Operationen durchführen. Reiß dich zusammen, konzentrier dich. Ruf dir alle Beobachtungen ins Gedächtnis, die du bisher gemacht hast. Von Anfang an. Beginne mit dem Erwachen auf der harten Aussichtsbank und dem Geräusch der Nachtluft. Das ferne Gezeter der Buchfinken. Und der nervige Klingelton von Irenes Anrufen.

Ein dunkelgrüner Ford Transit. Dann ein weiterer Volvo. Ein VW Golf. Die jeweiligen Fahrer grüßten ihn freundlich, er grüßte zurück. Es war inzwischen spät geworden, viel war nicht mehr los auf diesem Parkplatz. Er überlegte, wann genau er seine Position hier verlassen und zu dem Feuerwehrhäuschen gehen sollte. Ein grauer Saab mit ungarischem Kennzeichen. Ein österreichischer Mercedes. Ein Mercedes-Laster. Langsam leerte sich der Parkplatz. Aber Moment mal – ein Mercedes-Laster?

Jennerwein richtete sich ruckartig auf und vergaß für einen Moment die Legende des abgewrackten Parkplatzwächters. Ganz klar und deutlich stieg die Erinnerung an die Straße im Kurort auf, die an der Villa des großen Komponisten vorbeiführte. Zwar fielen ihm weder der Straßenname noch der Name des Komponisten ein, aber das war jetzt unwichtig. Jennerwein erinnerte sich daran, in den ersten Stunden nach seiner Verwandlung frische Reifenspuren auf dem Weg entdeckt zu haben, der an der Over-at-the-Frankenstein-place-Villa vorbeiführte und nach oben auf seinen Ablageort zulief. Höchstwahrscheinlich war er mit einem Lastwagen dorthin transportiert worden. Ein Lastwagen als Entführungsfahrzeug hatte den riesigen Vorteil, dass man sich dem Opfer so nähern konnte, dass jedem die Sicht auf den eigentlichen Zugriff versperrt war. Gerade im Fall der Neurokopie war ein geräumiges Fahrzeug optimal für eine Entführung, weil die Operation gleich an Ort und Stelle durchgeführt werden konnte. Alles sprach dafür, dass die Organisation keinen Raum in dem Industriegebiet gemietet hatte, sondern vielmehr einen Lastwagen benutzte, der hier irgendwo geparkt war. Er musste nach einem Lastwagen suchen. Einem mit Zwillingsbereifung. Und vielleicht steckte bei einem der rechten Außenreifen noch das Steinchen im Profil. Jennerwein zeigte keine Spur von Schwäche mehr. Er musste alle Parkplätze überprüfen und auf den Stellplätzen nach großen Lastwagen Ausschau halten.

Kurzerhand verließ Jennerwein das Pförtnerhaus, er öffnete die Schranke und machte sich auf den Weg. Seine Abwesenheit würde sicherlich nach einiger Zeit entdeckt werden, deshalb war Eile geboten. Er lief in Richtung des ersten Parkplatzes und versucht dabei fieberhaft in seinem Gedächtnis zu graben. Was hatte er alles in der Straße gesehen, die an der Villa vorbeiführte? Die beiden lästigen Alten. Einen Müllwagen, der gelbe Säcke für Plastikmüll aufsammelte. Ja! Das Labor könnte sich durchaus in einem Müllwagen befinden. Wenn man die hintere Aufnahmerampe und das Rotopress-System ausbaute, gewann man viel Platz. Jennerwein lief schneller. Ein Müllwagen hatte den weiteren großen Vorteil, dass er nicht auffiel. Das heißt, er fiel schon auf, aber niemand achtete weiter auf ihn. Man schaute weg. Man war froh, wenn man ihn nicht mehr sehen musste. Jennerwein nahm weiter Tempo auf. Ab und zu verlangsamte er seine Schritte, wenn er an Stellplätzen vorbeikam. Doch er sah, dass um die Gebäude herum hauptsächlich Pkws parkten, von den Lastwagen und Transportern trug kein einziger Zwillingsbereifung. Endlich war er an dem zweiten Parkplatz angelangt. Der war unbewacht und vollständig leer. Er lief zum nächsten Parkplatz. Wieder nur Pkws. Der vierte Parkplatz lag am anderen Ende des Geländes. Nach zehn Minuten in vollem Lauftempo war er dort. Er blieb stehen und lehnte sich an das Absperrgitter. Hoffentlich verriet ihn sein atemloses Gejapse nicht. Der Parkplatz selbst war so groß wie alle anderen zusammen und durch die kreuz und quer dazwischen gepflanzten Bäume und Sträucher sehr unübersichtlich. Er war auch nicht durchgehend umzäunt, man konnte ihn von mehreren Seiten anfahren. Perfekt für ein Versteck. Jennerwein schlich sich von Wagen zu Wagen. Dunkel war es hier und totenstill. Kein Mucks weit und breit, keine Lastwagenfahrer wie auf den Rastplätzen, die im offenen Fahrerhaus telefonierten oder Musik hörten. Jennerwein schlängelte sich durch die Halde der Riesenviecher, die ranzig und müde rochen, eine Mischung aus Öl, Asphalt und verschenkter Lebenszeit. Viele der Lkws trugen österreichische Nummernschilder, es gab auch einen russischen Lkw, das Logo in Leuchtfarben verriet den Kaviartransporter, es zeigte einen rotwangigen Mann, der ein übervolles Löffelchen mit dem Zeug zum Mund führte. Solch ein Riesenlastwagen für die schweineteuren Döschen Kaviar? War das nicht verdächtig? Jennerwein versuchte einen Blick ins Fahrerhaus zu erhaschen. Dort drinnen schlief ein Mann im Sitzen. Vielleicht hörte er auch bloß Musik. Er sah genauso aus wie der Mann auf dem Logo. Wieder stiegen Zweifel in Jennerwein auf, ob er an der richtigen Stelle suchte. Doch sein Instinkt sagte ihm, dass er eine heiße Spur aufgenommen hatte. Eile war geboten. Er kam an einem Laster aus Skandinavien vorbei, eine Firmenaufschrift konnte er nicht erkennen. Ihn interessierten sowieso nur die doppelreifigen Fahrzeuge. Immer wieder ging er in die Hocke und strich mit der Hand rund um die rechten Außenreifen. Auf diesem Abschnitt des Parkplatzes war es so dunkel, dass er sich auf seinen Tastsinn verlassen musste. Und wenn der Stein inzwischen herausgefallen war? Oder wenn der Reifen direkt auf dem eingeklemmten Stein stand? Menschenskinder, Jennerwein! Denk doch nicht so negativ. Los, such weiter! Jennerwein kam nun zum Randbereich des Areals. Es wurde immer stiller und dunkler. Seine Hände schmerzten. Sie bluteten wahrscheinlich. Er leckte an einem seiner Finger. Nur bitterer Ölgeschmack. Sonst nichts.

Und dann war der Augenblick da, den er herbeigesehnt hatte. Jennerwein konnte die Außenbeschriftung des Lastwagens beim besten Willen nicht mehr lesen, aber als er den hinteren rechten Außenreifen abtastete, spürte er, dass an einer Stelle etwas zwischen den Profilrillen steckte. Ein kaltes, hartes Stück Stein oder Metall, seine Finger waren zu klamm, um das zu ertasten. War das der Wagen, der den Schotterweg hinaufgefahren war? Jennerwein richtete sich auf und legte sein Ohr an die Außenwand. Nichts. Kein Laut. Mit zittrigen Beinen schlich er sich um den Wagen herum, stellte dabei anhand der schemenhaften Konturen fest, dass es kein schlichter Lkw, sondern tatsächlich ein Müllwagen mit der unverkennbaren Laderampe am hinteren Ende war. Das war der Wagen, mit dem man ihn transportiert hatte. Darin musste sich das ambulante Labor befinden. Das war der Wagen, mit dem all sein Unglück seinen Lauf genommen hatte. Er formte mit den Lippen ein lautloses Stoßgebet in den pechschwarzen Himmel, er murmelte einen Dank an Frate Sebastian, der recht gehabt hatte mit seiner Vermutung.

Jennerwein griff mit zitternden Fingern in die Jackentasche und holte das Päckchen Zigaretten heraus, in dem der zusammengefaltete Ballon steckte. Er drehte sich zur Wand des Fahrzeugs und knipste das Feuerzeug an, um die kleine Lunte zu entzünden. Da ertönte plötzlich ganz in der Nähe ein Geräusch. Es war ein metallischer, kurzer Knacks, dem sich ein kleines Quietschen anschloss. Eine Wagentür war geöffnet worden. Jennerwein lauschte atemlos. Er stand momentan am vorderen Teil des Fahrzeugs, das Geräusch war vom Heck her gekommen, aus Richtung der Laderampe. Er duckte sich und schlich näher. Dann blieb er wieder stehen. Er hörte Stimmen. Nein, er hörte eine einzelne Stimme.
»Aha ... aha ... aha ... Hmhm ... aha, hm ... aha, aha, aha ...

aha … aha … Ja, ja, aha, aha … Hm, ja, aha … Aha … Ja? … ah, aha, aha, aha, ja, aha, aha … goedheid jij! … aha …«

Der Mann telefonierte. Jennerwein sah ihn noch nicht. Dem Akzent nach war es ein Holländer. Er war wohl an die frische Luft gegangen, um zu telefonieren. Was heißt: zu telefonieren. Um zuzuhören, was der andere sagte. Jennerwein klappte sein Taschenmesser auf und behielt es in der Hand. Dann griff er sich in den Mund und holte das kleine Plastikröhrchen heraus, das zwischen Oberkiefer und Wange steckte. Vorsichtig lockerte er den Deckel und hielt dann das Röhrchen fest in der anderen Hand. Betäubungsmittel. Es war eine dürftige Bewaffnung, aber besser als gar nichts. Der Holländer telefonierte weiter. Aha, aha. Jennerwein suchte nun Deckung hinter einem Kran, der neben dem Müllwagen geparkt hatte, er umkreiste ihn, um sehen zu können, ob dieser Holländer überhaupt aus dem Müllwagen gestiegen und nicht von ganz woanders hergekommen war. Jetzt hatte er endlich freien Blick auf den Mann. Hinter diesem war eine Tür einen Spaltbreit geöffnet, sie führte ins Innere des Müllwagens. Keine Mülleinwurfklappe, keine Pressschnecke, kein Rotopress-System. Das alles hatte einem Raum Platz gemacht, von dem Jennerwein lediglich einen kleinen Ausschnitt sehen konnte. Doch er erkannte, dass sich an den Wänden Regale mit Computerracks befanden. Der Mann drehte sich nun so, dass der schmale Lichtstreifen auf sein Gesicht fiel. Er hatte breite Nasenflügel und gewellte, pechschwarze Haare, auch seine Augen hatten die Farbe von Hasenblut. Seine Gesichtsfarbe war dunkelcremig. Dieser Mann war unverkennbar ein Inder.

# 36

EIN HOHER BEAMTER AUS DEM
NATO-HAUPTQUARTIER:
*Herakles, in deinem sechsten Abenteuer musst
du dich mit gepanzerten Vögeln rumärgern, die
tödliche Pfeile abschießen. Wir nennen diese
Dinger Kampfdrohnen. Du verjagst sie einfach
mit einer Klapper. Kannst du uns einen Tipp
geben, wie wir an so ne Klapper kommen, wie du
sie beschreibst? Hat ja wahrscheinlich was mit
militärischen Hochfrequenztönern zu tun, die das
Gehör blockieren.*

Kommissar Jennerwein duckte sich hinter dem parkenden Kranwagen, dessen Arm mächtig in den Himmel ragte. Sein Puls raste, sein Atem ging schnell, er musste sich wieder beruhigen. Der Inder mit dem holländischen Akzent hatte ihn bisher nicht bemerkt, er war ganz und gar in sein Telefongespräch vertieft. Jennerwein konnte hören, wie die Frau am anderen Ende der Leitung lautstark und offensichtlich sehr ärgerlich auf ihn einredete. Der Inder versuchte dazwischen immer wieder mal, sich in den aufgeregten Monolog einzuklinken und sie zu beruhigen.

»Nein ... das ist ... das verstehen Sie jetzt ganz ... keine Sorge ... nein, das ist so nicht richtig ... Sie brauchen ... aha ... aha ... mhm, aha ...«

Doch die Frau hatte sich in Rage geredet. Aus seiner jetzigen Position hatte Jennerwein keinen Einblick mehr ins Innere des Müllwagens, trotzdem schien ihm, als ob der Inder allein wäre. Sollte er das Wagnis eingehen, ihn sofort zu überwältigen? Dann hätte er das Überraschungsmoment auf seiner Seite. Doch dazu musste er seine improvisierte Bewaffnung ordnen. Langsam legte er das Röhrchen mit dem Betäubungsmittel neben sich auf die Erde, genauso wie das aufgeklappte Taschenmesser. Er versuchte durchzuschnaufen, doch die mit Mastix festgeklebte Gesichtsmaske nahm ihm inzwischen fast den Atem. Im Fall eines Kampfes wäre sie äußerst hinderlich. Und wen interessierte es jetzt noch, wie er aussah und wer er war? Kurz entschlossen griff er an den künstlichen Haaransatz und zog die eklige Larve, die ihn in einen verquollenen Hinterwäldler verwandelt hatte, herunter. Er musste sich beherrschen, nicht aufzustöhnen, die Prozedur ging nur langsam vonstatten und war äußerst schmerzhaft. Vermutlich war er jetzt feuerrot im Gesicht und ohnehin nicht als Pelikan zu erkennen. Er warf die Überreste unter den Kran. Dann nahm er die Zigarettenschachtel, in der der Orientierungsballon versteckt war. Es war ziemlich dunkel, und er musste den Docht, an dem der Ballon zu entzünden war, mit seinen klammen Fingern ertasten. Der indische Holländer wandte ihm jetzt den Rücken zu. Perfekt. Jennerwein konzentrierte sich. Die Gelegenheit war ausgesprochen günstig, sich anzuschleichen und ihm das Taschentuch mit der Betäubungsflüssigkeit auf die Nase zu pressen.

»Nein, nichts ist schiefgegangen! Überhaupt nichts ist schiefgegangen«, rief der Holländer ungeduldig in den Hörer. »Wie oft soll ich noch … nein, entschuldigen Sie, entschuldigen Sie … aber … wie oft soll ich … Ja, dieser Jennerwein ist wieder aufgetaucht, ja, stimmt, das ist richtig. Aber Madame, ich bitte Sie! Was macht das schon!«

Jennerwein hielt wie elektrisiert mitten in der Bewegung inne. Was sollte das heißen: Jennerwein ist wieder aufgetaucht? Sein Körper war also gefunden worden? Das war ein Schock für Jennerwein. Er wusste nicht so recht, was diese Information für ihn bedeutete. Er musste mehr erfahren. Vorsichtig schraubte er das Döschen mit der Flüssigkeit wieder zu. Doch die Informationen flossen spärlich, der indische Holländer kam kaum zu Wort. Immer wieder wurde er von der Frau am anderen Ende der Leitung unterbrochen. Nervös wanderte er auf und ab, näherte sich bald der halb angelehnten Müllwagentür, kam ein anderes Mal Jennerweins Position so nahe, dass ihn der Kommissar mit Händen hätte greifen können.

»Hören Sie, es ist nichts schiefgegangen«, sagte der Holländer eindringlich und inzwischen fast weinerlich. »Sie stellen sich das zu einfach vor. Wir können ja die Gehirne nicht einfach austauschen, wie man auf einem Tisch den Salz- gegen den Pfefferstreuer vertauscht. So weit ist unsere Technik noch nicht. Der Prozess ist etwas komplexer. Wir speichern natürlich alle Vorgänge auch technisch ab, um auf der sicheren Seite zu sein. Ich erkläre Ihnen das beim nächsten Treffen gerne genauer. Jedenfalls kann ich Ihnen versichern, dass bei unserer Demonstration alle entscheidenden Prozesse funktioniert haben. Unser Mann konnte im Körper von Kommissar Jennerwein das Attentat auf Lukas Lohkamp erfolgreich durchführen –«

Johann Ostler alias Frate Sebastian schritt erregt im Zimmer auf und ab. Er hatte Erzbischof Paul Gallagher am Apparat, seines Zeichens Vatikanischer Staatssekretär, sozusagen der Außenminister des Vatikanstaates. Gallaghers und Ostlers Behörden, das Außenministerium und der Sicherheitsdienst, standen traditionell in erbitterter Konkurrenz, und das schon seit Jahrhunderten.

»Nein, nein, und nochmals nein!«, sagte Gallagher am anderen Ende der Leitung. »Dazu gebe ich auf keinen Fall meine

Zustimmung. Auf gar keinen Fall. Wie zum Teufel kommen Sie überhaupt auf eine solch absurde Idee!«

Ostler versuchte, ruhig zu bleiben.

»Aber Exzellenz, das wäre die einmalige Chance, der Organisation, die diese neurobiologischen Forschungen auf dem freien Markt anbietet, einen schweren Schlag zu versetzen!«

»Ja, das ist schon richtig, aber wir können es nicht wagen, unsere Leute dorthin zu schicken. Wenn bekannt wird, dass der Vatikan in die Sache verwickelt ist, gibt es einen Skandal, den wir momentan weiß Gott nicht brauchen können. Wenn der Mann, den Sie eingeschleust haben, so gut ist, wie Sie sagen, dann wird er es alleine schaffen. Bei allem Respekt vor Ihnen, Frate Sebastian: Das können wir nicht riskieren.«

Ostler musste sich beherrschen, nicht mit der Faust auf das wertvolle Chippendale-Tischchen zu schlagen, das in seinem Zimmer stand.

»Bei allem Respekt vor *Ihnen*, Eminenz: Ich mache es trotzdem.«

Eisige Stille. Dann:

»Dann bleibt mir nur, mit dem Heiligen Vater zu reden und ihm von Ihrer mangelnden Kooperationsbereitschaft zu berichten. Einen schönen Tag noch.«

Ostler legte wütend auf. Das war eine Katastrophe. Seine Leute waren speziell ausgebildet für solche diskreten und effizienten Auslandszugriffe, und der Vatikan kniff, weil er einen Skandal befürchtete. Sorgenvoll blickte Ostler aus dem Fenster. Es ging ihm nicht nur um den Schlag gegen das organisierte Bio-Verbrechen. Es ging ihm um Jennerwein. Allein konnte der Kommissar das nicht schaffen. Schlimmer. Er würde es nicht überleben. Jetzt hieb Ostler doch auf das Tischchen, das krachend in sich zusammenstürzte.

Der indische Holländer verlor langsam die Geduld, seine Stimme klang ärgerlich. Er war es wohl nicht gewohnt, dass ihm jemand so hartnäckig widersprach.

»Bitte, wenn Sie meinen, Madame, dann können wir den Deal auch gerne platzenlassen. Ich habe genug andere Interessenten. Ja, Sie bekommen die Anzahlung natürlich vollständig zurück ... aha, aha ...«

Jennerwein spannte die Muskeln. Der Holländer wirkte abgelenkt und ungehalten, jetzt war die beste Zeit für einen Zugriff. Jennerwein war auf dem Sprung. Er musste damit rechnen, dass sich weitere Personen im Inneren des Müllwagens befanden, auch wenn er niemanden gesehen hatte. Los, Jennerwein, zögere nicht, du musst ihn lautlos ausschalten, er darf keinen Mucks von sich geben. Das ist der Ort, an dem das Unheil seinen Lauf genommen hat! Verhüte weitere Verbrechen, indem du jetzt handelst. Jennerwein kroch vorsichtig aus der Deckung, die Dose mit dem Betäubungsmittel in der Hand, jederzeit bereit, hochzuspringen und zuzupacken. Der Holländer stand immer noch mit dem Rücken zu ihm. Jennerwein richtete sich langsam auf. Dann aber ging alles ganz schnell. Der Kegel einer starken Taschenlampe tauchte wie aus dem Nichts auf und leuchtete Jennerwein voll ins Gesicht. Der erstarrte mitten in der Bewegung, fuhr dann instinktiv zurück. Die Dose mit dem Narkotikum fiel ihm aus der Hand.

»Da haben wir ihn ja schon!«, hörte er eine Männerstimme aus einiger Entfernung schreien.

Der Mann, dessen Gesicht Jennerwein nicht erkennen konnte, fuchtelte mit der Taschenlampe herum. Der Holländer drehte sich ruckartig um, und als er Jennerwein erblickte, spiegelten sich Entsetzen und Abscheu in seinem Gesicht. Der Mann hinter der Taschenlampe musste Security-Manfred sein, der ehemalige Polizist im blauschmierigen Overall. Jennerwein sprang einen Schritt zurück, der Lichtkegel folgte ihm.

»Bleib stehen, Mann!«, rief Manfred. »Was treibst du hier draußen? Warum verlässt du die Pforte?«

»Goody, komm schnell!«, schrie der Holländer in Richtung Müllwagen. Als keine Antwort kam, fügte er hinzu: »Was ist los? Hast wohl wieder deine Kopfhörer auf, du Idiot!«

Der Holländer stürzte in den Wagen und zerrte einen zweiten Mann ins Freie. Goody. Goody? Sollte Jennerwein den Namen kennen? Egal, Goody, ein vierschrötiger Bursche mit dumpfem Gesicht, zog jetzt eine Pistole und schraubte den Schalldämpfer auf. Mit flinken Fingern, trotzdem ruhig und ohne Hast. Jennerwein drehte sich um, sah aber weit und breit keine Deckung. Um hinter den nächsten Lastwagen zu laufen, war es zu spät. Warum hatte er die schusssichere Weste, die er von Padrone Spalanzani bekommen hatte, nicht anbehalten! Der Mann, den der Holländer Goody genannt hatte, hob die Pistole, entsicherte sie, drehte sich jedoch zu Jennerweins Überraschung von ihm weg, in Richtung des Security-Mannes mit der Taschenlampe, und schoss. Security-Manfred hatte nicht einmal mehr Zeit zu einem Schrei, der Lichtkegel zitterte sich über die Karosserie des Müllwagens, dann fiel Manfred mit einem hässlich dumpfen Geräusch zu Boden. Goody war Profi. Doch Jennerwein hatte die Zeit genutzt, um Deckung hinter dem Kranwagen zu finden. Es war bitter, aber allein der Tod des Mannes im ölverschmierten Overall hatte ihm den Vorsprung verschafft. Er sprang wieder auf und spurtete zum nächsten Lastwagen. Und wieder zum nächsten. Er rannte genau den Weg zurück, den er gekommen war, immer darauf bedacht, nicht allzu lange in freies Gelände zu geraten und in Deckung der großen Laster zu bleiben, von denen allerdings mehr als genug herumstanden. Eine kniehohe Mauer. Er hechtete drüber und rollte sich ab. Goody. Kannte er den Namen? Sollte ihm der etwas sagen? Es handelte sich jedenfalls um einen jener Profikiller, die acht Stunden am Tag Schießen trainieren, aus allen Lagen und Winkeln, bei allen Lichtverhältnissen, rechts wie links, stehend, liegend, auf einem Pferd reitend, an einem Zirkustrapez hängend. Jennerwein erschrak. Verfolgte ihn etwa der Mann, der in seinem Körper für den Tod seines Freundes Lohkamp verantwortlich war? Jennerwein rannte weiter. Der scharfe Biss einer Kugel in Metall, direkt neben ihm, in die Karosserie eines Möbellasters, ließ ihn nach links springen. Noch ein Schuss. Glas splitterte. Eine Scheibe brach und rasselte auf Betonboden. Er rannte, so schnell er konnte. Dieses Tempo würde er nicht lange durchhalten, vor allem nicht im Körper Pelikans. Wieder tauchte er hinter einem Laster ab und hörte zwei Schüsse, die ein Seitenfenster entglasten. Dann riss das kiesige Erdreich neben ihm auf. Goody begann jetzt, gezielt unter den Autos hindurchzuschießen.

Maria Schmalfuß beugte sich über das Krankenbett.
»Hubertus!«, flüsterte sie, doch die leblose Gestalt antwortete nicht. Sie lag offenbar in tiefer Bewusstlosigkeit. Überdies war auch noch eine Rauchvergiftung diagnostiziert worden, die Feuerwehrleute hatten den Mann in dem hellbraunen Tweed-Sakko gerade noch rechtzeitig aus dem brennenden Heustadel retten können. Maria betrachtete das Gesicht von Hubertus Jennerwein, aus dem jeglicher Ausdruck gewichen war. Die Augen starrten leer und komatös zur Decke, er zeigte keinerlei Reaktionen auf ihre Berührungen, Ansprachen und Beschwörungen. Sie warf einen Blick zu Verena Vitzthum, die

an der Tür stand und sorgenvoll auf die seelenlose Hülle von Jennerwein blickte.

»Die neuen Kollegen werden gleich da sein«, sagte die Gerichtsmedizinerin. »Kommen Sie, gehen wir. Die Neuen sollen den Fall übernehmen, und es ist vielleicht auch besser so.«

Die Tür ging auf, die Männer, die Rosi auf den Fall Jennerwein/Lohkamp angesetzt hatte, wurden vom Arzt hereingeführt.

»Der Mörder von Lohkamp ist nicht bei Bewusstsein«, sagte der Arzt.

»Das ist nicht der Mörder von Lohkamp!«, rief Maria wütend, beherrschte sich aber gleich darauf wieder.

»Kommen Sie, Maria, es hat keinen Sinn«, sagte Verena und schob die Polizeipsychologin aus dem Zimmer. »Ich habe einen Blick auf das EEG geworfen. Seine Hirnaktivitäten sind gleich null.«

Die Gerichtsmedizinerin schwieg daraufhin. Sie hatte die böse Ahnung, dass dieser Zustand irreparabel war.

Wieder schlug Jennerwein einen Haken. Er war jetzt an dem Kaviartransporter mit dem auffälligen Logo angelangt, das im schwachen Licht der fernen Gebäude gut zu erkennen war. Vereinzelt waren jetzt auch Rufe zu hören, vermutlich von erwachenden Lastwagenfahrern:

»Haltet den Dieb! – Den greifen wir uns!« Konnte er die Trucker um Hilfe bitten? Wohl nicht. Bis er die davon überzeugt hatte, dass er zu den Guten gehörte, verging viel zu viel Zeit. Er musste es anders versuchen. Der Lenker des Kaviarwagens saß immer noch zurückgelehnt auf dem Fahrersitz und schlief. Oder er hörte Musik über Kopfhörer. Jennerwein riss die Tür auf, packte den Mann an der Lederjacke und zog ihn heraus.

Der Fahrer, sicher einen Kopf größer als Jennerwein und doppelt so schwer, war so perplex, dass er im ersten Augenblick nicht wusste, was los war, und sich überhaupt nicht wehrte. Er knallte auf den Boden und rieb sich die Augen. Dann erst begann er zu fluchen und um Hilfe zu rufen. Jennerwein kletterte auf den Sitz. Er hatte Glück, der Schlüssel steckte. Der Motor sprang tuckernd an, Jennerwein fuhr holpernd und krachend los. Der Russe war inzwischen aufgesprungen und hämmerte an die Seitenscheibe, lief eine Weile wüst schimpfend neben dem Wagen her, blieb schließlich keuchend zurück. Jennerwein nahm Tempo auf. Hinten im Wagen rissen sich ein paar Zentner ungesicherte Ladung los und rutschten knirschend auf eine Seite. Dann kam er plötzlich von der Spur ab. Ein Reifen war geplatzt. Und gleich noch ein Reifen. Im Rückspiegel sah er Goody zielen, im Sekundentakt blitzte das Mündungsfeuer gehässig auf. Jennerwein konnte das Gefährt nicht mehr vernünftig lenken. Er gab noch ein letztes Mal Gas, wälzte sich auf die Beifahrerseite, ließ den Wagen führerlos weiterrollen, stieß die Tür auf und sprang hinaus. Schmerzhaft knallte auch er auf den Boden. Um ihn herum brach Tumult aus. Mehrere der Fahrer waren wohl aufgewacht und verließen ihre Lastwagen. Er musste versuchen, sich bis zum Eingang durchzuschlagen. Von dort war es nicht mehr weit zur Hauptstraße, vielleicht konnte er von da aus im Wald verschwinden. Sein Atem ging schwer. Sein ramponiertes Gesicht schmerzte höllisch. Schon wieder ein Schuss. Er lief um sein Leben. Jetzt hatten ihn einige der Lastwagenfahrer entdeckt und rannten mit wutverzerrten Gesichtern auf ihn zu. Sie verkannten die Lage. Nicht er musste unschädlich gemacht werden, sondern Goody, der jetzt auf die Fahrerkabine eines Kiestransporters kletterte, um eine bessere Schussposition zu ergattern. Jennerwein hätte jetzt gut unter einen Wagen hechten können, aber die wilde Meute der Trucker kam immer näher. Sie waren bewaffnet mit Wagenhebern, Klappspaten und Stahlrohren. Er verließ die Deckung und gelangte auf freie Fläche, auf das Areal, das direkt hinter dem Eingang des Industriegeländes lag. Das Pförtnerhäuschen war jetzt nur noch einen Endspurt entfernt, aber das konnte er nicht mehr schaffen. Keine Chance. Die Trucker stürmten brüllend von allen Seiten auf ihn zu, gleich hatten sie ihn eingekreist. Und wieder ein Schuss neben ihm aufs Pflaster. Plötzlich hielten die Trucker inne. Der Menschenring teilte sich. Ein Auto quetschte sich hupend durch. Der Fahrer ließ den Motor aufjaulen. Um Gottes willen! Der wollte ihn über den Haufen fahren! Einige der aufgebrachten Lastwagenfahrer liefen zu dem Fahrzeug, um es zu stoppen. Manche hieben mit den Rohren aufs Autodach. Doch der Wagen hielt unbeirrt auf Jennerwein zu. Gab Gas und bremste dicht neben ihm wieder ab. Es war ein Mercedes. Die Seitentür wurde aufgestoßen.

»Los, steig ein, Mann. Schnell!«, schrie Ladislav Fučík, der böhmische Kleinganove, der wegen Jennerwein schon einmal ein halbes Jahr im Knast gesessen hatte.

# 37

ERNST JANDL:
»Les', Herr Kuh.«
»Was soll ich lesen?«
»Ein Buch, Herr Kuh.«
»Was für eins?«
»Sagen, Herr Kuh!«
»Was soll ich sagen?«
»Sagen des klassischen Altertums, Herr Kuh!«

Zwei Trucker trommelten auf das Autodach des Taxis, doch Ladislav Fučík machte keine Anstalten loszufahren.

»Worauf wartest du denn noch?!«, rief Jennerwein verzweifelt. »Bring uns beide hier raus!«

Ungläubig starrte er Fučík an. Der saß bewegungslos da und blickte stoisch geradeaus. Was war mit dem Typen los? Weitere paramilitärisch bewaffnete Wuttrucker kamen näher. Einer stand bereits breitbeinig vor dem Beifahrerfenster und bückte sich, um nachzusehen, wo sich Jennerwein verkrochen hatte. Misslaunig hob er die Pleuelstange und schwenkte sie drohend. Dann rüttelte er heftig am Türknauf. Vergeblich, denn Jennerwein hatte sofort nach dem Einsteigen die Zentralverriegelung betätigt. Jennerwein blickte aus dem Fenster, dann wieder irritiert zu Ladislav Fučík. Doch der starrte weiterhin schweigend und angstvoll geradeaus. Jennerwein folgte seinem Blick. Was war dort draußen zu sehen? Hatte ihn der Mut verlassen? Jetzt erst bemerkte Jennerwein, dass aus Fučíks Nacken eine glänzende dünne Eisenstange herausragte, die ein Stück weit nach hinten führte und ihr Ende in einem Revolverknauf fand, den wiederum eine dicke, fleischige Hand umschloss. Blitzschnell drehte sich Jennerwein um. Auf dem Rücksitz flegelten, hämisch grinsend vor Selbstzufriedenheit, die beiden gnomartigen Ganoven mit Sonnenbrillen, die Geldeintreiber des Zockerclubs Bongo-Longo, denen Jennerwein vorgestern Abend gerade noch ausgekommen war. Fučík jedoch schienen sie erwischt zu haben.

»Es tut mir leid«, sagte der Taxifahrer zu Jennerwein. »Sie haben mich gezwungen, hierherzufahren und dich ins Auto zu locken.«

»Du schuldest uns genau zwanzigtausend Lappen, Freund!«, zischte einer der gefährlichen Witzfiguren.

Draußen kamen weitere Lastwagenfahrer vorsichtig näher. Mit Stangen, Seitenspiegeln, Kardanwellen, Steuerknüppeln und riesigen Lenkrädern bewaffnet. Als jedoch der andere Gnom ein Seitenfenster öffnete und seine Knarre zeigte, wichen sie erschrocken zurück und blieben in ein paar Metern Entfernung stehen. Es mochten etwa zwanzig oder fünfundzwanzig von ihnen sein. Die Dunkelheit machte aus ihnen eine verwegene Horde Freischärler, von der man nicht so recht wusste, ob sie Freund oder Feind war. Jennerwein wandte sich an einen der Gnome und wagte den Versuch, die Sache halbwegs gütlich zu klären.

»Ich hab das Geld beim Spielen gewonnen, warum soll ich es euch zurückgeben?«

»Du hast falsch gespielt, Freundchen«, sagte der Fuchtler. »Mit Falschspielern machen wir kurzen Prozess. Wir wissen, wo du wohnst. Wir wissen, wer du bist. Wir wissen, mit was du dich sonst so beschäftigst. Du treibst das Geld bis morgen auf. Wir finden dich überall. Und damit du es nicht vergisst –«

Rasend schnell ergriff der Fuchtler Jennerweins Arm, riss ihn zu sich nach hinten und steckte die herausgezogene Nackenstütze wieder so in die Halterungen, dass seine Hand schmerzhaft eingeklemmt war.

»Zwanzigtausend«, sagte der Mann. »Morgen. Im Bongo-Longo. Bargeld, gebrauchte Scheine, nicht fortlaufend nummeriert. Das Übliche halt.«

Jennerwein versuchte sich zu befreien. Er rüttelte mit der anderen Hand an der Nackenstütze – vergeblich. Dann bemerkte er zu seinem Entsetzen, dass der Gnom eine Gartenschere in der Hand hielt und sie an das Endglied seines kleinen Fingers hielt. Doch jetzt setzte er sie wieder ab, hielt die blitzende Schere hoch und schwang sie triumphierend in der Luft. Jennerwein wollte schon erleichtert aufatmen, als er den hellen Blutstrahl bemerkte, der aus seinem Finger schoss. Und jetzt kam erst der verzögerte Schmerz. Dafür umso heftiger. Die Nackenstütze löste sich. Jennerwein schrie auf. Griff in die Jackentasche nach dem Taschentuch. In der Zwischenzeit war der Gnom überraschend wendig ausgestiegen, hatte die Beifahrertür von außen aufgerissen und zog Jennerwein an den Beinen hinaus, der knallte schon wieder auf den Betonboden, mit schmerzverzerrtem Gesicht und für einen Moment vollkommen orientierungslos. Dann stieg der Gnom seelenruhig wieder ein. Das Taxi brauste davon, die Trucker spritzten und hechteten links und rechts aus dem Weg. Jennerwein biss auf die Zähne. Er wand das Taschentuch um den Finger, um die Blutung zu stillen. Die Trucker näherten sich wieder und schwangen die scharfkantigen Maschinenteile. Begriffen die Idioten nicht, dass *er* das Opfer war?!

»Ich seh ihn! Da vorne! Er liegt am Boden!«

Nicole Schwattke schrie es heraus, sie brüllte es, dass sich ihre Stimme überschlug. Gott sei Dank! Sie waren noch rechtzeitig gekommen. Ihr fiel ein Stein vom Herzen. Vor einer Stunde war sie von Johann Ostler über die neue, vollkommen überraschende Lage informiert worden, er hatte ihr den Aufenthaltsort von Jennerwein durchgegeben, sie und Hölleisen waren in polizeiwidriger Geschwindigkeit mit Nicoles Auto hierhergebrettert. Wirl-Au-Ost war vom Kurort eine Stunde entfernt, sie hatten eine halbe gebraucht. Jetzt standen sie vor dem Eingang des Industriegeländes, die Reifen glühten noch von der halsbrecherischen Fahrt. Das Gelände lag etwas tiefer vor ihnen, deshalb war es ihnen möglich gewesen, die Lage mit einem Blick zu erfassen. Der Mann, den sie als Pelikan identifizierten und der nach allem, was Ostler im Telegrammstil durchgegeben hatte, Jennerwein sein musste, wand sich am Boden, eine Gruppe von düster aussehenden Gestalten stand bedrohlich im Halbkreis um ihn geschart.

»Los, fahren wir rein!«, schrie Nicole. »Fahren wir direkt zu ihm hin. Pflanzen Sie das Blaulicht auf, Hölleisen.«

Hölleisen folgte der Anweisung, doch als Nicole Gas gab, lospreschte und dabei eine leichte Kurve beschrieb, wurde der Wagen von einem harten Aufprall erschüttert, der ihr Auto ein paar Meter weiterschleuderte und quer zur Straße stellte.

»Was ist denn das jetzt für ein Gestörter!«, schrie Hölleisen in das schauerlich knirschende Geräusch hinein.

Der uralte Kombi, der sie gerammt hatte, rutschte ebenfalls quer über die Straße. Die Fahrerin war im blitzenden Blaulicht undeutlich zu erkennen, eine junge Frau mit Sweatshirt und Kapuze. Beide Fahrzeuge waren jetzt zum Stehen gekommen. Die hintere Tür des Kombi wurde aufgerissen, ein dünner Jüngling stieg heraus und starrte sie wütend an.

»Anfänger, wie?«, schrie er aus der Ferne.

Nicole war ebenfalls aus dem Wagen gesprungen.

»Ist jemand von Ihnen verletzt?«, schrie sie zurück.

Der junge Mann mit den Spinnenfingern schüttelte den Kopf. Als Nicole im Inneren des Kombi die vielen Computer sah, die chaotisch miteinander verkabelt waren, blieb ihr fast das Herz stehen. Sie hatte den Verantwortlichen für Jennerweins Verwandlung vor sich! Sofort schaltete sie wieder in den Ermittlungsmodus. Sie zog ihre Dienstwaffe.

»Hölleisen, Sie laufen zu Jennerwein und schauen, ob er Hilfe braucht. Ich kümmere mich um diese beiden Herrschaften.«

Diese Herrschaften hatte sie sich ganz anders vorgestellt, aber egal. Mit erhobener Waffe ging sie zügig auf den uralten Kombi zu. Nach dieser Aktion würde sie wahrscheinlich mit Schimpf und Schande aus dem Polizeidienst entlassen werden, aber das war ihr jetzt vollkommen egal. Vier Tage hatten sie alle verzweifelt im Dunkeln herumgestochert, jetzt löste sich der Nebel plötzlich auf. Schnell war sie bei dem dürren jungen Mann angelangt, der weder Anstalten machte zu fliehen noch einen Angriff startete, er legte sich sogar sofort und ohne Aufforderung auf den Boden. Auch die Kapuzenfrau war ausgestiegen und legte sich neben den Mann. Nicole fingerte nach den Handschellen. Ohne jeden Widerstand ergaben sich diese beiden Freaks! Höchste Vorsicht war geboten. Hier stimmte etwas nicht.

Hölleisen war an dem leeren Pförtnerhäuschen vorbei ins Industriegelände gerannt und hatte jetzt den Kreis der Trucker erreicht, der sich um die bedauernswerte Gestalt schloss.

»Polizei!«, rief er, und seine Stimme überschlug sich, wie die von Nicole. »Polizei! Lassen Sie den Mann zufrieden. Treten Sie zurück!«

»Reg dich nicht auf«, entgegnete ein Typ mit einer Rohrzange King Size. »Wir haben ihn ja bloß für dich gestellt.«

Hölleisen hielt seinen Dienstausweis hoch und zwängte sich durch den Kreis, auf den Mann zu. Er bückte sich.

»Alles in Ordnung?«, fragte er. »Sind Sie –«

Der Mann richtete sich plötzlich auf und deutete mit einer Hand, um die ein blutiges Tuch geschlungen war, über Hölleisens Schulter.

»Da fährt er! Wir müssen ihn aufhalten!«

Der forsche Ton, der Hölleisen bekannt vorkam, ließ ihn erschaudern. Auch das, was er jetzt sah, erfüllte ihn mit Angst und Schrecken. Ein Müllwagen raste in atemberaubender Geschwindigkeit die Straße herunter, die zum Ausgang führte. Das Gefährt musste abbremsen und das Rondell vor dem Pförtnerhäuschen umfahren. Auf der riesigen Klappe, in die normalweise der Abfall geworfen wurde, stand ein durchtrainierter Mann, der kompromisslose Brutalität ausstrahlte. Mit der einen Hand klammerte er sich an der chromglänzenden Hebestange fest, in der anderen hielt er eine Pistole. Und schon pfiff ein Schuss in Richtung von Jennerwein und Hölleisen. Hölleisen fasste sich ans Bein, er war getroffen. Alle Trucker bis auf einen warfen sich auf den Boden. Hölleisen riss Jennerwein herum und rollte mit ihm auf dem leicht abschüssigen Boden auf eine flache Straßenabsperrungsblende zu, hinter der sie beide vorläufig Deckung fanden. Vor ihnen bohrte sich die nächste Kugel in den Beton und riss ein Stück heraus. Der Müllwagen war jetzt zum Stehen gekommen. Jennerwein kniff die Augen zusammen, um die Szene im Gegenlicht der Außenbeleuchtung erkennen zu können. Der vierschrötige Mann, den der Holländer Goody genannt hatte, kletterte auf das Dach des Wagens. Von dort oben hatte er einen besseren Schusswinkel. Er legte an. Doch plötzlich sprang ein Monster von einem Kerl auf das hintere Trittbrett des Müllwagens. Goody lud nach. Eine Hochpräzisionswaffe hatte nur sechs Schuss. Aber ein Wagenheber schlägt ewig zu. Der Monsterkerl war auf die Müllklappe gesprungen, er holte aus und versetzte Goody einen Hieb in die Kniekehle, dass der ins Straucheln geriet und stürzte. Sie rangen miteinander. Goody fiel die Pistole aus der Hand. Dann stieß ihn der andere vom Wagen. Das Ganze hatte nur wenige Sekunden gedauert, und es war das unspektakuläre Ende von Goody als freischaffendem Actionheld. Er hätte sich einen eleganteren Abgang gewünscht. Präzise erledigt von einer geschmeidigen Beretta oder zumindest einer abgesägten Winchester. Aber schändlich schien es ihm, von einem Wagenheber ausgeknockt zu werden. Röchelnd lag er am Boden. Der Müllwagen brauste davon, die steil ansteigende Straße entlang. Die Tür im Heck stand offen und schlug in den Kurven hin und her.

»Wir wollten doch bloß helfen!«
»Verhalten Sie sich ruhig und leisten Sie keine Gegenwehr.«
Nicole Schwattke fixierte den dünnen Mann und die Kapuzenfrau mit Handschellen der allerneuesten Bauart. Sie waren über Fernsteuerung verschließbar, und man konnte sie jederzeit orten. Sie ließen einen scharfen Sirenenton hören, wenn sich die Gefesselten vom Ort wegbewegten. Die Hacker ließen alles widerstandslos mit sich geschehen. Doch gerade als sich die Handschellen auch um die Gelenke der Kapuzenfrau geschlossen hatten, raste ein Müllwagen an ihnen vorbei, Nicole konnte gerade noch das Gesicht des Fahrers erkennen, allem Anschein nach ein Bürger aus dem indischen Kulturkreis. Noch während sie das Kennzeichen notierte, fuhr ein weiterer

Lastwagen in rasender Geschwindigkeit an ihr vorbei. Ein dritter bretterte hinterher. Hauten die ab? Oder war das eine Verfolgungsjagd? Fünf oder sechs der Ungetüme waren nun auf der Straße, sie entfernten sich hupend, röhrend und gefährlich schlingernd Richtung Zufahrtsstraße. Nicole ließ die beiden Hacker allein und rannte am Pförtnerhäuschen vorbei, raus aus dem Industriegelände. Schnell entdeckte sie Hölleisen, der am Boden lag. Neben ihm kauerte der Mann, der Jennerwein war.

»Wo ist der Müllwagen?«, rief Jennerwein. »Wir müssen ihm nach.«

»Lassen Sie sich erstmal einen Verband anlegen –« Nicole zögerte, erst dann fügte sie hinzu: »– Chef.«

Jennerwein lächelte kurz und nickte.

»Hölleisen hats am Bein erwischt. Einer der Trucker besorgt gerade Verbandszeug.«

»Ich habe da draußen eine Frau und einen Mann festgenommen«, sagte Nicole aufgeregt. »Der ganze Kombi voll mit Computern. Die beiden haben wohl mit Ihrer Verwandlung zu tun.«

»Die Frau mit einer auffälligen Kapuze, der Mann spindeldürr?«

»Ja, woher wissen Sie –«

»Das sind nicht die Gangster. Der Hauptverdächtige ist gerade mit dem Müllwagen geflohen.« Jennerwein richtete sich auf. Ein Lastwagenfahrer kam mit einem Notfallkasten angelaufen. »Kümmern Sie sich um den Mann, Nicole, der dort drüben von den Jungs am Boden festgehalten wird.«

Sie rannte hinüber zu dem vierschrötigen Mann und fixierte ihn ebenfalls mit Handschellen. Jennerwein erhob sich. Er wollte zu Nicoles Auto laufen und einen Funkspruch absetzen.

Doch so weit kam es nicht. Jemand von den Truckern hatte Alarm geschlagen, also erschien auch noch die Polizei. Mit Blaulicht und Martinshorn. Sie befanden sich auf Tiroler Boden, also rückte die österreichische Schmier' an, in Form eines einzelnen Streifenwagens mit den Verkehrsinspektoren Puntigam und Oberholzner. Sie kurvten auf das Gelände und stiegen mit gezogenen Waffen aus.

»Die haben uns gerade noch gefehlt«, stöhnte Jennerwein auf.

Puntigam und Oberholzner kamen provozierend langsam auf die Gruppe zu. Puntigam hielt ein Megaphon vors Gesicht.

»Achtung, Achtung, hier spricht die Polizei. Bleiben Sie, wo Sie sind und folgen Sie unseren Anweisungen.«

Alle wandten ihre Köpfe zu den beiden und waren gespannt auf die Anweisungen. Der lädierte Goody, der von einigen Truckern gleichzeitig beschimpft und verarztet wurde, bekam Handschellen angelegt. Hölleisen versuchte durch Bewegungen seines angeschossenen Beines festzustellen, ob er dienst- und kampftauglich war. Jennerwein überlegte, ob er nicht trotzdem zu Nicoles Auto laufen sollte.

Spinnenfinger und Kapuze, die immer noch am Boden lagen, die Hände auf dem Rücken, das Gesicht zum Erdmittelpunkt, drehten sich zueinander.

»Kommst du an das Handy in meiner Hosentasche?«, fragte Kapuze leise. »Wir könnten versuchen, die Automatik der Handschellen zu deaktivieren.«

»Ja, wir könnten zumindest den Alarm ausschalten.«

Spinnenfinger griff Kapuze in die Hosentasche.

Nicole ging auf die beiden österreichischen Kollegen zu.

»Kommissarin Schwattke, guten Abend. Das dort drüben ist

Kommissar Jennerwein. Wir brauchen einen Krankenwagen für die Verletzten und –«

»Jetzt zeigen Sie mir erst einmal Ihren Ausweis, Frau Kollegin«, sagte Inspektor Puntigam mit hochgezogenen Augenbrauen. »Dann den Namen Ihres Einsatzleiters, Ihren Einsatzbefehl, die Sondererlaubnis für Auslandszugriffe –«

Mitten in den Satz von Puntigam schlingerte mit kreischenden Bremsen und Schleudergeräuschen ein Wagen auf das Pförtnerhäuschen zu. Er war wie aus dem Nichts aufgetaucht. Eine scharfe Bremsung ließ ihn zur Seite kippen, die Ladung fiel heraus. Es waren Tomaten. Kiloweise und scheinbar tonnenweise purzelten die Tomaten auf die Straße und verwandelten den Asphalt in ein glitschiges Meer aus Blut und Wasser, das bis zu den Füßen der verdutzten Trucker und Polizisten reichte und brandete. Tizio und Caio stiegen unverletzt aus dem demolierten Pick-up, wateten durch den Brei, beide mit Maschinengewehren der Extraklasse bestückt.

»Jessas!«, rief Verkehrsoberinspektor Puntigam.

Hodewijk van Kuijpers holte auf der steil ansteigenden Straße das Letzte an Geschwindigkeit aus dem Mülltransporter heraus. Langsam gewann er Land zwischen sich und dem Industriegelände. Dumm gelaufen, aber jetzt musste er das Beste draus machen. Er klopfte hinter sich an die Wand, die die Kabine vom Inneren des Müllwagens trennte. Er klopfte nochmals. Kein Goody antwortete. Der Holländer fluchte. Es blieb ihm nichts anderes übrig, als bei nächster Gelegenheit rechts ranzufahren und nachzusehen. Wenn er Goody verloren hatte, was er langsam befürchtete, dann musste er den Müllwagen so schnell wie möglich verlassen und dafür sorgen, dass die Einrichtung unbrauchbar gemacht wurde. Dann griff der Notfallplan. Im Rückspiegel sah er schon eine Schlange von Lkws, die sich den Berg hochquälten, den er sich gerade hochgequält hatte. Schade um das schöne mobile Labor, aber es musste sein. Er hatte noch andere. Und die Demonstration war gelungen. Er griff zum Smartphone.

»Hodewijk hier. Hol mich ab. Die erste Parkbucht südlich von der Raststätte. Nein, den Wagen muss ich zurücklassen. Ja, leider in kleinen Teilen.«

Johann Ostler alias Frate Sebastian gab Anweisung an seine Männer. Sie hatten ein halbes Dutzend strategische Punkte rund um das Industriegelände besetzt, und er hatte den Teufel getan, sie zurückzupfeifen. Ganz im Gegenteil. Er hatte sie in höchste Einsatzbereitschaft versetzt. Von wegen ausdrückliche Anweisung von Erzbischof Paul Gallagher, nichts zu unternehmen! Von wegen große internationale Verwicklungen! Pfeif drauf, hatte Ostler gedacht und sich postwendend zum Einsatzort fliegen lassen. Er hatte in seinem Leben eigentlich nur einen einzigen echten Freund gehabt. Und dem wollte er jetzt helfen. Frate Sebastian wusste, dass er durch diese Befehlsverweigerung ganz sicher seinen Job los war, den er so liebte, aber das war ihm jetzt wirklich egal. Nicole hatte ihn in ihrer Verzweiflung angerufen und ihm die verwickelte Lage geschildert. Er hatte sofort gehandelt.

»Es ist ein gelber Müllwagen«, gab Johann Ostler seinen Männern gerade über Funk durch. »Die Ladeklappe ist umgebaut. Ich selbst steige in Fahrzeug 3 ein und leite die Operation von dort. Möge uns der heilige Sebastian beschützen.«

Der heilige Sebastian war der Schutzheilige der schnellen und überraschenden Zugriffe.

Spinnenfinger hob den Kopf.

»Also, der Alarm ist jetzt ausgeschaltet«, sagte er.

»Und die Schließmechanik?«

»Die schaffe ich nicht so schnell. Tipp du mal mit den Händen auf dem Rücken was ins Handy ein!«

»Dann müssen wir die Beine anwinkeln und die gefesselten Hände drunter durchziehen.«

Kapuze schaffte es schnell. Sie machte täglich ihre Yogaübungen. Spinne brauchte länger.

Ostler saß auf dem Beifahrersitz des vordersten Fahrzeugs der vatikanischen Verfolger.

»Das ist er!«, rief er, und ein sardonisches Lächeln breitete sich auf seinem asketischen Gesicht aus. »Wir warten bis zur Steigung, da kann er nur im Schneckentempo fahren. Mehr schafft die Riesenmühle mit den Zwillingsreifen nicht.«

»Gut möglich«, murmelte der Fahrer des Wagens. »Ist er allein?«

»Vermutlich. Aber sicher bin ich nicht. Wenn er auf Schritttempo zurückgefallen ist, dann fahren Sie dicht ran, hupen und blinken, als ob Sie ein blöder Tourist wären.«

»Sie wollen doch nicht etwa –«

»Doch, genau das will ich.«

Der Holländer versuchte das Letzte aus der Riesenkarre herauszuholen. Die Trucker, die ihn verfolgten, hatte er abgehängt. Doch was war das jetzt schon wieder? Ein Blick in den Rückspiegel zeigte ihm einen Privatwagen, der schlingernd und quietschend hin und her kurvte und wie wild hupte. Wahrscheinlich ein Betrunkener. Oder gar einer der Verfolger? Aber der würde sich doch nie und nimmer so auffällig verhalten.

Der würde sich doch eher ranschleichen und aus dem Nichts heraus zuschlagen. Hodewijk van Kuijpers sah auf das Navi. Dem Himmel sei Dank. Er war nur noch ein paar Kilometer von der rettenden Parkbucht entfernt.

Ostler hatte die Seitentür des Wagens geöffnet und kletterte vorsichtig auf das Autodach. Die nachträglich eingebaute Hintertür des Müllwagens stand immer noch offen und schlackerte geräuschvoll im Wind. Daraus schloss er, dass sich niemand im Laderaum des Wagens befand. Dass einzig und allein der Fahrer überwältigt werden musste, und der war hoffentlich kein ausgebildeter Kämpfer. Ostler rutschte auf die Kühlerhaube und kroch vorsichtig nach vorn. Dann richtete er sich auf und sprang.

Gott sei Dank! Der Idiot hatte ihn endlich überholt und fuhr hupend und stinkefingerzeigend weiter. Kein Abbremsen vor ihm, so dass er nicht mehr weiterkam, kein Aufpflanzen eines Blaulichts, keine Maschinengewehrgarben, die aufblitzten. Der Idiot verschwand in der Ferne. Und die Trucker hinter ihm hatte er abgehängt. Hodewijk van Kuijpers war allein auf weiter Flur. Er griff prüfend an die Seitentasche seines Jacketts. O. k., das Smartphone war noch an Ort und Stelle.

Ostler hatte den richtigen Zeitpunkt abgepasst, er war in dem Moment auf das Trittbrett des Müllwagens gesprungen, als beide Fahrzeuge wegen der Steigung fast im Schritttempo fahren mussten. Er öffnete die nachträglich eingebaute Behelfstür weit und trat vorsichtig ein. An allen Wänden des Raums waren Regale angebracht, die mit Computerracks vollgestopft waren. Tausende von Kabeln schlängelten sich herum, die Decke war vollgehängt mit augenscheinlich medizinischen Apparaturen, mit Schläuchen, Stethoskopen, Infusionsflaschen. In der Mitte des Raums war eine Pritsche mit Fixiergurten aufgebaut. Ostler erschauderte. Hier wurden offensichtlich die Opfer festgeschnallt. Schnell riss er den Blick von der Pritsche los. Es existierte kein Durchgang zur Fahrerkabine, es gab keine Möglichkeit, den Holländer direkt zu überwältigen. Ostler sah sich um. Hightech-Zeug, dessen Funktion er nicht verstand. Aber das war jetzt unwichtig. Er musste nach etwas suchen, was nicht hierherpasste. Er musste in einem chaotischen System das nachträglich hinzugefügte Element finden. Diesen Blick hatte er einst von Jennerwein gelernt. Und er hoffte ihn immer noch draufzuhaben. Ostler wandte den Kopf. Blitzende Metallteile, Kabel und nochmals Kabel. Antennen, Lüftungsklappen, Computer, die zusammengeschaltet waren. Ein großer Kabelschlauch, der sich an der Decke entlangschlängelte. Doch Ostler suchte nach einem analogen, altmodischen Gegenstand, der sich nicht in diese digitale Welt fügte. Der Müllwagen wurde jetzt noch langsamer und kam schließlich ganz zum Stehen. Los, Ostler, konzentrier dich, such das Teil! Er hat es hier irgendwo versteckt! Ostler hielt inne. Aber warum eigentlich versteckt? Er hatte es sicher ganz offen gelagert. Es musste ja nur eine einzige Funktion erfüllen. Er betrachtete die Pritsche. Es war eine einfache, fest montierte Liege, doch wegen der größeren Stabilität war eine zweite Ablagefläche darunter montiert, so ähnlich wie bei einem Couchtisch. Das Laken des Bettes hing herunter. Er hob es hoch und fand allerhand Gerümpel. Darunter eine Holzkiste, von der die Signalfarbe abgeblättert war. Computerfreaks bewahren ihren Krimskrams nicht in solchen Holzkisten auf. Das wars. Vorsichtig zog er sie heraus, warf einen

Blick auf den Inhalt. Mit geübten Handgriffen vollendete er sein Werk.

Endlich, die Parkbucht! Der Holländer atmete auf und sprang aus dem Wagen. Ohne einen weiteren Blick auf den Müllwagen zu werfen, lief er in den angrenzenden Wald. Nach hundert Metern blieb er atemlos stehen, holte sein Smartphone aus dem Jackett und tippte ein paar Zahlenreihen ein. Er drückte o.k. Nichts geschah. Er versuchte es nochmals. O.k., o.k., o.k.! Die verdammte Explosion blieb aus. Was war da los? Das durfte doch nicht wahr sein! Der Selbstzerstörungsmechanismus funktionierte nicht! Dann bemerkte er die Gestalten mit den Gesichtsmasken, die von allen Seiten auf ihn zukamen. Es gab keine Chance mehr zu entkommen.

»Halt mal hier an.«

»Warum denn?«

»Wir sind schon wieder im Kreis gefahren.«

Ignaz Grasegger stieg aus, trat zu einem Einheimischen und wechselte ein paar Worte mit ihm.

»Und, was hat er gesagt?«, fragte Ursel, als Ignaz wieder eingestiegen war.

»Ich habe ihn ehrlich gesagt nicht verstanden. Er redet in einer Sprache, die ich überhaupt nicht einordnen kann. Es war am ehesten etwas Slawisches.«

»Aber wo sind wir dann hier?«

»Ich glaube, wir haben uns total verfranst.«

# 38

**WONDER WOMAN:**
*Wollen wir mal tauschen?*

Es war fast wie früher. Das Kernteam analysierte und beriet die weitere Vorgehensweise, vieles musste gar nicht erst ausgesprochen werden, so klar waren die Aufgaben verteilt und so offensichtlich die nächsten Schritte. Johann Ostler, Franz Hölleisen, Nicole Schwattke und schließlich Kommissar Jennerwein waren zu einem nächtlichen, konspirativen Treffen zusammengekommen, sie standen noch immer in der Parkbucht, in der der Holländer seinen Horrormüllwagen in die Luft jagen wollte. Doch der war dank Ostlers beherztem Eingreifen intakt geblieben, er hatte den Sprengsatz schnell und professionell entschärft. Alle hatten die Inneneinrichtung bereits inspiziert, man konnte mit Händen greifen, dass in diesem ambulanten Labor etwas Schauerliches stattgefunden haben musste.

»Wir sollten den Wagen von hier wegbringen«, sagte Jennerwein. »Ich würde vorschlagen, wir fahren ihn zunächst die Böschung hinunter, damit man ihn von der Straße aus nicht sehen kann.«

Alle stimmten zu. Bis entschieden war, wie man weiter vorgehen sollte, waren sie übereingekommen, den offiziellen Dienstweg nach wie vor strikt zu meiden. Ein Kontakt zu Rosi verbot sich von selbst, um nicht auch ihn noch mit hineinzuziehen. Und wütende Trucker, waffenstarrende Mafiosi, sonnenbebrillte Geldeintreiber sowie die starken österreichischen

Polizeikräfte in Gestalt von Puntigam und Oberholzner stellten in der momentanen Situation ebenfalls keine große Hilfe dar. Die Teammitglieder waren sich einig, kühlen Kopf zu bewahren und so lange wie möglich im Verborgenen zu operieren. Als sie den Müllwagen sowie Nicoles Polizeiauto die Böschung hinuntergefahren und auf einer kleinen Lichtung abgestellt hatten, sagte Jennerwein:

»Ist das in Ordnung für Sie alle, dass ich weiterhin die operative Leitung übernehme? Ich bin immerhin ein gesuchter Verbrecher und habe in den letzten Tagen mehrere Ordnungswidrigkeiten, schwere Gesetzesübertretungen und unverzeihliche Dienstvergehen begangen –«

»Lassen Sies gut sein, Chef«, unterbrach Nicole. »Die Zeit drängt. Wir müssen jetzt vor allem einen Plan machen, was wir als Nächstes unternehmen.«

Nicole hatte ihren demolierten Wagen wieder zum Laufen gebracht. Während der Fahrt hatte ihr Jennerwein weitere Details seiner Odyssee in einem falschen Körper erzählt. Der auf dem Rücksitz kauernde Hölleisen hatte atemlos und mehrmals besorgt aufstöhnend zugehört. Seine Schusswunde hatte sich als Streifschuss herausgestellt, sie war, so gut es ging, verbunden worden.

»Wo ist der Holländer jetzt?«, fragte Jennerwein.

»In guten Händen«, antwortete Ostler grimmig. »Nämlich in den Händen der Comitato Etico. Er wird an einen sicheren Ort gebracht. Bisher schweigt er allerdings eisern. Ich befürchte, dass es noch mehr von diesen fahrenden Horrorkabinetten gibt. Die Technik der Neurokopie wird auf einigen Schwarzmärkten dieser Welt angeboten.«

Franz Hölleisen, der wackere Polizeiobermeister, hatte schon viel in seinem Leben gesehen, sei es privat, sei es im Dienst. Aber jetzt war er völlig außer Tritt. Er blickte abwechselnd zu Jennerwein und Ostler. Und er konnte es immer noch nicht fassen. Der eine schaute plötzlich aus einem anderen Körper heraus, noch dazu aus dem Körper eines Postboten, den er sogar kannte. Doch damit nicht genug. Sein alter Bergsteigerfreund Joey Ostler hatte sich ebenfalls total verwandelt. Ins komplette Gegenteil. Er hätte Joey vorhin fast gesiezt, so hochherrschaftlich kam ihm der jetzt vor. Nicole Schwattke unterbrach Hölleisens Gedankengänge.

»Ostler, was glauben Sie: Ist es denn möglich, die Geräte aus dem sichergestellten Müllwagen dazu zu benutzen, um den Körpertausch rückgängig zu machen?«

»Das ist schon möglich«, sagte Ostler. »Aber das geht nicht so einfach. Dazu brauchen wir –« Er zögerte. »Den anderen Jennerwein. Also praktisch Ihren Körper, Chef.«

Nicole wandte sich an den Kommissar.

»Er ist in einem Heuschober gefunden worden«, erklärte sie. »Dank einer aufmerksamen Zeugin, aber auch dank Ihrer ewigen Jacke, dem hellbraunen Tweed-Sakko. Darüber hinaus hat noch ein kundenfreundlicher Pizzabote eine Rolle gespielt.«

»Nicht zu vergessen die Burschen von der Freiwilligen Feuerwehr«, ergänzte Hölleisen eifrig. »Es ist immer ein ganzer Haufen Leute nötig, um einen Helden zu retten.«

»Und wie geht es – ihm? Dem anderen?«, fragte Jennerwein mit einem winzigen Zittern in der Stimme.

»Den Umständen entsprechend gut«, antwortete Nicole. »Er hat nur eine leichte Rauchvergiftung davongetragen. Aber er ist, wie Sie sich denken können, nicht bei Bewusstsein. Er befindet sich im Krankenhaus und wird von den Kollegen bewacht, die auf Anweisung von Dr. Rosenberger den Fall jetzt übernommen haben.«

Hölleisen meldete sich zu Wort.

»Bloß, dass ich das richtig verstehe: Wenn er das Bewusstsein wiedererlangt, dann haben wir es bei ihm mit Leonhard Pelikan im Körper von Kommissar Jennerwein zu tun?«

»Das kann ich nicht beantworten«, antwortete Ostler. »Wir müssen abwarten.«

»Maria Schmalfuß, die sich bis zum Eintreffen der neuen Kollegen im Krankenhaus um ihn gekümmert hat, wartet auf weitere Anweisungen«, fuhr Nicole fort. »Von ihrem jetzigen Aufenthaltsort bis zum Krankenzimmer sind es nur wenige Minuten und wir –«

»Wir können das unmöglich offiziell machen«, unterbrach Jennerwein. »Wir müssen ihn da schnell rausholen und hierherbringen.« Er lachte bitter auf. »Eigentlich habe ich ja ein Recht darauf, in der Nähe meines Körpers zu sein.«

»Der Meinung bin ich auch«, versetzte Nicole. »Wir müssen ihn holen. Ich rufe jetzt Maria an und bringe sie auf den neuesten Stand. Sie soll sich bereithalten.«

»Haben Sie eine Idee, Chef, wie wir vorgehen?«, fragte Hölleisen.

Jennerwein hatte in der Tat eine Idee. Er wollte gerade zu einer Antwort ansetzen, als ein Motor aufheulte. Diejenigen, die eine Dienstwaffe bei sich trugen, nahmen Schussposition ein. Doch dann tuckerte ein uralter Kombi mit ausgeschalteten Scheinwerfern die Böschung herunter und näherte sich langsam der kleinen Lichtung. Nicole steckte ihre Waffe wieder ein und lief auf das Fahrzeug zu. Sie erkannte es sofort. Es war die Karre, die sie fälschlicherweise für das ambulante Labor von

Dr. Caligari gehalten hatte. Es war von dem Zusammenstoß mit ihrem Auto völlig zerbeult. Die Kapuzenfrau stieg aus, die Hände immer noch mit Handschellen fixiert, der spinnenfingrige Hacker folgte ihr.

»Wie haben Sie uns gefunden?«, fragte Nicole.

Anstatt einer Antwort sang der Hacker leise:

»Every move you make, every step you take, I'll be watching you ...«

Die Kapuzenfrau hob ihre gefesselten Hände demonstrativ hoch: bitte abnehmen. Nicole schüttelte verwundert den Kopf, so dass ihr Pferdeschwanz leicht im Mondlicht zitterte. Hatte sie die Arme der beiden nicht *hinter* deren Rücken fixiert? Und warum hatte der Alarm nicht funktioniert, als die Hacker ihre Position verlassen hatten? Nicole schnaubte. Ja klar, logisch! Es waren Hacker.

»Nach Ihrem unfreundlichen Empfang haben wir uns wieder auf unser eigentliches Vorhaben besonnen, nämlich dem da zu helfen.«

Spinnenfinger deutete auf Jennerwein, wobei seine Hände weiterhin in Handschellen steckten. »Und jetzt schließen Sie uns die Dinger auf. Sie sind vor allem beim Autofahren ausgesprochen unbequem.«

»Nicole, erlösen Sie die Pechvögel«, sagte Jennerwein. »Ich bin den beiden sehr dankbar, ohne sie stünde ich jetzt nicht hier. Und ich habe auch schon eine Idee, wie sie uns unterstützen könnten.«

Nicole fummelte an den Handschellen herum, doch sie ließen sich nicht so einfach öffnen. Sie griff zu ihrem Smartphone, hielt es in die Nähe und tippte flink ein paar Zeichen ein. Doch auch so funktionierte es nicht.

Der Holländer saß auf dem Rücksitz einer großen Limousine, auf der das diplomatische Kennzeichen des Vatikans prangte. Weder der Fahrer noch der Beifahrer hatten bisher ein Wort mit ihm gesprochen. Er war an Händen und Beinen gefesselt. Sicherheitshalber sogar mehrfach, so dass er erst jetzt richtig gefährlich aussah. Hodewijk van Kuijpers blickte aus dem Fenster. Den Landschaftsformationen nach fuhren sie über die Alpen, so viel konnte er in der Dunkelheit erkennen. Sie waren auf dem Weg in den Süden, Richtung Vatikan. Das verhieß nichts Gutes. Eine Festnahme durch reguläre staatliche Behörden wäre ihm lieber gewesen. Wehmütig dachte er an den kleinen indischen Nerd namens Jadoo zurück, dessen jungen Körper er sich angeeignet hatte. Und das mit der Verjüngung in regelmäßigen Abständen konnte noch ewig so fortgehen. Der Holländer grunzte zufrieden. Die Leute träumten doch umso mehr vom ewigen Leben, je älter sie wurden. Und einflussreiche Kirchenmänner waren meist uralt. Denen konnte er einen Deal anbieten. Exklusive Zurverfügungstellung der Neurokopietechnik gegen Einstellung der Ermittlungen. Es gab keinen größeren Trumpf als den, den er in der Hand hielt. Es war die Idee von Jadoo gewesen. *Ich kann ein menschliches Gehirn kopieren und in einen anderen Körper setzen.* Vielleicht hätte er noch etwas mit der Umsetzung warten sollen. Derzeit war ein schneller und hundertprozentig reibungsloser Tausch noch nicht im Bereich des Machbaren. Seine Wissenschaftler arbeiteten fieberhaft daran. Aber sie hatten ihm abgeraten, schon jetzt die Technologie auf dem Markt anzubieten. Doch er war zu ungeduldig gewesen. Er war eben nur der Verkäufer. Ja, er war es doch, der die Drecksarbeit erledigte, während die Entwickler in ihren warmen Laboren und Bastelstuben saßen und fette Honorare einstrichen. Eine Woge von Selbstmitleid ergoss sich über ihn. Er musste sich zusammenreißen und auf die jetzt folgenden Verhandlungen konzentrieren. Draußen sah er die ersten Weinberge vorbeifliegen. Steinraffler Lagrein ... Steinraffler Lagrein ... Steinraffler Lagrein ... Steinraffler Lagrein ... Er legte sich seine Verhandlungstaktik zurecht.

»Können wir die Rückverwandlung hier an Ort und Stelle durchführen, wenn wir den Körper Jennerweins haben?«, fragte Nicole.

Johann Ostler machte eine unentschiedene und zweifelnde Handbewegung.

»Nein, da müssten wir schon jemand wie Monsignore Beisenhertz und vielleicht auch unsere Gerichtsmedizinerin hinzuziehen.«

Spinnenfinger und Kapuze schüttelten erleichtert die Hände aus. Ein Mann aus Ostlers vatikanischem Team hatte sie mit dem Bolzenschneider von den Handschellen befreit. Manchmal ging es eben doch nicht ohne Gewalt.

»Wir würden uns das Müllwagenlabor gerne genauer ansehen«, sagte Spinne. »Mit den Apparaten und Rechnern, die da zusammengeschaltet sind, lässt sich ja einiges anstellen! Soviel ich mitbekommen habe, handelt es sich dabei um –«

Es folgte ein Feuerwerk von unverständlichen Fachausdrücken. Nicole unterbrach ungeduldig.

»Sind Sie dazu imstande, die Geräte zu bedienen?«

»Ja, das würde mich auch interessieren!«, fügte Hölleisen hinzu. »Können Sie die Passwörter knacken?«

Die beiden warfen sich lediglich einen müden Blick zu.

»Natürlich kommen wir da rein. Aber die eigentliche Operation ist eine brenzlige Sache. Die können wir nicht stemmen, wir sind ja keine Ärzte.«

Jennerwein zeigte ein entschlossenes Gesicht.

»Wir machen es jetzt so. Sie, Ostler, nehmen Kontakt mit Monsignore Beisenhertz auf. Er soll sich sofort zu uns fliegen lassen. Inzwischen holen wir meinen Körper aus dem Krankenhaus. Auch dazu können wir selbstverständlich nicht den Dienstweg beschreiten. Nicole wird die Aktion leiten. Wenn wir ihn haben, verlassen wir diesen Ort und begeben uns auf sicheres Gelände. Dann lassen wir uns medizinisch und computertechnisch ausführlich informieren und machen davon die nächsten Schritte abhängig.«

Sicheres Gelände? Alle sahen ihn erwartungsvoll an. Jennerwein zögerte. Als Erstes war ihm Toreggio eingefallen. Doch das lag viel zu weit entfernt. Genauso wie der Vatikan. Nein, er hatte eine andere Idee. Als er sie dem Team unterbreitete, waren alle begeistert.

»Und wenn wir an Ort und Stelle sind, will ich von den Medizinern und Computerfreaks hören, was machbar ist und was das alles für Konsequenzen für mich und Leonhard Pelikan hat.«

In dem Moment, als Maria Schmalfuß dem wachhabenden Polizisten das mit Anästhetikum getränkte Taschentuch auf Mund und Nase drückte, wusste sie, dass sie nicht nur aus dem Polizeidienst entlassen werden würde, sondern dass das auch den Verlust ihrer Approbation als Psychologin zur Folge hatte. Am Ende drohte ihr sogar eine Freiheitsstrafe. Was hatte der komische Archivar im Keller des Polizeireviers zu ihr gesagt?

»Dann schreiben Sie halt ein eigenes Buch.«

Vielleicht konnte sie das ja im Knast tun. Das Betäubungsmittel wirkte jedenfalls sofort. Der wachhabende Polizist, der vor dem Krankenzimmer saß, kippte nach hinten und schien von einem Augenblick auf den anderen tief und fest zu schlafen. Ostlers Männer hatten ihr das Fläschchen mit der Flüssigkeit zugesteckt. Es war ein Wundermittel, da es den Opfern nach dem Aufwachen das Gefühl vermittelte, lediglich kurz eingenickt zu sein. Angeblich hinterließ es auch keine Spuren. Der vorübergehend stillgelegte Kollege sah so aus, als hätte er angenehme Träume. Ostlers Männer mussten jeden Augenblick auftauchen. Maria wusste, dass sie schon auf dem Parkplatz standen und sich für den eigentlichen Zugriff bereitmachten. Den Code des von außen verschlossenen Hintereingangs des Krankenhauses hatten die Hacker mühelos geknackt, die Entführer nahmen dann den bekannten Weg: nach der Kardiologie scharf rechts, mit dem Lift in den zweiten Stock, vor der Radiologie links, immer weiter Richtung Innere, Psychiatrische und Kinder, dann am Raucherzimmer vorbei, in dem die Süchtigen eingesperrt waren wie arme Seelen in der Hölle. Zwei Männer ganz in Weiß (aber ohne Hochzeitsstrauß) näherten sich mit einer Trage, es war Ostlers Elitetruppe. Maria winkte ihnen.

Hodewijk van Kuijpers beugte sich nach vorn, so gut das mit der Fesselung ging, und sprach den Beifahrer der Limousine an.

»Sie wissen, wer ich bin? Ja? Und wissen Sie, was mein einziges Verbrechen ist? Der Menschheit die Unsterblichkeit zu schenken. Meine neue Technologie könnte doch gerade den Vatikan brennend interessieren. In den Händen der Kirche wäre meine Erfindung gut aufgehoben –«

Sie waren auf der Höhe von Colino, vielleicht auch Solino, das war in der Dunkelheit nicht auszumachen. Der Mann auf dem Beifahrersitz drehte sich um und musterte den Gefangenen.

»Wie meinen Sie?«

»Die technische Entwicklung ist sowieso nicht mehr aufzuhalten!«, fügte der Holländer eindringlich hinzu. »Ich biete Ihnen an, als Erster davon zu profitieren.«

»Halten Sie die Klappe!«, sagte der Beifahrer schroff.

Komische Angewohnheit, dauernd die Lippen zu schürzen und dazu noch kreisen zu lassen, dachte Hodewijk van Kuijpers.

Zur gleichen nächtlichen Zeit hatte sich Sokrates Dandoulakis, der dreizehnjährige Spross der Familie, schon wieder ein neues Adventure-Spiel heruntergeladen. Wieder für umme, aber diesmal hatte er zwei weitere Festplatten an seinen Computer anschließen müssen, um genügend Speicherplatz zur Verfügung zu haben. Das Spiel war kompliziert. Man spielte es zu viert, und jeder besaß vier Spielfiguren, die man von den Startfeldern zu den Zielfeldern bringen musste. Die Zielfelder waren in einem sogenannten ›Häuschen‹ untergebracht. Das Spielfeld musste einmal komplett umrundet werden, wie viele Felder man vorrücken durfte, entschied ein digitaler Würfel. Richtig krass, dachte Sokrates. Was die sich nicht alles einfallen lassen.

Langsam und zögerlich näherte sich Jennerwein der Liege, die Nicole und Ostler aus dem Müllwagenlabor gehoben hatten, um sie sacht auf den Boden der Lichtung zu stellen. Unter der Decke zeichneten sich die Umrisse eines Körpers ab. Die Szene beleuchtete der pockennarbige Mond. Der Schwerarbeiter unter den Gestirnen war die ganze Nacht damit beschäftigt gewesen, Ozeane aus den Angeln zu heben, nun schien er auf einer der weichen Wolkenbänke eine Pause einlegen zu wollen, um sich das ungewöhnlichste aller Treffen mit anzusehen, das Zusammentreffen eines Menschen mit sich selbst.

Jennerwein schlug die Decke zurück. Als er seine eigene Gestalt erblickte, zuckte er zusammen. Er musste sich zwingen, weiter hinzusehen. Konnte es denn sein, dass der Anblick des eigenen Leibs, mit dem man Jahrzehnte verbracht hatte, so erschreckend war? Ja, so war es in der Tat. Ein Gefühl der bodenlosen Fremdheit und Eiseskälte stieg in ihm auf. Niemand aus dem Team sprach ein Wort. Alle standen um den aufgedeckten Körper wie um einen Toten. Doch dieser Tote war nicht tot. Er atmete. Er lebte. Er war ein Teil von Jennerwein.
»Sie sagten, es sei sehr kompliziert und zudem riskant, die Körper wieder zurückzuverwandeln?«
Ostler nickte.

Jennerweins Entschluss stand fest. Er wusste, was jetzt zu tun war. Der erste Schock war überwunden. Ein erleichterter Ausdruck erschien auf seinem Gesicht.

## *Ende*

# 39

EINE TREUE LESERIN:
*Lieber Herkules, in meiner Not wende ich mich an dich. Schreibe bitte ein anderes Schlusskapitel für diesen Roman. Das kann nicht das Ende sein. Es bleibt einfach zu viel offen. Was zum Beispiel wird aus Miriam Waigel, der Rezeptionistin? Das Fell des nemeischen Löwen erbeuten, den Augiasstall ausmisten, alles gut und recht – aber das wäre einmal eine richtig sinnvolle Herkulesaufgabe, meinst du nicht?*

In dieser schicksalhaften Nacht, in der Jennerwein sich selbst auf der Liege erblickt hatte und furchtbar darüber erschrocken war, hatte Miriam Waigel schon wieder einen neuen Job als Rezeptionistin angenommen. Das Hotel lag auf der anderen Seite der Erde, es war eine Luxusherberge in der Innenstadt von Tokio, sie hatte momentan Nachtdienst. Nervös stand sie an der Rezeption. Der authentische Original-Kimono drückte und zwickte an allen Ecken und Enden. Sie hatte ihn korrekt und in Übereinstimmung mit den alten japanischen Traditionen angelegt, doch der Otaiko-musubi nahm ihr fast den Atem, und der Haori-himo, die gefranste Befestigungsschnur für das Haori, schnitt ihr schmerzhaft ins Fleisch. Wenigstens musste sie hier kein Kropfband tragen. Sie lächelte.

»Ein schönes Lächeln!«, sagte die japanische Hotelmanagerin. »Das lieben unsere Gäste.«

Der umgebaute Müllwagen fuhr endlich los. Sie verließen die Lichtung, achteten darauf, dass ihnen niemand folgte, und fuhren die Straße Richtung Norden. Der lädierte Schrottkombi der beiden Hacker sowie ein Wagen aus Ostlers Truppe folgte dem ehemaligen Spezialfahrzeug für Plastikmüll. In zwei Stunden würden sie an Ort und Stelle sein, sie hofften darauf, dass sie nicht aufgehalten wurden. Jennerwein hatte seinen Plan in die Tat umgesetzt, den Schamanen zu kontaktieren, den ehemaligen Psychiater und Gefälligkeitsgutachter, der den Namen Curtius oder Muthius oder so ähnlich trug. Jennerwein konnte sich immer noch nicht so genau an den Namen erinnern. Dessen Geschäft war inzwischen jedenfalls das der Diskretion, darum war der forensische Psychiater vermutlich genau der Richtige für ihr Vorhaben. Als sie im Morgengrauen an dem abgelegenen Grundstück ankamen, begrüßte sie der Schamane wie selbstverständlich, ohne nach dem Grund ihres Besuchs zu fragen. Mit ausladender Geste bat er die Gesellschaft freundlich ins Haus. Er wirkte wie ein Dirigent, der abzählte, ob sein Orchester vollständig versammelt war.

»Wo sind denn Ihre Katzen?«, fragte Jennerwein. »Kant, Hegel und Schopenhauer?«

»Eigentlich heißen sie so nicht mehr. Ich habe mir sagen lassen, dass Katzen Namen mit Zischlauten tragen sollten. Deshalb habe ich sie umgetauft. In Nietzsche, Spinoza und Jaspers. Aber sie hören nicht drauf. So habe ich alles beim Alten belassen. Aber Kommissar Jennerwein – wenn ich Sie jetzt so nennen darf –, Sie sind doch nicht mit einer solchen Armada bei mir angerückt, um sich mit mir über Katzennamen zu unterhalten?«

»Nein. Unser Anliegen wird Sie vielleicht überraschen. Wir bitten um Erlaubnis, unseren Müllwagen in Ihren Garten hinter dem Haus zu stellen, so dass er nicht gesehen werden kann.«

»Weiter nichts?«

»Weiter nichts.«

»Ist das ein offizieller Polizeieinsatz?«

»Nein, durchaus nicht. Es ist ein diskreter Einsatz, der mit meiner jetzigen Situation zusammenhängt. Die meisten von uns werden Schwierigkeiten haben, weiterhin im Polizeidienst zu bleiben.«

»Mit dem Nicht-im-Polizeidienst-Bleiben kenne ich mich aus, wie Sie wissen.«

»Deswegen habe ich mich auch an Sie gewandt.«

Ein feines Lächeln erschien auf dem Gesicht des Schamanen.

»Ihr Besuch überrascht mich ehrlich gesagt nicht. Ich habe mir die Geschichte schon zusammengereimt.«

Ostler trat vor.

»Guten Abend, Herr Dr. Reiser-Koppenrath.«

Reiser-Koppenrath! Wie war Jennerwein auf Curtius oder Muthius gekommen?

»Was ist Ihr Preis?«, fuhr Ostler fort.

Der Schamane lächelte. Auch er beherrschte die Kunst, eine sardonische Maske aufzusetzen.

»Mein Preis? Ich bin nicht an Geld interessiert. Schon lange nicht mehr. In Ihrem Fall will ich lediglich wissen, um was es geht. Ich will bei Ihrem Vorhaben dabei sein und alles darüber erfahren. Mehr verlange ich nicht.«

Jennerwein blickte sich in der Runde seiner Helfer und Gefährten um. Es schien ihm, als ob keiner etwas dagegen hätte. Aber sie hatten sowieso keine Wahl. Bald würden die Verfolger sie aufspüren und in der Luft zerreißen. Ab jetzt war größte Sorgfalt, aber auch größte Eile geboten. Diese beiden Dinge widersprachen sich normalerweise. Aber jetzt war nicht normalerweise.

Aus einem der Fahrzeuge stieg nun Monsignore Beisenhertz. Ostler hatte ihn herbringen lassen, und Jennerwein bemerkte wieder, dass in dem kleinen, vertrockneten Männchen ein kräftiges Feuer loderte. Beisenhertz stellte sich allen vor, dann sah er sich die Einrichtung des Müllwagens an und überprüfte die Apparaturen, genauso wie es die beiden Hacker vorher schon getan hatten. Als er das Labor wieder verließ, machte er ein nachdenkliches Gesicht.

»Also, legen wir los!«, rief Hölleisen. Man erkannte seine Bemühung, Optimismus zu verbreiten. »Bei so viel geballter Kompetenz müsste das doch leicht zu schaffen sein.«

»Es gibt ein Grundproblem«, erwiderte Beisenhertz sorgenvoll und ließ sich von der Rampe herunterhelfen. »Und das Problem ist nicht eben klein zu nennen. Um nämlich die Persönlichkeiten zweier Individuen auszutauschen, ist ein menschlicher Zwischenwirt nötig, dessen Gehirn gelöscht worden ist und der wie eine leere Schale aufnahmebereit für die Milliarden von Informationen ist.«

»Man braucht für einen Austausch also immer drei Personen?«, fragte Jennerwein überrascht.

»Genauso ist es. Das eigentlich Bestialische an der Prozedur ist es, dass immer ein Mensch seine Identität dabei verliert und als leere, willenlose Hülle zurückbleibt. Dieser Zwischenwirt hat lediglich die Funktion, die Persönlichkeit des einen eine gewisse Zeit zu speichern. Es ist unseres Wissens nach nicht möglich, die Zwischenspeicherung über einen Computer erfolgen zu lassen, es würden hierbei zu viele Informationen verlorengehen –«

Spinnenfinger schaltete sich ein.

»Ich erkläre es mal einfach. Der Hirninhalt von Person A (das wäre hier Jennerwein) wird in den Zwischenspeicher (also

Pelikan) gelegt. Dann wird der Hirninhalt von B (in diesem Fall der Killer) in den Körper von A (also dem von Jennerwein) übertragen, der kann jetzt sein Attentat ausführen. Ist das erledigt, wird wieder zurückgetauscht.«

Jeder der Anwesenden versuchte, sich die verdrehte Prozedur vorzustellen.

»Ist das so wie bei dieser Denksportaufgabe?«, fragte Nicole in die Pause hinein. »Ein Mann will den Fluss mit einem Wolf, einer Ziege und einem Krautkopf überqueren. Er kann immer nur einen Passagier mitnehmen. Aber der Wolf würde die Ziege fressen und die Ziege den Krautkopf. Wie muss er es also machen?«

»Das kenne ich«, rief Hölleisen. »Von meinen Kindern. Zuerst bringt der Mann die Ziege ans andere Ufer und rudert allein wieder zurück. Dann nimmt er den Kohlkopf mit ans andere Ufer und bringt die Ziege zurück. Anschließend transportiert er den Wolf ans andere Ufer, rudert zurück und holt am Ende die Ziege.«

»Ja, so ähnlich ist das auch hier«, fuhr Monsignore Beisenhertz zerstreut fort. »Es braucht für die Prozedur jedenfalls ein Zwischenlager. Da bei der Operation die bewusstseinsrelevanten Großhirnbereiche gleich zwei Mal ausgetauscht werden, entstehen an den Rändern der Cortikoralrinde winzig kleine Zellschmelzspuren, Narben, die nicht so schnell verheilen. Diese Narben habe ich bei der Erstuntersuchung von Kommissar Jennerwein gleich entdeckt, ich habe daraus geschlossen, dass bei ihm eine Neurokopie vorgenommen worden ist. So kompliziert und frankensteinartig die Prozedur der Neurokopie klingt, es sind dazu keine großen Maschinen und Laborausstattungen nötig.«

»Dann habe ich jetzt eine ungefähre Vorstellung davon,

wie der Angriff auf mich abgelaufen sein könnte«, sagte Jennerwein. »Ich wurde, nachdem ich das Polizeirevier verlassen habe, überfallen und betäubt, Leonhard Pelikan ebenso, dann wurden wir beide in den Müllwagen gebracht. Pelikans Gehirn wurde vermutlich gelöscht oder ausgelagert. Mein Gehirn wurde auf ihn als Zwischenwirt überspielt. Das ist der momentane Zustand. Das Attentäterhirn wurde in meinen Körper übertragen. Nachdem der Killer in meinem Körper den Anschlag auf Lukas Lohkamp ausgeführt hat, wurde sein Gehirn wieder in seinen eigenen Körper zurückgeführt –«

Der Holländer seufzte. Er saß immer noch in der vatikanischen Limousine, die auf der ganzen Strecke von niemandem aufgehalten und kontrolliert wurde. Es war so ein guter Plan gewesen. Niemand hätte dem zurückverwandelten Jennerwein geglaubt. Man hätte ihn für verrückt erklärt, und er wäre für immer in der Psychiatrie verschwunden. Die leere Hülle des Losers Pelikan hätte auch keine Gefahr bedeutet, die Ärzte hätten eine Hirnstammschädigung mit endgültigem Verlust des Bewusstseins vermutet. Aber bei Jennerwein schien etwas Entscheidendes schiefgelaufen zu sein.

»Mein eigener Körper ist also nur noch eine leere Hülle?«, fragte Jennerwein erschrocken.

»Nicht ganz. Ihr Gehirn, Kommissar, ließ sich nicht vollständig in Pelikans Körper kopieren«, sagte Beisenhertz. »Der Grund dafür könnte eine Unregelmäßigkeit sein, die mit Ihrer Akinetopsie zu tun hat.«

Spinnenfinger nickte.

»Es ist wie bei einem Überspielvorgang zwischen zwei Computern, der abgebrochen wird. Den Attentätern ist es anscheinend nicht gelungen, den Kopiervorgang korrekt zu Ende zu bringen.«

»Die Täter mussten mit dem Müllwagen aus dem Kurort verschwinden«, ergänzte Jennerwein. »Ich stelle mir das so vor: Es ist drei Uhr nachts. Und es spricht nichts dagegen, mich in Pelikans Körper auf einer Aussichtsbank abzulegen. Das ist einfacher, als mich zu töten. Niemand wird dem Briefträger Pelikan glauben, dass er eigentlich ich ist. Der Müllwagen fährt weiter. Meinen leeren Körper entsorgen sie ebenfalls in der Landschaft, auf einem beliebten Wanderweg. Sie rechnen damit, dass er gefunden wird und dass man ihm den Mord an Lohkamp zur Last legt. Das ist auch ihr Plan gewesen.«

Maria Schmalfuß schaltete sich mit sanfter Stimme ein:

»Die Attentäter haben allerdings nicht damit gerechnet, dass durch den unvollständigen Kopiervorgang und auch durch Ihre große Willenskraft Reste von Bewusstsein in Ihrem Körper geblieben sind. Sie fanden mit letzter Kraft ein Versteck, Hubertus, und blieben dort in dem Heustadel lange unentdeckt.«

Ich hätte mir doch ein anderes Opfer aussuchen sollen, dachte Hodewijk van Kuijpers, und ein ärgerlicher Zug erschien auf seinem Gesicht. Der Mann auf dem Beifahrersitz drehte sich um.

»Wie lange dauert denn diese Verwandlung?«, fragte er.

»Nicht mehr als eine Stunde«, antwortete der Holländer.

»Und kann man das in jedem Alter machen?«

Der Holländer überlegte. Hatte der alte Mann da vorne angebissen, oder wollte er ihn lediglich ausfragen?

»Aber was ist mit Pelikan?«, fragte Hölleisen mit besorgter Stimme.

»Wie es aussieht, haben wir zwei Möglichkeiten«, sagte Jennerwein. »Erstens, wir lassen alles so, wie es ist. Dann gibt es keinen Leonhard Pelikan mehr. Zweitens, Sie versuchen mein Gehirn wieder in meinen Körper zu überspielen, und wir lassen Pelikans leblose Hülle zurück. Auch dann gibt es Pelikan nicht mehr. Beides sind keine Optionen für mich.«

Der Hacker schaltete sich ein.

»Es gibt vielleicht noch eine dritte Option. Wir haben uns die ganzen Schaltungen da drinnen genau angesehen. Wir vermuten, dass alle Kopiervorgänge auch technisch gesichert werden. Wozu sonst die ganzen zusammengestöpselten Computer? Pelikans Bewusstsein ist sicher noch zusätzlich gespeichert worden. Irgendwo hier in diesem Drahtverhau gibt es vielleicht einen Link zu einer Cloud oder einem anderen externen Datenspeicher. Mit einem megaleistungsfähigen Computer könnten wir die Pelikan-Daten herunterladen und, nachdem wir Ihren Geist in Ihren Körper kopiert haben, seinen Körper mit seinem Geist füllen.«

Jennerwein blickte zu Beisenhertz. Nach einer langen Pause sagte der:

»Es ist riskant, aber es ist möglich. Versuchen wirs.«

Wenige Stunden später war alles für die Operation vorbereitet. Jennerwein streckte sich auf der Liege aus und ließ sich mit dem EEG-Gerät verkabeln. Auf der Trage neben ihm lag sein eigentlicher Körper. Er warf einen kurzen Blick hinüber. Der fremde und gleichzeitig vertraute Mann lag ruhig atmend da. Würde es sein Bewusstsein schaffen, diese kleine und doch unendlich große Strecke zu überwinden?

»Wie lange dauert die Aktion?«, fragte Jennerwein.

»Nicht viel mehr als eine Stunde«, antwortete Monsignore Beisenhertz.

»Viel Glück auf Ihrer Reise, Chef.«

Diesen Satz hatte Ostler gesagt. Doch Jennerwein hörte ihn schon gar nicht mehr richtig. Schnell verlor er das Bewusstsein.

Beisenhertz und Spinnenfinger arbeiteten unermüdlich. Und Leonhard Pelikans Bewusstsein steckte tatsächlich in einer riesigen externen Cloud, als Backup-Datei, von der stündlich Teile überschrieben wurden und verlorengingen. Sie versuchten, Pelikans Persönlichkeit möglichst vollständig herunterzuladen. Noch aber schwebte der körperlose Postbote in der Luft, und eigentlich nicht einmal in der Luft, sondern irgendwo im Raum. Er existierte als endlose Abfolge von Nullen und Einsen.

Doch er fühlte sich wohl. Leonhard Pelikan ging es gut. Er lebte. Er war unverletzt, ihm fiel auf, dass er ein gutes Körpergefühl hatte, er fühlte sich kräftig und topfit. Er hatte die Augen geschlossen, wie um sich zu konzentrieren. Er spürte, dass er sich in einer angespannten, außergewöhnlichen Situation befand. Es roch nach nassem, frisch geschnittenem Gras. Im Hintergrund vernahm er Geräusche. Auf- und abschwellende, enthusiastische, hochgestimmte Geräusche. Es war ein Chor aus den Kehlen von vielen tausend Menschen. Von Zehntausenden Menschen. Eine Riesenparty. Gesänge mischten sich mit Sprechchören und begeisterten Rufen. Sie kamen von allen Seiten. Es war jedoch nicht beunruhigend. Ganz im Gegenteil, der Klangteppich lullte Pelikan ein, ließ ihn schweben, brachte ihn in Hochstimmung, bündelte seine Konzentration. Sie jubelten ihm zu, ihm allein, das war sicher. Leonhard Pelikan hatte die Augen immer noch geschlossen. Stand er auf einer Straße?

Als Pelikan schließlich die Augen öffnete, galt sein erster Blick den eigenen Beinen. Er war bekleidet mit einer Trainingshose und Sportschuhen. An den Händen trug er auffällig große Handschuhe. Die Schreie und Gesänge wurden lauter. Er hob den Blick langsam, ein wohliger Schauer lief durch seinen Körper. Er befand sich in einem vollbesetzten, riesigen Sportstadion, das bis auf den letzten Platz mit Menschen gefüllt war. Und er selbst stand im Tor. Er war Torwart. Wieso denn das? Pelikan hatte noch nie in einem Fußballtor gestanden. Pelikan hatte überhaupt noch nie Fußball gespielt. Jetzt war er Torwart einer Mannschaft, die immerhin so hochrangig sein musste, dass ihr hunderttausend oder sogar noch mehr begeisterte Menschen zuschauten. Die Menge war derart aufgeheizt, dass es bei dem Spiel sicherlich um viel gehen musste. Aber jetzt! Der gegnerische Stürmer legte sich den Ball zurecht. Das Gesicht kam ihm bekannt vor, er war sicher weltberühmt, aber Leonhard Pelikan, der unzuverlässige Postbote aus dem Kurort, der mit der Frau des gutmütigen Griechen ein Verhältnis angefangen hatte, kannte den Namen des Stürmers nicht. Jeder kleine Junge in Südamerika hätte ihm den Namen sagen können, Pelikan hatte keine Ahnung davon. Er hob den Blick weiter nach oben. Riesengroß sah er auf einer Leinwand auf der gegenüberliegenden Seite des Stadions einen Torwart, der hin und her tänzelte. Vor dessen Tor legte sich ein Stürmer, den man aus dem Fernsehen kannte, den Ball zurecht. Was um Gottes willen war denn das? Pelikan hob den Arm. Der Torwart hob den Arm. Das war er selbst! Die Großbildleinwand zeigte es: Er stand im Körper eines anderen im Tor – aber welcher Mannschaft? Landesflaggen wurden geschwenkt. Es musste eine Nationalmannschaft sein. Der Stürmer schritt jetzt zurück, ein Pfiff ertönte, er nahm Anlauf. Was sollte er tun? Weglaufen? Vom Platz rennen? Fluchtartig aus dem Stadion stürmen? Oder so tun, als hätte er sich den Fuß verknackst, und humpelnd an die Seitenlinie gehen? Zu spät. Der Stürmer lief an und schoss. Und jetzt legte sich in Pelikans Gehirn ein Schalter um. Er analysierte die Situation und fokussierte seinen Blick. Für den Bruchteil einer Sekunde hatte der Stürmer in die linke Ecke geschaut. Der gegnerische Stürmer hatte vor, dort hinzuschießen. Dort musste auch er hinhechten. Der Ball flog. Pelikan lag ebenfalls in der Luft, ohne dass er sich dafür besonders anstrengen musste. Die Welt um ihn herum wurde langsamer, der Ball flog in Zeitlupe. Jetzt umklammerte er den Ball, zog ihn zu sich an den Körper, nahm das Schreien der hunderttausend Fans nur mehr undeutlich wahr, fiel zusammen mit dem Ball zu Boden. Knallte mit der Schulter schmerzhaft auf der Torlinie auf, dass ihm der weiße Farbauftrag ins Gesicht staubte. Pelikans Kopf schlug an den Seitenpfosten des Tors. Er verlor das Bewusstsein.

Er taumelte durch einen Strudel von Erinnerungen und vagen, körperlosen Eindrücken. Dann erwachte er schweißgebadet.

# *Ziellinie*

Die geschilderten Ereignisse rund um die Neurokopie sind technisch durchaus möglich, die Anwendung wird jedoch noch ein paar Jahre auf sich warten lassen. Der Tesla-Chef Elon Musk behauptete in einem Interview vom 28.8.2020, dass sein Neuralink-Gerät, das die Kommunikation zwischen dem menschlichen Gehirn und Computern ermöglicht, in zwei Jahren funktionsbereit sei. Nach unseren eigenen ausführlichen Recherchen dürften bis zur Serienreife und frei verfügbaren Unsterblichkeit jedoch schon noch fünf Jahre vergehen.

Kroboth, der Mörder des Industriellen Jakob Drittenbass, sitzt im Gefängnis. Der Mann, der ihm das Geld abgenommen hat und nur die Qualle genannt wird, hat sich tatsächlich nach Kanada abgesetzt, er gibt, wie vermutlich auch Jan Marsalek, der Wirecard-Manager, seine ganze Kohle dafür aus, einigermaßen sicher zu sein. Das gesamte Personal, jeder neue Gärtner oder Chauffeur verschlingt Unsummen für den Sicherheitscheck. Die Qualle sitzt in einer riesigen, schmucklosen Villa und rechnet aus, wann das Geld zu Ende gehen wird. Verbrechen lohnen sich manchmal dann doch nicht.

Irene Dandoulakis steht in der Küche und bereitet das Mittagessen zu, als es an der Haustür klingelt. Das wird die Post sein, denkt sie. Sie beschließt, dem Briefträger nicht zu öffnen.

Den Archivar im Keller des Polizeireviers gibt es wirklich. Er benützt die alte Zelle, kettet sich angeblich dort auch an, um sich dadurch inspirieren zu lassen. Was aus ihm geworden ist, weiß man nicht. Maria Schmalfuß geht manchmal in den Keller und schreibt an *ihrer* Version der Geschichte. Man darf gespannt sein.

> *Und Jennerwein? Kommissar Jennerwein? Das interessiert uns doch am meisten, was aus dem geworden ist!*

Nachdem Kommissar Jennerwein die Rückführung glücklich überstanden hat, führt ihn sein erster Weg in die örtliche Gemeindebibliothek. Dort entschuldigt er sich für die herausgerissene Seite aus DAS GROSSE BUCH DER GLÜCKSSPIELE und leistet eine Spende für den Kauf eines neuen Bandes.

Wenn Sie über weitere Neuerscheinungen von mir informiert werden wollen, dann senden Sie eine E-Mail mit Ihrem Namen an

*newsletter@joergmaurer.de*

Ich freue mich auf Ihre Zuschrift!

Mit vielen Grüßen

Jörg Maurer

Jörg Maurer
**Am Abgrund lässt man gern den Vortritt**
Alpenkrimi

Ursel Grasegger, Bestattungsunternehmerin a. D. im idyllisch gelegenen Kurort, macht sich Sorgen: ihr Mann Ignaz ist verschwunden. Beim Wandern abgestürzt? Durchgebrannt? Oder gar – entführt? Als ein Erpresserbrief mit Morddrohungen eintrifft, bittet Ursel Kommissar Jennerwein um Hilfe – ganz inoffiziell. Während Jennerwein eine Spur tief in die Alpen hinein verfolgt, untersucht sein Team einen verdächtigen Todesfall in einer Werdenfelser Klinik. Genau dort will eine Zeugin Ignaz gesehen haben. Jennerwein muss sich fragen, auf welcher Seite des Gesetzes er bei seiner Ermittlung steht…

416 Seiten, broschiert

Weitere Informationen finden Sie auf
*www.fischerverlage.de*

Jörg Maurer
**Am Tatort bleibt man ungern liegen**
Alpenkrimi

Schön sah das alte Feuerrad am Holzhaus der Rusches im idyllisch gelegenen Kurort aus. Aber jetzt liegt Alina Rusche tot in ihrem Garten, erschlagen vom herabgestürzten Rad. Kommissar Jennerwein ist überzeugt, dass es sich um Mord handelt. Doch warum musste die Putzfrau sterben? Hatte sie bei ihrer Arbeit Dinge erfahren, die gefährlich waren? Als Jennerwein entdeckt, dass Alina in der KurBank geputzt hat, führt die Spur zum legendär sicheren Schließfachraum. Hier ruhen versteckt und verriegelt genügend Geheimnisse, für die sich ein Mord lohnt. Jennerwein ermittelt in alle Richtungen. Das einzige, was er dabei nicht erahnt, ist der nächste Tatort ...

384 Seiten, broschiert

Weitere Informationen finden Sie auf
*www.fischerverlage.de*

AZ 596-70370/1